Harry Mulisch
Höchste Zeit

Harry Mulisch

Höchste Zeit

Roman

Aus dem Niederländischen
von Maria Csollány

Büchergilde Gutenberg

Titel der Originalausgabe:
Hoogste Tijd, Uitgeverij De Bezige Bij,
Amsterdam 1985

Lizenzausgabe für die Büchergilde Gutenberg,
Frankfurt am Main, Wien,
mit freundlicher Genehmigung
des Carl Hanser Verlags, München, Wien

Umschlaggestaltung Uwe Loebens, Bad Nauheim
Satz Utesch Satztechnik GmbH, Hamburg
Druck und Bindung Franz Spiegel Buch GmbH, Ulm-Jungingen

ISBN 3 7632 3552 3

Unsere Spieler,
Wie ich Euch sagte, waren Geister und
Sind aufgelöst in Luft, in dünne Luft.
Wie dieses Scheines lockrer Bau, so werden
Die wolkenhohen Türme, die Paläste,
Die hehren Tempel, selbst der große Ball,
Ja, was daran nur teil hat, untergehn;
Und, wie dies leere Schaugepräng erblaßt,
Spurlos vergehn. Wir sind aus solchem Stoff
Wie der zu Träumen, und dies kleine Leben
Umfaßt ein Schlaf.

Shakespeare, Der Sturm, IV, 1.

Erster Akt

1. *Die Einladung*

Der Gong schlägt dreimal, langsam verlöscht das Licht, und mit dem leisen Rauschen des Vorhangs verbreitet sich der dumpfe Geruch künstlichen Lebens. Eine kleinbürgerliche Wohnung in einem Neubauviertel. Es ist der erste Herbsttag, ein dunkel ausgeleuchteter, stürmischer Morgen (aber im Polder weht es fast immer), und eine dicke Frau in den Siebzigern wirft einen Brief auf die Zeitung, die ihr Bruder in seinem Sessel am Fenster liest. Er greift nach dem Umschlag auf seinem Schoß und liest den Absender.

»Das Autorentheater?« fragt er erstaunt und schaut nochmals auf die Adresse.

Sie reagiert nicht; in dem langen Morgenmantel, den er nicht ausstehen kann, beginnt sie die Fensterbank abzustauben. Wie an jedem Morgen nimmt sie auf ihrem Gang durchs Zimmer ein Glas Sherry mit – es ist die immer gleiche Inszenierung in den Kulissen ihrer alten Tage: sie beginnt beim schmiedeeisernen Tischchen mit dem Nippes und dem Deckchen auf der Glasplatte, bei dem rautenförmigen Spiegel, der, von zwei kerzenförmigen Leuchtern flankiert, über einem Batiktuch hängt, wischt weiter durch einen Wald von Stehlampen, vorbei am antiken Koffergrammophon auf dem Beistelltisch neben der Couch zum altmodischen Fernsehgerät und weiter zu den Fenstern. Asche fällt von der Zigarette, die ihr zwischen den Lippen hängt, mit dem kleinen Finger schiebt sie das Häufchen auf ihre Handfläche und läßt es in einen Blumentopf rollen, wo sie es flachdrückt.

Im selben Augenblick benutzt auch ihr Bruder seinen kleinen Finger. Mit drei raschen Rucken reißt er den Umschlag auf und faltet den Brief auseinander. Die Haare stehen ihm wie weiße Flammen der Inspiration über der Stirn, die von einer kräftigen Nase und zwei schweren Augenbrauen wie von Architraven gestützt wird; darunter ein breiter Mund, ein mächtiges Kinn; das gesamte Panorama ist durchfurcht wie bei einem großen Schauspieler aus alten Zeiten: durch die allabendlichen Emotionen von Hamlet und König Lear für immer gezeichnet; die Poren auf Nase und Wangen, die so oft nach Luft schnappten unter der Maske aus Schminke und Mastix, sind weit geöffnet. Zweifellos rühren diese Poren von Schminke und Mastix her, aber den Hamlet oder Lear hat er, im Gegensatz zu anderen Mitgliedern seiner Familie, nie gespielt, nicht einmal den Rosencrantz oder Guildenstern: Er war früher ein zweitrangiger Revue- und Varietekünstler irgendwo an der Peripherie des Theaterlebens, und die imposanten Furchen in seinem Gesicht stammen vom Grimassenschneiden.

Als er den Brief gelesen hat, nimmt er die Brille ab und sieht seine Schwester an. Er schielt ein bißchen. In seinem guten Auge (dem linken) ist ein Leuchten, während im schlechten der Rand der blauen Iris in einen Ring fischiger Blässe übergeht und im Weißen verfließt. Noch immer läßt seine Schwester keine Anzeichen großer Neugier erkennen; ohne seinen Blick zu beantworten, geht sie an ihm vorbei zur Anrichte und nimmt ein unter Glas gerahmtes Foto in die Hand: ein Dackel, der wie eine kleine Sphinx im Gras liegt.

»Hör doch mal zu, Berta.«

Er setzt wieder die Brille auf und liest den Brief mit dröhnender Stimme vor:

Amsterdam, den 20. 9. 1982

Sehr geehrter Herr Bouwmeester,

wie Ihnen bekannt sein dürfte, ist das Autorentheater eine Truppe mittlerer Größe, die von einem Kollektiv von Bühnenautoren gegründet wurde. Unser Repertoire besteht ausschließlich aus niederländischen Originalwerken und Bearbeitungen. Seit über zehn Jahren spielen wir als festes Ensemble am Theater Kosmos in der Amsterdamer Nes.

Einer unserer Autoren, Leo Siderius, hat soeben sein interessantes Stück ›Unwetter‹ vollendet, in dem sich um die Jahrhundertwende ein großer Schauspieler auf seine Abschiedsvorstellung in der Stadsschouwburg in Amsterdam vorbereitet. Durch den Ausfall einer anderen Produktion sehen wir uns (aufgrund der Subventionierung einer obligatorischen Anzahl von Aufführungen) gezwungen, das Stück noch in der ersten Hälfte dieser Spielzeit auf die Bühne zu bringen; die Premiere soll am Freitag, den 12. November, stattfinden. Die Zeit ist also knapp, das Stück ist jedoch nicht lang, und wir beabsichtigen, es ohne Pause aufzuführen. Die Regie liegt in Händen von Caspar Vogel.

Die Verwaltung der Stiftung und die Spielleitung würden es Ihnen hoch anrechnen, wenn Sie – als Gast – die Darstellung der Hauptrolle übernehmen wollten.

Da Sie offenbar kein Telefon besitzen und wir Ihnen die Mühe eines Schriftwechsels ersparen möchten, werden Vogel und ich, sofern wir keine gegenteilige Nachricht erhalten, Sie am kommenden Sonntag gegen 4 Uhr besuchen, um die näheren Einzelheiten mit Ihnen zu besprechen.

In der Hoffnung auf Ihre Zusage und eine fruchtbare Zusammenarbeit, im Namen der Kollektivs

hochachtungsvoll
H. Michaël
Verwaltungsdirektor

Uli Bouwmeester nimmt die Brille ab und schaut mit offenem Mund seine Schwester an. In seinem Nacken zeigt sich wieder ein leichtes Zittern.

»Die wollen dich nur verulken«, sagt sie, ohne einen Augenblick zu überlegen, und pflückt ein verwelktes Blättchen aus der Fuchsie.

Auch ihr fleischiges, trotz des Alters noch rosiges Gesicht hat die für ihre Familie charakteristischen, markanten Züge; mit einer Unterschrift wie *Krupskaja* oder *Madame Blavatsky* würde sich ihr Foto in einem Geschichtsbuch nicht übel ausnehmen. Durch eine genetische Kapriole ist ihr weißes Haar im Gegensatz zu dem ihres Bruders so dünn, daß überall die rosa Kopfhaut durchschimmert; die Strähnen sind auf dem Scheitel zu einem erbsengroßen Knoten hochgesteckt. Ihr Morgenmantel zeugt wirklich von beklemmender Spießbürgerlichkeit: ein Gewand unbestimmter brauner Farbe, aus ebenso unbestimmtem, glänzendem Stoff, unter dem beim Gehen die Spitzen ihrer Pantoffeln hervorschauen, karmesinrote Pantoffeln mit weißen Nylonpuscheln. Ihr Anblick beschwört für Uli in unerträglicher Weise das Alter herauf, das er an sich selber kaum spürt (außer daß alles etwas langsamer geht und einige Dinge eigentlich überhaupt nicht mehr gehen). Wenn er sie darauf anspricht, gibt sie ihm vollkommen recht und rät ihm zu, ins Altersheim zu ziehen, wo das Personal modische weiße Hosen und Turnschuhe trage. Und fragt, ob er nicht selber mal einen Blick auf seine eigenen Sandalen aus dem Jahr Anno Tobak werfen wolle, und auf den schäbigen Wollpullover, den er an kalten Tagen unter dem Oberhemd trägt und dessen ausgeleierte Ränder unter den Manschetten seines Hemdes hervorschauen. Auch ihm sei es ja egal, wie er aussehe. Ob er alter Knacker, und das sei er jetzt, eigentlich noch wisse, wie elegant er früher gewesen sei? (Ja, es gab einmal eine Zeit, in der er mit Berta auf den Schultern durchs Zimmer getrabt war und sie zur Decke hochgeworfen hatte!)

Uli versteht das nicht.

»Warum, um Himmels willen, sollten die mich verulken wollen?«

»Ja, was denkst du denn?« Berta zerdrückt das vertrocknete Blättchen in ihrer Hand knisternd zu Pulver. »Sie brauchen einen großen Schauspieler – und dann fragen sie bei dir an. Bist du vielleicht ein großer Schauspieler? Es geht ihnen nur um den Namen, und um sonst gar nichts.«

»Was heißt da Name?« sagt Uli ungeduldig. »Es ist kein einziger Bouwmeester mehr am Theater. Der Name sagt keinem Menschen mehr etwas.«

»Hör doch auf. Nichts wissen sie von dir, sonst hätten sie dich nicht gefragt. Aber sie wollen dich gleich engagieren. Warum auf einmal gerade dich? Ich könnte mir noch vorstellen, daß sie erst mit dir darüber reden wollen, aber nein, schwupp, gleich ein Engagement. Ich würde die Augen offenhalten, wenn ich du wäre. Die führen was im Schilde, da stimmt was nicht. Woher haben sie übrigens deine Adresse?«

Uli hebt die Hand und läßt sie schlaff aufs Knie fallen.

»Ist doch nicht zu glauben. Da bekomme ich einen Brief

vom Autorentheater in Amsterdam, in dem man mir eine Rolle anbietet, eine Hauptrolle, jawohl, eine Hauptrolle, hier, hier steht es, und du willst mir einreden, daß das Ganze nichts taugt. Bist du vielleicht eifersüchtig, daß nicht du gefragt wirst?«

»Autorentheater –«, wiederholt Berta, »auch so ein Unsinn. Als ob es nicht ums Publikum ginge. Natürlich wieder so ein modernes Grüppchen von Leuten, die mit dem linken Ohr Tee trinken. Die *ihren Text so in den Saal sprechen – –.«* Sie steht plötzlich breitbeinig da, hat die Füße einwärts gedreht, die Hände mit gespreizten Fingern vor sich ausgestreckt, spricht die letzten Wörter mit unnatürlicher Betonung und hält die Augen starr auf die braune Tapete mit den gelben Kreisen gerichtet. »Und dann hinterher einen Purzelbaum schlagen«, fügt sie verächtlich hinzu.

Der Auftritt von Berta (oder besser von Shirley Carola, wie ihr Künstlername lautete, als sie noch beim Theater war) war nicht schlecht, auch wenn sie solche altmodisch-modernen Aufführungen nur im Fernsehen gesehen hat, – das heißt, diese Ausschnitte von vierzig Sekunden im Kulturprogramm am Sonntagnachmittag, in denen jede Theateratmosphäre durch die Elektronik zunichte gemacht wird.

Draußen, im Hintergarten, ist Gekläff zu hören.

»Na ja, ist deine Sache«, sagt sie hämisch, rafft den Morgenrock hoch und geht mit ihrem Glas aus dem Zimmer.

»Miststück!« ruft er ihr nach, allerdings nicht wirklich böse, mehr aus Gewohnheit.

Uli ist allein mit dem Brief. Er liest ihn zum dritten Mal, betrachtet ihn eine Weile und wirft auch einen Blick auf die leere Rückseite, er betrachtet ihn – in einer Umkehrung der Tatsachen – wie ein Schiffbrüchiger auf einer Insel, dem eine Flaschenpost der bewohnten Welt vor die Füße gespült wurde. Es geschehen noch Wunder auf der Welt. Seit Jahr und Tag vegetiert er auf den Tod zu in der festen Überzeugung, seit langem wisse niemand mehr, daß er noch lebe – so weit es überhaupt jemand je gewußt hat. Manchmal zweifelt er selber daran. Und jetzt stellt sich heraus, daß Menschen in Amsterdam doch von seiner Existenz wissen. Irgendwo in der Innenstadt, in der Nes, wo er früher so oft aufgetreten ist (zwischenzeitlich als Theaterstraße bedeutungslos geworden, aber neuerdings wieder im Kommen), haben Leute beisammengesessen und einstimmig beschlossen, daß er die Hauptrolle in dem Stück übernehmen soll. Sicher nicht seines Namens, sondern vermutlich seines Alters wegen, es gibt nur noch wenige alte Schauspieler in den Niederlanden. Alle Rollen werden zur Zeit von jungen Menschen gespielt, auch auf der Straße sieht man fast nur noch junge Leute. Wenn er, selten genug, nach Amsterdam kommt, ein- oder zweimal im Jahr, sieht er nie alte Menschen. Sie sind nur noch auf Fotos zu sehen, auf Fotos von Dörfern in südlicheren Ländern.

Eine Regenbö schlägt ans Fenster. Er läßt die Zeitung in den Zeitungsständer neben seinem Sessel gleiten und steht leise stöhnend auf. Jetzt zeigt sich, daß er kleiner ist, als er im Sitzen aussieht. Mit dem Brief in der Hand stellt er sich kurz vor den Spiegel und betrachtet sich – und sieht sich noch immer als den, den er seit fast achtzig Jahren dort sieht. Er gehört noch zu dieser Welt, sie hat sich nicht von ihm abgewendet, offenbar kann immer noch jeden Augenblick alles Mögliche passieren. Er findet, daß er noch gut aussieht. Er streckt den Rücken, holt tief Atem und geht zum Fenster.

Die Sträucher im kleinen Vorgarten schütteln sich, als wollten sie sich selber aus dem Boden ziehen. Wo vor fünfzehn Jahren noch Fische schwammen und Schiffwracks aus dem Boden ragten, saust jetzt mit schwarzem Helm und eingepackt in das millionenfach verstärkte Gesumm einer Mücke ein Junge vorbei. Damals hätte hier die Zuiderzee getobt, bis zur Höhe der Dachrinne, die Fischer hätten das Großsegel eingeholt und alles festgezurrt, während ihre Frauen in flatternden schwarzen Gewändern auf der Mole der Küstendörfer gestanden und schweigend zum Horizont gestarrt hätten mit einem stummen Stoßgebet auf den Lippen. Ein trüber Blitz durchdringt die Wolken; Sekunden später dröhnt weit entfernt das sonderbare, leichte Herbstgewitter. Der Brief ist jetzt in Höhe seines Nabels, schlägt eine Bresche zu vergangenem Ruhm.

Hereinspaziert, verehrtes Publikum!

2. *Ein Passant*

Zwanzig Jahre lang hatte er einen Strohhut neben dem Ohr geschwenkt, dazu in glänzenden Kostümen Tanzschritte gemacht und Grimassen geschnitten, und das im Szenen-Hintergrund von Theatern, die Flora, Scala, Diligentia und Paleis voor Volksvlijt hießen und schon seit langem nicht mehr existierten. In den dreißiger Jahren spielte er ein einziges Mal in einem Heimatfilm eine Nebenrolle, doch ohne daß sein Name im Vorspann auftauchte. Als der Krieg ausbrach und viele Kollegen nicht mehr zu den Proben erschienen, erhielt er etwas bessere Rollen, in denen er an der Rampe urkomische Gespräche mit Zimmermädchen führte, die ihn mit einem Staubwedel am Hintern kitzelten, worauf er sich rasch den Zylinder vor die Hose hielt. Aber weiter als bis zu diesen bescheidenen Operettenrollen brachte er es nie; trotz seines berühmten Namens kannte ihn das Publikum kaum. Wie fast jeder in der Kleinkunst (und nicht nur in der Kleinkunst) wurde er Mitglied der Kulturkammer und trug bis 1943 zur Unterhaltung der vollen Säle bei; sogar als seine jüdischen Kollegen schon deportiert und vergast waren, spielte er für Organisationen wie die ›Winterhilfe‹ und bei der Frontbetreuung und schließlich sogar in Deutschland. Im Jahr darauf wurden alle deutschen Theater geschlossen (das Ende des Anfangs vom Ende); den letzten Winter verbrachte er mit Frau und Hund zu Hause in Amsterdam und wurde im Mai 1945 verhaftet. Damit war sein Leben endgültig verpfuscht. Nach ein paar Wochen im Untersuchungsgefängnis verbrachte er ein halbes Jahr als eine Art politischer Gefangener in verschiedenen Internierungslagern. Danach wurde er nicht weiter behelligt, so wichtig war er nicht (vielleicht galt auch die Tatsache, daß er eine deutsche Mutter hatte, als mildernder Umstand), nichtsdestoweniger war seine Laufbahn trotz seiner einundvierzig Jahre zu Ende.

Danach stand er nur noch einmal auf den Brettern. In den

Nachkriegsjahren der Armut geriet er auf Umwegen an eine jämmerliche Operettentruppe der allerletzten Schmierenkomödianten, die im gerade trockengelegten Noordoostpolder vor Arbeitern auftrat. In Flevoland, einem noch neueren Polder, wo er jetzt wohnte, brachte ihn seine Erinnerung regelmäßig zurück in jene Tage: Eine vorsintflutliche Sumpflandschaft, die von einem Horizont zum anderen nur mit Disteln bewachsen war, dazwischen hie und da aufragende Überreste von Fischerbooten und abgeschossenen Flugzeugen. Aus den Barackenlagern, die durch kilometerlange gerade Straßen verbunden waren, sollten neue Dörfer werden, doch vorläufig unterschieden sie sich in nichts von den Lagern, in denen er im Sommer 1945 gewesen war. Zunächst wohnten dort ausschließlich Polderarbeiter und Angehörige des militärischen Bestattungsdienstes, die die Leichen bargen. Frauen und Alkohol waren in dem Gebiet verboten, weil man annahm, daß die Arbeiter dann besser arbeiten würden, das Resultat jedoch war ihre völlige Abstumpfung. Mit dem dumpfen Blick von Tieren im Zoo schauten sie zu ihm auf, wenn er mit aufgeklebtem Schnurr- und Kinnbart in einer Scheune den ständig abgewiesenen Grafen Lalou der Operette ›Biarritz‹ verkörperte, die in der Halle eines nur für die Allerreichsten erschwinglichen Luxushotels spielte. Der Graf war alt, wenn auch nicht so alt wie er jetzt, und immerhin war das damals eine Hauptrolle. Die Operette (eher ein Delikt als ein Kunstwerk) hatte der Direktor der Truppe geschrieben, komponiert und einstudiert, sich danach aber nie mehr sehen lassen, da er sich um seine Kurzwarengroßhandlung kümmern mußte.

Es war nicht so sehr die Gage von fünfundzwanzig Gulden, die er pro Vorstellung verdiente und die diese Tournee durch die trockengelegte Unterwelt für ihn erträglich machte, sondern vielmehr das zärtliche Verhältnis, das sich zwischen ihm und dem Orchester entspann, zwischen ihm und Barbara, der Pianistin, die ihn ungemein erregte. Nicht ihr hübsches, breites Gesicht mit den Katzenaugen, obwohl auch das zählte, sondern ihr magerer, knochiger Körper. Ihre Beine hatte sie rasiert, aber die dicken Augenbrauen, der Flaum auf ihren Wangen und die behaarten Unterarme deuteten an, daß sie unter ihren Kleidern noch mehr Haare hatte, einen Wald von Haaren, der sich von den Schenkeln über den Bauch bis zum Nabel erstreckte und auch einen großen Teil ihres Hinterns bedeckte, was ihn jedesmal, wenn er sie nackt sah, schlagartig so besoffen vor Geilheit machte, daß er sie am liebsten von allen Seiten zugleich besprungen hätte. Wenn sie nachts auf der Pritsche eines Lastwagens zu ihrem Basislager heimfuhren, legte sie ihre Hand, die so rasche Fingerläufe spielen konnte, auf jene Stelle, die vom überwiegenden Teil der Philosophie so schmählich vernachlässigt wird. Ach, dann war doch alles wieder gut! Es war eigentlich ein Glück damals, in der schaukelnden Dunkelheit unter der Plane, in der Geborgenheit der grauen Pferdedecke, die auf ihrem Schoß lag.

Morgens machten sie manchmal auf dem Motorrad eines Ingenieurs der Reichswasserbehörde, der ebenfalls in der Siedlung stationiert war, einen Ausflug; mit der alles versengenden Barbara, die breitbeinig auf dem Rücksitz saß, ging es knatternd über die Pampa nach Schokland, zu der ehemaligen Insel: einem schmalen Hügelrücken mit grünen Bäumen, verlassenen kleinen Häusern und einer Kirche, die es auf die Oberfläche eines ungeheuerlichen Planeten verschlagen hatte. Die jahrhundertealten hölzernen Buhnen, an denen noch die Muscheln wuchsen, wehrten jetzt den Himmel ab und die Wellen des ungeheuren Raumes.

Hin und wieder bekam er danach auch Nebenrollen in Hörspielen, in denen seine sonore Stimme gut zur Geltung kam. Die Rundfunkzeitungen führten ihn vorsichtshalber unter einem Pseudonym auf, das er selber wählen durfte:

Ein Beamter – Frederik Rozenveld
Ein SS-Mann – Frederik Rozenveld
Ein Passant – Frederik Rozenveld

Seine Familienangehörigen, mit denen er seit dem Krieg keinen Kontakt mehr hatte, waren über diese Wahl nicht sonderlich erfreut. Frederik Rosenveldt war der Stammvater der Bouwmeester-Dynastie, des höchsten Theateradels der Niederlande: ein großer Komiker und Possenspieler aus dem achtzehnten Jahrhundert. Er war der erste in einer komplizierten Folge von Komödiantengenerationen, die sich wie ein Delta zu Dutzenden von Schauspielern und Schauspielerinnen auffächerten. Den Gipfel des Ruhms erreichten die Bouwmeesters mit dem großen Louis (vom Rang eines Garrick, Talma, Moissi), der am Wiener Burgtheater, in Paris und in Stratford-on-Avon als Shylock Triumphe feierte, und ein Nebenzweig endete mit dem kleinen Uli, der ihm sprechend, oder besser gesagt: schweigend ähnelte.

Armer Uli! In den Familienchroniken wird man den Helden dieser mehr als wahren Geschichte nicht einmal in einer Fußnote erwähnt finden.

Seit seiner Heirat wohnte er mit seiner Frau und dem alten Dackel Sebastiaan in einer engen Etagenwohnung in Amsterdam-Oost, einem heruntergekommenen Arbeiterviertel. Mit seiner Frau verband ihn nicht viel. Ende der zwanziger Jahre noch ein hübsches Girl in der Bouwmeester-Revue von Louis jr., verwandelte sie sich innerhalb kurzer Zeit in eine dreckige Schlampe, die morgens mit ein paar Nadeln ihr Haar hochsteckte und es für den Rest des Tages so beließ. Das einzige Gefühl, das sie schließlich noch beherrschte, war die Eifersucht – und insofern war es eine gute Ehe: Uli bot ihr jede Gelegenheit, sich in dieser Hinsicht auszutoben. Keinen Grund zur Eifersucht hatte sie nur während der Zeit, als er im Lager war; einmal, als sie ihm auf der anderen Seite eines langen Tisches in der Reihe der Frauen, die mit ihren Männern sprachen, gegenübersaß, legte sie sogar ihre Hand auf die seine, was ihr sofort einen Anschnauzer des Aufsehers am kurzen Tischende einbrachte, worauf Uli bemerkte, der Aufseher sei sicher eifersüchtig. Der Hauptgrund dafür, daß sich Uli jedesmal auf ihr Kommen freute, war jedoch, daß sie sein Hündchen mitbrachte, das nun auch schon lange tot war. Der Tod türmte sich ringsum hoch auf, und das einzige Lebewesen, für das Uli je eine echte, tiefe, reine Liebe empfunden hatte, war vielleicht sein kleines Hündchen Sebastiaan gewesen.

Als der Dackel noch am Leben und in dieser Welt war, betrat Uli eines Mittags, nach dem gemeinsamen Spaziergang durch den Park, das Lebensmittelgeschäft gegenüber, es waren keine weiteren Kunden im Laden, und nach einigem Zögern gestand der Kaufmann plötzlich, er wisse genau, wer Herr Bouwmeester sei: er habe eine Studie über die leichte Muse in den Niederlanden zwischen den beiden Weltkriegen gemacht. Er holte von oben ein Album, in dem er ohne langes Suchen ein Programmheft mit Ulis Namen fand, der am Ende der langen Reihe von Darstellernamen aufgeführt war: *Willem Bouwmeester.* Neben den meisten Namen stand das jeweilige Autogramm, Ulis Blick umflorte sich leicht, denn ihn hatte man damals offenbar nicht gefragt. (Sein eigenes Archiv war bei seiner Verhaftung beschlagnahmt worden und aus den Verliesen der Justiz nie wieder aufgetaucht.)

Unsicher schaute er auf und begegnete dem untertänigen Blick des Kaufmanns. Ob Herr Bouwmeester nicht bereit wäre, in der Amateurtruppe »Durch Anspannung Entspannung« die Regie einer Posse zu übernehmen. Er, Gerrit Paap, sei der Vorsitzende. Die Wahl sei auf das Stück *Blasse Betty* gefallen. Er habe die Sache auch schon mit den Mitgliedern besprochen, und sie würden es sich zur Ehre anrechnen, wenn Herr Bouwmeester seine lange, vielfältige Erfahrung ... das heißt ... kurzum ...

Gerührt nahm Uli den Vorschlag an. Er hatte nie Regie geführt, aber es stimmte, seine Erfahrung stellte sich als unerschöpflicher Quell von Blödsinn heraus, der nicht nur der Vorstellung, sondern auch den Proben zum Erfolg verhalf. Sämtliche Gags stammten zwar aus Inszenierungen der zwanziger oder dreißiger Jahre, aber das wußte niemand mehr, und die wenigen Witzchen, die immer noch zogen, gaben den Mitgliedern der Truppe ein Gefühl von Professionalität. Bald erhielt er auch Anfragen von anderen Laienspielgruppen – das Amateurtheater entpuppte sich im Untergrund als blühendes Betätigungsfeld, und er begann das Milieu des kleinen und mittleren Bürgertums zu lieben, dort glänzte er als Autorität der großen Theaterwelt.

Nach den Proben in Hinterzimmern oder Lagerräumen wurde das Berufstheater einer bewundernden Kritik unterzogen, wobei man die großen Schauspieler vertraulich beim

Vornamen nannte. Schon Albert in Richard III. gesehen? Im zweiten Akt war er vielleicht nicht ganz in Höchstform und hat sich zu sehr auf den Text seines Gegenspielers eingelassen, aber seine Schwächen sind immer noch besser als die Stärken von vielen anderen. Und dann Ko, mit seinen gefühlvollen Augen und dem Kinn (seinem ›Habsburgerkinn‹, wie ein Klempner zu berichten wußte). Und wie fandest du Ank in dem griechischen Stück, wie heißt es doch gleich? Elektra. ›Gas und Electra‹ – das war gut. Eigentlich ein langweiliges Stück, aber wie sie das hingekriegt hat, meine Güte, diese geheimnisvollen Schluchzer in ihrer Stimme, vielleicht ein paarmal zu oft, aber immer wunderbar. Uli hatte dazu nicht viel zu sagen, er ging nie ins Theater.

Die Abende endeten meist damit, daß er von früher erzählen mußte. Er lieferte ihnen das Bild, das sie von ihm erwarteten, verschwieg den Haß und die Intrigen und die Enttäuschungen und die Armut und das Elend der Reisen und den Katzenjammer nach den Vorstellungen, schwieg über die Tournee durch Deutschland und die Verhaftung und den Arrest nach dem Krieg; die Bumsereien mit den Mädchen deutete er nur durch eine Geste und mit einem zweideutigen Augenzwinkern an. Buziau, der große Clown: Einer der feinsten Menschen, die er kenne, er treffe sich regelmäßig mit ihm (was nicht der Fall war, er sprach nie mehr mit jemandem aus dieser Zeit). Der bedauernswerte, leider abtransportierte Louis Davids, der große Kabarettist, dessen Herz ausschließlich für andere schlug: Was für ein toller Kollege! Er erinnerte sich, daß Louis einmal ... Und dann Johannes Heesters: Nicht nur ein Operettensänger, dem noch immer ganz Deutschland zu Füßen liege, sondern auch ein Philosoph und Lebenskünstler. Immer, wenn er nach Holland komme, rufe er seinen alten Freund Uli an, und dann schwelgten sie bei einer Flasche Riesling im Amstel Hotel stundenlang in Erinnerungen.

All die Mühe und Freizeit, die diese wunderbaren Menschen für eine einzige Vorstellung vor ihren Familien und Bekannten opferten! Manchmal traten Uli Bouwmeester dabei fast die Tränen in die Augen, und im Laufe der Zeit entbrannte in ihm der Geist eines missionarischen Feuers. Wenn mit den Vorstellungen ohnehin kein Geld zu verdienen war und alles nur aus purer Liebe zum Theater geschah, dann konnte man ebensogut auch bessere Stücke spielen als den Schund aus den Verlagskatalogen für das Liebhabertheater. Zunehmend mehr machte er seinen Einfluß geltend, um das künstlerische Niveau anzuheben, und ging von Possen und Schmachtlappen zu echten Lustspielen über. Als ein paar Experimente mit Noël Coward gelangen, wagte er sich schließlich sogar an Molière. Er bearbeitete eine Übersetzung des Tartuffe, strich das Stück wie ein richtiger Dramaturg brutal zusammen und baute ein paar zusätzliche Scherze ein. Während der Regiearbeit überkam ihn hin und wieder das Gefühl, als wüchse er über sich selbst hinaus, als schauten ihm die großen Bouwmeesters, deren Porträts in der Stadsschouwburg hingen, über die Schulter und hülfen mit, wenn er vormachte, wie man vor einer Dame elegant den Federhut ziehen kann, auch wenn man zu kurze Beine hat. Trotz vieler Kreuzsprünge und hier und dort einer rutschenden Hose war der Erfolg mäßig, aber er machte sich nichts daraus – im Gegenteil. In der Mitte der fünfziger Jahre brachte er die Truppe »Durch Anspannung Entspannung« so weit, daß er zum goldenen Jubiläum Maria Stuart aufführte. Seine Frau war damals schon schwerkrank.

Als Junge hatte er Schillers Drama einmal mit seiner berühmten Großtante Theo in der Titelrolle gesehen, und sie hatte damals einen solchen Sturm auf der Bühne entfacht, daß er sich noch heute darüber freute. Die Frau von Gerrit Paap, Gré, sollte die tragische Königin spielen. Aber während der Inszenierung, auf dem Höhepunkt seiner volkserzieherischen Arbeit, erwachte in Uli Bouwmeester ein bösartiger Zug. Den Amsterdamer Akzent, den er bei Coward und Molière durch eine affektierte Haager Aussprache überdeckt hatte, ließ er jetzt durchgehen, wobei er tief in seinem Innern ein großes Gelächter aufkommen fühlte. Die Rolle des Mortimer spielte ein neu angeworbenes Mitglied der Truppe, ein Monteur von der Garage an der Ecke, ein schmächtiger blonder Junge, der schon bei der ersten Probe seine ganze Rolle auswendig konnte und sich keinerlei Anweisungen geben ließ, sondern gleich zu Beginn seines Auftritts den rechten Fuß etwas vorschob, den rechten Zeigefinger ans Kinn legte, mit der linken Hand den rechten Ellenbogen umfaßte und mit der Geschwindigkeit eines Maschinengewehrs seine Verse sprach, ohne dabei eine Miene zu verziehen. Außerdem bewegte er beim Text der anderen Akteure die Lippen mit: er hatte *alles* auswendig gelernt. Als er sich das nicht abgewöhnen konnte und sich auch sonst nicht lenken ließ, ermutigte Uli die anderen, ihren Text ebenfalls so schnell wie möglich herunterzurasseln – Tempo, Tempo! Wiederholt mußte er ihnen versichern, das sei in Ordnung, der Text brauche das; und obwohl alle daran zweifelten (außer dem Monteur, der während der Szenen, in denen er nicht vorkam, blaß zum Fenster hinausstarrte), war seine Autorität doch so groß, daß niemand sich zu widersetzen wagte.

Die Jubiläumsvorstellung wurde eine Katastrophe. Zur Enthauptung kam es gar nicht, der Vorhang fiel endgültig schon während des zweiten Aktes. Gré Paap, die sich in ihrer Aufregung in den geliehenen und ebenso bombastischen wie schäbigen Gewändern verhedderte, Gerrit als Graf von Leicester mit lallender Stimme, und das alles in Amsterdamer Platt, Königin Elisabeth, die mit einem Überschwang spastischer Gebärden das Tempo zu halten versuchte; Kleider rissen, Kronen rollten über die Bretter; und nicht zuletzt Mortimer, der leichenblaß an die Rampe trat, seinen rechten Ellbogen umfaßte und mit seinem Text alles und jeden niederschmetterte. Im aufkommenden Tumult brach endlich das Gelächter so heftig aus Uli Bouwmeester heraus, daß es fast wehtat, aber mit der Aufführung hatte das nichts mehr zu tun.

So endete seine Karriere als Regisseur. Am folgenden Abend erschien sogar ein kurzer Artikel in »De Waarheid« und beschrieb die üble Art und Weise, mit der er, der drittklassige Komiker, die ehrlichen Theaterliebhaber der Arbeiterklasse mißbraucht habe. Es sei eine Schande, so mit Menschen umzugehen! Und da Kommunisten nichts so einfach vergäßen, fügte das Parteiblatt hinzu, sei das wohl auch zu erwarten gewesen von einem charakterlosen Kollaborateur, der noch 1943 ... Die sich anbahnenden Kontakte zum Studententheater, das wieder einen Schritt nach vorn bedeutet hätte, brachen nun ebenfalls ab. Uli ließ noch Namen und Foto in den traurigen Prospekt einer Theateragentur für Komparsen aufnehmen, hörte aber nie mehr davon.

Der Tod seiner Frau beschäftigte ihn weniger als einige Monate vorher das Verschwinden von Sebastiaan. Sie hatte den Hund zum Einkaufen mitgenommen, und Uli sah zufällig, wie er plötzlich mit flappenden Ohren über die Straße rannte und die Leine hinter sich herzog. Uli ging vor die Tür, aber der Hund war nirgends mehr zu sehen. Vor einem Geschäft, in das Hunde nicht hineindurften, hatte seine Frau ihn an einem Eisenring festgebunden und danach mußte es passiert sein: entweder hatte ihn jemand losgemacht oder er hatte sich losgerissen; die Panik mußte sein Hirn so verwirrt haben, daß er am Haus vorbeilief und für immer aus Ulis Leben verschwand. Verzweifelt setzte Uli Anzeigen in die Zeitung, lief monatelang suchend durch die Stadt und fragte überall, ob man nicht zufällig einen kleinen braunen Dackel gesehen habe; nachts rief er seinen Namen in den Park, horchte der Stille nach und weinte wie ein Kind – in den Händen hielt er den ausgebleichten Markknochen mit den Spuren von Sebastiaans Zähnen.

Als auch seine Frau nicht mehr da war, begriff er, daß ihm eigentlich nur noch eines blieb: älter zu werden. Kinder hatte seine Frau nie bekommen; das einzige, das ihre Gebärmutter hervorgebracht hatte, war die Geschwulst, die sie tötete. Allem Anschein nach bewirkte der Wegfall ihrer Eifersucht, daß seine sexuelle Raserei abnahm, vielleicht hatte er das alles nur ihretwegen getan.

Er fristete sein Leben nun damit, daß er zu Hause die Buchhaltung eines kleinen Malerbetriebes führte. Bis zu seinem fünfzigsten Lebensjahr spielte er mit dem Gedanken, nach Deutschland zu gehen und sich dort im regen Revue- und Operettenleben eine neue Existenz aufzubauen; aber vielleicht lag es an dieser Zahl 50 (und an einer Operation an der Gallenblase, von der sich eines Tages herausstellte, daß sie voller Steine war), daß er nicht mehr die Kraft zu diesem Schritt aufbrachte. Von da an spürte er, wie er sich von der Welt der Jüngeren in die der Älteren bewegte.

Durch eine zufällige Begegnung mit einem Mann vom Rundfunk, besser gesagt mit einem Mann, der vom Rundfunk zum Fernsehen übergewechselt war (das neue Fernsehen wurde von zweitrangigen Rundfunkleuten betrieben, die durch die erste Garnitur in das anspruchslosere Medium abgedrängt wurden), erhielt er ein paar Jahre später eine Stelle als Geschäftsführer eines ziemlich üblen Nachtklubs, der ›De Kelder‹ hieß und überwiegend von unbedeutenden Journalisten, sogenannten Fotografen und noch zwielichtigerem Volk frequentiert wurde, das in den Künstlerklub auf dem Leidseplein nicht hineingelassen wurde. Der Nachtklub war im Souterrain in einer engen Nebengracht des ehemaligen Judenviertels untergebracht, darüber lag Ulis mietfreie Dienstwohnung. Er mußte die Organisation des Klubs übernehmen und hatte die Aufsicht über zwei unverschämte Kellner, die noch früher betrunken waren als die Gäste. Den Klub-Mitgliedern gefiel das: ein echter Bouwmeester in untergeordneter Stellung, der auf seinem Hocker hinter der Kasse genüßlich Histörchen zu erzählen wußte. Sie lachten darüber, sie lachten eigentlich immer unter den oft zu großen Schnurrbärten; sie legten ihm die Arme zu fest um die Schultern und unterhielten sich in dieser Haltung lachend mit ihren Freunden, aber es war ein Lachen, das manchmal von einer Sekunde zur anderen verschwand; plötzlich wurde eine latente Gewalttätigkeit spürbar, so daß sich Uli angesichts dieser handgreiflichen und gefährlichen Unterweltler lieber ihre Späße gefallen ließ. Einmal manschten zwei späte Kunden (die Kellner waren schon nach Hause gegangen) eine Zeitlang in einem vollen Aschenbecher herum, gossen Whisky auf Kippen und Asche und rührten alles mit ihren Cocktailstampfern aus Plastik durch. Anschließend verlangten sie lachend einen Löffel und zwangen Uli, den Aschenbecher leer zu essen und schließlich sauber auszulecken. Danach konnte er ein paar Nächte lang nicht schlafen – hierher also hatte ihn das Leben geführt.

Hie und da bot sich eine Gelegenheit, alleinstehende Damen für ein Stündchen mit nach oben zu nehmen oder Frauen, die gekommen waren, um sich nach einem Ehekrach zu betrinken. Das wurde schwieriger, als seine Schwester zu ihm zog, die Wohnung nach ihrem Geschmack einrichtete und ihm bei den organisatorischen Angelegenheiten seiner Arbeit half, ihre Katze mußte sie weggeben, denn er war allergisch gegen Katzen.

Berta war ebenfalls kinderlos. Von ihrem ersten Mann wollte sie keine Kinder, um die Karriere von Shirley Carola beim Volkstheater nicht zu gefährden, worauf er sich von ihr scheiden ließ; ihr vor kurzem verstorbener zweiter Mann, ein ungehobelter Bauunternehmer und Hurenbock, hatte bereits aus früheren Ehen fünf Söhne und wollte nichts davon hören.

Etwa zwölf Jahre lang ging alles mehr oder weniger gut – bis es eines Tages doch wieder schiefging. Da der niederländische Boden nicht aus Felsgestein besteht, das man durchbohren kann, sondern aus Schlamm, mußte vor dem Bau einer U-Bahn-Linie die Trasse quer durch eine jahrhundertealte Wohngegend oberirdisch aufgebrochen werden. Nach monatelangen Straßenschlachten zwischen uniformierten und nichtuniformierten Jugendlichen zertrümmerte die große Abrißbirne schließlich auch das Haus an der Gracht, was zugleich das Ende von ›De Kelder‹ bedeutete. Die Gemeinde bot Uli und Berta in einem puppenhaften Neubauviertel von Lelystad eine Wohnung mit einem kleinen Garten an. Das heißt, eigentlich war alles dort neu, die ganze Stadt und sogar der Boden, auf dem sie erbaut war: der Meeresboden. Alles, alles dort war Kunst, nichts von Natur gegeben.

Und so begann die Abendstunde von Ulis Leben.

3. Die Besprechung der näheren Einzelheiten

Am betreffenden Sonntag – es herrschte ruhiges Spätsommerwetter – schaute Uli nach dem Aufwachen alle paar Minuten auf seine Uhr, auf eine versilberte Armbanduhr mit aufspringendem Deckel. Es war das einzige, was er noch von seinem Vater besaß, die Initialen waren mit kunstvollen Schnörkeln in den Deckel eingraviert. Auch in den vergangenen Tagen war ihm die Einladung nicht aus dem Kopf gegangen; er hatte sogar erwogen, das Autorentheater anzurufen und zu sagen, sie könnten durchaus auch früher kommen, fürchtete aber, der Übereifer könnte der Sache vielleicht schaden. Ab und zu warf er einen Blick auf den Brief, der hochkant an dem kleinen Keramikhirsch auf dem Kamin lehnte, auf dieses wunderbare Ding, das in sein Haus gekommen war und sich nun darin befand wie eine Perle in der Auster. Den Text kannte er mittlerweile auswendig, als wäre er ein Teil seiner zukünftigen Rolle. Berta versuchte mehrfach, ihn auf andere Gedanken zu bringen, als fürchtete sie irgendein Unheil, und als ihr das nicht gelang, redete sie überhaupt nicht mehr mit ihm.

»Damit du es nur weißt, ich lasse mich nicht sehen«, sagte sie lediglich an dem Mittag. »Und den Tee kannst du dir selber machen.«

»Wunderbar«, sagte Uli. »Halte dich in Gottes Namen raus.« Er zeigte auf die Illustrierte ›Privaat‹, die sie in der Hand hielt. »Lies du nur deinen Mist. Amüsier dich nur darüber, wie sich prominente Niederländer an den Pöbel ranschmeißen.«

»Ja, ja«, sagte Berta, »du möchtest zu gern selber drinstehen.«

»Ach was ...«

Sie schlug die Tür hinter sich zu.

Tee würde er mit Sicherheit keinen machen: im Kühlschrank wartete eine Flasche Champagner vom Supermarkt, genauer gesagt, weißer Schaumwein, Champagner war denn doch zu teuer.

Als es auf seiner Uhr endlich punkt vier war, rührte sich nichts auf der Straße, und auch eine halbe Stunde später rührte sich immer noch nichts. Uli tigerte im guten Anzug zwischen Wohnzimmer und Hinterzimmer hin und her. Er redete sich zu, es habe nichts zu bedeuten, gegen vier Uhr, stand im Brief, sie hatten sich einfach verspätet, verirrt, waren in Amsterdam in einen Stau geraten; wenn sie um fünf Uhr noch nicht da wären, würde er zum Nachbarn gehen und anrufen. Berta steckte den Kopf zur Tür herein und spottete:

»Stümper! Ein Stümper in der Hauptrolle!«

Uli hörte sie die Treppe hinaufgehen und spürte wieder das Elend lang, lang vergangener Zeiten, als er die Getränke bereitgestellt und den Ofen eingeheizt hatte und irgendeine Lady dann ausgeblieben war. All seine Phantasien der letzten Tage wurden brüchig, zerbröckelten und stürzten zusammen – der losbrechende Applaus, der sich öffnende Vorhang, der den Applaus plötzlich in voller Stärke auf die Bühne ließ, das im Saal angehende Licht, bis hinten hin all die Gesichter, oben Gesichter, Hand in Hand mit Kollegen an die Rampe und wieder zurück, der schwer herunterrauschende Vorhang mit seiner grauen Rückseite; wie sie einander beglückt anschauten, wenn die Seile sich wieder spannten und den Vorhang erneut hochzogen, der Saal voller Menschen, die händeklatschend aufstanden... Bravo! Bravo!... Er blieb stehen und schaute auf die Uhr. Um Punkt fünf ging er anrufen.

Genau in dem Augenblick, als er sich auf den Weg machte, fuhr ein kleines schwarzes Auto in die Wohnsiedlung, es fuhr ein wenig zu schnell und hielt mit einem Ruck vor der Tür. Im selben Moment überkam Uli eine große Müdigkeit, die Befriedigung, die er verspürte, hatte vielleicht mehr mit seinem Triumph über Berta zu tun als mit der Tatsache, daß sie nun endlich da waren.

Hinter den Gardinen verborgen beobachtete er die beiden Männer, die aus dem Auto stiegen. Der eine hatte graublondes Haar, ein blasses Gesicht und sah sehr englisch aus mit seinem karierten braunen Sportsakko, dem blaukarierten Hemd und der englischen Uniformkrawatte; in der Hand trug er ein flaches Diplomatenköfferchen. Das Köfferchen war ein bißchen enttäuschend, die dunkelbraunen Wildlederschuhe hingegen registrierte Uli beifällig. Der andere, der am Steuer gesessen hatte, machte einen weniger günstigen Eindruck. Das war sicher der Regisseur, Caspar Vogel. Er war um die fünfunddreißig Jahre alt und von Kopf bis Fuß in Schwarz gekleidet. Schwarze Stiefel mit erhöhten Absätzen, eine Hose aus glänzendem schwarzem Kunstleder, schwarze Lederweste und auf dem Kopf einen schwarzen Hut mit Kniff, dessen Krempe nicht heruntergeschlagen werden konnte: ein Mittelding zwischen Melone und Filzhut. Er griff nach einem Blumenstrauß auf der Hinterbank und sagte über das Autodach hinweg lachend etwas zu dem Beifahrer, vermutlich H. Michaël, der etwas älter wirkte als Vogel. Von oben hörte Uli Bertas schwere Schritte, offenbar hatte sie in seinem Schlafzimmer am Fenster gestanden.

Als die Klingel ging, sprang der weiße Pudel mit hysterischem Kläffen aus seinem Korb. Uli wartete ein wenig, um nicht einen allzu eilfertigen Eindruck zu machen, aber Berta kam ihm zuvor. Sicher wegen der Blumen. Er öffnete die Tür zum Flur, aber da der Hund sich kläffend durch den Spalt drängte, gab er ihm einen kräftigen Tritt in die Flanke, so daß er gegen die Türkante prallte, aber statt zu winseln, schaute er nur mit einem erstaunten Blick zu Uli auf, als ob der das nicht so ernst gemeint haben könnte. Uli sah gerade noch, wie »Frau Bouwmeester« strahlend die Blumen in Empfang nahm – sie hatte ihre Perücke aufgesetzt (zu voll und dunkelblond für ihr Alter).

»Ah«, sagte er, »meine Schwester hat Sie schon hereingelassen.«

Seine Vermutung, wer von den beiden Vogel war und wer Michaël, erwies sich als richtig. Als er Caspar Vogel die Hand schüttelte (eine ziemlich kalte Hand), fühlte er sich von dessen dunklen Augen gemustert wie ein Gegenstand, und diesen Eindruck konnte auch das freundlich lächelnde Gesicht nicht verscheuchen, aber er bemerkte sofort, daß der Regisseur im Bruchteil einer Sekunde herausgefunden hatte, welches sein gesundes Auge war.

»Still doch, Joost!« rief Berta dem Pudel zu, der bellend an den Gästen hochsprang, »das sind nette Leute.«

»An der Brücke war eine Verkehrskontrolle«, meldete Vogel. »Wir wären fast zu spät gekommen.«

»Fast?« Uli ließ den Deckel seiner Uhr aufspringen und tippte mit dem etwas zu langen Nagel des Zeigefingers auf das Glas. »Sie sind genau eine Stunde zu spät.«

Mit hochgezogenen Brauen sah Vogel Michaël an.

»Wir hatten doch um vier Uhr abgemacht?«

»Ich nehme an«, sagte der Verwaltungsdirektor, »Sie haben vergessen, Ihre Uhr zurückzustellen. Seit heute nacht gilt die Winterzeit.«

Uli schlug sich mit der Hand vor die Stirn, machte eine kleine hilflose Geste und öffnete die Tür zum Hinterzimmer. Leicht vornübergebeugt und mit merkwürdig schleichenden Schritten trat Vogel als erster ein. Er knöpfte seine Weste auf, so daß auf dem schwarzen T-Shirt die riesigen Ziffern einer 22 sichtbar wurden. Den Hut nahm er nicht ab, und Uli traute sich nicht, ihn zu fragen, ob er den Hut nicht in die Garderobe hängen wolle – am liebsten jedoch hätte er dem Regisseur das Ding mit beiden Händen über die Augen gezogen und die Faust auf seinen Schädel niedersausen lassen.

Mit einer Geste lud er die beiden Männer ein, an dem viereckigen Eßtisch unter der Lampe Platz zu nehmen.

»Ein Täßchen Tee?« fragte Berta und steckte wie auf einer kolorierten Ansichtskarte von vor sechzig Jahren die Nase in die Blumen.

»Ja«, sagte Uli mit einem falschen Lächeln, »mach uns bitte einen Tee. Aber hetz dich nicht.«

Als sie sich in die Küche verzogen hatte, öffnete er eine Blechschachtel mit langen, dünnen Zigarren, aber nur Michaël bediente sich. Vogel erzählte unterdessen von der herrlichen Fahrt durch den Polder und über den Deich, und Uli hörte ihm zu, als würde er persönlich gelobt. Danach schlug er den Herren vor, zur Sache zu kommen.

Wie er bereits in seinem Brief geschrieben habe, sagte der Verwaltungsdirektor, sei unerwartet ein Stück ausgefallen, eine zu einer Parodie auf die literarische Situation in den Niederlanden umgemodelte Bearbeitung von Grabbes »Scherz, Satire, Ironie und tiefere Bedeutung«. Ein beleidigter Romanschriftsteller, der das Manuskript in die Hände bekommen habe, sei zum Richter gelaufen und habe die Aufführung mit Erfolg verhindert. Statt dessen bringe man nun das neue Stück von Siderius.

»Sie haben sicher schon von ihm gehört.«

»Sicher«, sagte Uli, obwohl das mitnichten der Fall war, »Leo Siderius ... Aber warum gerade ich?«

Michaël schaute zu Vogel, der mitten im Zigarettendrehen innehielt, sich etwas vorbeugte und mit leiser, eindringlicher Stimme sagte:

»Weil Sie genau der Mann sind, den wir brauchen. Und jetzt, da ich Sie leibhaftig vor mir habe und höre, bin ich mir ganz sicher.«

Uli sah ihn unentwegt an.

»Mal langsam ...« sagte er. »Verstehen Sie mich recht, ich fühle mich sehr geehrt – aber wie konnten Sie das wissen, ehe Sie mich gesehen hatten?«

»Weil ich ein Foto von Ihnen gesehen habe.«

»Ein Foto? Von mir? Das muß wohl noch eine Aufnahme von vor dem Krieg gewesen sein ... oder höchstens während des Krieges«, sagte er zögernd.

Vogel wandte sich Michaël zu, der das Diplomatenköfferchen auf den persischen Tischläufer legte und ihm ein dünnes Buch entnahm. Er schlug es auf der mit einem Eselsohr markierten Seite auf und reichte es ihm hin. Uli ging ins Wohnzimmer, um seine Brille zu holen. In einer Reihe von Fotos erkannte er sofort sein Porträt. Er blieb auf halbem Wege zum Hinterzimmer stehen und betrachtete den vergilbten Umschlag. Es war der Katalog der Theateragentur für Komparsen, in den er sich damals hatte aufnehmen lassen.

»Wie in aller Welt ist das möglich«, sagte er, nahm die Brille ab und hielt das Büchlein hoch. »Das ist dreißig Jahre alt. Wo habt ihr das aufgetrieben?«

Vogel stützte einen Ellbogen auf die übereinander geschlagenen Beine, während seine Finger selbstverliebt mit einer schwarzen Haarsträhne spielten, die hinter den Ohren unter dem Hut hervorguckte.

»Sie werden es kaum glauben«, sagte er, wieder mit dem

gewissen Lächeln, »aber das Foto habe ich zum erstenmal gesehen, als ich siebzehn war. Auf dem Flohmarkt in Rotterdam. Ich ging dort immer hin, wenn ich die Schule schwänzte. Ich wollte schon damals Regie führen und kaufte es sofort, für zehn Cent, glaube ich.«

»Was war denn so Besonderes an meinem Gesicht?« fragte Uli geschmeichelt.

Er setzte sich und sah das Foto nochmals an. Das Gesicht lachte frech, die dunkelblonden, an den Schläfen schon grau werdenden Haare klebten am Schädel wie dick aufgetragene Glanzfarbe. *Willem Bouwmeester.* In dem kurzen Lebenslauf stand auffallend wenig (nämlich gar nichts) über seine Auftritte während des Krieges; der Katalog vermerkte lediglich, daß er beim Amateurtheater unter anderem Molière und Schiller inszeniert hatte.

»Man weiß nie, warum man von einem Gesicht fasziniert ist«, sagte Vogel. »Ich habe zig Gesichter vor Augen, die ich irgendwann mal gesehen habe, auf der Straße, oder was weiß ich wo, und die ich nie vergesse. Männer und Frauen, alte und junge, Kinder. Manchmal sind es nicht einmal die Gesichter, die etwas in mir wachrufen, sondern die Haltungen, ein bestimmter Gang, etwas an der Kleidung – nichts Exzentrisches, das ist immer langweilig, sondern gerade die ganz alltäglichen Dinge, eine bestimmte Sockenfarbe oder die Art, wie jemand sein Haar aus dem Gesicht streicht. Manchmal ist so etwas plötzlich wie ein Spalt, durch den die Seele sichtbar wird. Finden Sie das befremdlich?«

»Eigentlich nicht«, sagte Uli mit hochgezogenen Brauen.

Lachend fuhr Caspar Vogel fort, ihm zuzunicken. Die dunklen Augen in seinem weichen Gesicht hatten etwas Hypnotisches, und Uli begriff, daß er es mit einem ganz anderen Typus von Leuten zu tun hatte als bisher.

»Als ich Ihr Foto sah, wußte ich sofort, daß ich eines Tages irgendwas mit Ihnen machen würde.«

»Ach«, sagte Uli und fühlte etwas in sich erkalten, »Sie wollen irgendwas mit mir machen?«

»Sozusagen, ja. Während ich das Stück von Siderius las, trat allmählich Ihr Gesicht aus all den anderen Gesichtern hervor, und als ich es ausgelesen hatte, stand für mich fest, daß ich Sie haben mußte – falls Sie noch lebten.«

»Was das betrifft, ist die Sache in Ordnung. Und wie sind Sie zu meiner Adresse gekommen?«

»Jemand hat mir erzählt, daß Sie früher Geschäftsführer eines Künstlerklubs waren, der irgendwann abgerissen wurde. Bei der Gemeinde erfuhr ich, wo Sie hingezogen waren, und die Gemeinde Lelystad hat bestätigt, daß Sie immer noch hier wohnen.«

Uli berührte das Foto mit der Brille.

»Aber es muß Ihnen doch auffallen, gerade Ihnen mit Ihrem scharfen Blick, daß ich jetzt etwas anders aussehe.«

»Alles einkalkuliert. Sie sind genau auf die Art und Weise alt geworden, wie ich gehofft hatte.«

Uli legte mit militärischem Gruß zwei Finger an die Schläfe, und zwar leicht gekrümmt wie die hohen, adligen Offiziere – jedenfalls in den Operetten, und auch außerhalb.

»Ganz zu Ihren Diensten.«

»Wie Sie jetzt grüßen, beweist mir, daß ich mich in Ihrem Talent nicht geirrt habe.«

Berta erschien mit dem Blumenstrauß in einer milchweißen Vase, die sie vor sich hertrug wie eine Priesterin einen heiligen Gegenstand, besser gesagt, wie eine Schauspielerin, die eine Priesterin darstellt. Sie hatte wieder getrunken. Uli sah jetzt, daß es Lilien waren, große weiße Kelche. Lilien? – brachte man doch nur bei Todesfällen mit? Aber das wußte dieser Knabe da natürlich nicht, genauso wenig wie die Tatsache, daß er einen Eden Hat auf dem Kopf trug, den Sir Antony Eden vor dem Krieg in Mode gebracht hatte. Uli hatte selber noch so ein Ding getragen – allerdings nie im Haus. Aber vielleicht war der Regisseur ja ein frommer Judenbengel.

»Sind sie nicht wunderschön?« Aus einer Schublade der Anrichte nahm Berta eine silberne Foliopackung mit Tabletten heraus und drückte eine davon ins Wasser. »Ein Aspirin«, sagte sie. »Dann halten sie doppelt so lang. Das weiß ich noch von meinem Vater.«

»Der wird sicher eine ganze Menge Aspirintabletten gebraucht haben«, sagte Michaël, ohne eine Miene zu verziehen.

»Bei den vielen Blumen, die er nach seinen Vorstellungen bekommen hat ...«

»Es hielt sich in Grenzen.«

»Ja, ja«, nickte Uli, als Berta das Zimmer verlassen hatte, und schaute von dem widerlichen Schmeichler zu dem Mann in Schwarz. »Ihr wißt verdammt gut Bescheid, was?«

»Das ist unser Beruf.«

Uli fühlte sich zunehmend unbehaglicher. Sie wußten allerhand, die beiden, aber alles nur aus Büchern. Also wußten sie im Grunde gar nichts. Es kam ihm vor, als verlöre der Besuch allmählich an Glanz, etwas Unangenehmes schlich sich ein, aber er konnte nicht sagen, was es war. Sie saßen da, der eine mit dem Hut, der andere mit dem Köfferchen, und hielten plötzlich sein Leben in ihren Händen. Er mußte sich wehren, er fühlte sich bedrängt. Woher nahmen sie eigentlich den Mut, wie Schleichdiebe in sein Leben einzudringen?

»Zur Sache«, sagte er gewichtig und kühler, als er beabsichtigt hatte. »Dieses Stück von Siderius, erzählen Sie mir mehr davon.«

Michaël legte den Koffer auf den Tisch zurück und überreichte ihm ein großes, in schwarze Plastikfolie eingeschlagenes Buch. Es war die gebundene Fotokopie des Typoskripts. Das letzte Textbuch, das Uli in Händen gehabt hatte, war noch auf rauhem Papier hektographiert gewesen, mit vollgesogenen ›O‹s und grauen Streifen an den Rändern.

Leo Siderius
Unwetter

Er blätterte mit der Zigarre zwischen den Zähnen, und als Asche auf das Buch fiel, hob er es mit beiden Händen an, hielt es zur Seite und blies ein Aschenwölkchen ins Zimmer. Über die Brille hinweg sah er Caspar Vogel an.

»Es ist in Versen.«

»Dadurch läßt es sich sehr viel leichter lernen. Zu diesem Zweck wurde die Poesie erfunden.«

Uli sah auf die Besetzungsliste und las laut den obersten Namen:

»Pierre de Vries. Ist das der große Schauspieler, den ich darstellen soll?« Und als Vogel nickte: »Aber ich bin kein großer Schauspieler. Ich war Revuekünstler, ein gewöhnlicher Entertainer.«

»Genau deswegen müssen Sie ihn spielen. Ein Entertainer muß von einem großen Schauspieler dargestellt werden, siehe Pinter, aber einen großen Schauspieler kann nur ein talentierter Entertainer spielen.«

Uli schaute den Regisseur nachdenklich an.

»Oder vielleicht auch nicht?«

»Ich denke doch. Jedenfalls einen Schauspieler der alten Generation, der noch im täglichen Leben allemal theatralischer auftrat als heutzutage ein junger auf der Bühne. Das ging natürlich nicht immer gut, ohne Regisseur, verstehen Sie? Ein großer Komödiant, müßte man eigentlich sagen, was wir brauchen, ist ein Komödiant alten Stils. Gerade Sie müßten wissen, wovon ich rede, Sie haben solche Leute ja noch gekannt.«

Uli nickte. »Das waren Kerle, die in einem Restaurant ihr Essen in einem Ton bestellten, daß alle anderen verstummten.« Er schaute wieder ins Skript. »Pierre de Vries ... Der Name ist nicht schlecht gewählt.« Er nahm die Brille ab und betrachtete träumerisch die Sonnenblumen von Van Gogh an der Wand. »Es gab früher einen Henri de Vries, übrigens ein Verwandter von mir, er war der Sohn von Louis Moor, dem Sohn von Louis Bouwmeester senior. Und dann gab es noch einen Louis de Vries, aber der gehörte nicht zur Familie. Wußten Sie, daß seine Eltern beide taubstumm waren?«

»Was Sie nicht sagen ...«

»Und Bob de Vries natürlich, nein, Rob de Vries. Alle tot und vergessen. Schauspieler hinterlassen keine Spuren. Sie verschwinden wie ... wie ... was weiß ich, der Nachklang ihrer Worte im Theater. Das muß man sich vorstellen«, sagte er, plötzlich ergriffen, »so ein Theatersaal, nachts, wenn niemand mehr da ist, mit all den leeren Stühlen, im Dunkeln ...« Er sog an seiner Zigarre, betrachtete sie und zündete sie erneut an. »Jedenfalls scheint er sich auszukennen, euer Leo Siderius. Was ist das für ein Mensch?«

Die Besucher sahen einander an.

»Sag du es ihm, Hendrik«, sagte Vogel.

»Ein höchst interessanter Mann, noch gar nicht alt. Sie werden ihm sicher mal begegnen. Obwohl, bei ihm weiß man nie«, sagte Michaël und lächelte mit gespitzten Lippen.

»Danke, das reicht schon«, sagte Uli mit einer Geste, als verjage er eine Fliege. »Ich hatte oft genug zu tun mit Narren. Wenn nur die Texte gut geschrieben waren.«

»Das reimt sich«, sagte Vogel. »Sie fangen ja schon selber an, in Versen zu sprechen.«

Wie in einem naturalistischen Theaterstück mit allzu vordergründig eingeteilten Szenen brachte Berta den Tee herein. Während sie den Besuchern einschenkte, plapperte sie ununterbrochen, sehr zu Ulis Ärger. Für einen läppischen Blumenstrauß war sie zu haben, diese Schlampe, sie roch wieder Theaterluft, den muffigen Geruch von Staub, Schweiß und Lumpen, der plötzlich wie der Duft des Paradieses aus ihrer Vergangenheit aufstieg. Uli bemerkte, daß sie sich die Lippen geschminkt hatte, besser gesagt: sie hatte Lippen gemalt, wo keine mehr waren, und über den Augenbrauen hatte sie zwei ungleichmäßige rotbraune Striche gezogen. Falls er die Sache platzen ließ, konnte er sich immerhin an ihrer Enttäuschung weiden. Als sie ihm die Schale mit den Pralinen hinhielt, wendete er sich ab mit einem Gesicht, als handelte es sich um tote Spinnen.

»Setz dich endlich hin«, brummte er fast beklommen, »und laß die Herren auch einmal zu Worte kommen.«

4. Und nun das Stück ...

Unwetter sei teilweise Theater im Theater. Was gebe es Schöneres als das: eine Parabel in der Parabel? Herr Bouwmeester kenne doch die Worte von Hamlet:

Das Schauspiel sei die Schlinge,
In die den König sein Gewissen bringe.

»Selbstverständlich«, sagte Uli.

Es war kein Zufall, daß nun der Name Shakespeare fiel, denn eines seiner Stücke spielte in Siderius' Stück eine wichtige Rolle: *Der Sturm*. Aller Wahrscheinlichkeit nach war es Shakespeares letztes Stück, der phantastische Höhepunkt seines gesamten Werkes, dessen Geheimnisse noch immer kaum ergründet waren, wohl auch nie ganz ergründet werden sollten. *Der Sturm* war das Bühnenwerk, mit dem Pierre de Vries im Alter von fünfundsiebzig Jahren seine glorreiche Theaterlaufbahn beenden sollte: selbstverständlich in der Rolle des Prospero.

»Fünfundsiebzig?« Uli lachte kurz durch die Nase. »Ein Knabe also.«

Zum dritten Mal hob Michaël sein Köfferchen vom Boden auf und nahm diesmal ein abgegriffenes Taschenbuch heraus, das er Uli als ›Gedächtnisstütze‹ hinhielt; Berta nahm es ihm aus der Hand und gab es ihrem Bruder. Widerwillig, als sei es dadurch beschmutzt worden, nahm er es in die Hand und las, was auf dem Umschlag stand:

William Shakespeare
Der Sturm

»Das heißt ja wohl: lernen«, sagte er bedrückt. Und als Michaël fragte, ob er es kenne: »Weiß Gott, das habe ich vergessen. Wenn Sie wüßten, was ich alles vergessen habe.«

Genaugenommen, sagte Vogel, sei es nicht nötig, daß er es kenne, auch der Zuschauer erfahre nicht mehr darüber, als in Siderius' *Unwetter* zu finden sei: die Probe von zwei Szenen, oder besser: Fragmenten davon. Aber ein Künstler müsse immer mehr wissen, als er preisgebe, wie ein guter Autofahrer, der immer Reserve habe. Das Shakespeare-Stück werde übrigens vieles zum Verständnis der Rolle beitragen: schließlich sei es das Stück, das Pierre de Vries ständig im Kopf habe. Außerdem seien mancherlei versteckte Parallelen zwischen der Geschichte von Pierre de Vries und der von Prospero vorhanden.

Prospero, the right Duke of Milan! Wie Herr Bouwmeester sich vielleicht noch erinnere, sei Prospero ein Magier, der mit seiner Tochter auf einer einsamen Insel im Mittelmeer wohne. Früher Herzog von Mailand, der sich aber fast ausschließlich in das Studium des Übernatürlichen vertieft habe, sei er vor Jahren von seinem schurkischen Bruder Antonio vertrieben worden. Auf der Insel herrscht er über die viehische Kreatur Caliban, den Sohn der Hexe Sycorax, und über einige gute Geister, die er aus der schrecklichen Gefangenschaft der Hexe befreit hat. Eines Tages fährt ein Schiff vorbei. Unter den Reisenden befinden sich der König von Neapel, sein Sohn Ferdinand, sein Narr, sein Knecht und auch der unrechtmäßige Herzog von Mailand. Mit Hilfe des Luftgeistes Ariel, der für jedermann unsichtbar ist außer für seinen Auftraggeber (und natürlich für das Publikum), entfesselt Prospero ein fürchterliches Unwetter, das Schiff droht zu sinken, aber von Zauberkräften getragen erreichen alle unversehrt die Küste. Unterdessen enthüllt Prospero Miranda, wer sie in Wirklichkeit ist: die Herzogin von Mailand. Ein wenig später begegnet ihr Ferdinand: Liebe entbrennt. Die anderen Schiffbrüchigen, die auf der Insel herumirren, glauben, der Junge sei ertrunken, und nun schmieden der Bruder des Königs von Neapel und Antonio einen Plan, den König zu ermorden. Der Narr und der Knecht, beide stockbesoffen, treffen unterdessen Caliban und beschließen ihrerseits, Prospero zu ermorden und die Herrschaft über die Insel an sich zu reißen. Durch Ariel von den Mordplänen unterrichtet, greift Prospero während der Verlobungsfeier von Ferdinand und seiner Tochter in das Geschehen ein. Da wendet sich alles zum Guten: der König findet seinen Sohn, die Schurken zeigen Reue, Ariel bekommt seine Freiheit wieder und Prospero kehrt als rechtmäßiger Herzog nach Mailand zurück, wo ein großes Fest gegeben wird.

Uli kniff die Augenlider leicht zusammen.

»Ich höre zwar, wie Sie mir das alles erzählen, habe es aber schon wieder vergessen. Tja, Sie müssen entschuldigen. Ich sehe nur etwas Zauberhaftes vor mir, voller Musik...«

»Dann haben Sie genau erfaßt, worum es geht.«

»Sie denken natürlich, das sei das Alter, aber so ging es mir auch schon früher. Ich war immer zu beschäftigt mit dem Schauen, so daß ich niemals... wie sagt man nur... einen Überblick über die Geschichte bekam.«

»Er begreift nicht einmal einen Krimi im Fernsehen«, sagte Berta. »Ich muß ihm ständig erklären, wer der eine und wer der andere ist.«

»Ja, ja, schon gut. Aber wer der Täter ist, weiß ich immer schon nach fünf Minuten.«

»So ist es.« Berta nickte erst dem einen, dann dem anderen zu und ließ Joost auf ihren Schoß springen. »Immer der, den man am wenigsten verdächtigt.«

»Nein, der nicht«, murmelte Uli. »Das wäre zu einfach. Es ist der am zweitwenigsten Verdächtige.«

Gut, das also sei Shakespeare. Und nun zur Geschichte von Pierre de Vries, dem eigentlichen Stück. Man könne es am besten als eine Art Kammerspiel mit Krimi-Elementen bezeichnen, die Herr Bouwmeester sicherlich sofort begreifen werde, denn so schlimm könne es mit seinem Nichtverstehen wohl nicht sein. Es handle sich um eine fatale Liebesgeschichte, die sich zu Beginn des Jahrhunderts in der Theaterwelt zugetragen habe; ebenso wie *Der Sturm* stecke es voller Komplotte. Es sei ein historisches Stück (sozusagen im doppelten Sinne), hauptsächlich mit Schauspielern jener Zeit und in dem Stil, in dem damals Shakespeare gespielt worden sei. Darum müsse man auch die alte Übersetzung von Burgersdijk benutzen. Ort der Handlung sei das Amsterdamer Stadttheater, wie gesagt, es kämen Proben aus dem Stück *Der Sturm* darin vor, wobei übrigens nicht alle Darsteller in diesem Stück im Stück mitspielten. Wichtig seien aber auch die Szenen zwischen de Vries und seinem fünfzigjährigen Freund.

»Fünfzigjährigen Freund?« wiederholte Uli mit leicht verzogener Miene. »Was soll das heißen? Ist er womöglich schwul?«

»Leider...« Lachend zeigte Vogel mit einer Gebärde, daß er es auch nicht ändern könne. »Das darf natürlich niemand wissen, aber jeder weiß es.«

»Ach du lieber Gott«, sagte Uli, stemmte sich am Tisch hoch und setzte sich anders hin, »läuft es wieder darauf hinaus. Mir wird langsam schlecht von dem Schwulen-Getue. Es scheint allmählich... Wißt ihr, wodurch das alles kommt? Durch die Übervölkerung. Das ist die Art und Weise, mit der die Natur ihre Geburtenkontrolle durchführt.«

»Sie meinen«, versuchte sich Caspar Vogel vorzutasten, »Homosexualität sei zu begrüßen...«

»Ja, ja.« Uli sah ihn durchdringend an. »Sind Sie etwa auch ein warmer Bruder?«

»Im Prinzip nicht...« begann Vogel, aber Uli schnitt ihm das Wort ab:

»Schon gut. Jeder muß auf seine Art selig werden, das sagte schon Friedrich der Große. Nach seiner eigenen Fasson.«

»Kein Wunder, er war ja selber schwul. Er scheint sogar etwas mit Voltaire gehabt zu haben.«

»Mag sein. Aber ich habe nicht für fünf Pfennig Lust, in die Haut einer alten Tunte zu schlüpfen. Schöne Bescherung!«

»Du bist gut«, sagte Berta, die mit ihrem Zeigefinger in Joosts Ohr kraulte. »Würdest du auch keinen Mörder spielen? Oder einen Mörder, aber keinen Schwulen? Dann stimmt aber auch bei dir einiges nicht.«

»Das einzige, was bei mir nicht stimmt«, schnauzte Uli sie an (wobei blitzartig das brennende Berlin vor seinen Augen auftauchte), »ist, daß du meine Schwester bist. Hast du nichts zu tun? Mußt du nicht kochen oder sonstwas machen?«

»Nein.«

»Dann halte dich da raus, ja?«

»Pierre de Vries ist übrigens auch ein Mörder«, sagte Vogel.

Uli sah ihn böse an und fragte schroff, zwischen welchen Partnern sich die Liebesgeschichte denn abspiele.

»Ja, das ist sehr rührend. Aber zuvor möchte ich Ihnen noch sagen, daß ein Schauspieler nie in die Haut der dargestellten Person schlüpft. Das ist ein altes Mißverständnis. Die Person muß in *seine* Haut schlüpfen. Schließlich ist es der Schauspieler, der existiert, und nicht die darzustellende Person. Als Schauspieler wird man nicht ein anderer, sondern der andere verwandelt sich in den Schauspieler.«

Die Bemerkung gefiel Uli. Da war etwas dran. Es steckte doch mehr unter dem Hut, als er gedacht hatte, aber er hatte keine Lust, Vogel seine Zustimmung merken zu lassen.

»Und die Liebesgeschichte?«

»Verstehen Sie?« fuhr der Regisseur fort. »In dem Sinne hat jedes Theater etwas Homoerotisches. Das ist vielleicht eines der Dinge, die Siderius sagen will.«

»Das mag alles gut und recht sein«, sagte Uli ungeduldig. Er machte es nun wieder zu schön, der Hut, aber er wollte offensichtlich nicht sagen, worum es sich in dem Stück handelte. Uli sah ihn fragend an.

»Die Liebesgeschichte spielt sich eigentlich zwischen allen und jedem ab. Jeder will einen anderen für sich gewinnen, oder für sich behalten, und daraus entsteht eine Art gordischer Knoten aus machiavellistischen Machenschaften, Lügen, Mißverständnissen, Mißbrauch, bis hin zur Erpressung. Sie dürfen nicht vergessen, daß man damals den Prozeß von Oscar Wilde noch frisch in Erinnerung hatte. Wann war das genau?« fragte er Michaël.

»Achtzehnhundertfünfundneunzig oder sechsundneunzig.«

»Na gut, Sie werden das alles hier lesen.« Er schaute Uli weiterhin an. »Aber gut, ich weiß, was Sie hören wollen. Der Kern der Sache, von dem aus alles in Bewegung gesetzt wird, ist die Liebesaffäre zwischen Pierre de Vries und dem Schauspieler, der den Ariel spielt. Einem jungen Mann von etwa Zwanzig.«

Uli legte den *Sturm* auf das Manuskript vom *Unwetter,* kreuzte die Arme und sagte:

»Meine Herren, Sie können mich mal.«

Es entstand eine beklemmende Stille. Wenn es möglich ist, innerlich zu kichern, ohne daß es jemand hört oder sieht, dann kicherte Uli jetzt. Er hatte nichts gegen Schwule und Lesben (solange sie ihren Unsinn nicht um jeden Preis als eine Art Weltanschauung propagierten), wollte aber jetzt die Gelegenheit nutzen, um die Verhandlungen zu blockieren, damit er sich gegebenenfalls mit Anstand herauswinden konnte. Die Sache fing an, ihm zu nahe zu kommen. Auch zu der Zeit, als Homosexualität noch eine Schande war, hatte er mehrere Fälle aus der Nähe miterlebt, natürlich, außerdem hatte es in seinem eigenen langen Leben eine Begebenheit gegeben, ein bestimmtes Ereignis, vierzig Jahre her, als er halb so alt war wie jetzt, etwas, das er immer verheimlicht hatte, vor sich selber aber nicht leugnete, auch später nicht. Mit dem feixenden Vergnügen eines Voyeurs (eines, der sich selber zusieht) blickte er seither darauf zurück ...

... und durch das Schlüsselloch sieht er den Mann mit der Pomade im Haar aus dem Hotel treten und den belebten Potsdamer Platz überqueren, er trägt einen weiten, anthrazitgrauen Pelerinenmantel, hat den weißseidenen Schal locker über die Schulter geschlagen und eine flache ägyptische Zigarette zwischen den Lippen. Es ist ein kalter Abend im Februar, das letzte Licht fällt spärlich auf die alten Gebäude und brandneuen Ruinen. Er ist in Berlin, hier beginnt seine Tournee durch Deutschland, seit drei Jahren hat er die Grenze nicht überschritten und geht jetzt mit einem befreiten, glücklichen Gefühl durch dieses andere Licht und die fremden Gerüche. (Ja, beim Hören einer bestimmten Musik – es braucht nicht Bach oder Beethoven zu sein, nein, lieber nicht, lieber ein Lied von Zarah Leander mit ihrem männlichen Alt – fühlt er sich unsterblich.) Daß das nicht unbedingt angemessen ist, weiß er selber auch, aber er schadet doch niemandem damit? Er ist Künstler und kümmert sich nicht um Politik, er tut nichts anderes, als er immer getan hat: volle Säle zu unterhalten. Außerdem ist er hier gewissermaßen zu Hause: seine Mutter ist hier geboren, und die Tante, die ihn erzogen hat; die Sprache spricht er fließend und fast ohne Akzent. Gestern abend noch hat er mit seinem Onkel im Kranzler soupiert; Onkel Julius ist von Beruf Eisenbahnbeamter, trägt jetzt aber auch Uniform und ist seinen Reden nach Mitglied der ›Bismarck-Jugend‹.

Vor einem Kino bleibt er stehen und versucht die Fotos im Schaukasten zu erkennen. Welcher Film läuft hier? ›Die goldene Stadt‹? ›Der Tiger von Eschnapur‹ mit der schönen La Jana? Das weiß er heute nicht mehr – was er aber weiß, ist, daß er im selben Moment in der Glasscheibe der Kino-Vitrine einen Soldaten sieht, der neben ihm steht, ihn in der Spiegelung betrachtet, ihn anschaut. Uli dreht den Kopf zur Seite, aber der andere schaut weiterhin das Spiegelbild an. In diesem Augenblick ist es Uli, als ob sich etwas in ihm verschiebt, irgendwo durchbricht, alles umkippt und auf den Kopf stellt – eine alles mit sich fortreißende Rutschpartie, die ihn mit einem Schlag vollkommen aus der Bahn wirft. Er beginnt zu schwitzen, keuchend fast begegnet er wieder den Augen, die ihn frech und ängstlich zugleich anblicken, und weiß nicht mehr, was er tun soll. Es ist ein zarter, blonder Junge, vielleicht einundzwanzig Jahre alt, das Feldgrau und die plumpen Stiefel passen nicht recht zu ihm (es wird noch fünfunddreißig Jahre dauern, bis solches Schuhwerk in bestimmten Schwulenkreisen Mode wird), sein Gesicht ist blaß und leicht pockennarbig. Ulis Begehren grenzt schon fast an Raserei, er hat das Gefühl, als müßte er gleich in die Hose machen; sag mal, was passiert da eigentlich mit ihm? Mit zitternden Beinen und einer Erektion, verdammt noch mal, geht er langsam weiter; er traut sich nicht, sich umzusehen, aber er weiß, daß sie schon aneinandergekettet sind. Was nun? Er will ihn haben, er muß und wird ihn haben, ihn mit Küssen bedecken und weiß der Himmel was noch alles, aber wo? In den verdunkelten Straßen wird es schnell stockfinster, hinter sich hört er die Stiefel auf dem Gehsteig. Noch nie hat es ihn so gepackt, bei keinem Mann, und auch nicht bei den hunderten oder tausenden Frauen in seinem Leben (mit Ausnahme der ersten). Daß so etwas möglich ist, das Verbotene, die große Schweinerei, und das auch noch im fernen Berlin, daß es gleich passiert! Oder ist der Junge ein Provokateur, der ausländische Künstler auf ihre gesunde germanische Heterosexualität zu prüfen hat? Aber dazu bedient sich die Gestapo doch nicht eines Mannes in Uniform! Oder ist es gerade die Uniform, die es ihm antut? Eine Uniform auszuziehen ist etwas anderes, als einen Konfektionsanzug auszuziehen! Uli merkt, daß er sich mit etwas beschäftigt, das mit Konzentrationslager bestraft wird, es ist fast so schlimm, wie Jude oder Kommunist zu sein – und das im Herzen des Dritten Reiches, mit Hitler gleich um die Ecke in der Reichskanzlei. Dennoch weiß er, daß nichts ihn zurückhalten kann, was auch immer die Folgen sein mögen. Aber wo? In seinem Hotel – ausgeschlossen, ebenso unmöglich wie in der Kaserne. Im Park, im Tiergarten, das wäre in der Nähe, oder mit der U-Bahn zum Grunewald oder zum Wannsee... Die Wirklichkeit nimmt ihm die Entscheidung ab.

Mit tiefem Gebrumm wachen und heulen überall in der Stadt die Sirenen auf. Doch hier bedeutet das etwas anderes als in Holland, über das die Engländer auf dem Weg nach Deutschland friedlich hinwegfliegen und wo jeder auf die Straße läuft, um den Bombern zuzuwinken, hier ist es ernst. Sie haben Braunschweig und vielleicht auch schon Magdeburg passiert, womit klar ist, daß sie nach Berlin fliegen: in einer Viertelstunde werden sie hier sein. Die Aufregung des überall anders aufheulenden und abfallenden Alarmsignals, die Menschen, die plötzlich von allen Seiten durch den Abend rennen, die auf den Dächern sich aufrichtenden Rohre der Geschütze vor dem noch hellen Himmel, das nahende Inferno, all das türmt sich wie ein besonders wollüstiger Klacks Schlagsahne über seiner Erregung. Es kommt alles zugleich, er könnte schreien vor Glück. Mitten in einer Grünanlage, wo brüllende Soldaten eine Kanone mit einem langen Geschützrohr in Stellung bringen, sieht er Menschen in einen Luftschutzraum verschwinden. Das längliche Gebäude hebt sich halb aus der Erde heraus, nahtlos zieht sich die kurzgeschnittene Rasendecke über die schrägen Wände und das Dach. Uli sieht sich kurz um und geht zum Eingang, steigt ein paar Stufen hinunter und muß dann in einer S-förmigen Kurve an zwei Mauervorsprüngen vorbei. Im schwachen Licht einiger vergitterter Lampen sitzen links und rechts auf langen Holzbänken Männer mit Hüten auf dem Kopf und Frauen mit Einkaufstaschen. Sie schweigen: ein gespenstisches Wartezimmer von Doktor Frankenstein. Als der Soldat hereinkommt, rückt Uli auf, damit er sich wie selbstverständlich neben ihn setzen kann. Der

Keller wird voll. Der Junge, der seine Feldmütze in den zarten, weißen Händen hält, rückt seinerseits ein wenig auf, so daß Uli die sengende Hitze seines Schenkels an dem seinen fühlt. Niemand sagt etwas, auch die Kinder sind still. Die Sirenen versinken in der Tiefe ihres eigenen Lärm und in der Stille bricht eine neue Art Zeit an.

Als auch der Mittelgang so voll ist wie eine Straßenbahn zu Stoßzeiten, spricht ihn der Junge leise an. Er sehe so ganz anders aus als die anderen Leute, ob er vielleicht Künstler sei? In dem Moment, als Uli seine Stimme hört, wird alles anders. Er ist ein ganz normaler Junge, der sein Sohn sein könnte, Uli hat sich geirrt, seine Erregung sinkt in sich zusammen wie überkochende Milch in einem Topf, unter dem das Gas abgedreht wird. Mit gedämpfter Stimme erzählt er von dem berühmten Johannes Heesters, der Holländer sei wie er, auch wenn man ihm das vielleicht nicht anhöre, er trete in dessen Operette auf, im ›Zigeunerbaron‹ (auch wenn die Zigeuner ausgerottet werden), in einer winzigen Rolle, aber das sagt er nicht mehr. Und er? Er heiße Werner, Werner Hoffmann. Frontsoldat? Nein, Gott sei Dank nicht. Er sei Kurier bei einer Dienststelle in der Kurfürstenstraße: mit dem Motorrad Akten überbringen, Arbeiten dieser Art. Heute abend habe er frei und ins Kino gehen wollen. Uli fragt nicht, um welche Dienststelle es sich handelt; erst nach dem Krieg, als er in Schwierigkeiten gerät, wird ihm klar, daß er in diesem Keller möglicherweise Gelegenheit gehabt hätte, für die Widerstandsbewegung zu arbeiten: er hätte den Kurier erpressen können, mit Liebe oder noch größerer Gewalt. Mit einer Leica die Akten fotografieren und nach London schicken. Er hat damals erwogen, solche Aktionen einfach zu behaupten, aber dann wäre sein Abenteuer bekanntgeworden, und das schien ihm schlimmer als einige Monate in einem Lager abzusitzen. Schließlich war er dann doch so vernünftig zu schweigen.

Werner schaut ihn an und lächelt. Im selben Augenblick überkommt Uli ein Gefühl, als ob er schwebe; immer, wenn sie nicht sprechen, ist es wieder da. Ein paar Leute heben horchend den Kopf. Aus der Ferne nähert sich leise das Dröhnen von Geschützen und Bombeneinschlägen – die unregelmäßigen Schritte eines riesigen, alles vernichtenden Reptils, das aus der Urzeit auf Berlin zuspaziert. Werner sagt kein Wort mehr, auch Uli bekommt jetzt Angst. Und kurz darauf ist die Gewalt da, viel unbarmherziger, als er es sich je vorgestellt hat. Wellenförmig vermischen sich Hunderte von singenden Flugzeugmotoren, Schnellfeuerkanonen und die harten Einschläge der Geschütze, gefolgt vom scharfen Knall explodierender Granaten. Und dann plötzlich das Pfeifen und Heulen niedergehender Bomben, die sich so fürchterlich krachend in die Erde bohren, daß der Luftschutzkeller auf und nieder hüpft wie ein Bauernwagen auf der Landstraße. Die Lampen gehen aus und Uli klammert sich fest, und der Junge klammert sich an ihm fest. Aus den ringsum einstürzenden Gebäuden spritzen Rauch und Staub in den Keller: der wilhelminische Staub zerbröckelnder Säulen und Karyatiden; am Eingang klirren Scherben, es ist stockdunkel, und in dem Tumult dauert es eine Weile, ehe Uli bemerkt, daß Werners Hand auf seinem Geschlechtsteil liegt und es drückt. Er greift seinerseits zu und fühlt nacktes Fleisch, der Soldat hat seine Hose aufgeknöpft. Uli meint seinen eigenen Penis zu fühlen, aber betäubt wie vor einem medizinischen Eingriff – bis jetzt hat er immer auch mit dem Penis seine Hand gefühlt, wenn er mit der Hand einen Penis gefühlt hat. Er braucht nicht mehr als ein paar Sekunden, um in einer plötzlich aufsteigenden Flut von dampfendem Zuckersirup zu versinken, das im Mund des Kuriers verschwindet. Mit einem Schrei, der sonst niemandem auffällt, sieht er endlos lange, wie ihm vorkommt, ein sich verwandelndes Bild schiefer Flächen. Seine eigene Hand ist jetzt so naß, als hätte er sie in einen Eimer mit Tapetenkleister getaucht. Schwitzend und noch bebend steht er auf, sucht mit der trockenen Hand den Kopf des Jungen und streichelt kurz über das glatte, dünne Haar. Mit schwachen Knien bahnt er sich durch das Menschenknäuel hindurch einen Weg zum Ausgang: er muß sofort von hier weg!

Auch draußen auf einmal erstickende Nacht, Flammen, Rasen, Krachen, Hitze, Sturm, Gekreisch von Menschen, heulende Sirenen von Rettungsfahrzeugen und Feuerwehr, unter Staubtürmen einstürzende Häuser – der Länge nach läßt er sich ins Gras fallen: verdammt: *das waren Zeiten!*

Der Schaumwein war im Kühlschrank geblieben, und als die beiden Vertreter des Autorentheaters gegangen waren, fragte Berta, warum er plötzlich nicht mehr mitmachen wolle.

»Weil du es zu gern möchtest.«

»Ich will es überhaupt nicht.«

»Nein? Warum warst du dann so devot?«

»Weil ich nicht wollte, daß du nur deshalb mitmachst, weil ich dagegen bin. Allmählich kenne ich dich ein bißchen besser. Irgendwas ist faul an der Sache, ich habe irgendwie ein ungutes Gefühl.«

Mit zusammengekniffenen Augen sah er sie kurz an, sie hatte ihn hereingelegt.

»Dann sind wir uns für diesmal einig«, sagte er dann förmlich und sah zum Fenster hinaus. Auf der gegenüberliegenden Straßenseite standen zwei Frauen und redeten miteinander, beide hatten Plastiktüten vom selben Supermarkt. »Ich wäre zu gerne einmal nach Japan gefahren«, sagte er zerstreut.

Berta sah ihn befremdet an. »Nach Japan?«

Uli schwieg. Draußen war es windstill, in dem samtenen Licht des Vorgartens rührte sich kein Blatt. Er seufzte und begann auf einmal leise zu singen:

»Nur nicht
Aus Liebe weinen,
Es gibt auf Erden
Nicht nur den Einen ...«

Er hielt inne und sah Berta einen Moment lang in die Augen. Dann nahm er langsam seine Armbanduhr ab und drehte den kleinen Zeiger um ein. Stunde vor, auf sieben Uhr. Er schaute nach draußen, überlegte kurz, und drehte ihn dann zwei Stunden zurück. Fünf Uhr. So hatte der Besuch eigentlich gar nicht stattgefunden – und doch lagen dort *Unwetter* und *Sturm,* in Plastik gebunden.

Zweiter Akt

1. Die Lesung

Es war ein nebeliger Morgen, als Uli zwei Wochen später mit dem Bus nach Amsterdam fuhr. Die Straße, mit dem Lineal auf einem Reißbrett gezogen, führte durch den viel zu weiten Raum des von Menschen Geschaffenen. Die Felder und das Unterholz der Jungwälder links und rechts lagen unsichtbar im weißen Dunst, der nun anstelle des Meeres getreten war wie der Geist eines Toten, der noch im Sterbehaus gespenstert. Darüber einzelne Vogelschwärme auf dem Weg nach Süden, die ihre Gestalt veränderten wie die Computerfiguren zwischen den Werbespots im Fernsehen. Die Lichter der Autos waren eingeschaltet (mit Ausnahme eines einzigen, dessen Fahrer wohl zur Sparsamkeit erzogen worden war). Auf der großen Brücke zur ehemaligen Küste lichtete sich der Nebel, und mit einem Gefühl der Erleichterung fuhr Uli über das alte, mit stacheligeren Gräsern überwachsene Land, an knorrigeren Weiden, älteren Häusern und Kirchen vorbei.

An der Endhaltestelle nahm er die Metro zum Hauptbahnhof und spazierte dann über das Damrak. Fast ein Jahr war er nicht in Amsterdam gewesen. Er dachte an frühere Zeiten, als man bewundernd von Paris sagte, man könne dort alle Nationalitäten sehen. Das war gar nichts, wenn er das mit dem Zustand hier verglich: überall Pizzerien, Boulangerien, Shoarmas, Wimpy's und andere exotische Lokale. Holland, wie er es gekannt hatte, gab es nicht mehr; vielleicht noch hie und da auf dem Land, aber auch das würde nicht mehr lange dauern, und es ließ ihn kalt. Er fühlte sich wie eine Geistererscheinung aus einer versunkenen Kultur, als er durch die Menge ging, durch die Musik, die aus Spielhallen und Peepshows herausdröhnte, und die ausländischen Gesichter betrachtete: Türken, Italiener, Marokkaner, Surinamer und andere Schiffbrüchige, dazu all die Touristen, Bettler, Punker mit grünen und gelben Hahnenkämmen, starr auf ihre Schuhe blickende Junkies, die alle ihrerseits keine Ahnung hatten, aus welcher Zeit er noch stammte – aber auch das ließ ihn kalt. Die Welt änderte sich (zumindest auf dieser Straßenseite, auf der anderen verbreitete die Börse von Berlage noch immer eine gestrenge Stille um sich), wie sie sich immer geändert hatte, und lange würde er das alles nicht mehr mitmachen. Er wollte nur noch eines: Pierre de Vries spielen. Danach konnte ihm die ganze Welt gestohlen bleiben.

In der verschlissenen Aktentasche aus Filzpappe, die er noch aus der Zeit vor dem Krieg besaß, war das Stück. Er hatte es gelesen und war nicht enttäuscht, es war stellenweise sogar spannend. Es spielte 1904 (seinem Geburtsjahr), und von ausgesprochenem Schund oder Schwulenpropaganda konnte nicht die Rede sein, obwohl die Schweinerei ununterbrochen im Hintergrund schwelte, am meisten vielleicht durch die schwülstige Sprache der Verse. In dem gewissen Augenblick fielen sogar Kristalltropfen ins Herz reinster Sommernächte; ein andermal sagte Pierre de Vries zu seinem Liebhaber Max (der den Ariel spielte), daß ein bestimmtes Notturno von Chopin sich wie in Ekstase aufrichte, um danach stöhnend vor Lust zurückzufallen. Außerdem gab es einige Komplikationen, die ihn irritierten. (Durch den *Sturm* war er nicht durchgekommen.) Vom Postamt aus hatte er die Angelegenheit telefonisch in Ordnung gebracht, Berta aber erst hinterher von seiner Entscheidung informiert. Sie meinte es gut, hatte alles aus Liebe getan, das ging für ihn aus ihrem durchtriebenen Verhalten an jenem Nachmittag hervor. Einmal hatte er sich dazu durchgerungen, ihr das zu sagen, und zusammen hatten sie danach die Flasche Pseudo-Champagner leergetrunken. Ein wenig beschwipst hatte er beim letzten Glas gesagt:

»Ich mag mein Biest von einem Schwesterchen sehr.«

Darauf waren ihre Augen etwas feucht geworden.

»Ich will dich doch nur beschützen. So jung bist du nicht mehr, Uli. All die Spannungen, die noch kommen ...«

»Komm, komm. Wir werden sehen, wer hier das Sagen hat, Pierre de Vries oder ich.«

Er warf einen Blick auf die Stelle vor dem Palast, wo früher das Kasperletheater gestanden hatte, und überquerte den Dam.

Auf den Treppen des Ehrenmales standen zwei Japaner und fotografierten sich gegenseitig – auf einem der Fotos würde er mit drauf sein: im Hintergrund ein alter Mann mit einer Aktentasche, in einem Fotoalbum auf der anderen Seite der Welt. Er bog in die Nes ein, eine plötzliche Schwermut überkam ihn, Amüsierviertel sind am Morgen genauso trostlos wie Badeorte im Winter. In der engen Straße hatte sich das Theater in einem Gebäude etabliert, an das er sich nicht erinnern konnte, es war zwanzig Jahre oder noch länger her, seit er das letzte Mal hiergewesen war.

Der hohe Giebel war mit Ornamenten und Reliefs verziert und in einem glänzenden Schwarz gestrichen, auf dem die goldenen Buchstaben des Wortes KOSMOS eine verträumte Schönheit ausstrahlten. Die Kasse war geschlossen, aber die Doppeltüren des Portals standen offen. In der Eingangshalle war niemand. Als er suchend in einen Kreis-Gang mit verschlissenem rotem Läufer und mit gerahmten Plakaten an den Wänden kam, spürte er eine lang vergessene Empfindung in sich aufsteigen: leere Theater am Morgen! Zu dieser Stunde alles andere als festliche Versammlungsorte für das Publikum, vielmehr nüchterne Arbeitsplätze von Fachleuten, die geschäftig zwischen Plüsch und Vergoldungen herumliefen wie Priester in einer geschlossenen Kirche. Was hatte er nicht alles vergessen! Was für einen Sinn hatte es dann eigentlich, wenn man doch alles vergaß – bis zur letzten, völligen Vergessenheit. Ja, das war vielleicht das Widerlichste am Tod: daß auch die Erinnerungen ausgelöscht wurden.

»Sie müssen Herr Bouwmeester sein!«

Er drehte sich um. In der Biegung des Ganges stand ein Mädchen in einem zu großen, bis ans Kinn zugeknöpften Regenmantel. Ihr rötliches Haar war in viele dünne Zöpfe geflochten, die sie zusammengefaßt und hochgesteckt hatte.

»Ich habe mich verirrt.«

»Kommen Sie nur mit.«

Ihre helle, durchscheinende Stimme ließ ihn, vielleicht durch Siderius inspiriert, an die erste Eisschicht nach einer Frostnacht denken. Sie gab ihm die Hand (eine sonderbare Hand, warm, aber schwielig) und sagte, die anderen müßten oben sein, im Foyer. Als sie auf halber Höhe der Treppe waren, rief hinter ihnen eine laute Stimme:

»Willem Bouwmeester! Da besteht kein Zweifel!«

Ein Mann streckte die Hand aus. Obwohl er höchstens vierzig sein konnte, war sein Gesicht bereits von der Trunksucht gezeichnet; jedenfalls müßte er allerhand durchgemacht haben, wenn er zu denselben Furchen ohne Alkohol gekommen wäre. Er hieß – aber das entfiel Uli sofort wieder, nur der Vorname des Mädchens, Stella, blieb ihm im Gedächtnis. Er hatte das Gefühl, den Namen des Mannes vor nicht allzulanger Zeit gehört zu haben. Die beiden nahmen ihn in die Mitte und führten ihn in einen ovalen, zur Straße gelegenen Saal, in dem sich mehrere Menschen aufhielten.

Im Laufschritt, der zugleich eine kleine Verbeugung enthielt, kam Michaël auf ihn zu.

»Guten Morgen, Herr Bouwmeester, willkommen. Also nun doch.«

»Ja, nun doch.«

»Sie haben uns ganz schön erschreckt. Wollen Sie Ihren Mantel nicht ausziehen?«

»Ja, nein, lieber etwas später. Es ist noch ein bißchen kühl hier.«

Michaël stellte ihn den anderen vor, aber auch jetzt gab es für Uli zu viel zu sehen, um all die Namen zu behalten. Caspar Vogel erhob sich zerstreut hinter dem langen Tisch unter dem Kronleuchter und hieß ihn seinerseits beim Autorentheater willkommen, wandte sich aber sofort wieder einem jungen Inder zu, der offensichtlich der Bühnenbildner war. Eine hübsche, schlanke Regieassistentin notierte etwas. Schauspieler, Schauspielerinnen, der Inspizient, die Souffleuse, mit der Zeit würde er sie alle kennen, und immer noch trafen neue Leute ein. Einige Namen kamen ihm, vermutlich aus der Zeitung, bekannt vor, auch Gesichter erkannte er, aus dem Fernsehen, oder aus Filmen vielleicht, oder von den Werbespots für Waschmittel oder Lebensversicherungen.

Er schaute sich um. Abends standen während der Pause auf dem langen Tisch natürlich Gläser und Kaffeetassen in Reih und Glied; abseits auf einer kleinen Anrichte blinkte eine Kaffeemaschine unter einer Serviette hervor. Das Foyer war rundum mit hohen, erblindeten Spiegeln dekoriert, die durch halb in die Wand eingelassene Säulen getrennt wurden – alles ziemlich schäbig und armselig, aber für ihn konnte es nicht schöner sein. Ein Glücksgefühl durchströmte ihn. Ein Mädchen reichte ihm eine Tasse Kaffee, er wechselte ein paar Worte mit einem älteren Mann, und zugleich war ihm, als sei er noch auf eine andere, entrückte Weise anwesend. Wie war das möglich? Er sah sich selber im Raum stehen, nicht mehr als Zuschauer der Ereignisse, wie in den letzten fünfzehn Jahren, sondern als Teil des Ganzen, als jemand, der sich an die Arbeit machte; er konnte es jetzt fast noch weniger glauben als in den vergangenen Wochen. Er blickte zu Vogel – Vogel wieder mit Hut, natürlich. Der Regisseur war anders als an dem Nachmittag bei ihm zu Hause: er, Uli, gehörte nun einfach dazu. Vogels T-Shirt trug heute die Nummer 12, offenbar besaß er eine unendliche Anzahl davon. Ihm, Vogel, hatte Uli alles zu verdanken. Wenn dieser Knabe dort nicht mit siebzehn auf den Flohmarkt gegangen wäre, säße er jetzt noch an seinem Fenster im Polder und wartete auf den Tod. Was er selber wohl gerade in dem Augenblick getan hatte, als Caspar Vogel (die Schule schwänzend) den Katalog an dieser Rotterdamer Bude in die Hand nahm? Das Leben ist absurd, dachte Uli – und war dankbar dafür.

»Ihr kennt alle das Stück«, sagte Vogel, »und eure Rolle. Das ist in diesem Fall übrigens ziemlich einfach. Wir wollen ...«

»Warum ist Siderius nicht da?« rief eine ziemlich korpulente junge Frau mit braunen Locken.

»Der Herr Siderius ist leider verhindert«, sagte Michaël mit gespielter Förmlichkeit.

»Na sag mal, da könnte man doch! Bringt es nicht einmal fertig, zur Lesung seines eigenen Stücks zu kommen!«

»Meiner Meinung nach haben wir ihn absolut nicht nötig«, sagte der Mann, mit dem Uli gerade gesprochen hatte und von dem er vermutete, er sei der ›langjährige Freund‹.

»Es ist zwar sein Stück, aber unsere Aufführung.«

»Hear, hear«, sagte darauf ein junger Mann, der Uli schon

früher aufgefallen war. Er war klein und trug wie ein konservativer Diplomat einen dezenten dunkelblauen Anzug, zu dem er jedoch weiße Basketballschuhe angezogen hatte. Sein Gesicht war völlig schief, vielleicht Kinderlähmung, dachte Uli.

»Ich würde mir da nicht so sicher sein«, bemerkte ein anderer.

»Mit welchem Recht«, rief das Mädchen mit den Locken, »benimmt er sich eigentlich wie der liebe Gott persönlich? Immer wenn wir –«

»O.K., Olga«, fiel ihr Vogel ins Wort. »Wollen wir jetzt anfangen? Es ist Viertel vor elf. Wir haben nur einen Monat, vierundzwanzig Proben, viel zu wenig natürlich, aber so ist es nun mal.«

»Erzähl dann mal zuerst«, sagte der Mann, dem Uli auf der Treppe begegnet war, »wovon das Stück eigentlich handelt.«

Vogel fing an zu lachen.

»Das Stück handelt von einem alten Schauspieler, der sich in einen jungen Schauspieler verliebt, der mit einer jungen Schauspielerin verlobt ist. Für den Freund des alten Schauspielers ist der junge eine Bedrohung. Ein dritter Kollege hat seinerseits ein Auge auf die junge Schauspielerin geworfen. Er stachelt den Freund des alten Schauspielers an, den jungen Schauspieler aufzuhetzen; der soll den alten Schauspieler erpressen, damit der den jungen Schauspieler haßt. Aber die junge Schauspielerin verrät dem alten Schauspieler das Komplott, und das hat für seinen Freund unangenehme Folgen. Der dritte Schauspieler bekommt seine Kollegin, und der junge Schauspieler ist weg vom Fenster.«

Uli fand die Zusammenfassung gut, aber der Fragesteller war nicht zufrieden.

»Ja, so weit habe ich es auch verstanden. Das ist für das Programmheftchen. Du weißt sehr gut, was ich meine. Das Thema, was ist das Thema, möchte ich wissen.«

»Das Thema ist das Verhältnis zwischen Illusion und Wirklichkeit.«

Mit gespieltem Respekt zog der junge Mann die Mundwinkel nach unten.

»Sieh mal an. Wie originell.«

Richtig, sagte Vogel, an sich sei das alles nicht neu, und seit Jahrhunderten eigentlich nur noch ein Klischee, aber gerade das *Unwetter* zeige ja nun, daß die künstlerischen Realisierungen, die sich von Shakespeare, Lope de Vega und Bidermann bis Pirandello und Genet damit beschäftigt hatten, stets *innerhalb* der Illusion spielten. Tatsächlich gehe es nie um die Illusion und die Wirklichkeit, sondern immer um die Illusion und eine ebenso eingebildete Wirklichkeit, und das heiße: um eine Illusion und eine zweite Illusion, also eigentlich um nichts Besonderes. Das Stück enthalte letztlich nicht viel mehr als das alte Sprichwort: Die Welt ist ein Theaterspiel, man spielt und spielt und kriegt nicht viel.

»Die Welt ist wie ein Zimtbonbon, man lutscht und hat nicht viel davon«, entfuhr es Uli.

Einige, die wie Stella jung genug waren, um die Variante nicht mehr zu kennen, fingen an zu lachen, andere nickten mit hochgezogenen Brauen; nur die Schauspielerin mit den Lokken bekam zu Ulis Genugtuung einen richtigen Lachanfall, wobei sie sich zuerst weit nach hinten lehnte, tief einatmete und danach ihr Gesicht keuchend auf die verschränkten Arme auf den Tisch fallen ließ und mit zuckenden Schultern in dieser Haltung sitzen blieb.

Aber nun gebe es, fuhr Vogel unbeirrt weiter fort, im *Unwetter* noch ein anderes Element. Natürlich bleibe auch dieses Stück innerhalb der Illusion, das gehe ja nicht anders, aber zugleich sei es doch, als wollte es die Grenzen der Illusion überschreiten und hin zur wirklichen Wirklichkeit – etwa wie jemand, der sich die Spitze des Mittelfingers lecke und mit einer raschen Bewegung fühle, ob das Bügeleisen heiß sei: er oder sie berühre es nicht wirklich, und doch habe etwas kurz gezischt! Das sei der Punkt, an dem Shakespeare ins Spiel mit einbezogen werde. Angenommen, jemand beschäftige sich mit dem Verhältnis von Illusion und Wirklichkeit, und zwar in dem Sinne, daß er die Wirklichkeit *tatsächlich* kraft seiner Einbildung ändern wolle. Nicht auf Umwegen, sondern unmittelbar. Ein solcher Jemand müsse nicht nur ein Mann der Illusion, ein Mann des Wortes sein, ein Künstler also, sondern gleichzeitig auch ein Mann der Wirklichkeit, der Tat. Ein solcher Mann, sagte Vogel, sei ein Magier. Im Stück sei dies Prospero, der Stürme entfesseln und gedeckte Tische hervorzaubern könne. Im *Sturm* spiele sich das alles wieder innerhalb der Illusion ab, und im *Unwetter* natürlich auch, aber weil der *Sturm* in das *Unwetter* eingebaut sei (so wie das Maskenspiel in den vierten Aufzug des *Sturm,* aber den hatte Uli nicht gelesen), rücke das *Unwetter* sozusagen näher an die Grenze der Wirklichkeit heran, so daß es kurz zische! Man könne also sagen, sagte Vogel, daß das unendlichste Theaterstück Wirklichkeit werde, wenn man auf diese Weise eine unendliche Anzahl von Theaterstücken ineinander verschachtele.

»Na, vielen Dank«, sagte der junge Mann mit dem schiefen Gesicht. »Die Leute haben den ganzen Tag lang hart gearbeitet, sind von ihrem Chef gedemütigt worden, haben eine Stunde lang im Stau gestanden und denken abends: komm, wir gehen mal ins Autorentheater, das scheint gut zu sein. Und was bekommen sie aufgetischt? Irgendein mathematisches Problem, voll mit Algebra und Abrakadabra.«

Auf einmal begannen alle durcheinander zu reden.

»Was willst du denn?« rief Ulis, das heißt, rief Pierres designierter Freund. »Unterhaltungstheater?«

»Laß sie ruhig mal ein bißchen ihr Hirn gebrauchen«, sagte der Mann mit dem entstellten Gesicht.

»Ihr was?« erkundigte sich der Junge im dunkelblauen Anzug.

»Ihr Hirn. Dazu haben sie es schließlich.«

»Sagst du.«

»Etwa nicht?«

»Ist mir noch nie aufgefallen.«

»O nein, so ein Arschloch!« rief Olga, das Mädchen mit den Locken.

»Laß ihn doch, er versteht es ja selber nicht, dieser Kaffer.«

»Meiner Meinung nach hat Paul recht«, sagte ein Mädchen, das sich bislang noch nicht zu Wort gemeldet hatte.

»Wirklich große Kunst ist immer ganz einfach.«

»Ja«, sagte darauf ein drittes Mädchen, »brauchst nur mal den Ulysses zu lesen.«

»Ach, die Dame hat den Ulysses gelesen«, nickte der Junge, der den Streit angezettelt hatte und offenbar Paul hieß.

»Oder Finnegans Wake.«

»Hat die Dame auch gelesen. Die blöde Kuh liest sich noch mal zu Tode.«

»Kinder, Kinder!« sagte Michaël beschwichtigend.

»Ich bin kein Kind.«

»Nein, eine Frau in Menschengestalt, das bist du«, sagte Paul mit der Bissigkeit, in der kleine Männer groß sind.

Uli mußte lachen. Er stand auf und zog seinen Mantel aus. Wunderbar war es hier. Der Krach hatte nichts zu bedeuten, er zeigte ihm nur die Unsicherheit von Menschen, die im Begriff waren, sich zu ändern, zu transformieren, den Geist von Siderius und Shakespeare über sich kommen zu lassen und die im entscheidenden Augenblick Halt fanden an etwas, das sie jetzt noch nicht besaßen. So weit war es vorläufig noch nicht, aber den Weg dorthin hatten sie betreten und wußten, daß der Tag, der Abend, die Stunde unweigerlich kommen würden. Das galt vor allem auch für ihn, den Hauptdarsteller, doch irgendwie schob er den Gedanken noch weit von sich. Caspar Vogel drehte sich genüßlich eine Zigarette, und der Junge, der den Tumult heraufbeschworen hatte, saß mit einem vergnügten Grinsen auf der linken Hälfte seines Gesichtes da und schaute in die Runde. Stella hatte sich nicht an der Diskussion beteiligt.

Zunehmend störte es Uli, daß er nicht wußte, wer die einzelnen Leute waren. Er zog einen knallgelben Kugelschreiber aus der Innentasche und bat den Bühnenbildner, der neben ihm saß, um Mithilfe. Er zeigte auf den Jungen mit dem entstellten Gesicht.

»Wie heißt er?«

Der Bühnenbildner schlug Ulis Exemplar auf der Seite der Besetzungsliste auf und legte schweigend den Finger unter den dritten Namen. Uli schaute kurz hin und sagte dann:

»Ja, so heißt er in dem Stück. Aber wie heißt er wirklich?«

»Auch so.«

Es dauerte eine Weile, bis Uli begriff. Siderius hatte einfach eine Phase übersprungen und seinen Personen die Namen der Darsteller gegeben, die sie spielten. Ja, warum auch nicht? Schließlich hatte er das Stück für dieses Ensemble geschrieben. Uli studierte die Rollenverteilung. Ein Name jedenfalls stimmte nicht mit dem des Darstellers überein:

Pierre de Vries (PROSPERO)
Etienne Post, sein Freund
Lucas van Geest (FERDINAND)
Max Oort (ARIEL)
Stella Middag (MIRANDA)
Trix van Rijn (IRIS)
Mimi Schipper (CERES)
Olga Kapteyn (JUNO)
Paul Musch, der Regisseur
Ein Fotograf, sein Gehilfe, Stimme des Bühnenmeisters

Daß sein eigener Name nicht drauf stand, war logisch: als das Skript angefertigt wurde, war noch nicht sicher, ob er mitmachen würde. Aber müßte das jetzt nicht geändert werden? *Willem Bouwmeester* (PROSPERO). Da Vogel den Leuten Zeit ließ, sich zu beruhigen, erkundigte sich Uli bei ihm danach – in einem ungezwungenen Ton, als ob er seine Absicht von jeher durchschaut hätte.

»Lieber nicht. Wir werden ohnehin zu hören bekommen, daß wir Sie nur Ihres Namens wegen genommen haben. Das wollen wir nicht noch unterstreichen.«

Sieh mal an, dachte Uli, Berta hatte also mit ihrer Unterstellung ganz und gar Unrecht. Während Vogel seine Ansprache noch einmal kurz zusammenfaßte (die Einleitung sei ausschließlich für die hier Anwesenden bestimmt, sagte er, das Publikum werde natürlich nicht auf diese Weise damit konfrontiert, das alles bleibe unter der Oberfläche; erst am Schluß würden derlei Erwägungen wieder auftauchen: in den Interpretationen der besseren Kritiker), wandte sich Uli wieder flüsternd seinem Nachbarn zu. Er legte den Finger unter *Etienne Post* und bekam daraufhin den Mann gezeigt, den er bereits ins Auge gefaßt hatte. Er musterte ihn über die Brille hinweg. Ein ziemlich depressiver Kerl, wie es schien. Die anderen konnte er jetzt selber identifizieren; nur Trix und Mimi verwischten sich ein wenig. Er hatte das Gefühl, als ob er eine Anzahl Präpositionen mit dem dritten Fall auswendig lernen müsse: *mit, nach, nächst, nebst* . . . (weil er von Haus aus nie einen Fehler dabei gemacht hatte, weigerte er sich in der

Schule, sie zu lernen, mit dem Ergebnis, daß er in Deutsch ein »Ungenügend« bekam). Nein, nur wer Max Oort war, wollte er noch wissen – jener Ariel, mit dem er die widerliche, rührselige Liebesgeschichte erleben sollte.

»Wenn man den Teufel nennt, kommt er g'rennt«, sagte der Bühnenbildner mit seinem indischen Akzent.

Die Tür hatte sich geöffnet, und auf der Schwelle stand ein junger Mann von etwa fünfundzwanzig Jahren mit glattem blondem Haar und einer Brille; sein verlegenes Gesicht drückte höfliches Erschrecken aus.

»Sorry, ich mußte zum Zahnarzt.«

Vogel streckte einen Arm aus.

»Max Oort – Willem Bouwmeester.«

Als Uli ihm die Hand schüttelte, bildete er sich ein, daß um sie beide eine Stille entstand, als ob man auf diesen Augenblick gewartet hätte. Natürlich sah er Werner nicht ähnlich (jetzt auch schon sechzig, der Herr Hoffmann, adretter schwarzer Hut mit grünem Band auf dem dünnen grauen Haar, falls er noch lebte), und doch mußte Uli sofort an den wollüstigen Kurier denken und hatte dabei das Gefühl, daß einige es bemerkten. Während sich der junge Mann zur Gruppe gesellte, sagte sich Uli, daß ihm seine Berliner Erinnerung nicht hinderlich sein durfte, er mußte sie ausschließlich und sozusagen rein beruflich für seine Rolle nutzen.

Vogel sprach nun, durch die Reaktionen des Ensembles wohl eines Besseren belehrt, über praktische Dinge, über Stil und Technik der Aufführung. Jede Episode sollte mit einem lebenden Bild beginnen, das den Theaterfotos aus der Zeit der Jahrhundertwende nachempfunden war. Die Fotos – dort auf dem Tisch lag ein kleiner Stapel, der aus dem Theatermuseum stammte – waren das einzige, was von den damaligen Inszenierungen übriggeblieben war, jeder kannte sie, an ihnen wolle man stilistisch anknüpfen: in hochdramatischen, verkrampften Posen, die er lange stehen lassen wolle, vielleicht sogar ein bißchen *zu* lange, das müsse noch geprüft werden. (Jede Kunst von Belang gehe immer etwas zu weit.) Auch der Schluß einer jeden Episode solle zu einem solchen Stilleben erstarren, und danach müsse es schlagartig dunkel werden, oder ein *fade-out* geben, je nach den Umständen. Im gegebenen Augenblick solle ein Fotograf mit Magnesiumlicht arbeiten: das gebe einen schönen Knall, eine schöne weiße Wolke und ein schön verschwommenes Nachbild, das in wechselnden Farben über die Szene huschen werde. Da nicht beabsichtigt sei, ein Pasticcio daraus zu machen, geschweige denn eine Posse, müsse in jeder Szene eine allmähliche ›Entpathetisierung‹ stattfinden, wobei gegen Ende die Heftigkeit der Spielweise wieder zunehmen solle, so daß sich ein bestimmter Rhythmus ergebe. Ein durchgehendes Pathos herrsche nur in den beiden Szenenproben aus dem *Sturm* (als Höhepunkt darin die *Masque* mit den drei Geistern), wie dies übrigens auch aus dem Text von Paul Musch, dem Regisseur, hervorgehe.

»Keine Bange«, sagte Paul Musch mit einem ungezogenen Gähnen, »ich sorge schon dafür, daß alles stark übertrieben wird. Muß ich dazu etwa einen Hut aufsetzen?«

Vogel lachte.

»Das bleibt allein den modernen, wirklich großen Regisseuren vorbehalten. Zu deiner Zeit hatten die Regisseure noch verflixt wenig zu sagen, ich werde dich deshalb hart anfassen müssen.«

»Sag mal«, rief Olga, »du willst keine Posse draus machen, aber bin ich denn nicht viel zu alt und dick für so einen ätherischen Geist?«

Vogel deutete auf die Fotos auf dem Tisch.

»Schau dir mal an, wie diese Gestalten früher ausgesehen haben. Geister gibt es ja nicht, warum sollten sie also jung und schlank sein? Ja«, sagte er, und Uli sah, wie ihn plötzlich die Begeisterung packte, »wir werden mit dieser Aufführung alles wieder ausgraben! Alles, was in diesem Jahrhundert verlorengegangen und in den letzten sechzig Jahren verschüttet worden ist. Denkt nur an die Masken des griechischen Theaters, an den *Ausdruck* dieser Masken, und überlegt dann mal, was davon heute noch übrig ist. Früher war es die vollkommene, überschäumende und doch stilisierte Darstellung einer Emotion – und was sieht man heute? Das unterkühlte Hochziehen einer Augenbraue. Und schuld daran ist einzig und allein die Technik – in diesem Fall der Film. Jetzt bekommen wir Gesichter von drei mal vier Metern zu sehen, wie von Titanen, eine hochgezogene Augenbraue legt einen Weg von einem halben Meter zurück und ist dadurch ebenso ausdrucksstark wie eine klassische Maske. Aber auch die Theaterschauspieler machen das seitdem nach, womit sich ihre Ausdruckskraft um ebenso viel verringert hat, wie die Gesichter auf der Kinoleinwand größer geworden sind. Der alte Stil bestand noch eine Weile fort im oft verkannten ›Schmieren‹, aber nicht einmal das können wir heute noch. Man muß sich vorstellen, wohin wir gekommen sind: wir können nicht einmal mehr richtig schmieren! Das heißt doch nur eines: daß wir auch nicht mehr schauspielern können. Kein Wunder, daß das Theater auf den Hund gekommen ist. Ja, wir wollten das Kino mit seinen eigenen Waffen schlagen: die Nachtigall ging beim Adler in die Lehre. Schließlich merkten einige Leute, was los war, und versuchten verzweifelt, sich durch den Einsatz ihres ganzen Körpers dagegen zu wehren, à la Grotowski und Artaud – und als das nicht gelang, ging jeder in den Lotussitz, zog sich zu einem Punkt zusammen und versank endgültig ins totale Nichts. Diese Perversität! Und zu guter Letzt kam dann noch die Gruppe, die in Irrenhäusern auftrat und stolz darauf war, wenn die Idioten beim Anblick ihrer Fratzen eine Reaktion zu zeigen schienen. Ja, hol's der Kuckuck! Wenn man nicht schon verrückt war, mußte man es werden. Deshalb betrachte ich diese Aufführung als eine Expedition in die Zeit vor der großen Katastrophe. Der Unterschied zwischen einer griechischen oder afrikanischen oder japanischen Maske und der Spielweise von jemand wie ... wie ... Louis Bouwmeester – mit Verlaub – ist kleiner als der zwischen Louis Bouwmeester und uns. Und jetzt ist die Zeit gekommen, das zu ändern. Und warum ist diese Zeit jetzt gekommen? Weil die Menschen vor dem Fernseher sitzen und sich die Filme im Fernsehen anschauen; sie gehen nur noch ins Kino, weil die neuen Filme nicht gleich auf Videokassetten kopiert werden dürfen. Auf dem Bildschirm dagegen sind die Gesichter *kleiner* als die von lebendigen Menschen. Ein Filmschauspieler in Großaufnahme wäre in Wirklichkeit so groß wie ein Kirchturm, und ein Fernsehdarsteller bestenfalls so klein wie ein Pygmäe, meist jedoch so klein wie ... ein Fötus. Die Riesen haben sich durch einen Zauberschlag in Zwerge verwandelt, und genau hier liegt die Chance des Theaters. Ich weiß noch nicht genau, auf welche Weise, aber das werden wir herausfinden. Natürlich nicht dadurch, daß wir einfach ins Jahr 1904 zurückgehen, so funktionieren die Dinge nicht; auch das Fernsehen ist kein technischer Rückschritt gegenüber dem Film, sondern ein Fortschritt. Jedenfalls kann es nicht schaden, einen Blick auf unsere damaligen Kollegen zu werfen. Danach sehen wir wieder weiter. Vielleicht sollten wir uns auch etwas mehr an die Oper heranwagen, an die Musik. Eines steht jedenfalls fest: Das Theater muß wieder theatralisch werden, unwirklich – Kunst!«

»Bravo!« rief Uli und klatschte in die Hände. Lachend begannen alle zu applaudieren, und er fügte hinzu: »Wir werden eine unvergeßliche Aufführung daraus machen.«

»Abklopfen! Abklopfen!« wurden plötzlich erschrockene Rufe laut. »O Gott! Abklopfen!«

Uli kam vollkommen aus dem Konzept und horchte auf das Trommeln der Fingerknöchel gegen die Unterseite der Tischplatte zu dem Zweck, die bösen Geister zu vertreiben.

Ja, wenn es schief ging, war das Uli zuzuschreiben.

2. *Das Fest*

Mittags, nach der Lesung, hatte Michaël ihn in sein Büro mitgenommen, wo sie den Vertrag abschlossen. Außerdem hatte er Uli zwei Freikarten für den folgenden Abend gegeben. Das traf sich gut, denn Lucas hatte zu einem ›Einweihungsfest‹ am selben Abend bei sich zu Hause eingeladen – »bei uns zu Hause«, hatte er gesagt, ohne daß Uli wußte, wer ›uns‹ war; offenbar jemand aus der Truppe, und Uli hoffte nur, daß es nicht Stella sei. Das Problem war nur, wie er Berta nach der Vorstellung loswerden konnte. Er gönnte ihr einen vergnügten Abend, hatte aber keine Lust, sie bei seinen neuen Freunden einzuführen. Er kannte seine Schwester: keine zehn Pferde würden sie wieder wegbringen. Er beschloß, ihr nichts weiter zu sagen, als daß es spät werden würde.

Wie am Tag zuvor ging er nach der Probe mit mehreren anderen ins Tivoli, ein Café-Restaurant etwas weiter oben in der Nes. Um halb fünf war am runden Tisch neben dem Telefon und der Tür zum WC im hinteren Teil des Lokals immer ein Platz frei.

»Ein Pils, Herr Bouwmeester?«

Jemand ging die Bestellung aufgeben (denn bedient wurde nicht mehr in diesen Cafés; die jungen Männer und Mädchen hinter der Theke unterschieden sich nicht von den Gästen, mit denen sie zudem nicht selten die Rollen tauschten), und während es allmählich voller wurde, saßen sie unter der umgebauten Gaslampe um einen großen Aschenbecher voller Kippen und redeten über die Probe, über die noch nicht genehmigte Subvention und die Schwächen anderer Schauspieltruppen. Zur Abendessenszeit gingen die anderen fort, aber Uli machte es nichts aus, allein sitzen zu bleiben – im Gegenteil. Bald würde er die Vorstellung besuchen und danach alle wiedersehen; er fand es herrlich, für sich allein die Zeitung zu lesen, ein zu fettes Schnitzel zu bestellen und wieder zu existieren auf der Welt.

Um acht Uhr spazierte er zum ›Kosmos‹ und gab dem Mädchen an der Kasse die überschüssige Karte zurück, obwohl das nicht nötig gewesen wäre, der Saal war kaum halbvoll. Es ärgerte ihn, daß fast alle in ihren Alltagsklamotten gekommen waren, in Jeans und Schlabberpulli. Leute, fand er, die sich für eine Aufführung nicht umzogen, hatten keinen Sinn fürs Theater. Das Stück hieß *Der Spielverderber.* Im Programmheft las er, daß es die Bearbeitung (von Richter Romijn, einem Mitglied des Autorenkollektivs) eines vergessenen Stücks vom Anfang des siebzehnten Jahrhunderts war: *Philemon Martyr,* von einem deutschen Jesuiten namens Jakob Bidermann in lateinischer Sprache geschrieben. Wie, um Himmels willen, hatten sie das bloß aufgestöbert! Aber schließlich hatten sie ja auch ihn gefunden, diese jungen Leute wußten alles. Die Regie führte wieder Caspar Vogel, Paul Musch spielte den Philemon, Etienne Post den ›Statthalter‹, die anderen kannte er nicht. Er betrachtete den Vorhang, er hatte die lilarote Farbe des Stoffes, mit dem in seiner Jugend Stühle und Sessel bezogen wurden. Daß er in ein paar Wochen selber dort vorne stehen sollte, erschien ihm unvorstellbar.

Die Aufführung mit ihren vielen bewußt billigen Effekten wirkte grotesk und handelte von einem römischen Schauspieler zur Zeit der Christenverfolgungen. Philemon, ein Trunkenbold und Vielfraß, ist an Religion nicht interessiert. Nach einer verzweifelten Anrufung der immer weniger gefragten heidnischen Götter fordert der Statthalter, jeder müsse dem Jupiter ein Opfer bringen. Der feige Christ Apollonius weiß nicht, was er tun soll: opfern kommt für ihn nicht in Frage, aber den Märtyrertod sterben will er auch nicht. Für Geld kann er Philemon dazu bewegen, an seiner Statt zu opfern. Mit all der Ironie, die das Wesen des Schauspiels ausmacht, zieht Philemon die Kleider von Apollonius an und macht sich auf den Weg, um das Opfer darzubringen. Schon bald jedoch zeigt sich das Ironische der Ironie: ein Engel jagt ihm Angst ein, später lassen ihn andere Engel die himmlische Seligkeit kosten, und schließlich betet er, zum Christentum bekehrt, Jesus an. Vor den Statthalter gebracht, legt er Zeugnis von seinem Glauben ab, wird aber als Philemon erkannt und erntet vergnügten Applaus für seine Darstellung, bis alle sich vor Lachen biegen. Dann kann er die Lacher jedoch davon überzeugen, daß es ihm mit dem Glauben ernst ist, und er muß sterben; nun aber verspürt auch Apollonius Gewissensbisse und bekennt sich als Christ. Daraufhin bricht ein Pandämonium von Wundern aus. Vor einem herabgelassenen Prospekt mit den Darstellungen mittelalterlicher Höllen- und Marterszenen legt ein Soldat einen Pfeil auf seinen Bogen und schießt: an zwei vom Schnürboden herabhängenden Drähten bewegt sich der Pfeil ruckweise zu Philemon, macht kurz vor seiner Brust kehrt, schaukelt in Richtung Statthalter und bohrt sich in dessen Auge. Mit abgehackten, jedoch singenden Köpfen werden die beiden Märtyrer zuletzt in den Himmel hinaufgezogen. Unterdessen heilt das Auge des Statthalters schlagartig auf wundersame Weise, was zu seiner eigenen Bekehrung und zur Einstellung der Christenverfolgung führt, während die vier Märtyrerbeine noch aus dem Himmel baumeln.

Es war zum Lachen. Aber genau betrachtet wurden im Autorentheater doch ziemlich sonderbare Stücke aufgeführt. Ein bißchen zuviel Inzucht, wie es schien. Uli überlegte, ob er hinter die Bühne gehen sollte, um den Spielern zu gratulieren, vor allem Paul als Philemon war gut gewesen. Schließlich war Uli jetzt einer von ihnen. Aber nach einiger Überlegung kam es ihm dann doch zu aufdringlich vor.

Lucas van Geest wohnte vier Treppen hoch in einem ausgebauten Dachstuhl mit großen Fenstern, die an drei Stellen auf die Stadt schauten. Er hatte sich in einen Kimono gewandet und rief, während er zwischen seinen bloßen Knien eine Flasche entkorkte:

»Tun Sie, als ob Sie zu Hause wären.«

Uli lachte. Das schien ihm hier keine gute Idee zu sein. Unter den braungebeizten Brettern der Dachschrägen, die von einer komplizierten Balkenstruktur getragen wurden, bot sich ihm eine Szenerie dar, wie er sie seit langem nicht gesehen hatte. Vogel fläzte sich mit seiner Assistentin Trudy in riesigen himmelblauen Kissen auf dem Boden; Michaël und Fräulein Wijdenes, die Souffleuse, eine Dame um die Sechzig, saßen mit Gläsern in der Hand auf einem Fensterbrett; Mimi hockte umgeben von Schallplatten vor dem Plattenspieler. Außerdem war ein Mann da, den er noch nicht kannte: Herr Caccini, der Pianist; mit seinen ergrauenden Schläfen sah er so vornehm aus wie sonst kaum ein Niederländer. In der offenen Küche, die nur durch ein Spalier großer Zimmerpflanzen vom Zimmer abgetrennt war, bereitete Trix Sandwiches zu, wobei ihr Max zur Hand ging. Uli fiel auf, daß sie einander ähnelten. Offensichtlich war Trix die Frau oder Freundin von Lucas, als sie sich jedoch umdrehte und in einem Schränkchen nach etwas suchte, zeigte ihr Max, wo sie es finden konnte. So also verhielt sich die Sache. Zufrieden stellte Uli fest, daß er vorerst noch nicht senil wurde.

»Und?« fragte Vogel und schaute zu ihm auf. »Wie war's?« Außer seinem Hut trug er jetzt auch noch eine Sonnenbrille.

»Ich habe sehr viel gelacht.«

»Dann ist es gut. Jeder Ernst beginnt als Spiel und endet als Spiel.«

Uli nickte.

»Das könnte stimmen.«

»Das ist ja gerade das Elend«, sagte Trudy in einem Ton, als meinte sie etwas Spezielles.

Olga kam auf ihn zu und fragte, ob sie etwas für ihn holen könne.

»Ein Glas Bier bitte.«

»Nichts zu essen?«

»Danke, nein.«

Stella schaute über die Schulter von Henk Aronds, dem Bühnenbildner, in einen Bildband, der aufgeschlagen auf dem Boden lag. Uli verspürte einen lächerlichen Anflug von Eifersucht, den er sofort verbannte; er setzte sich an den antiken runden Tisch, auf einen unbequemen Bauernstuhl, der nicht dazu paßte und irgendwie doch dazu paßte. In der Mitte der Tischplatte aus Mahagoni stand die Marmorbüste eines gelockten jungen griechischen Gottes mit abgebrochenen Armen, auf seiner linken Schulter lag ein sonderbar kleines Händchen, die übrige Figur dazu fehlte. Die Büste war so schön, daß sie gewissermaßen den Mittelpunkt der Wohnung bildete.

Olga stellte das Bier vor ihn hin und setzte sich zu ihm.

»Wissen Sie, daß Sie meinem Großvater täuschend ähnlich sehen?«

Uli lachte auf.

»Willst du mir den Hof machen?«

»Eigentlich ja, gern.« Sie schüttelte ihre Locken, als ob sie aus dem Wasser käme und begann gierig, fast gefräßig von dem Teller zu essen, den sie mitgebracht hatte. Mit vollem Mund hielt sie ihm die mit Salat beladene Gabel hin. »Ein Häppchen?«

»Danke. Wie ich sehe, schmeckt es.«

Sie wedelte mit einer Hand vor ihrem Ohr herum und sagte:

»Ich will noch viel dicker werden. Mögen Sie dicke Frauen?«

Mit schwülem Schlafzimmerblick schaute sie ihn an. Machte sie ihm tatsächlich den Hof oder hielt sie ihn zum Narren? »Samengeile Augen«, hatte man das zu seiner Zeit genannt. Bevor er antworten konnte, kamen Paul und Etienne herein, ihre Haare waren vom Duschen klatschnaß.

»Wie fanden Sie es?« rief Paul. »Ich habe Sie lachen sehen.«

»Ihr wart hervorragend!«

»Und wenn es nicht so wäre«, fragte Olga kauend, »was hätten Sie dann gesagt?«

»Dasselbe natürlich.«

»Also stimmt es vielleicht gar nicht?«

»Ich hätte es in einem anderen Ton gesagt, und das hätte er, denke ich, sicherlich gemerkt. Sag, was bist du nur für eine Giftnudel?«

Sie zog die Schultern hoch.

»Laß gut sein.«

Später stellte Etienne ein Glas Genever auf den Tisch und setzte sich zu ihnen. Mit unzufriedenem Gesicht zündete er sich eine Zigarette an und begann über das Publikum zu schimpfen, das viel zu spärlich gewesen sei. Es gehe nicht gut mit der Welt, und mit den Niederlanden noch weniger.

»Gehören die Niederlande denn nicht zur Welt?« erkundigte sich Olga.

Nein, das sei es ja gerade. Die Niederlande gebe es gar nicht.

Die Niederlande seien dem Wasser nur zum Schein abgerungen, die Welt beginne erst bei Brüssel. Ihm werde allmählich übel von der hiesigen Kulturlosigkeit. Die komme daher, daß es hier nie eine Hofkultur gegeben habe wie zum Beispiel in Frankreich; die Kunst sei das Reich der absoluten Monarchie, und die niederländische Monarchie sei in Wirklichkeit eine kleinbürgerliche Republik mit einem Spritzer Goldfarbe. Mit dem Finger auf Südafrika und El Salvador und sonstwohin zeigen, wo es echte Probleme gebe, aber bloß nicht ins Theater gehen, das nicht! Alles drehe sich nur um die Moral und ums Geld, wobei die kalvinistischen Heuchler beides streng voneinander trennten.

»Meiner Meinung nach bist du ein blöder Sack«, sagte Olga. »Und außerdem ein echter Holländer. Die Holländer schimpfen immer auf Holland.«

»Ach, hör doch auf. Was halten Sie davon, Herr Bouwmeester?«

Uli machte eine vage Geste.

»Wie alt bist du?«

»Fünfzig.«

»Was gibt es denn da zu jammern? Ich denke manchmal: noch einmal fünfundsechzig sein!«

»Ja, so kann man es natürlich auch sehen. Obwohl – fünfzig ist vielleicht schlimmer als achtzig.«

»Pardon, nur achtundsiebzig.«

»Allright, achtundsiebzig. Ihnen kann nichts mehr passieren.«

Vielleicht hätte man auch diesmal sicherheitshalber dreimal auf die Unterseite des Tisches klopfen müssen: es stand sogar ein Gott darauf. Aber Olga wandte den Kopf zur Seite und rief in eine andere Zimmerecke:

»Fängst du schon wieder an?«

Offensichtlich hatte sie mit einem Ohr verfolgt, was dort gesprochen wurde. Paul warf ihr eine Kußhand zu.

»Mein süßer Schatz! Kurzum«, sagte er provozierend zu Aronds, aber nicht an ihn gerichtet, »das ist so eine Sache wie mit der Zeitung. Aus unerforschlichen Gründen lesen Frauen heutzutage zwar die Zeitung, können sie aber immer noch nicht anständig zusammenfalten. Achte mal drauf. Dafür hat unser alter Jesuit ein feines Gespür gehabt, und darum hat er ein Stück mit lauter Männerrollen geschrieben, denn obwohl die Frauen heute sonderbarerweise die Zeitung lesen, ordentlich zusammenfalten können sie sie immer noch nicht. Das dauert noch einige hundert Jahre.«

Nachdem Paul den Wortwechsel ausgelöst hatte, um den es ihm zu tun war, stand Uli amüsiert auf, um sein Glas nochmals zu füllen. Max schenkte ihm in der Küche ein und fragte mit vagem Lächeln, ob es ihm gefalle.

»Sehr«, sagte Uli. »Ich komme kaum noch unter Leute. Ihr habt mich aus einem sehr tiefen Loch herausgeholt, weißt du das?«

»Und da werden Sie auch nie wieder hineingeraten. Das geht jetzt nicht mehr.«

Uli schwieg eine Weile.

»Ich will gar nicht daran denken, was nachher sein wird.«

Max nahm sein Glas Weißwein und stieß mit ihm an.

»Auf eine ewig währende Zusammenarbeit!« Während er einen Schluck nahm, schaute er Uli unentwegt an und hob nochmals das Glas.

Vielleicht um dem Gezänk ein Ende zu machen, das nicht alle Beteiligten gleichermaßen amüsant fanden, drehte Lucas die Musik lauter, zu laut, zog Mimi hoch und begann mit ihr zu tanzen. Aronds und Stella tanzten ebenfalls. Uli schlenderte zu Michaël und Fräulein Wijdenes. Er hielt die Hand hinters Ohr, da er nicht verstehen konnte, was Michaël sagte.

»Wie man so sieht«, sagte der zur Souffleuse.

Da Uli ihre Antwort ebenfalls nicht verstand, ging sie zum Plattenspieler und stellte nach einigem Suchen den Ton leiser. Offensichtlich nutzte sie die Gelegenheit, denn sie kniete sich neben die Platten hin und kam nicht zurück. Uli nahm ihren Platz auf der Fensterbank ein und sagte, nachdem er sich eine Weile umgesehen hatte:

»Sollte Leo Siderius nicht auch hier sein?«

»Lassen Sie sich von mir sagen«, sagte Michaël gleichmütig, ohne ihn anzusehen, »daß Leo Siderius nie dort ist, wo er sein sollte.«

»Ist er nur dort, wo er nicht sein soll?«

»So könnte man vielleicht sagen, ja.« Er drehte den Kopf zur Seite. »War Ihre Frau Schwester verhindert, heute abend zu kommen?«

»Meine Frau Schwester –«, wiederholte Uli. »Ich dachte, das Fest sei nur für Mitwirkende.«

»Das ist es eigentlich auch.«

Uli schaute hinaus. So weit der Blick reichte, überall funkelte das nächtliche Amsterdam, der fast volle Mond tauchte aus den Wolken auf, verschwand und erschien erneut. Dort unten lag sein Leben. Es war in den vielen Straßen und Plätzen versickert wie der Tagesregen im Boden, nur hie und da erinnerte noch eine Pfütze daran. Wer wußte das noch? Er selbst wußte schon fast nichts mehr. Es kam ihm vor, als sei er dort drüben, hinterm Horizont, im Polder, jahrelang tot gewesen. Eine Art Lazarus, auf Abruf auferstanden aus dem Grabe. Irgendwo in der Ferne, wie weggeworfen, stand sein Haus. Er sah das Zimmer vor sich, wo Berta jetzt selbstredend vor dem Fernseher saß und sich irgendeine stumpfsinnige amerikanische Serie über reiche Leute anschaute. Vielleicht war sie dabei eingeschlafen, die Arme, und auf dem abgespannten Gesicht flackerte das schneiende Schwarzweiß-Bild.

Er drehte sich um und betrachtete wieder den warmen Raum voller Menschen und Musik. Reicher als er konnte niemand sein. Paul tanzte mit Fräulein Wijdenes; sie lachte, was ihr Gesicht um zwanzig Jahre verjüngte. Aus irgendeinem Grund bekam Uli eine Kußhand von Herrn Caccini zugeworfen. Vogel winkte ihm zu und deutete auf den Platz neben sich. Ein bißchen verlegen wegen seiner Steifheit ließ Uli sich in die niedrigen Kissen sinken.

Der Regisseur sagte, er habe das Gefühl, daß es heute mittag bei der ersten Probe ganz gut gegangen sei. Als Uli fragte, woher er eigentlich so sicher sei, daß er, Uli, der Rolle gewachsen sei, denn dafür bestehe keinerlei Anlaß, sagte Vogel, dafür werde er schon sorgen. Er entscheide, was jemand könne. Natürlich müßten gewisse Voraussetzungen vorhanden sein, nicht jeder könne alles, aber das erkenne er mit einem Blick – sogar auf Fotos. Sein eigenes Talent bestehe vermutlich darin, daß er seine Intuition ernstzunehmen wage.

Trudy stand auf, um sich mit anderen Leuten zu unterhalten. Uli und Vogel sprachen eine Weile über Begabungen und große Schauspieler. Als der Name Louis Bouwmeester fiel, sagte Vogel, daß Pierre de Vries natürlich ein ganz anderer Typ sein. Louis Bouwmeester sei im täglichen Leben ein spontaner, emotionaler, recht volkstümlicher Mann gewesen, der in seiner Freizeit nur die Schundlektüre seiner Zeit gelesen habe, etwa ...«

»Nick Carter«, sagte Uli. »Buffalo Bill.«

»Genau. Aber Pierre de Vries ist ein ziemlich dekadenter Grandseigneur, der die Symbolisten liest.«

»Die was?«

»Die französischen Symbolisten. Eine Schriftstellergruppe am Ende des vorigen Jahrhunderts. Mallarmé, Huysmans, Villiers de l'Isle-Adam, Maeterlinck. Vor allem Villiers war einer seiner Lieblingsautoren.«

»Von Pierre de Vries?« Erstaunt schaute Uli ihn an. »Wo steht das?«

»Das steht nirgends«, sagte Caspar Vogel und nahm die Sonnenbrille ab. »Das sage ich jetzt.«

»Ja, hören Sie mal ...«

»Nichts da. Es steht auch nirgends, daß er so aussieht wie Sie, oder daß er in einem bestimmten Augenblick sein Haar glattstreicht. Als Schauspieler muß man über den Text hinausgehen, den der Autor einem liefert. Der Text ist nur eine Art Sirup, den man verdünnen muß. Man muß versuchen, die ganze Welt zu erfassen, auch wenn der Text nur ein Bruchstück zeigt. Was könnte zum Beispiel das Lieblingsgetränk von Pierre de Vries sein?«

Uli nahm einen Schluck und dachte nach. Bier jedenfalls nicht. Plötzlich sah er ihn vor sich: irgendwo in einem vollen, dunklen Zimmer, sehr elegant, in der Hand ein geschliffenes Kristallglas.

»Wein«, sagte er.

»Roter oder weißer?«

»Roter. Bordeaux.«

»Ja? Gut möglich. Und wo wohnt er?«

Uli lachte. Das Spiel gefiel ihm, aber es war mehr als ein

Spiel. Er konnte nicht bloß drauflos phantasieren: es gab eine bestimmte Wirklichkeitsebene, die er herausfinden mußte. In Gedanken irrte er über der Stadt herum wie ein Reiher aus dem Polder, der nach einem Fisch in einer Gracht Ausschau hält.

»Irgendwo an einer Gracht«, sagte er. »Nicht an einer großen, dazu ist er nicht reich genug, aber vielleicht an einer stillen Seitengracht. Es gab damals viel mehr Grachten als heute.«

Stella stand schon seit einigen Minuten an der Tür und redete mit Lucas. Er küßte sie, sie nahm ihren Mantel und winkte.

»Wiedersehen alle miteinander, ich muß fort!« Und nur zu Uli sagte sie: »Bis morgen.«

»Wiedersehen, Stella, bis morgen.« Erleichtert sah er, daß Aronds nicht mit ihr zusammen fortging.

Nachdem Lucas sie hinausbegleitet hatte, setzte er sich zu ihnen. Er hatte einen leichten Schwips.

»Hier wird gearbeitet, wie mir scheint.«

»Wir reden über das Privatleben von Pierre de Vries«, sagte Vogel, »insofern es der Autor nicht beschrieben hat.«

»Darüber möchte ich lieber schweigen! Da weiß ich nämlich eine ganze Menge. Vor allem über das widerliche Verhältnis mit Etienne. Etienne war früher natürlich mal ein hübscher Junge, aber davon ist nach all den Jahren nicht mehr viel übrig als der Schwachkopf und Schnorrer, der sich bei de Vries nur noch halten kann, indem er zum Hafen geht und Matrosen für ihn aufreißt. Dafür rächt er sich natürlich durch allerhand Gemeinheiten und kränkt de Vries in aller Öffentlichkeit, wo er nur kann, auch wenn er selber an den maritimen Feierlichkeiten teilnehmen darf.«

Unwillkürlich warf Uli einen Blick auf Etienne. Er saß noch immer am runden Tisch, beugte sich, offensichtlich wieder mit den Niederlanden versöhnt, zu Olga vor und erzählte ihr etwas, worüber sie so unbändig lachen mußte, daß sie schier über den Tisch kroch.

»Aber in sein Studierzimmer«, sagte Uli, »wo die Bücher stehen, darf kein Matrose hinein.«

»Was weiß ich! Zwischen Wohnzimmer und Schlafzimmer liegen Gang und Treppe, und die sind jedenfalls voll mit

Matrosenkragen, bebänderten Mützen, M. S. Johanna Maria, und den komischen Hosen mit den weit ausgestellten Hosenbeinen.«

»Angenommen, das stimmt«, sagte Uli. »Aber während Etienne noch damit beschäftigt ist, die Blaujacken auf die Straße hinaus zu komplimentieren, sitzt er selber bereits wieder im seidenen Morgenmantel in der Bibliothek und hat ein Buch in der Hand von ... wie heißt er wieder?«

»Villiers de l'Isle-Adam.«

»Genau, ja. Und dann schenkt er sich ein Glas Portwein ein. Portwein!« wiederholte Uli, erstaunt über sich selber. »Natürlich! Das ist es!«

»Sehr gut«, nickte Vogel. »Jetzt haben wir alles.«

Als Max vorbeiging, sprang Lucas auf faßte ihn um die Taille und begann mit ihm zu tanzen. Uli ließ den Deckel seiner Uhr aufspringen: es war halb zwölf, der letzte Bus fuhr um zwölf.

»Ich muß gehen«, sagte er.

Er wollte aufstehen, aber es gelang ihm nicht auf Anhieb, seinen Schwerpunkt weit genug nach vorn zu verlegen. Vogel stand schon auf den Beinen und zog ihn hoch.

»Bleiben Sie doch noch, es ist mir ein Vergnügen, Sie nach Hause zu bringen.«

»Sind Sie verrückt, dann müssen Sie die ganze Strecke wieder zurückfahren.«

Lucas, der mit Max Walzer tanzte, rief ihm zu, er könne über Nacht dableiben, wenn er wolle, doch Uli war die Müdigkeit anzusehen. Er wollte eigentlich lieber nach Hause gehen.

3. Rauchgardinen

Für die anderen Gäste des Tivoli war es nach einigen Tagen ein vertrauter Anblick: der alte Mann inmitten der viel jüngeren Schauspieler und Schauspielerinnen des Autorentheaters.

»Ein Pils, Willem?«

Als Kollege wurde er ganz und gar akzeptiert, und auch sein Alter spielte keine Rolle, er hielt es jedoch für überflüssig, ihnen zu sagen, daß er immer Uli genannt wurde. Er hatte den Namen richtig gehaßt, den seine Mutter erfunden hatte, als er klein war, und er war froh, daß er auf seine alten Tage Willem sein konnte. Er redete nicht viel am runden Tisch (es gab zuviel zu erzählen) und ließ sich behaglich in den Amsterdamer Klatsch sinken.

Wenn Caspar Vogel nicht dabei war, wurde allgemein festgestellt, daß sich zwischen ihm und seiner neuen Assistentin, der hübschen langbeinigen Trudy, etwas sehr Schönes entwikkelte. Ob er denn nicht vom anderen Ufer sei? Komm, komm, Willem, ein bißchen mit der Zeit gehen! Hie und da vielleicht, und so what? Wer nicht? Paul nicht? O.K., Paul nicht. Paul war Trix treu. Es sei jedenfalls besser, so Olga, daß seine derzeitige Freundin nichts von dieser Sache mit Trudy erfahre; ihr selber sei es ›wurscht‹. Wie sich herausstellte, hatte sie früher mit Vogel zusammengelebt, war aber schon seit einigen Jahren mit einem vermögenden Kunsthändler verheiratet, der gottlob einen großen Teil des Jahres im Ausland verbrachte, meist in Amerika. Man habe diesen Herrn auch einmal mit Mimi gesehen, sie seien aus dem Hilton gekommen und hätten sich eilig zum Jaguar des betreffenden Herrn begeben, verkündete Lucas, als Olga und Mimi nicht am Tisch waren.

Uli trank sein Bier, hörte sich alles an und vergaß es sofort wieder. Es war immer und überall dasselbe. Alles wirbelte wie Schneeflocken durcheinander. Wie oft schon hatte er dieses Treiben erlebt und selber daran teilgenommen. In den zwanziger Jahren, in den dreißiger, vierziger, fünfziger, sechziger Jahren (in den siebziger Jahren dann kaum noch), immer anders und doch wieder gleich: der mit jener und die mit dem, immer neue Varianten des alten Musters, das sich wie das Tapetenmuster an der Wand ständig wiederholte. Und vor hundert Jahren war es nicht anders, auch nicht vor tausend oder zweitausend Jahren: wohin man kam, was immer man las, Meisterwerke oder Schundromane, in Filmen, Theaterstücken, immer und überall dasselbe Gewirr von Menschen, die stets alles noch einmal taten und dabei das Gefühl hatten, es sei einzigartig. Stell dir vor, du würdest ewig leben! Eine Katastrophe... Du könntest verdammt noch mal ebensogut ein anderer sein.

Nein, es ließ sich nicht leugnen, unser Uli fühlte sich an jenem Tisch im Tivoli zum ersten Mal richtig alt. Und dennoch war er glücklich, daß er noch einmal dazugehörte. Das verwirrte ihn, er wurde nicht recht schlau aus sich selbst, aber es störte ihn nicht – obwohl es natürlich besser gewesen wäre, wenn jemand ihm erklärt hätte, er täusche sich: die echte Wirklichkeit sei nicht im Ganzen, sondern im Detail enthalten. Auch wenn sich ein bestimmter gelber Kreis auf der Tapete unzählige Male wiederholte, so war jeder Kreis doch auf einzigartige Weise er selbst und nicht ein anderer Kreis, auch wenn man nicht einmal mit dem Vergrößerungsglas Unterschiede feststellen konnte. (Ganz zu schweigen von den Figuren, die gar nicht auf der Tapete vorhanden waren und doch von Kindern oder von Leuten wie Shakespeare gesehen wurden.) Und dieses Prinzip galt auch für ihn selbst, für seine eigene Übersättigung durch die immergleichen Dinge – unzählige alte Menschen hatten vor ihm das gleiche erlebt, und doch war es hier der einmalige Uli, dem es widerfuhr. Man könnte sagen: die Welt hätte ebensogut gar nicht vorhanden sein können, aber das heißt noch nicht, daß sie deshalb auch jetzt auf eine bestimmte Art und Weise nicht existierte. Aber einen Menschen, der Uli das von den blassen Regionen des Denkens aus (die der Welt dennoch wieder Farbe verleihen können, wenn sie farblos geworden ist) hätte erklären können, Daumen und Zeigefinger didaktisch zum Kreis gekrümmt – einen solchen Menschen gab es nicht.

Nur als im Tivoli das Gespräch auf Stella kam (sie war nicht anwesend), gab sich Uli plötzlich keineswegs mehr so überlegen und sagte, er könne den Klatsch nicht leiden.

»Auf einmal«, sagte Etienne mit leicht hochgezogenen Augenbrauen.

Auf einmal, ja. Oder vielleicht doch nicht ganz so plötzlich. Wenn er Stella während der Probe oder im Café anschaute, sah er in ihr eine ätherische Schönheit, für die er keinen Namen fand. Es war, als erblickte er hinter ihrem Profil nicht mehr die roten Backsteine des Probenraumes oder die Poster an der Wand des Cafés, sondern einen wundersamen Garten im warmen Licht der untergehenden Sonne. Auch in ihren blaublauen Augen entdeckte er manchmal einen Blick, der ihn verwirrte. Dann sah er auf seine Hand, die wie ein abgesprungenes Stück Baumrinde auf seinem Schenkel lag.

Am Freitagnachmittag, am Ende der ersten Probenwoche, saß er im Tivoli neben ihr und fragte sie, ob sie nachher nicht mit ihm essen gehen wolle.

»Wartet denn deine Frau nicht auf dich?«

»Ich lebe mit meiner Schwester zusammen«, sagte Uli, als würde die Schwester nicht auf ihn warten.

»Wir können auch hier etwas bestellen.«

»Ich möchte lieber irgendwo anders hin.«

Lieber wäre es ihm gewesen, daß niemand davon gewußt hätte, daß es ein verschworenes Geheimnis zwischen ihnen beiden geblieben wäre, eingeschlossen in einen Schrein mit einem Strahlenkranz, doch als alle aufstanden, um zu bezahlen, sagte sie ein wenig ausgelassen:

»Ich weiß nicht, was ihr jetzt machen werdet, aber Willem und ich gehen in die Stadt essen.«

»O la la!«

»Wie galant!«

Lächelnd machte Uli eine kleine Verbeugung, obwohl er ein bißchen enttäuscht war.

Als er seine Rechnung beglich, stellte er fest, daß er nur noch fünfundzwanzig Gulden bei sich hatte: kaum genug, um allein essen zu gehen. Doch die Entdeckung amüsierte ihn eher – man würde schon sehen.

»Wartet deine Schwester nicht mit dem Essen auf dich?« fragte sie, als sie in der einfallenden Dämmerung durch eine Gasse zum Rokin gingen. Sie schob ihr rosa lackiertes Fahrrad neben sich her.

»Schon möglich.«

»Vielleicht solltest du sie anrufen?«

»Ich habe kein Telefon.« (Aber die Nachbarn hatten eines.)

Sie blieb stehen.

»Du, essen gehen können wir auch ein andermal; wir sehen uns ja jeden Tag.«

Jetzt hätte er mit Anstand einen Rückzieher machen und sich vermutlich auch einige Schwierigkeiten ersparen können, aber das kam nicht in Frage. Er hatte sie einem plötzlichen Impuls folgend eingeladen, und das hieß: jetzt oder nie. Unsinn – war er etwa verliebt, der alte Mann in das junge Mädchen? Bislang hatte er sie wie einen Kunstgegenstand, wie ein schönes Gemälde betrachtet, aber jetzt, da er an dem nebligen Oktoberabend neben ihr durch die Stadt ging, fühlte er tief in sich noch etwas ganz anderes als diese rein ästhetischen Empfindungen.

Als sie auf dem breiten Rokin anlangten, schaute er sich um und holte tief Atem. Es herrschte reger Freitagabendverkehr, den Aktionsgruppen war es noch nicht gelungen, aus Amsterdam ein verkehrsberuhigtes Dorf zu machen. Beim Überqueren der Straße – unter einem gewaltigen violetten Wolkenhimmel der Niederländer Malerschule – umfaßte Uli ihren Oberarm und hob ein wenig ausgelassen die Hand, um den Verkehr aufzuhalten. Ein junger Mann streckte den Kopf aus dem Autofenster und rief:

»Klappt's noch, Opa?«

»Wo gehn wir hin?« fragte Stella.

»Schlag du etwas vor, ich kenne mich nicht mehr so aus.«

Sie kannte ein Bistro auf dem Rembrandtplein, ganz in der Nähe, aber dort war jeder Platz besetzt. Das Restaurant (früher war dort einmal ein Kurzwarengeschäft, er erinnerte sich genau) erschien Uli plötzlich als der angenehmste Ort auf Erden, und wer dort nicht sein durfte, war ausgestoßen.

Draußen sah er sich um, überall häuften sich Erinnerungen in meterdicken Schichten. Es wurde dunkel. In einer engen

Seitengasse entdeckte er in Neonlettern das Wort Osiris, dessen erstes I unruhig flackerte. Da er nicht vergessen hatte, wie demoralisierend das Suchen und Zögern in solchen Situationen war, sagte er:

»Komm weiter, dorthin.«

»Ist das ein Restaurant?«

Das Publikum schien davon nicht sehr überzeugt zu sein, alle Tische waren leer. Sie gingen in das Lokal. Von der Decke herunter leuchteten schwach einige durchbrochene Laternen, sonst lag alles in tiefem Dämmerlicht und war erfüllt von leiser arabischer Musik: eine Frauenstimme sang melancholische Rezitative, auf die begeisterte Chöre mit Streichern und Trommeln einfielen. An der Theke, hinter einer den Raum teilenden Balustrade, auf der ein ausgestopftes Krokodil stand, las ein dunkelhäutiger Mann in Hemdsärmeln die Zeitung. Als Uli fragte, ob man hier essen könne, bestätigte der Mann das mit einer tiefen Stimme, die aus der Erde zu kommen schien. Er trug einen schwarzen Schnurrbart und machte ein mürrisches Gesicht. Dann jedoch, als er auf einem Tisch eine Kerze anzündete und eine einladende Geste machte, verbreitete sich auf seinem Gesicht jenes warme, von der Sonne stammende Lächeln, das im Norden unbekannt ist.

Die Sockel der Säulen waren mit Hieroglyphen bemalt, auf Messingtafeln glänzten für die Touristen Götter in halb menschlicher, halb tierischer Gestalt. Hoch an der Wand hingen verstaubte Musikinstrumente und schmuddelige, eingerissene Plakate, die die Pyramiden und die Sphinx, Tempelansichten und das goldene Antlitz von Tutanchamun zeigten. Uli fragte Stella, ob sie schon einmal ägyptisch gegessen habe, worauf sie mit einer raschen Bewegung den Kopf zur Seite drehte und, das Kinn zur rechten Schulter gewandt, antwortete: »Nein, Osiris« und Uli sofort ein wenig ägyptisch vorkam mit ihrer rotblonden, archaischen, durchscheinenden Schönheit. An ihren Ohren hingen zwei unechte Perlen wie große Tropfen kurz vor dem Herunterfallen. Sie sah ihn fröhlich an.

»Dann wollen wir vielleicht«, sagte er und las von der Speisekarte ein paar beliebige Gerichte ab, »Mazza nehmen, danach Meshwyat menawaha, und als Dessert Baklava.«

Lachend erwiderte er ihren Blick. Daß allein schon die Vorspeise mehr kostete, als er bei sich hatte, erfüllte ihn mit einem mutwilligen Vergnügen, das er zwar nicht begriff, aber durchaus von sich kannte. Vielleicht hatte es etwas mit Berta zu tun, die jetzt hinter dem Deich Koteletts in die Pfanne legte und verbrutzeln ließ. Ich bin ein verrückter Greis mit einem miesen Charakter, dachte er. Kurz darauf stand auch eine Flasche ägyptischer Wein auf dem Tisch. Er trank ihr zu.

»Auf die Vorstellung, Miranda!«

»Auf das Comeback von Willem Bouwmeester als Pierre de Vries!«

Der Wein war süß, das arabische Brot heiß, die Mazza scharf und die Musik sehr fremdartig. Alles war klar voneinander getrennt, nur in ihm selbst verschwamm alles ineinander. Er redete über das Theater, die Proben, nur um etwas zu sagen. War er wirklich verliebt in dieses schöne, gutgelaunte Kind? Was fiel ihm bloß ein! Als das Gespräch stockte, betrachtete er eine Weile ihre hochgesteckten Zöpfe.

»Rothaarige Frauen sind vom Teufel besessen«, sagte er, während alle rothaarigen Frauen, mit denen er im Bett gewesen war, in seiner Erinnerung zu einer einzigen verschwommenen Gestalt zusammenflossen.

»Ja, paß bloß auf.«

Er stützte den Ellbogen auf den Tisch und legte das Kinn in die Hand.

»Ich habe nichts mehr zu verlieren.«

»Das glaubst du bloß. Du fängst gerade erst an.«

Er wandte die Augen (besser gesagt: das Auge; manchmal schaute Stella in das falsche) nicht von ihr und sagte, plötzlich ein wenig gerührt:

»Weißt du, die meisten Männer, wenn sie ein Mädchen wie dich sehen ... Wie alt bist du?«

»Einundzwanzig.«

»Dann denken sie: das Mädchen könnte meine Tochter sein.«

»Im *Sturm* bin ich das auch.«

»Du könntest sogar meine Enkelin sein ... meine Urenkelin notfalls. Aber ich denke an etwas anderes.«

Als er schwieg, fragte sie:

»Woran denn?«

»Daß du meine Mutter sein könntest.« Unsicher schaute er sie an. Er nahm einen Schluck und sagte: »Ich bin der Sohn eines achtzehnjährigen Mädchens. Eigentlich sonderbar, findest du nicht, ein Mann von beinahe achtzig als Sohn eines achtzehnjährigen Mädchens? In meiner Erinnerung ist meine Mutter genau so alt wie du.«

»Vielleicht bist du darum so alt geworden. Du bist aus jungem Fleisch gemacht.«

Mit beiden Händen rieb er sich das Gesicht. Seine Mutter war nie älter geworden als Stella jetzt war.

»Was reden wir da... Als ob dich Altertumsforschung interessieren würde.«

»Meiner Meinung nach«, sagte Stella, während sie ein paarmal mit der Spitze ihres Zeigefingers durch die Kerzenflamme fuhr, »ist alles Zufall. Du bist fünfzig Jahre älter als ich...«

»Schön wäre es. Beinahe sechzig.«

»... aber es könnte genausogut andersherum sein. Ich achtzig und du zwanzig.« Sie tauchte den Zeigefinger in den Wein, steckte ihn in den Mund und brach in Lachen aus. »Die Frage ist nur, ob du dann auch noch hier mit mir sitzen würdest.«

Uli lehnte sich zurück und vergrub beide Hände in sein dichtes weißes Haar.

»Laß mich nachdenken. Was mich betrifft, so hätten wir jetzt das Jahr Neunzehnhundertfünfundzwanzig und du wärest Jahrgang...«

Er versuchte schnell nachzurechnen, aber sie kam ihm zuvor:

»Achtzehnhundertfünfundvierzig.«

»Voilà!« sagte er triumphierend. »Dann wärst du Sarah Bernhard oder so jemand gewesen. Glaub mir, die hat mit achtzig noch mit jungen Männern von zwanzig diniert.« Und alles übrige auch, dachte er, sagte es aber nicht. »In meiner Familie gab es auch solche Damen.«

»Sie spielte damals sogar noch den Hamlet, im Rollstuhl.«

Der Ägypter, der saubere Teller vor sie hinstellte, schenkte nach und lachte ebenfalls.

»Is gut«, brummte er.

»Hat die Tante wirklich den Hamlet im Rollstuhl gespielt?«

»Siehst du, es gibt immer noch Hoffnung. Auch für mich.«

»Schau«, sagte Uli, »über solche Dinge weißt du Bescheid. Ich bin ein Dummkopf, ich weiß nichts. Das heißt ... ich meine, es ist vielleicht Zufall, daß ich älter bin als du, aber so ist es nun einmal. Vielleicht hättest du älter sein können als ich, aber das ist nicht der Fall. Alles ist, wie es ist, und nicht anders.« Er zog eine Blechschachtel mit Zigarren heraus, öffnete sie, hielt sie ihr hin und fragte: »Könntest du dir zum Beispiel vorstellen, deine Mutter sei deine Tochter?«

Da geschah etwas Unerwartetes. Stella schaute auf die Zigarren, dann zu Uli, danach wieder auf die Zigarren, und auf einmal verzerrte sich ihr Mund, und sie fing an zu weinen. Erschrocken fragte Uli, ob er etwas Falsches gesagt habe; zugleich stieg ein warmes Gefühl für das Mädchen in ihm auf, als er die Tränen in ihren Augen sah.

Sie schüttelte den Kopf.

»Laß nur.« Mit dem Handballen wischte sie sich über die Backenknochen. »Es ist schon vorbei.«

»Is nicht gut«, sagte der Ober, während er eine Schüssel mit gegrilltem Fleisch auf die Wärmeplatte stellte.

Uli legte seine Hand auf die ihre, die voller Schwielen war wie die einer Arbeiterin.

»Du mußt es mir sagen, sonst werde ich verrückt.«

»Das kommt von deinen Zigarren«, sagte sie und zog lächelnd und mit geröteten Augen ihre Hand unter der seinen zurück. Sie füllte ihm den Teller auf und sah in sein erstauntes Gesicht. »Ja, verrückt wäre schon peinlich.«

»Erzähl doch.«

In seiner Stimme klang etwas, das sie zum Sprechen brachte.

Also gut. Erzählen sei nach Meinung der Psychiater immer gesund, besonders, wenn der Zuhörer dafür bezahlt werde, genau umgekehrt wie in der Literatur also. Das beste sei, immer alles zu erzählen. (*Immer* erzählen? *Alles?* Gewiß: wer seiner Träume beraubt wird, wer von besessenen Gelehrten jedesmal geweckt wird, wenn er zu träumen beginnt, wird wahnsinnig. Ist wissenschaftlich erwiesen.) Er habe doch vorhin ihre Mutter erwähnt. – Als sie acht Jahre alt war, ging ihr Vater von einem Tag auf den anderen mit einer Frau durch, die in allem das Gegenteil ihrer Mutter war und Tränen lachte über seine Späße, die die Mutter stets mit einem versteinerten Gesicht zu beantworten pflegte. Ihre Eltern waren beide verhältnismäßig alt (das heißt, sie hätten Ulis Kinder sein können), und Tante Ria war noch ziemlich jung; doch wer die größere Liebe für ihren Vater hegte, ihre Mutter oder Tante Ria, stand dahin. (Aber vielleicht darf gerade in der Ehe die Liebe nicht zu groß sein, daraus erwächst nur Elend.) Ihr Vater war Chemielehrer an der Fischereifachschule in Scheveningen, ihre Mutter Leiterin eines Kindergartens in Den Haag, und Tante Ria war gar nichts. Außer daß sie für Stellas Vater alles war. Als ihr Vater ausgezogen war – sie besuchte ihn jeden Mittwochnachmittag –, begann ihre Mutter sich mehr und mehr gehenzulassen. Natürlich steckte noch etwas anderes dahinter, etwas, das für dieses versteinerte Gesicht verantwortlich war und vielleicht etwas mit ihren eigenen Eltern zu tun hatte, Stella wußte es nicht. Ihr Vater sei der Meinung, sagte Stella, alles habe endlose Wurzeln, die vielleicht bis zum Anfang der Welt reichten. Alles wäre schon im Big Bang enthalten.

»Im was?« fragte Uli.

»Im Urknall, aus dem die Welt entstanden ist.«

»Meint dein Vater, die Welt sei aus einem Knall entstanden? Das ist sicher einer seiner Späße. Was hat denn da geknallt?«

Ja, das wisse sie auch nicht. Ihre Mutter sei jedenfalls immer stiller und wunderlicher geworden. Sie habe kaum noch gesprochen, sei nachts im Haus herumgeirrt, habe an den Kleidern gerochen, die ihr Vater zurückgelassen habe, und angefangen, sich vor allem zu ekeln. Wenn sie eine Kartoffel geschält hatte, ließ sie sie in den Topf mit Wasser fallen, als sei es ein Pferdeapfel; sie faßte alles an, als sei es klebrig, widerwärtig, lebendig. Eines Tages, drei Jahre, nachdem der Vater die Mutter verlassen hatte, gab die Mutter Stella Geld (Gulden, die sie aus ihrer Geldbörse nahm, als wären sie glühend heiß), um eine Schachtel Zigarren der Marke zu kaufen, die der Vater immer geraucht hatte. Kam Papa denn zurück? Das nicht, und doch wieder: ja. Es war Hochsommer, und als sie zurückkam, hatte die Mutter alle Fenster und Gardinen geschlossen. Sie, Stella, mußte sich in Vaters Sessel setzen und eine Zigarre anzünden; die Mutter gab ihr Feuer. Es war eine kurze dicke Zigarre, die sie kaum festhalten konnte, und während sie hustend Rauchwolken ins dunkle Zimmer blies, setzte sich die Mutter an den Tisch und schnupperte mit geschlossenen Augen den alten Duft. Als die Mutter zu weinen anfing, rannte Stella aus dem Zimmer in den sonnigen Garten, wo sie die Zigarre wegwarf. Sie warf sich schluchzend ins Gras und machte sich die Hose naß . . .

4. Bezahlen!

»Ich kann nicht mehr«, sagte sie und wischte sich den Mund ab. Auch Uli legte das Besteck nieder. Er wußte nicht, was er sagen sollte. Mechanisch griff er nach der Zigarrenschachtel, legte sie aber sofort wieder hin.

»Zünde dir ruhig eine an. Mein Vater war einfach meine erste Rolle, vielleicht bin ich deswegen zum Theater gegangen.«

»Wie geht es deiner Mutter jetzt?«

»Sie ist in einer Anstalt.«

»Besuchst du sie manchmal?«

»Nie.«

»Und dein Vater lebt in Scheveningen, schmaucht dicke Zigarren und bringt Tante Ria zum Lachen.«

»So ist es.«

Vielleicht kam es vom Wein, jedenfalls brach Uli plötzlich in Gelächter aus.

»Die Liebe!« rief er. »Die Liebe!« Er nahm nun doch eine Zigarre aus der Blechschachtel. »Weißt du, daß ich gleich, als ich dich sah, das Gefühl hatte, mit dir sei irgend etwas los?«

»Ein *Geheimnis* in meinem Leben?« fragte sie mit gespieltem Nachdruck, während sie ihm die Kerze hinhielt.

»Ja, man kann das natürlich auch durch den Kakao ziehen.« Er beugte sich vor, sog an der Zigarre und blies den Rauch seitlich aus dem Mundwinkel. »Man kann immer alles durch den Kakao ziehen.«

Stella stellte die Kerze hin und sagte:

»Nie bis zu diesem Tag
sah ich ihn von heft'gem Zorn bewegt.«

»Nimm es mir nicht übel.«

»Nein, du hast recht. Tatsache ist, daß ich es noch nie

jemandem erzählt habe. Nicht einmal mein Vater weiß davon.«

»Aber ich weiß es jetzt.«

»Ja.« Sie nahm seine Hand und legte die andere darauf: zwei harte Hände, die nicht zu ihr paßten, mit hervortretenden Adern und knochigen Handgelenken. »Und jetzt mußt du mir das Geheimnis deines Lebens erzählen.«

Etwas flog über seine Wangen, als ob er errötete, aber ob es so war, ob er das noch konnte, wußte er nicht.

»Darüber müßte ich erst mal nachdenken.«

Ach, Uli. Er sah sie an und sah, daß sie etwas sah, aber was konnte sie sehen?

»Natürlich.«

Sie zog die Hände zurück. Schweigend schauten sie zu, wie der Ober den Tisch abräumte. Noch immer waren sie die einzigen Gäste. Lediglich an der Theke saß ein ägyptischer Herr, den sie nicht hatten hereinkommen sehen, ein Herr in einem tadellosen dunklen Anzug und mit goldenen Manschettenknöpfen. Stella nahm ihre Tasche auf den Schoß und sagte:

»Ich will weg.«

»Weg?« wiederholte Uli erstaunt. »Wir bekommen noch einen Nachtisch.«

»Ich möchte jetzt gehen.« Sie legte einen Scheck auf den Tisch. »Ist es dir recht, wenn ich bezahle?«

Eine Sekunde lang zögerte Uli, er hatte vollkommen vergessen, was ihm noch bevorstand.

»Kommt nicht in Frage«, sagte er mit der Geste eines Kavaliers.

»Dann jeder die Hälfte.«

Das war natürlich vollends unmöglich. Er nahm den Scheck und steckte ihn in ihre Tasche.

»Aber ich bitte dich, ich habe dich eingeladen.«

»Danke Willem, es hat sehr gut geschmeckt. Das nächste Mal bezahle ich. Wollen wir?«

Er stand nun ebenfalls auf und schaute zur Theke hinüber.

»Geh nur. Ich nehme noch einen Kaffee und denke noch ein bißchen nach. Wohnst du in der Nähe?«

»Beim Tiergarten. Mit dem Rad bin ich gleich zu Hause, mach dir keine Sorgen um mich.«

An der Tür gab er ihr einen Kuß auf die Wange und hörte den ihren mit einem leisen Schmatz neben seinem Ohr. Er schloß die Tür, drehte sich mit Schwung um (wobei er ein wenig taumelte) und sah die beiden Männer an, die mit dunklen Blicken zurückschauten und deren Gefangener er jetzt war, obwohl sie es noch nicht wußten.

Da aus der Flasche nicht ein Tropfen mehr kam, bestellte er noch ein Glas Wein. Er ließ den Deckel seiner Uhr aufspringen: neun Uhr. Noch reichlich Zeit. Die Musik und die Hieroglyphen traten wieder hervor, es war, als ob der Alkohol erst jetzt seine Wirkung zeigte. Seine Augenlider flatterten nicht mehr, sondern öffneten und schlossen sich langsam, während er hin und wieder mit sich selbst redete. Ein Teller mit süßem Gebäck wurde vor ihn hingestellt, ohne daß er es bemerkte.

Es war Wahnsinn, was er wollte, aber was wollte er eigentlich? Vielleicht nicht mit ihr ins Bett gehen, aber doch etwas von der Art, etwas in dieser Richtung. Man stelle sich vor, er ginge mit ihr ins Bett. Seit zehn Jahren hatte er das nicht mehr getan, und sie würde die letzte sein, das stand fest. Bis jetzt war die letzte irgendeine Nutte im De Kelder gewesen, er hatte keine Ahnung mehr, wer die Frau gewesen war. Aber als es damals geschah, wußte er nicht, daß sie die letzte in der schier endlosen Reihe sein würde. Er lächelte in sich hinein. Es kam nicht oft vor, daß man sich dessen bewußt war, etwas das letzte Mal zu tun. Man geriet unter ein Auto oder bekam einen Herzanfall oder mußte in den Polder übersiedeln, und dann stellte sich hinterher heraus, daß es irgendwann das letzte Mal gewesen war. Oder man mußte mit Krebs ins Krankenhaus und tat es vielleicht noch einmal; aber auch dann hatte man immer noch die Hoffnung, daß es nicht das letzte Mal gewesen sein würde. Das galt eigentlich nur für Selbstmörder: noch einmal eine Nummer schieben und dann: hoppla! Das Leben war keineswegs symmetrisch; wann es das erste Mal gewesen war, das wußte jeder.

Er hob den Kopf. Seine Augen blickten auf eine geschnäbelte Götterfigur, aber er sah sie nicht wirklich. Das erste Mal... verdammt, das hatte auch hier auf dem Platz begonnen, vor sechzig Jahren. Das hätte er Stella vorhin erzählen sollen! Sieh mal an...

... da geht er hinter der Rembrandtstatue, der Onkel Karel, der jüngste Bruder seines Vaters, in Knickerbockers, karierten Strümpfen und mit einem Strohhut, den weißen Wollschal locker um die Schulter geschlungen.

»Guten Tag, Onkel Karel.«

»Nanu, Uli, was machst du denn noch so spät auf der Straße?«

»Ich treibe mich hier ein bißchen herum.«

»Das sehe ich, ja, du müßtest längst im Bett liegen.«

»Und du?«

»Hör mal, du Lümmel, wenn du so alt bist wie ich, darfst du auch auf der Straße herumlungern. Mußt du morgen nicht zur Schule?«

»Doch, aber ich gehe nicht.«

»Was du nicht sagst! Na gut, dann komm halt mit.«

Und da gehen sie, hinein in die große Welt, oder doch in ein überlautes Varietetheater, wo auf der kleinen Bühne die Beine hochfliegen und spitzenbesetzte Unterhosen sehen lassen. Rauch, Radau, Gedrängel. Jeder kennt Onkel Karel, der im finanziellen Bereich des Theaters tätig ist (ein wenig später wird er Uli in das Revue- und Operettenleben einführen), Kellner mit langen weißen Schürzen gehen ihm mit ausgestrecktem Arm voraus und machen einen Tisch frei, auf dem im Handumdrehen ein Kühler mit einer Flasche Champagner steht, darum herum vier Gläser, die beiden überzähligen werden kurz darauf von zwei Tänzerinnen im Flitterkostüm zum Munde geführt; soeben waren sie noch unendlich fern in der transzendentalen Welt des Rampenlichtes und der Scheinwerfer, und jetzt legen sie die Hand auf die Schenkel von Onkel Karel und den seines Neffen. Uli könnte jauchzen vor Begeisterung. Vor kurzem noch ein einsamer Junge auf der Straße ohne einen Cent in der Tasche, jetzt inmitten von Palmen und Glas und gußeisernen Pfeilern das Objekt familiärer Prahlerei und der Bewunderung der Damen.

»Mein hübscher junger Neffe, er schielt leider ein bißchen, ist aber immerhin der jüngste Sproß am Bouwmeesterstamm! Und noch jungfräulich, oder etwa nicht, Uli?«

»Ach ...«

»Ja, ja, Suzie hat ein Auge dafür, Suzie braucht man nicht zweimal zu bitten.«

Daß Suzie die schönste Frau der Welt und zweifellos noch Jungfrau ist, und daß er sie liebt und sie heiraten wird und sie nie im Stich lassen wird, steht völlig außer Frage. Sie wirft sich ihm an den Hals, küßt ihn, sie rollen von den Stühlen, werden hochgezogen, ihre Zunge gleitet in seinen Mund, ihre Hand liegt nun etwas höher auf seinem Schenkel, rein zufällig übrigens, die schlanken Fingerspitzen der Künstlerin fast, nein, genau an einer gewissen Stelle – und dann sagt Onkel Karel plötzlich:

»So, jetzt reicht's. Die Rechnung.«

Auch die Mädchen sind auf einmal verschwunden, noch eine halbe Stunde lang muß er einen Schritt hinter dem Onkel stehen, der alles mögliche mit den Leuten besprechen muß – und wiederholt insgeheim unablässig die Adresse, die Suzie ihm zugeflüstert hat.

»Denk dran, Uli«, sagt Onkel Karel draußen auf dem verlassenen, leeren Platz, »kein Wort darüber zu Onkel und Tante.«

»Nein, Onkel, vielen Dank für alles.«

»Und jetzt marsch nach Hause.«

Als Onkel Karel um die Ecke verschwunden ist, rennt Uli zitternd vor Kälte und Aufregung zu der Adresse, die er ständig laut vor sich hersagt in der panischen Angst, er könnte plötzlich an Gedächtnisschwund leiden. Eine enge Straße in der Nähe der Amstel. Nachdem er zuerst an einem leise sirrenden Laternenpfahl die Blase entleert hat, geht er zur Tür. Sie gibt nach, und mit der Hand an einem fettigen Tau klettert er an Fahrrädern und Kartons mit leeren Flaschen vorbei die Treppe empor. Auf dem Treppenabsatz erscheint eine dicke Frau mit rosa Wickeln um die Beine und fragt, zu wem er komme.

»Zu Fräulein Suzie, bitte.«

»Im vierten.«

Er weicht Eimern, Stehleitern und Abfallkübeln aus und steigt von Treppenabsatz zu Treppenabsatz, während die Treppe immer steiler wird und schließlich in einer Leiter endet. Mit den Händen über dem Kopf drückt er eine Klappe hoch und riecht sofort, daß er in ihrer Kammer ist.

Sie liegt in einem breiten Bett und ist schon eingeschlafen. Auf einem Tischchen in der Ecke brennt eine kleine Lampe. Sie liegt auf dem Rücken, die Arme über dem Kopf, eine Brust entblößt – und während Uli sie betrachtet, gerät irgend etwas in seinem Gehirn vollkommen durcheinander, vielleicht in den Neuronen (obwohl in den zwanziger Jahren nur wenig über das Nervensystem bekannt war), wie dem auch sei, plötzlich zittert er von Kopf bis Fuß. Er seufzt tief auf und setzt sich, ohne die Augen von ihr abzuwenden, so weit entfernt von ihr wie möglich auf die Kante eines Stuhls. Zum Glück schläft sie, so daß er warten kann, bis sich der Aufruhr in seinem Inneren gelegt hat. Der dunkle Schatten ihrer Achselhaare. Er bemerkt, daß sie die Beine unter der Decke spreizt und zwingt sich, woanders hinzuschauen. Welche Armut! Ein gesprungenes Waschbecken mit Fläschchen und Töpfchen, darunter ein sonderbares, zylinderförmiges Instrument mit einem roten Gummischlauch. Über die Stühle geworfene Kleider, auf dem Boden ein Schuh, der andere ist umgefallen; über dem Bett, an der Dachschräge, die Reproduktion eines Gemäldes: eine badende, nackte junge Frau, die von geilen alten Wüstlingen belauert wird.

Als sein Bibbern nach etwa fünf Minuten abnimmt, steht er auf er ist umgeben von einer warmen Stille. Soll er sie jetzt wecken? Die bloße Brust hebt und senkt sich, die Augen sind geschlossen. Er kann sie doch unmöglich wecken. Vielleicht weiß sie gar nicht mehr, wer er ist und kreischt laut auf und er wird von der dicken Frau mit einem Nudelholz erschlagen. Alles ist ganz anders als vorhin im lauten Kabarett mit all den Menschen. Wie schön sie ist! Auf den Zehenspitzen nähert er sich ihr. Die Wärme, die aus dem Bett aufsteigt, der süße Duft. Er drückt eine Hand auf sein Geschlechtsteil und weiß nicht mehr, was er tun soll, aber die andere Hand weiß es, ohne ihn zu fragen, und senkt sich langsam auf ihre Brust, auf das Weiche, so daß ihr harte Brustwarze genau in der Mitte seiner Handfläche liegt, zwischen Lebenslinie und Kopflinie der Chiromanten. In dem Augenblick, als er ihr Herz unter seiner Hand klopfen fühlt, versagen ihm die Beine den Dienst. Er liegt auf den Knien neben dem Bett, schaut ängstlich in ihr

Gesicht, ob sie nicht wach wird, und läßt die Hand mit gespreizten Fingern unter der Decke verschwinden, und, ohne sie zu berühren, einen Zentimeter hoch über ihren Körper gleiten, wie ein Segelflugzeug. Als er in der Ferne feine Härchen fühlt, macht sein Mittelfinger plötzlich einen sonderbaren, raschen Knick und berührt etwas, das... so etwas hat er noch nie berührt! Er berührt etwas aus einer anderen Welt, ein Paradies, von dem er nicht wußte, daß es das gibt, mit solchen Berührbarkeiten!

Er zieht die Hand zurück und zieht sich rasch aus. Nicht alle Knöpfe lassen sich von den zitternden Fingern durch die Knopflöcher zwängen; sie landen mit leisem Klicken irgendwo im Zimmer; auch die Schuhe bleiben zugeknöpft. Nackt, mit hochgerecktem Geschlecht (ein Spatenstiel, den der Bauer in die Erde gerammt hat, um sich einen Priem in den Mund zu stecken), schaut er sie an. Sie schläft noch immer, müde von ihrer Kunst und dem Champagner. Auf Zehenspitzen geht er um das Bett und schlüpft an der anderen Seite vorsichtig unter das Laken, bis ihre Wärme ihn umfängt. Mit angehaltenem Atem, immer darauf achtend, daß er sie nicht aufweckt, schiebt er sich Zentimeter um Zentimeter an sie heran. Und als ob sich am Himmel etwas ähnliches abspielte, mit vielen abspringenden Knöpfen, beginnt es auf dem Dach leise zu regnen. Als er sich endlich an sie schmiegt, kann er sich nicht mehr beherrschen, keuchend legt er sich auf sie, oh, wenn sie es nur nicht merkt, wenn sie nur nicht wach wird! Er stößt mit seinem Schwengel zwischen ihren Beinen wild drauflos: etwas stimmt nicht, verdammt, da stimmt etwas nicht. Gleich darauf fühlt er, wie ihre Hand den ratlosen Gast zum Eingang führt – und schlagartig verwandeln sie sich beide in ein laut schreiendes, sich aufbäumendes Fabeltier. Zuckend wirbelt und wühlt es sich durch die ächzende Lagerstätte, Laken und Decken mit sich zerrend, das hölzerne Kopfende neigt sich nach vorn, das Bettgestell bricht und fällt krachend auf den Boden, das Kopfende stürzt auf sie herab, aber sie merken es nicht, hören auch nicht das wütende Geschrei der Nachbarn unter ihnen, denn das geschieht nicht in der Welt, in der sie als dieses Tier existieren.

Das Geschrei ist längst wieder verstummt, als Uli zu sich kommt und verwirrt den Trümmerhaufen besieht. Bis zu den Haaren ist er so naß, als ob er aus dem Meer käme, sogar die Scheiben des schrägen Fensters sind beschlagen. Lachend, den Kopf auf den Armen, halb außerhalb des schiefen Bettes liegend, schaut Suzie ihn an.

»Ich habe dich aufgeweckt«, sagt Uli schuldbewußt.

»Aber nein.«

»Wie meinst du das – hast du nicht geschlafen?«

»Natürlich nicht, du Dummkopf!«

»Schon gut! brecht auf! nichts mehr!«

murmelte er und wischte sich die Augen mit der Hand ab, die ein wenig zitterte. Tränen waren die einzige Flüssigkeit, die ihm geblieben war. Er blickte auf seine nassen Finger und sagte mit melancholischem Lächeln zu seinem zum zweitenmal geleerten Glas:

»Wir sind aus solchem Stoff
Wie der zu Träumen, und dies kleine Leben
Umfaßt ein Schlaf.«

Zum erstenmal hatte er das Gefühl, daß er Prosperos Worte begriff und auch – durch den Alkohol – noch vieles mehr, nein, alles, alles ... Er hob die Hand.

»Bezahlen!«

Offenbar hatte man auf dieses Zeichen gewartet, die Rechnung kam sofort. Während er spürte, daß man ihn anschaute, zog er die Brieftasche heraus und suchte mit zunehmendem Erstaunen in allen Fächern; er machte sogar die Lasche auf und starrte ins dunkle Innere. Er legte die Brieftasche auf den Tisch und begann in seinen Taschen zu suchen, was fünfundzwanzig Gulden erbrachte, die er auf den Teller legte. Er stand auf fühlte an der Garderobe in den Manteltaschen nach, und machte eine Gebärde, daß er nun wirklich nichts mehr verstünde.

»Niks Geld?« brummte der Ober, der am Tisch stehen geblieben war.

»Ich verstehe das nicht. Ich weiß genau, daß ich –«

»Auch nicht Scheck?«

»Nichts. Ja, fünfundzwanzig Gulden. Wobei ich sicher weiß, daß ich –«

Der Ober gab ihm mit einer Handbewegung zu verstehen, daß er lieber schweigen solle. Er blies die Kerze aus und ging zur Theke. Uli nahm wieder Platz und wartete mit gekreuzten Armen den Ausgang der orientalischen Beratung ab; am liebsten hätte er noch ein Glas Wein bestellt, traute sich aber nicht. Der Mann im Maßanzug begab sich jetzt selber hinter die Theke und schaltete die Musik ab. Die plötzliche Stille wirkte ernüchternd auf Uli; außerdem leuchteten gleich danach ein paar grelle, schirmlose Lampen an der Decke auf und enthüllten mitleidlos die Schäbigkeit des Etablissements. Sie werden mich fesseln, quälen und ermorden, dachte Uli.

»Haben Paß? Personalausweis?«

»Personalausweis ... nein, den gibt es nicht in Holland«, sagte Uli mit einem seltsamen Anflug von Stolz für jemanden, der nicht bezahlen kann. »Den gab es nur im Krieg, unter den Deutschen. Aber vielleicht ...« Er griff wieder nach seiner Brieftasche, aber auch da fand sich nichts mit seinem Namen oder seiner Adresse.

»Dann schauen anderes«, sagte der Ober. »Haben nicht ...?«, und mit sonderbar flatternden Fingern musterte er Uli von Kopf bis Fuß, bis das Flattern plötzlich zu einem regungslosen Zeigefinger erstarrte, in dessen Verlängerung sich Ulis Armbanduhr befand.

Erschrocken sah Uli ihn an. Jetzt nahmen die Dinge eine Wendung, mit der er nicht gerechnet hatte.

»Das ist ein Erbstück ... noch von meinem Vater.«

»Kriegen zurück. Wenn bezahlen.«

Uli hätte es lieber gesehen, daß sie die Polizei gerufen hätten, aber da er selber sie in eine Situation gebracht hatte, in der sie ihm auf irgendeine Weise vertrauen mußten, konnte er schwerlich Forderungen stellen. Mit einem Gefühl der Erniedrigung, wie jemand, der beraubt wird, legte er die Uhr ab, sah, wie sie seine Hand verließ und in die andere, braunere, jüngere hinüberwanderte.

»Bekommen morgen zurück.«

Morgen war Samstag, ein probenfreier Tag.

»Ich wohne nicht in der Stadt. Kann ich Montag kommen?«

Der Ober erkundigte sich bei dem Herrn hinter der Theke, über das Krokodil hinweg entspann sich ein kurzes, gutturales Gespräch.

»Chef sagen, ist möglich. Nicht später als zwei Uhr.«

Als Uli sich nochmals entschuldigte, seinen Mantel nahm und das Lokal verließ, erschien auf dem Gesicht des Obers – der die Tür vor ihm aufhielt, die Uhr in der anderen Hand – wieder das gewisse subtropische Lachen.

»Schöne Frau«, sagte er.

Daß Uli nicht später kommen sollte als zwei Uhr, betrachtete er als eine Strafklausel, der er sich nicht zu unterwerfen gedachte (schließlich wußten sie ja nicht, daß er gewußt hatte, er werde nicht bezahlen können), und blieb bis halb fünf auf der Probe, ging danach noch ins Tivoli und spazierte etwa um sechs Uhr zum Osiris.

Als er es nicht gleich finden konnte, glaubte er, er habe nicht gut aufgepaßt, blieb aber kurz darauf schockiert stehen. Sogar der Name war vom Giebel verschwunden. Drinnen nur die Wandmalereien und die leergeräumte Theke. Die Frau im Schreibwarengeschäft nebenan wußte nur zu sagen, daß der Möbelwagen um etwa drei Uhr fortgefahren sei. Das Lokal sei pleite und jetzt vakant. Nein, wohin, sei ihr nicht bekannt.

Dritter Akt

1. Herr und Knecht

»Ja Willem, sehr gut«, sagte Vogel. »Mach das immer so.«

»Was?«

»Wie du eben deine Hände gehalten hast.« Er richtete sich hinter dem Tisch auf und machte es ihm vor. »So, in Höhe der Taille, die Handgelenke etwas nach hinten abgeknickt, die Finger zierlich gestreckt. Das sind die Hände von Pierre de Vries: schöne Tuntenhände. Ich werde dir einen Ring mit einem Amethyst geben lassen. Einem lilafarbenen.«

Es kostete Uli Mühe zu wiederholen, was sich soeben offenbar spontan ergeben hatte, aber als er die Bewegung wieder genau traf, bewußt nachvollziehen konnte und begriffen hatte, brauchte Vogel nie mehr darauf hinzuweisen. Höchstens darauf, daß er nun auch nicht übertreiben dürfe – alles komme darauf an, daß er es hinterher wieder ganz unbewußt mache.

»Nein, nicht mit den Fingern trommeln, das tun Amateure. Schlag deine Beine mal übereinander. Die Arme verschränken. Und jetzt die Zehen im Schuh bewegen. Nein, nur am herabhängenden Fuß und etwas schneller. Genau, ja, jetzt sitzt du ganz ungeduldig da.«

»Das sieht doch kein Hund.«

»Das meinst du nur. Die kleinste Bewegung besitzt mehr dramatische Kraft als der tiefsinnigste Aphorismus, der die Handlung nicht vorantreibt. Du hast keine Ahnung, wie diese Voyeure im Dunkeln auf der Lauer liegen; sie sehen alles, und alles hat eine Bedeutung, auch wenn du regungslos dasitzt. Sehr schön. Mach deinen Körper zu einen Kunstwerk. Unmittelbar aus dieser Haltung kannst du deinen dramatischen Ausbruch mit deiner schönen Bronze-Stimme kommen lassen. Es geht vor allem um den Klang und den Rhythmus der Worte: damit bringst du die dunkle Botschaft hinter dem Inhalt des Textes herüber. Die wörtliche Bedeutung ist lediglich ein Vehikel für das, worum es wirklich geht. Es darf nicht so sein, daß die Leute das Stück ebensogut lesen könnten. Du stellst einen großen Schauspieler dar, der auch im täglichen Leben den Schauspieler spielt, der er tatsächlich ist, und zwar mit allerlei Reminiszenzen an andere große Schauspieler sowohl im Tonfall als auch in den Gebärden. Man spürt noch ein Echo des holländischen Heldentons von Andries Snoek am Anfang des neunzehnten Jahrhunderts, vom großen Jan Punt aus dem achtzehnten, ja, auch von Schauspielern aus dem siebzehnten Jahrhundert, die noch mit Vondel und Bredero zusammengearbeitet haben. Aber Pierre de Vries tut nur so, wenn er sich beobachtet weiß. Jetzt achtet niemand auf ihn – außer dem Publikum natürlich.«

Das ununterbrochene Lernen. Tag für Tag ein schrittweises Einrichten der Aufführung, wobei behutsam Schicht um Schicht aufgetragen wurde wie beim Malen einer Ikone, und Kleinigkeiten hinzugefügt, jede Bewegung, jeder Satz, jedes Wort eine Nuance bekam – oder eher noch wie auf einer archäologischen Fundstätte Schicht um Schicht freigelegt wurde, zuerst mit dem Spaten, dann mit dem Pinsel und zuletzt mit Wasser. Uli war bezaubert. So hatte er das noch nie erlebt, und seine eigene Art und Weise, Regie zu führen (mit den Amateuren damals, von denen einige wohl seinen Namen in der Zeitung lesen würden, falls sie noch lebten) – wollte er lieber ein für allemal vergessen. Er hatte das Gefühl, als würde bei jeder Probe ein immer feinmaschigeres Netz um ihn gewoben, ein Kokon, in dem er sich verpuppen mußte.

»Probier das mal aus, Willem. Schau dem, mit dem du sprichst, nicht in die Augen, sondern fixiere deinen Blick auf die Mitte seiner Stirn – außer wenn du als Pierre die Vries mit Max redest, oder als Prospero mit Miranda.«

»Was soll der Unsinn? Ich schiele doch ohnehin schon.«

»Versuch es mal. Ich glaube, daß das sehr gut wirkt, auch auf deine Gegenspieler.«

Schon nach einer Woche bemerkte er nicht mehr, wo er wirklich war: in einem kahlen Raum, einer Art Gymnastiksaal; auf dem Boden ein großes Stück braune Sackleinwand in der Form der Bühne. Mit Klebeband markierte Dekorationen, ein paar Küchenstühle und -tische, die das spärliche viktorianische

Mobiliar in den Versatzstücken vom *Sturm* andeuten sollten. Vor der Backsteinmauer stand ein Klavier, auf dem Herr Caccini dann und wann spielte, wie er auch während der Aufführung spielen würde – das heißt, während der Proben des *Sturms*.

Am Anfang der dritten Woche mußte jeder den Text auswendig kennen, es wurde nicht mehr mit dem Rollenbuch in der Hand geprobt, und von nun an soufflierte Fräulein Wijdenes. Das Auswendiglernen war Uli weniger schwergefallen, als er befürchtet hatte, und zwar, wie Vogel vorausgesagt hatte, dank der mehr oder weniger regelmäßigen Verse, in denen das *Unwetter* und die Fragmente des *Sturms* geschrieben waren. Er hatte sich abends und an den Wochenenden mit nichts anderem befaßt; wenn Berta fernsehen wollte, war er in sein Schlafzimmer hinaufgegangen, wo er sich außerdem vor den Spiegel der Tür des Kleiderschranks stellen konnte:

»Mein Leben lang hast du mich ausgebeutet.
Für dich war ich nichts andres als ein Ding,
Ein Instrument, das du benutzen konntest.
Denn mein Talent sei eigentlich das Deine,
So dachtest du. Ich tat nur sozusagen
Die Schmutzarbeit, du warst's, um den es ging.
Du bist ein Nichts, du glaubtest dich als Muse
Mit deinem Blick aus samten braunen Augen.
Jedoch, was tust du nun? Wenn gleich der Vorhang
Fällt – was tust du dann, Etienne?
Dann fällst du in ein Loch, viel größer noch
Als das in deiner Hand: ins Loch der eignen Seele.«

Während er sich beim Sprechen beobachtete (»Du mußt es ausspucken und zugleich zurückhalten, sonst wirkt es nicht«), kam es ihm vor, als sei jener Pierre de Vries im Spiegel dort ein überzeugter und weitaus überzeugenderer Mann als dieser Uli Bouwmeester hier. Er erschrak sogar ein bißchen vor ihm, als sei er selber Etienne, was doch eigentlich gar nicht möglich war.

Das mit näherrückendem Premierentermin sich zunehmend

trübende Verhältnis zwischen Pierre de Vries und seinem Freund stand im Schatten der aufkeimenden Liebe von de Vries zu dem jungen Schauspieler Max – eine Situation, die Leo Siderius sehr schön in Szene gesetzt hatte, und die Stella (wie sie sagte) an zwei Männer denken ließ, die sich bei Sonnenaufgang am Strand, vor den Ausläufern der Brandung, auf Leben und Tod bekämpften. Als Uli das hörte, verstummte er für eine Weile: das Bild, das Stella mit wenigen Worten skizziert hatte, fand er fast schöner als das ganze Stück von Siderius. Die Bemerkung half ihm außerdem bei der Anlage seiner Rolle, und er sah an Vogels Blick, daß diesem das nicht entgangen war.

Immer mehr griff alles ineinander. Uli hatte das Stück zum erstenmal gelesen wie einen Roman, und dabei vergessen, daß es kein Endprodukt, sondern ein Ausgangspunkt war: das Vage und Offene des Textes war notwendig für die Aufführung, die erst das Kunstwerk ausmachte. Nur bei schlechten Stücken gab es für Regisseure und Darsteller nichts mehr zu tun; schlechte Stücke waren nur das, was sie waren, gute Stücke hingegen waren eben nicht, was sie waren, sondern Möglichkeiten, Vorschläge, wie Partituren. ›Sirup‹, hatte Vogel gesagt. Sogar den Stellen und Passagen, die seiner Meinung nach flach und unwichtig waren, wußte der Regisseur noch eine Schattierung oder ein Echo zu geben. Am Anfang des Stücks gab es eine Szene, in der Max Oort, verschwitzt von seinen ebenso gekünstelten wie ungeschickten Tanzsprüngen als Ariel, ein Glas Wasser trinkt. Darauf sagt Pierre de Vries:

»Laß einen Schluck für mich.«

Als Uli das Wort »Schluck« betonte, sagte Vogel:

»Sag mal: ›Laß einen Schluck für *mich*.‹«

Plötzlich warf der Satz einen Schatten der Verzweiflung über das Verhältnis von Pierre und Max, das Wasser wurde zum Sinnbild der Liebe, und Uli begriff sofort, in welchem Tempo er sprechen und mit was für einem schwülen Blick er Max ansehen mußte, wenn er das Wasser gierig hinunterstürzte. Doch als er im Rollenbuch einen Akzent auf die Wörter setzen wollte, sagte Vogel:

»Tu's nicht. Wenn du es vergißt, lohnt sich die Mühe nicht.«

Uli lernte in diesen Wochen mehr über das Theaterspielen als in seinem ganzen Leben vorher. Nicht nur durch Vogels Bemerkungen, sondern auch durch die Anweisungen des Regisseurs Paul Musch bei den Proben der Proben im *Sturm,* denen zufolge er Shakespeare so spielen mußte wie die großen Schauspieler zu Anfang des Jahrhunderts. So kam auch mehr oder minder direkt Leo Siderius zu Wort:

»Prosperos Insel, Pierre, das ist die Bühne,
Das Publikum im Saal dort ist das Meer.«

Im Stück ging alles noch einen Schritt weiter; es war Uli, als hörte er in den Worten der letzten Zeile das Meer selber. Caspar Vogel hingegen mußte nicht nur Uli, sondern auch Paul erklären, wie sie Siderius' Darlegungen darzustellen hatten – als Einblick in ein Theater, in dem Prospero, der Magier und Meister der Verwandlungen, dem Schauspieler gleichgestellt wird, der ja ebenfalls emotionale und intellektuelle Stürme im Publikum entfesseln kann: eine Brandung im Saal, aber auch sanftes Raunen oder die tiefe, reglose Stille, die an einen Sommerabend in Griechenland über dem Meer liegt...

». . . Auch wenn er, Shakespeare, niemals andres sah
als die kalte, graue Nordsee.«

Während Paul Musch seine Anweisungen gab, mußte Herr Caccini leise improvisieren (über ein Thema aus dem Violinkonzert von Mendelssohn), einmal spielte er auch während einer Einlassung von Caspar Vogel, was eine sonderbare Verwirrung hervorrief; Uli kam sich vor wie in einem Auto, das auf vereister Straße ins Schleudern geriet. Aber derlei Verwirrungen und Rutschpartien waren vom Autor durchaus beabsichtigt und traten von Tag zu Tag deutlicher in Erscheinung – auch weil der Autor alle (außer Uli) unter ihren eigenen Namen auftreten ließ.

Eines Morgens, als Stella auf Bitten Vogels sprechen sollte »wie ein weißer Kieselstein am Grunde eines Bachs«, ging das so weit, daß sie ausrief: »Ich werd verrückt! Das kann ich nicht!« Ihre Worte entsprachen so genau ihrer Rolle im *Unwetter*, daß Paul under dem Gelächter der anderen sofort ergänzte:

»Du verlangst,
Ich soll wie eine Hure meinen Vater ansehn.«

Und darauf, getragen, seinen eigenen Part:

»Wie oft schon haben Frauen in ihren Träumen
Geschlafen mit dem eignen Vater, Stella?«

(Paul in klassischer Pose, die rechte Hand auf dem Herzen, die linke ausgestreckt mit geschlossenem Mittel- und Ringfinger: es war, laut Vogel, die Variation eines Verses aus dem *König Ödipus* von Sophokles.)

Uli lachte nicht mit und sah, daß Stella es bemerkte. Sie sprach immer wie ein weißer Kieselstein am Grunde eines Baches. Ihre roten, hochgesteckten Zöpfe. Über ihr Essen im Osiris hatten sie seitdem nicht mehr gesprochen, als sei dort etwas Unangenehmes passiert, doch er hatte keine Ahnung, was das gewesen sein konnte. Er hatte übrigens das Gefühl, daß sie sich nicht von ihm fernhielt, weil sie nichts mit ihm zu tun haben wollte, sondern weil er mehr für sie bedeutete, als ihr lieb war. Auch von dem Verschwinden seiner Uhr, Gott weiß wohin, vielleicht nach Ägypten, wußte sie nichts und er hatte nicht die Absicht, es ihr zu erzählen.

Berta hatte natürlich sofort gemerkt, daß er die Uhr nicht mehr besaß. Da die Uhr ein Erbstück nicht nur von seinem, sondern auch von ihrem Vater war, hatte er geflunkert, er habe die Uhr nach dem Händewaschen im WC liegen lassen, wo sie fünf Minuten später schon gestohlen gewesen sei.

»Seit wann legst du die Uhr ab, wenn du dir die Hände wäschst?«

»Sie waren unglaublich schmutzig.«

»Wovon denn?«

»Vom Boden. Ich mußte bei der Probe auf dem Boden kriechen.«

Tatsächlich mußte Uli in der Schlußszene auf dem Boden kriechen. Doch daß er es mit achtundsiebzig noch nicht geschafft hatte, nicht mehr lügen zu müssen (als sei Berta seine eifersüchtige Frau), fiel ihm nicht weiter auf.

»Nun haben wir also gar nichts mehr von Papa.«

»Nein«, sagte er.

Am Ende der dritten Woche erschien Henk Aronds während der Kaffeepause mit einen Modell des Bühnenbildes. Es versetzte allen einen Schock. Caspar Vogel hatte den Augenblick natürlich sorgsam gewählt. Die Probenfolge ging allmählich ins Uferlose, als ob es immer so weitergehen könnte: alles immer besser und verfeinerter, ohne je mit einer Aufführung zu enden. Mit dem Bühnenbild gab es plötzlich einen Sprung, wie am ersten Tag. Uli hatte sich vorgestellt, er werde einen dunklen, vollgestellten Raum zu sehen bekommen wie in den Wohnungen aus seiner Kinderzeit, an die er sich erinnerte, mit schweren Möbeln und Plüschgardinen, Draperien, Teppichen und Vasen mit grauen Straußenfedern. Was Aronds jedoch auf den Tisch stellte, war eine schneeweiße Bühnendekoration, in deren Mitte sich eine labyrinthische Konstruktion aus Dreiekken erhob, eine Art Kristall, der für alle Örtlichkeiten diente: für die Korridore und Treppen im Stadttheater, für die Garderoben und Probenzimmer. Ein paar Großvatersessel waren mit weißen Schonbezügen versehen worden, lediglich ein altmodisches, mit blaßgrünen Blättern bemaltes Requisitenstück aus der *Sturm* sollte etwas Farbe in die Szene bringen.

Schlagartig war *Unwetter* wieder ein anderes Stück, und zwar nicht nur für Uli. Es verlor den falschen Naturalismus, der bei allen immer wieder trübsinnig einsickerte, und wurde im selben Maße wieder hell, Kunst, Theater. Das plötzlich einfallende Licht gab der Probe noch am selben Tag einen neuen Impuls, da nun vor allen ein deutlicheres Bild der Aufführung erstand. Uli allerdings wurde zunächst wieder unsicher. Vogel hatte ihm zwar mehrmals gesagt, alles gehe bestens, vor allem in den Szenen mit Max (»Prima, Willem, perfekt, ich würde mir beinahe was dabei denken«); aber demnächst würde er und nicht Vogel auf der weißen Bühne dort stehen und vor einem Saal voller Menschen seine Verse hersagen. Die Hauptrolle! Er – der nicht einmal als Revuekünstler um ein Autogramm ins Programmheftchen gebeten wurde ... Zugleich schärfte die Beunruhigung seinen Blick für alles, was für ihn bedrohlich werden konnte, und mit diesem Instinkt für dramatische Situationen entdeckte er eine Möglichkeit, die selbst Vogel entgangen war und vielleicht sogar dem Autor selbst.

Es handelte sich um ein ziemlich subtiles und kompliziertes Problem. Er konnte es nur mit Mühe erklären, doch dann trug es ihm das wohl größte Kompliment ein, das er je bekommen hatte. Nach dem ersten Durchgang des Stücks war in ihm (unter der Stadt, in der verschmierten Metro mit den aufgeschlitzten Sitzen) der Gedanke aufgetaucht: wer war Herr und wer der Knecht? Im *Sturm* war natürlich Prospero Herr über alles und jeden, über die Natur, über die Menschen und über vielerlei andere Kreaturen wie die Geister, mit Ariel an der Spitze. Dementsprechend war im *Unwetter* Pierre de Vries der Herr und Meister. Er war es, der mit dem *Sturm* auf Abschiedstournee ging, weil er es so beschlossen hatte; er war es, der das Ensemble (»Das Holländische Theater«) gegründet hatte; für die Verwaltungsangelegenheiten gab es zwar einen Direktor (einen gewissen Blaupot ten Cate, dessen Name ein einziges Mal erwähnt wurde), doch der eigentliche Leiter war de Vries. Und das in einer Zeit, in der die Schauspieler den Jongleuren, Akrobaten und ähnlichen Abenteurern näher standen als der Bürgerschaft, die im Saal zu ihnen aufschaute. Uli wußte, wovon er sprach.

»Ja«, sagte Vogel, »das hat sich gottlob geändert, leider.«

Heutzutage, nickte Uli, seien sie eigentlich genau so Beamte wie die Steuerprüfer oder die Polizisten. Nun gut. Aber da gebe es zwei Dinge, die der absoluten Herrschaft von Pierre de Vries widersprächen, und die im gewissen Sinne das Stück ausmachten und in Bewegung hielten. Der erste Widerspruch bestehe darin, daß de Vries im *Sturm* jemandem gehorchen müsse, der in seinen Diensten stehe: dem Regisseur. Natürlich sorge Paul Musch dafür, daß die anderen Schauspieler in der Inszenierung und in ihrem Spiel nicht mehr Gewicht bekämen als die Nebenfiguren oder Edelkomparsen, aber auch darin sei de Vries von ihm abhängig. Ihr sonderbares Verhältnis äußere sich zum Beispiel in der Szene, in der Paul Musch sich mit Stella beschäftige: de Vries unterbreche ihn autoritär, indem er mit den Fingern schnippe und ihm eine Frage über seine eigene Rolle stelle.

Paul, der wie immer Diplomatenanzug und Turnschuhe trug, räusperte sich demonstrativ. (Denn das war so ziemlich das einzige, was Uli unter gar keinen Umständen fertigbrachte: mit den Fingern zu schnippen. Auch als alle um ihn herumstanden, von Vogel bis zu Herrn Caccini, und ihm ein hartes Schnalzen wie ein Schlegel auf einem Holzbecken vormachten, brachte er selber nur ein lächerliches, fast unhörbares Geräusch zustande. Auf seine Bitte hin ersetzte Vogel das Signal durch ein »He! Pst!«, das übrigens noch das *nihil obstat* von Siderius erhalten mußte, ehe der Autor es merkte und in Raserei geriet.)

Der zweite Widerspruch aber war, daß Max Oort als Angestellter von de Vries – anfangs ohne es zu wollen oder zu wissen – uneingeschränkte Macht über ihn hatte, indem er auf seine Annäherungsversuche nicht reagierte. Das kostete ihn übrigens kaum Mühe, denn Max liebte ausschließlich die Frauen, insbesondere Stella Middag, mit der er verlobt war und unter aussichtslosen finanziellen Bedingungen lebte. Wie Ariel der Gefangene Prosperos war, so war Pierre de Vries der von Max Oort. Darauf beruhte eigentlich das ganze Stück. Und natürlich war es Etienne Post, der diese Beziehung scharf beobachtete und ihr um jeden Preis ein Ende setzen wollte. Er klagte Lucas van Geest sein Leid, worauf dieser seinen teuflischen Plan ersann. Aus Liebe zu Pierre sollte Etienne Max dazu bewegen, seine Macht zu mißbrauchen, um Pierre unter Androhung eines öffentlichen Skandals zu erpressen und eine Geldsumme zu fordern, mit der Max unbesorgt die Ehe mit Stella eingehen konnte. Die Folge davon wäre, daß Pierre Max hassen würde, das Verhältnis zwischen Pierre und Etienne wäre wieder hergestellt, und dann könne er, Etienne, ja durch

Erpressung dafür sorgen, daß die andere Erpressung scheiterte. Er selber, Lucas, habe ein handfestes Interesse an dem Ganzen: er sei in Stella verliebt, die sicherlich nichts mehr mit ihrem Verlobten zu tun haben wolle, wenn sie dahinterkomme, was für ein mieser Erpresser er sei. Und dann könne er, Lucas, sie liebevoll in die Arme nehmen. Aus Liebe zu Stella ließ Max sich allmählich zu dem niederträchtigen Vorhaben Etiennes überreden, doch eine halbe Stunde vor Beginn der Premiere erfuhr de Vries die ganze Geschichte von Stella, die Gewissensbisse bekommen hatte. Er gab Max zu verstehen, daß er Stella verlieren werde, und dann nichts da mit Ehe, sondern Knast, und brachte ihn so wieder zu Verstand. Wütend und schon halb angezogen für seine Rolle ging Pierre in seine Garderobe zurück, als jedoch kurz darauf Etienne beschwipst und mit schiefem Lächeln hereinkam, nahm seine Wut wesentlich dramatischere Formen an.

»Ich dachte, du könntest keine Intrigen behalten«, lachte Vogel.

»Bring mich nicht durcheinander. So also verhält sich die Sache. Aber müßte danach nicht noch eine Szene kommen, in der die beiden mächtigen Machtlosen, Paul Musch und Max Oort, sich auf irgendeine Weise verbünden? Würde das nicht mehr Klarheit bringen? Es würde der Rolle von Paul auch mehr Tiefe geben. Ja, wie das geschehen sollte, weiß ich auch nicht, ich bin kein Stückeschreiber. Der Schluß mit dem lebenden Bild von de Vries in seiner Garderobe ist allerdings äußerst wirkungsvoll, daran sollte man wohl nicht rühren. Andererseits wäre ein Nachtrag denkbar, eine Art Epilog zwischen Paul und Max, der dem Stück plötzlich eine neue Perspektive gibt: die der Macht.«

Sowie er es ausgesprochen hatte, hielt er es selber schon für ausgemachten Unsinn. Er hob die Schultern, doch Vogel sagte:

»So, so, das ist gar nicht so schlecht, Willem. Du wächst über dich selbst hinaus, zu wahren Bouwmeester-Höhen.«

Uli warf einen raschen Blick auf Stella; aber als er auch an den Gesichtern der anderen erkannte, daß sie es nur zum Teil scherzhaft meinten, geschah etwas, was ihm seit Jahrzehnten nicht mehr passiert war: er errötete.

»Vielleicht ist das alles nur dummes Zeug«, sagte er, neigte den Kopf und suchte in seinen Taschen nach Zigarren, außer in der einen, in der sie steckten.

Vielleicht. Vielleicht auch nicht. Es ist auf jeden Fall der Mühe wert, daß man auf höchster Ebene verkehrt.

2. *Das Kunstschloß der Nacht*

Michaël kam mit der Nachricht, daß Leo Siderius sie nur am Sonntagnachmittag von zehn vor drei bis zehn nach halb vier empfangen könne. Da der Autor in Bijlmer wohnte – im letzten, südöstlichsten und scheußlichsten Außenbezirk von Amsterdam, der so schön angefangen hatte –, wurde Uli an der Endhaltestelle des Busses von Caspar Vogel erwartet, der in seinem kleinen schwarzen Auto eine englische Zeitung las. Er fuhr auf eine temperamentvolle Art, die nicht mit seinem gelassenen Auftreten während der Proben übereinstimmte. Er gab Gas, bremste, beugte sich übers Lenkrad vor, schaute aufgeregt nach links und rechts, während er sich durch den Verkehr schlängelte wie ein Dreikäsehoch, der sich zwischen den Beinen der Erwachsenen hindurch in die vorderste Reihe drängelt, um den Einzug von Sankt Nikolaus zu sehen. Voller Unbehagen klammerte Uli sich am Rand des Armaturenbretts fest und hörte sich die neuesten, betrüblichen Nachrichten an, die Vogel vorhin telefonisch von Michaël erfahren hatte.

Vorgestern hatte die Theaterkommission des Kulturausschusses getagt, dabei war durchgesickert, daß das Fortbestehen des Autorentheaters gefährdet sei. Es war nicht zu glauben. Sollten die sich doch verdammt noch mal vor Augen halten, was die Truppe in den zehn Jahren alles geschafft hatte. Wer hatte versucht, zum erstenmal seit dem siebzehnten Jahrhundert eine Niederländische Dramaturgie auf die Beine zu stellen? Sie. Und wer hatte das konsequent durchgehalten? Sie. Natürlich, die Wirtschaftskrise, jeder mußte sparen, aber das mußte nicht automatisch heißen, daß auch an der Kunst gespart werden mußte, wie alle gedankenlos sagten. Gerade dort nicht! Was wollte das Volk? Brot und Spiele. Wenn es also weniger Brot gab, mußte es eben mehr Spiele geben. Brot und Spiele waren zueinander *umgekehrt* proportional, der Kunstetat müßte sogar verdoppelt werden wie in Frankreich. (Es war, nebenbei bemerkt, kein Zufall, daß das niederländische Theater niemals bessere Zeiten gesehen hatte als unter König Louis Napoleon.) Aber das würden die politischen Krämerseelen in diesem Modderland wohl nie begreifen; für sie war die Kunst bestenfalls Firlefanz, für den einem niemand ein Stück Brot gab. Sie waren und blieben Bilderstürmer, diese Käseköpfe. Zugegeben, die beiden vergangenen Spielzeiten waren flau gewesen, sie steckten in einem Tief, Bidermann lief auch nicht so recht, außerdem hatten sie Pech gehabt, mit dem Grabbe zum Beispiel, dessen Inszenierung schon fast fertig war. Und was passierte dann? Im Handumdrehen hatte Siderius *Unwetter* geschrieben, um das Loch zu stopfen. Wer machte ihnen das nach? Jede andere Truppe hätte einfach einen Pinter oder Tschechow aus dem Regal geholt. Zugleich war das *Unwetter* auch eine Art Gegenstück zum *Spielverderber* von Bidermann-Romijn, denn die Autoren spornten sich natürlich auch gegenseitig zu immer besseren Leistungen an. Und, paß auf, bald ist die Hölle los. Hast du eine Ahnung, wie sie alle auf das Kosmos lauern, natürlich wollen alle das Theater haben. Willem werde bald merken, wie der ganze Klüngel über das *Unwetter* urteile.

»Wie denn?«

»Was weiß ich. Daß das Stück zwar interessant sei als Zelebrierung der Theaterkunst oder dergleichen, obwohl auch nur mit Maßen; daß die Aufführung nur ein kraftloser und reaktionärer Versuch sei, einem alten Darstellungsstil neues Leben einzublasen, und das alles in einer Dekoration, die man dem deutschen Theater von vor acht Jahren abgeguckt habe, nach Fotos aus *theater heute;* daß die überalterte Gruppe des Autorentheaters ihre Zeit gehabt habe, und so weiter und so fort.«

»Und das alles stimmt nicht?«

»Natürlich stimmt das nicht. Aber wir machen nun mal kein Regietheater, auch kein Dramaturgentheater, und schon gar nicht das Letzte vom Letzten: Schauspielertheater. Nun, wir werden sehen, vielleicht kommen wir mit einem blauen Auge davon. Die Autoren sind auch noch da, die könnten für dieses eine Mal ihre Beziehungen spielen lassen.« Vogel beugte sich vor und schaute hoch, so daß seine Hutkrempe gegen die Frontscheibe stieß und der Hut hinten hochwippte. »Siderius hat jedenfalls für passendes Wetter gesorgt.«

Graue Wolken mit scharfen Rändern zogen rasch über den hellblauen Himmel, einmal schien kurz die Sonne, einen Augenblick später schlug ein Regenschauer gegen die Scheibe, Schlagschatten spielten um die kolossalen Betonbauten, Sonnenstrahlen entfalteten sich fächerartig wie auf Heiligenbildern in einem frommen Buch, und hie und da zeigte sich das überirdische Fragment eines Regenbogens. ›Grunder‹, ›Fleerde‹, ›Egeldonk‹ lauteten die barbarischen Namen der Alpträume, denen die Architekten mit höhnischem Gelächter Gestalt verliehen hatten. Die Appartementhäuser sahen aus wie Wolkenkratzer, die man in dem Augenblick, als sie gesprengt wurden und an zwei oder drei Stellen einknickten, aufgefangen und der Länge nach hingelegt hatte. Vogel war schon ein paarmal bei Siderius gewesen, konnte sich aber den Weg nicht merken. Nach mehrfachen Erkundigungen bei verloren daherkommenden, zurückprallenden Passanten fanden sie schließlich den Wohnkomplex ›Grobben‹, den sie suchten.

Im Parkhaus (wo in den Fernsehsendungen die Autos – vom Jachthafen kommend – um viereckige Säulen rasen und die tödlichen Schüsse fallen, wo aber jetzt nur ein paar dunkelhäutige Jungen mit Kopfhörern Rollschuh liefen) nahmen sie den Aufzug. Die Wände waren übersät mit Ausbrüchen einer typographischen Inspiration in den Elementarfarben, die überwiegend von den geisteskranken Gelehrten ›Dr. Smurry‹ und ›Dr. Funk‹ stammten.

»Warten auf die Atombombe«, sagte Vogel, als sie über die windige Galerie im siebten Stock schritten, und deutete mit einer kurzen Kinnbewegung auf die Betonlandschaft, über die sich die Beleuchtung aller Jahreszeiten zugleich ergoß, vom präzisen Licht des Jan van Goyen bis zu dem obskuren Schimmer eines anderen Jan (eigentlich *Jean*): Toorop. An einer Tür ohne Namensschild klingelte er. Es war fünf vor drei.

Auch nach dem dritten Läuten zeigte sich keinerlei Bewegung. Die Gardinen waren zugezogen.

»Da haben wir's. Ich gehe jede Wette ein, daß er zu Hause ist. Leo! Mach auf, verdammt noch mal!« Mit einem Schlüssel klopfte Vogel einige Male laut ans Fenster. »Blöder Sack. Komm, wir rufen ihn von irgendwo an. Er bestraft uns natürlich, weil wir fünf Minuten zu spät sind.«

Als sich Uli an der Windfangtür zum Treppenhaus und zum Aufzug nochmals umdrehte, sah er auf der Schwelle von Siderius' Tür, dort, wo sich sonst die Füße befinden, ein Gesicht, das zu ihnen aufschaute. Während sie zurückgingen, richtete sich ein kahlgeschorener, jungenhafter Mann in einem zerlumpten Pullover auf, die schmutzigen nackten Füße steckten in Sandalen.

Caspar hieß zwar Vogel, doch das Aussehen eines Vogels hatte Siderius: ein Schnabel, zwei kühle blaue Augen und stelzendünne Beine in einer engen Tuchhose. Als Uli ihm die Hand gab, fühlte er sich unsicher, als sei nicht er ein halbes Jahrhundert älter, sondern der andere. Der Stückeschreiber blickte ihm ins falsche Auge und tat das auch weiterhin – vielleicht um ihn dafür zu bestrafen, daß er Mängel in seinem Stück entdeckt hatte. Er benahm sich, als würde er Uli schon seit Jahren kennen. Bevor er die Besucher hereinließ, trat er einen Schritt vor, zog das Sonntagsblatt aus Vogels Tasche und warf es über die Brüstung.

»Keine Zeitungen in meinem Haus«, sagte er leise mit heiserer Stimme.

Das Zimmer, in das er sie führte, hatte sich offenbar kaum verändert, seit der Bauunternehmer die Wohnung übergeben hatte. Alles klang hohl, die einzigen Textilien waren die geschlossenen Gardinen. Fußboden und Wände waren aus geriffeltem grauem Beton, an der Decke leuchtete eine Lampe ohne Schirm; auf einer Tischplatte auf Böcken lagen Bücher und Papiere, auf einem Küchentisch ein paar Lebensmittel, sonst fast nichts. Über dem Tisch, mit Klebeband befestigt, das sich an einer Seite gelöst hatte, ein Poster von Einstein: ein Foto, auf dem er dem Fotografen übermütig die Zunge herausstreckt. An der Wand gegenüber hing ein großes Blatt vergilbtes Papier, das bedruckt war mit einem Labyrinth aus roten und grünen punktierten und gestrichelten Linien, Linien aus Kreuzchen, Zeichen und Kombinationen, und Uli erkannte darin sofort eines dieser Schnittmuster wieder, die Berta von Zeit zu Zeit auf den Boden über dünne Papierblätter legte, mit einem gezähnten Rädchen an einem Stiel den Linien folgte, die so entstandenen Figuren ausschnitt, auf Stoffbahnen steckte, die Teile nachschnitt und so lange zusammennähte, bis sie wieder ein neues Kleid hatte, das scheußlich aussah. Im ganzen Raum stand ein einziger Stuhl, aber er wurde Uli nicht angeboten.

»Nun fang schon an«, sagte Siderius. Er verdrehte die Augen einen Augenblick lang weit nach oben, als wollte er sie in den Höhlen eine volle Umdrehung machen lassen.

Sozusagen als Einleitung begann Vogel über die Theaterkommission des Kulturausschusses zu reden, doch sobald Siderius die ersten Wörter hörte, verzog er das Gesicht, als ob ihn ebensoviele Tropfen Schwefelsäure getroffen hätten.

»Hör auf damit, ich habe andere Dinge im Kopf. Sieh selber zu, wie du damit fertig wirst. Wenn ihr nur deswegen gekommen seid, könnt ihr gleich wieder abhauen.«

»Es kann aber auch für dich schwerwiegende Folgen haben.«

»Laß Molly die Sache klären, oder Jan.«

Vogel machte eine auffordernde Geste in Ulis Richtung, aber der wußte nicht mehr genau, worum es ging.

»Vielleicht solltest lieber du es erzählen.«

Vogel entledigte sich seiner Aufgabe rasch und konzentriert. Uli hörte mit einen Anflug von Stolz zu und sah dabei Siderius an, der sich neben dem Tisch an die Wand lehnte. Als Vogel zu sprechen aufgehört hatte, sagte der Autor mit verschlossenem Gesicht:

»Was ich geschrieben habe, habe ich geschrieben.«

»Du hörst es«, sagte Vogel.

»Sie«, sagte Siderius zu Uli, »haben nichts anderes zu tun, als demütig das Gesetz zu erfüllen, wie einst Jesus von Nazareth. Sie sind Schauspieler. Bis daß Himmel und Erde zergehe, wird nicht zergehen der kleinste Buchstabe noch ein Tüttel vom Gesetz, bis daß es alles geschehe.«

Mit offenem Mund starrte Uli ihn an. Der Kerl war total verrückt.

»So erkenne ich dich wieder«, sagte Vogel lächelnd. »War Jesus Schauspieler?«

»Wußtest du das nicht?« fragte Siderius, allem Anschein nach aufrichtig erstaunt. »Es stimmt, er hat auch einmal geschrieben, mit dem Finger im Sand, aber das zählt nicht. Er spielte eine Rolle, die Rolle von Christus, und war übrigens der einzige Schauspieler, die anderen konnten gar nicht anders handeln, als sie es taten, und darum war sein Grab leer. Er ist auferstanden, aber nicht zum Himmel aufgefahren; er ist zu seiner Gesellschaft ins Kloster zurückgegangen, wo der Autor des Dramas Abt war. Dort wurde er Gärtner und ist in hohem Alter friedlich entschlafen. Das ist das große chamäleontische Prinzip, das die Welt beherrscht. Sie haben sicherlich schon Chamäleons im Tiergarten gesehen«, sagte er zu Uli, »aus der hochphilosophischen Familie der Salamander, Eidechsen, Leguane und anderem ewigen Getier? *Die* können vielleicht stillhalten«, nickte er lächelnd, »und das mit einem wie eine Uhrfeder aufgerollten Schwanz. Die Dinge verhalten sich oft genau andersherum, als die Menschen glauben. Wußten sie zum Beispiel, daß das Gras nicht grün ist?«

»Wie bitte?« fragte Uli.

»Das Gras verschluckt alle Wellenlängen des Sonnenlichtes mit Ausnahme des grünen, das wirft es zurück. Davon will es nichts wissen. Gras ist also rot, orange, gelb, blau, violett, alles, außer eben grün.«

»Ja, wenn man es so betrachtet ...«

»Ein Epilog ...«, sagte Siderius und bohrte den Blick in Ulis falsches Auge, »wissen Sie, was der Epilog meines Stückes ist? Alles, was geschieht, nachdem der Vorhang gefallen ist, bis zum Ende aller Zeiten. Die Wirklichkeit war nie etwas anderes als ein Kommentar zur Kunst. Quod scripsi scripsi. Meine Herren, es war mir ein Vergnügen.« Er stemmte sich von der Wand ab und beugte sich über seine Papiere.

War damit gemeint, daß sie nun gehen sollten? Fragend sah Uli zu Vogel hinüber.

»Immer mit der Ruhe«, sagte dieser, »keiner will dich in deiner Autorenehre verletzen. Aber wir vertreten einen anderen Standpunkt als du, wir müssen dafür sorgen, daß dein Stück beim Publikum ankommt. Bei der Lesung habe ich einen ziemlich abstrakten Vortrag gehalten, eine Art Interpretation, ohne die wir nicht arbeiten können.«

»Zum Glück war ich nicht dabei.«

»Deine Abwesenheit ist in der Tat aufgefallen. Komm doch mal vorbei, würde ich sagen.«

»Und dieser Vortrag«, sagte Siderius, die letzte Bemerkung ignorierend, »handelte von Illusion und Wirklichkeit.«

»Darauf hattest du es doch angelegt.«

»Aber daß die sogenannte Wirklichkeit doch wieder eine Sache der Illusion ist, das ist dir entgangen.«

Auf Vogels Gesicht zeigte sich ein Grinsen.

»Da muß ich dich enttäuschen.«

Uli erinnerte sich an das Zischen des heißen Bügeleisens, wie war das doch wieder? Die Herren kreuzten ihre Degen wie in einen Kostümstück, wobei Siderius diesmal ein elegantes Touché hinnehmen mußte. Der Schriftsteller sah seine Gäste abwechselnd an, er wollte noch etwas sagen, brütete aber noch darüber, die Bewegung seiner Augen drückte kein Schauen, sondern ein angespanntes Denken aus. Vogel sonnte sich unterdessen zufrieden in seinem Triumph, er lüftete sogar den Hut, so daß Uli (mit dem Gefühl, das gehöre sich nicht) zum erstenmal einen Schimmer von seinem kahlwerdenden Schädel erhaschte, von einer Kahlheit, die ihn selbst nicht bedrohte. Was hatte er hier eigentlich zu suchen? Er, in seinem grauen Anzug, mit grauer Krawatte, in dieser kahlen Wohnung, in der Gesellschaft eines schwarzgekleideten Mannes mit Hut und eines Sonderlings mit einen fanatischen Mönchskopf, der Sandalen trug und verworrenes Zeug redete. Solche Menschen hatte er bisher nicht gekannt, vielleicht hatte es sie früher nicht gegeben, und vielleicht waren es gar keine Menschen, sondern irgendwelche Ungeheuer...

»Da ihr offenbar etwas vermißt«, sagte Siderius langsam, »– was würdet ihr davon halten, der *Aufführung* etwas hinzuzufügen statt dem Text?«

»Erkläre dich deutlicher«, sagte Vogel mit großer Geste.

»Wirkliche Wirklichkeit, zum Beispiel! Bring etwas in die Vorstellung, das nicht agiert, sondern einzig und allein sich selbst darstellt.«

»Gerda aus der Garderobe zum Beispiel.«

»O nein, unmöglich, die würde sofort zu schauspielern anfangen. Ein Mensch ist dazu nicht fähig.«

»Also?«

»Also ein Tier.«

»Gnade!« sagte Vogel und faltete flehend die Hände. »Tu mir das nicht an. Tiere auf der Bühne... die machen alles kaputt, das brauche ich dir doch nicht zu erzählen. Gegen einen einzigen Nachtfalter, der im Spotlicht herumflattert, kommt nicht einmal Shakespeare auf.«

»Und warum nicht?«

»Weil das keine Kunst, sondern echt ist. Ich habe lieber zwei störrische Komparsen in einem Eselskostüm, als eine einzige echte Fliege.«

»Und worüber haben der Herr gesprochen? Sagten der Herr nicht etwas über Illusion und Wirklichkeit?«

»Und was soll dann das Viehzeug, außer daß dadurch die Vorstellung gefährdet wird?«

»Das Viehzeug soll ein Fluchtweg – unter der Mauer hindurch – zur Wirklichkeit sein. Nirgends ist der Boden so fruchtbar wie jenseits der Friedhofsmauern. Das Vieh bleibt auf der Bühne auch nicht einfach nur ein Vieh.«

Vogel schaute ihn unentwegt an.

»Fluchtweg?« wiederholte er. »Wovon redest du? Von wem? Wohin?« Und in einem anderen Ton: »Was willst du eigentlich, Leo?«

»Aha, now you are speaking. Was will ich eigentlich?« Siderius hob einen Arm, verdrehte die Augen ganz nach oben und deklamierte heiser:

»Ich will geharnischt in ein Wehr aus goldnen Flammen
Das Kunstschloß dieser Nacht in tausend Stücke rammen.«

»So, so. Ist das aus deinem neuen Stück?«

»Diese Alexandriner«, sagte Siderius herablassend, »wurden vor zweihundertfünfzig Jahren von Willem van Swaanenburg geschrieben, von dem ihr deshalb noch nie gehört habt, weil ihr ziemlich unbedeutende Esel seid.«

Waren alle beide verrückt? Vielleicht heckten sie zusammen einen schlechten Scherz gegen ihn aus? Mißtrauisch sah Uli von einem zum anderen. Hier wurde etwas ausgefochten, das er nicht durchschaute, wobei er das dumpfe Gefühl hatte, er selber sei der Einsatz des Kampfes. Plötzlich spürte er leichte Krämpfe im Bauch, möglicherweise vom Stehen, und fragte, wo das WC sei. Zu seiner Verwunderung und Erleichterung gab es dort Papier. Als er ins Zimmer zurückkehrte und sich auf den Stuhl setzte, hatte der Regisseur vor Siderius' Idee, ein Tier auftreten zu lassen, bereits kapituliert.

»Was für ein Privileg, so eng mit einen Stückeschreiber zusammenarbeiten zu dürfen«, seufzte Vogel. Gelassen schaute er Siderius an. »Und an was für ein Tier hattest du gedacht?«

»Nein, wirklich, nimm das bitte nicht persönlich, aber ein Vogel geht natürlich nicht. Ich meine, ein Vogel ist natürlich das Allerhöchste, aber ein Vogel in einen Käfig oder eine zahme Krähe, das sind beinahe schon Schauspieler. Nein, wir machen es ganz einfach. Pierre und Etienne haben einen Hund. Der verkörpert dann das ganz andere, also die Wirklichkeit.«

»Wir können natürlich auch eine andere Gans nehmen«, sagte Uli frech.

Vogel lachte, doch Siderius blickte ihn kühl an.

»Sie müssen das richtig verstehen, Herr Architectus«, sagte er, »wenn Sie mit einem Hund an der Leine auftreten, haben Sie es als Schauspieler schwerer, als wenn Sie Ihr legendäres Familienmitglied zum Gegenspieler hätten.«

»Übrigens«, sagte Vogel, »falls du das Kunstschloß wirklich mit aller Gewalt in tausend Stücke rammen willst, müßtest du ein Tier *töten*. Gesetzt den Fall, du läßt ein Schwein auf der Bühne abstechen oder ein Huhn schlachten oder einen Frosch tottreten, oder eine Fliege totschlagen... egal was. Dann stirbt ein Lebewesen einen echten Tod, seinen wirklichen und einzigen Tod, und wer hat das dann getan? Die Bühnenfigur oder der Schauspieler, der sie verkörpert?«

»Derjenige, dem man die Tracht Prügel verpassen kann.«

»Voilà!« Vogels Gebärde besagte, daß damit die Behauptung bewiesen sei. »In der Tracht Prügel deckt sich der Schauspieler mit seiner Figur. Dann ist die Kunst zur Wirklichkeit geworden und demnach vernichtet. Ende der Kultur.«

»Manchmal«, sagte Siderius mit ironischer Vertraulichkeit

zu Uli, »entdecken sogar intelligente Leute Dinge, die man selber längst wieder vergessen hat, so selbstverständlich sind sie. Man ist dann schon viel weiter. Haben Sie zum Beispiel schon einmal darüber nachgedacht, warum die Griechen zwar das Rad, nicht aber die Null kannten, und die Mayas die Null, aber nicht das Rad?«

»Ich verstehe nicht die Bohne, wovon Sie reden.«

»Bohnen«, sagte Siderius, »auch damit muß man aufpassen, wie Pythagoras sagt. Vermutlich weil man davon Blähungen bekommt.«

»Sagt mal, haltet ihr mich zum Narren, oder wie ist das?« Nachdenklich schaute Siderius Uli an. Dann, ohne Übergang, sagte er teilnahmsvoll:

»Arme Figur ...«

Uli schaute zu Vogel.

»Sagt er das zu mir?«

»Das weiß man bei ihm nie«, sagte Vogel. Die unerwarteten Kurven und Wendungen in Siderius' Gedanken (wie ein Stein, der über einen Abhang hinunterhüpfte) schienen ihn nicht sonderlich zu erstaunen.

»Genau das ist das große Problem«, sagte Siderius. »Genau das versuche ich herauszufinden. Aber dazu muß mein ...«

Er wurde von einem harten Schlag im Beton neben dem Fenster unterbrochen, aber nur die beiden Gäste schauten erschrocken auf die Gardine.

»Was war das?« fragte Vogel.

»Sie schießen mal wieder. Nur keine Bange, sie schießen immer daneben.«

»Sie *schießen* wieder?« wiederholte Vogel mit verzerrtem Gesicht. »Um Himmelswillen, was hast du denn gemacht, daß auf dich geschossen wird?«

Zum erstenmal erschien ein richtiges Lachen auf Siderius' Gesicht, ein breites Lachen mit großen weißen Zähnen.

»Meinst du, ich sei nicht wichtig genug, damit man auf mich schießt?«

»Nein, mal ganz im Ernst, Leo. Von wo aus schießen sie denn?«

»Kann ich dir auch nicht sagen. Das werde ich aber noch herausfinden.«

»Solltest du nicht die Polizei anrufen?«

Der Autor spuckte auf den Boden und verrieb den Speichel mit seiner Sandale.

»Vielleicht ist es die Polizei selbst, die schießt.«

»Auch das noch«, sagte Uli.

»Schluß damit. Wo war ich stehengeblieben? Ach ja, bei der Bedeutung der Sprache.«

Nach Ulis Meinung war davon überhaupt nicht die Rede gewesen, aber er beschloß, es dabei zu belassen. Am liebsten wäre es ihm gewesen, wenn er sich endlich hätte verabschieden können und den Idioten nie mehr zu sehen brauchte.

»Sie müssen also in jedem Satz den Rhythmus des gesamten Stückes zu treffen versuchen, Herr Architectus. Sie sollen nicht von den Wörtern ausgehen, sondern von dem gesamten Stück. Die kleinste Einheit ist nicht das Wort, sondern der Satz: gleichsam das Atom.« Mit einem Nicken sah er Vogel an. »Meiner Meinung nach ist es gar nicht so verrückt, was ich jetzt sage.«

»Du solltest dir das alles mal aufschreiben.«

»Weißt du, was mein Fehler ist? Daß ich zu wenig auf mich selber höre, sonst wäre ich noch viel klüger. Und doch gehöre ich zu den klügsten Menschen, die ich kenne.«

»Ich habe seit langem den Eindruck, daß du hier wie ein Einsiedler lebst.«

»Eine Textpassage«, sagte Siderius wieder zu Uli, »ist ein Molekül, ein Satz ein Atom, und die Wörter sind die Protonen und Neutronen im Atomkern. Die Satzzeichen sind natürlich die Elektronen, das versteht jedes Kind, und die Buchstaben sind die Quarks.«

»Quark«, sagte Uli, »den ißt meine Schwester immer. Schrecklich.«

Siderius schüttelte den Kopf.

»Sie bringen alles durcheinander. Quark ist Käse. Haben Sie einen Hund?«

»Ich?« fragte Uli, durch die Frage überrumpelt. »Wieso? Ja, doch ...«, sagte er, »natürlich habe ich einen Hund, das heißt, meine Schwester, ein widerliches Vieh, aber ich lasse ihn nicht umbringen.«

»In meinen Stücken werden keine Tiere umgebracht. Was glauben Sie eigentlich, wen Sie vor sich haben? Einen Schacherer, der mit Gefühlen handelt?«

»Gut, gut, mir ist alles recht. Immer noch besser ein Hund, der mich kennt. Aber da Sie mich schon fragen – wen habe ich eigentlich vor mir?«

Siderius hob den Zeigefinger und sagte mit Lust an der Formulierung:

»Persona ad catastropham machinata.«

Uli zuckte die Achseln. »Küchenlatein verstehe ich nicht.«

»Das ist schade«, sagte Siderius. »Sonst würden Sie nämlich wissen, daß *tempus* nicht nur ›Wetter‹ bedeutet, und ›Sturm‹ und ›Unwetter‹, sondern auch ›Zeit‹.«

»Das nützt mir auch nicht viel. Aber ich passe auf wie ein Schießhund.«

»Vom Schießen wollten wir nicht mehr reden.«

»Nun ja«, seufzte Vogel, »der Hund ist jedenfalls weiß. Das ist ein Glück im Unglück.«

Siderius preßte die Handflächen gegen die Schläfen, als habe er plötzlich Kopfweh bekommen. Die Audienz war beendet. Uli stand auf. Autor, Regisseur und Darsteller verabschiedeten sich. Als die Besucher bereits draußen auf der Galerie standen, drehte Siderius die Augen zum Himmel und sagte zu Uli:

»Ich habe die Absicht, zur Premiere zu kommen.«

»Wir fühlen uns sehr geehrt.«

»O ja«, sagte Vogel, »das hätte ich beinahe vergessen.« Mit wenigen Worten beschrieb er Ulis manuelles Problem, das sie provisorisch durch »He! Pst!« gelöst hatten. Ob man das so lassen könne?

Siderius bedachte Vogel mit einem langen Blick, als ob er es mit einen Geisteskranken zu tun hätte.

»Du glaubst also wirklich«, sagte er schließlich, »daß du in ein Mysterienspiel einfach einen Spondeus reinhauen kannst, wie es dir beliebt. Siehst du denn nicht, daß das Ganze dadurch in Unordnung gerät? Bist du wirklich so ein Rindvieh? Es ist doch die *Struktur,* in der sich das Geheimnis verbirgt. Mythen sind keine Nieten!« rief er aus. »Dieses Projekt ist eine Maschine, ein Zyklotron, in der alles auf das Angström genau sein muß. He! Pst... Was fällt dir bloß ein! Oh la la, to be or not to be, that is the question – das müßte deiner Meinung nach doch auch gehen, nicht? Was seid ihr doch für ein Pack!«

»Komm, Leo, jetzt dreh nicht durch. Deinem Hund muß man vielleicht auch mal ›Kusch!‹ oder so was sagen.«

»Nichts. Kein Wort. Der hat nur da zu sein. Und jetzt quatsch nicht mehr wie ein kopfloses Huhn. Das heißt, ich will die Hühner nicht beleidigen, die sprechen immerhin fließend englisch: *talk, talk, talk!*« Er trat einen Schritt zurück und warf die Tür ins Schloß.

Ringsherum ragten die Appartementhäuser auf wie Mauern südeuropäischer Friedhöfe. Uli fühlte sich unbehaglich, wie eine Zielscheibe. Er sah sich um und sagte:

»Und jetzt nichts wie weg von hier. Ich hab Lust auf ein Glas Bier.«

3. Ein Flügelschlag

Auch abends im Bett (das Haus stand umhüllt vom Schweigen des Polders) ließen ihn die Proben, Gestalten und Worte nicht los; sogar im Schlaf mußte er hart arbeiten. Nachdem er eine Weile über den Besuch bei Siderius nachgedacht hatte, machte er ungeduldig die Leselampe aus. Schriftsteller waren verrückt: das bewies allein schon die Tatsache, daß sie Schriftsteller geworden waren.

Während die Konturen seines Schlafzimmers verschwommen in der Finsternis auftauchten, sah er durch sie hindurch, im vorgestellten Neonlicht des Probenraums, wie Vogel Paul anwies, als Paul Musch zu Pierre de Vries zu sagen, wie dieser seinen Text sprechen müsse:

»Nein, Paul, höflicher, vorsichtiger. Pierre de Vries ist ein Gott. Ja: ›Dies etwas ...‹ «

»Dies etwas langsamer, getragener.
Versuch es mal.«

Und dann er selbst zu Miranda:

»'s ist Zeit,
Dir mehr zu offenbaren. Leih mir die Hand
Und nimm mein ...

... nein, verdammt noch mal, wie geht's weiter?« Er verzog das Gesicht, während Paul und Stella auflachten.

»Hör mal«, sagte Vogel. »Du mußt sagen: ›Leih mir die Hand und nimm den Zaubermantel von mir.‹ Aber du versprichst dich, das heißt, Pierre de Vries verspricht sich, und sagt: ›Leih mir die Hand und nimm mein ...‹ Probier es noch mal.«

Er hörte Berta mit müden Beinen langsam die Treppe heraufkommen. Er hatte keine Lust gehabt, den alten synchronisierten amerikanischen Film (mit Fred Astaire) im deutschen

Fernsehen bis zum Ende anzusehen; in seinem Kopf war nur für ein Stück Platz: für das *Unwetter.*

»'s ist Zeit,
dir mehr zu offenbaren. Leih mir die Hand
und nimm mein . . .
Nein, verdammt noch mal!«

»Gut! Gut!« rief Vogel.

Stella fing an zu lachen, jetzt als Stella.

»Hör auf
So dumm zu lachen, oder scher dich fort,
Drittklassige Kanaille!
Doch erst leih die Hand
und nimm den Zaubermantel von mir.«

Stella als Stella als Miranda half ihm aus dem imaginären Zaubermantel (den Pierre de Vries in diesem Probenstadium noch nicht trug, auch Uli trug noch nicht Pierres Kleider), und damit sozusagen aus seiner Kunst. Nicht vorhanden und dennoch vorhanden glitt der Zaubermantel von seinen Schultern auf den Boden.

»So!
Da lieg nun, meine Kunst.«

Darauf Paul Musch:

»Nun bleibe kurz
So stehn und schau ihn an. Du bist nun wieder
Ein normaler Mensch.«

»O.K., Schluß«, sagte Vogel, »perfekt.«

Er schloß die Augen. O.K., hör auf perfekt. Alles ging gut. Leih mir die Hand und nimm mein... deine Hand und nimm dein... meine Hand und nimm mein... Vogel stand auf. Kaffeepause. All die Arbeit, all die Mühe, die nötig war, um so eine kleine Passage in einem beliebigen Theaterstück in einem beliebigen Theater perfekt hinzukriegen – erst von Siderius, dann von ihnen. All die Aufmerksamkeit, Erfindungsgabe und Zeit, die auch das kleinste Ding erforderte. Eine Füllfeder, ein Stuhl, eine Glühlampe, das undefinierbare, verrostete Maschinenteil auf einem Schrotthaufen hinter einer Fabrik. Herrlich, dieser Professionalismus. Und darum war jeder Vandalismus tatsächlich skandalös, vor allem der professionelle Vandalismus der Kriegführung, der alles zerstörte. Man sollte eigentlich nur Dinge zerstören dürfen, die man selbst gemacht hatte oder selbst machen könnte. Vielleicht glaubten viele Menschen heutzutage, daß die Dinge aus sich selbst entstanden, gewachsen waren wie in der Natur. Dann würde bald wieder ein Krieg kommen. Was wußten sie schon davon. (Und Uli? Wußte er mehr? Wurde er im Halbschlaf zum tragischen Kulturphilosophen?) Noch immer das Rauschen des Blutes in seinen Ohren. Achtundsiebzig. Niemand wußte, was das bedeutete. Daß man sich in den eigenen Augen nicht verändert hatte, aber über immer weniger Dinge zu reden wußte; daß einem immer mehr Schweigen auferlegt wurde. Es war zuviel, man hatte nichts mehr, womit man noch anfangen konnte. Das Schweigen stieg aus dem Boden auf. Sumpfschwaden. In der Kantine fragte Stella, Stella Stralenkranz, ob er zum Kaffee einen gefüllten Kuchen wolle. »Einen gefüllten Kuchen, Willem?« Einen gefüllten Kuchen, ja gern, wie nett, und jetzt sieht er plötzlich etwas aufsteigen, langsam, langsam ... Berta polterte auf dem Gang und zog die WC-Spülung. Es verschwindet und hinterläßt einen leichten Kopfschmerz, ist aber gleich wieder da: – emporsteigendes Gestein, eine sich allmählich erhebende Mauer, graue, triefende Natursteinblöcke; oder ist er es, der sinkt? Er schaut durch ein rundes Fenster, ein Bullauge natürlich; in Höhe seines Nabels, unter dem Fenstersturz mit der schweren kupfernen Verriegelung, sieht er Wasser. Warte, das Schiff liegt in einer Schleuse, auf dem Rhein, oder gibt es am Rhein keine Schleusen? (Die Fahrt stromaufwärts in die Pfalz, nach Mainz, wo sie aufgetreten waren, nach Heidelberg, zwischen Schiffswracks und zerstörten Brücken hindurchlavierend; auf beiden Seiten auf dem malerischen Ufer schwelende Städte, zwischen denen die Fähren an durchhängenden Seilen über den Strom schipperten; das Wasser voller Minen und Blindgänger, wie der dicke Steward sagte, der Göring täuschend ähnlich sah und ›Herr Reichsmarschall‹ genannt wurde; und dennoch: Gesang, Nur nicht aus Liebe weinen..., die Mädchen in den Kabinen wie erstaunt aufblickend, während sie einen Strumpf am Strumpfhalter befestigten; Riesling, Trockenbeerenauslese auf dem stampfenden Schiff mit dem rauschenden Wasser in den Rädern zur Linken und Rechten...) Und dann angekommen. Zum Appell geblasen. »Frederik Rozenveld!« Um eine Ecke schweben, und da ist das Schloß. Massive Türme und eine Fensterflucht am Ende ausgedehnter, geometrischer Gärten im betauten Morgen; aber einen Augenblick später ist alles verwildert, so daß er nicht mehr vorankommt im Nebel unter den Laubbäumen, zwischen Sträuchern und Lianen und schimmelnden Baumstrünken. Als sie verschwinden – vielleicht weil Siderius einen blitzenden Flugzeugkoffer aus Aluminium auf den Tisch knallt –, sind seine Beine noch immer am Boden festgewachsen. Anfangen! Höchste Zeit! Es muß gearbeitet werden. Aber was? Welche Rolle? Die Hochzeit. Welche Hochzeit? Er wendet sich grinsend ab: »Klappt's nicht, Alter?« Unerträgliche Müdigkeit überfällt ihn, er will schlafen, aber das ist unmöglich, aus dem gepflasterten Innenhof klingt herzzerreißendes Katzengejammer herauf. Er weicht vorbeigehenden Schatten aus und versucht, sich an den Text zu erinnern, aber dann rutscht alles ineinander wie ein Damespiel, wenn ein Spielverderber plötzlich das Brett schief hält. Nach einem mühsamen Umweg über den Dachboden eines baufälligen Hauses – er bückt sich vor jahrhundertealten Balken, über denen der Himmel in den großen Ritzen zwischen den Dachpfannen sichtbar wird, und ist bis zu den Knöcheln in klebrigem Vogelmist versunken – hört er es wieder: »Versuch es nochmal, Pierre.« Ist denn niemand da, der ihm helfen kann – wovon ist denn überhaupt die Rede? Mit einer Stimme zwischen Sprechen und Flüstern sagt jemand: »Soeben ist in Irland ein Helfer gestorben.« Wenig später ist er Gott sei Dank draußen, auf einem Platz. Vor dem Sockel mit dem Monument des Seehelden, der von bronzenen Löwen flankiert wird, tanzt ein kleines Mädchen im grünen Kleid mit weißem Kragen zum schwermütigen Rhythmus der Worte, tanzt wie eine Puppe, ohne die Knie zu beugen und mit steif herabhängenden Händen. Er will sie umarmen, aber das Unheil, das am Himmel über ihnen hängt, nimmt, wie in den reglosen Minuten zwischen den ersten Blitzen in den grollenden, violetten Wolken und der niederrauschenden Regenbö, rasch zu. »Tu doch was, Willem.« Während er sich anstrengt, sieht er schemenhaft die Theke in *De Kelder,* die Aschenmahlzeit, die rasselnde Kasse mit der auf ihn zuspringenden Geldlade, dann schiebt Vogel ihn fort, drängt ihn durch einen feuchten, unterirdischen Gang, an dessen Ende er sich umdrehen muß und hallend mit dem Rücken gegen eine verriegelte Eisentür schlägt, hinter der etwas auf ihn wartet, etwas Gräßliches, das ihn vernichten wird...

Er stieg hoch wie ein Fisch und erwachte, ohne jedoch die Augen zu öffnen. Erschöpft und voller ängstlicher Gedanken lag er auf dem Rücken. Es führte zu nichts, alles führte zu nichts. Ein Leben wie eine eingestürzte Scheune, vollgestopft mit abgelegten Sachen, verrosteten Geräten, und am Ende: eine Rolle, in der eine andere Rolle steckt. Der Knallfrosch geht nicht los, er liegt nur da und zischt und produziert schließlich einen kleinen Knall. Man brauchte ihn, Berta hatte recht, aber anders als sie dachte: hinterher würden sie ihn fallenlassen und vergessen. Selbst wenn die Vorstellung ohne Katastrophe über die Bühne ging, blieb sie doch nur ein Spektakel, wie früher auf dem Jahrmarkt das Schwein mit zwei Köpfen. Es wäre besser gewesen, hier im Polder unbeachtet weiterzudösen, vergessen von allen und auch von sich selbst. Wie würde es nach der letzten Vorstellung weitergehen? Es konnte doch nicht alles einfach wieder so wie früher werden! Mußte er vielleicht gleich danach mit Berta in ein Altersheim? Die Zukunft lag vor ihm wie ein Weg, der wie auf den Fotos von einem Erdrutsch jäh vor einem Abgrund endete. Für einen Moment horchte er einem Flugzeug nach, das ganz hoch vorüberflog (ohne Bomben fallen zu lassen), drehte sich auf die Seite und lauschte auf das langsame Klopfen seines Herzens. Davor hatte er, anders als viele, keine Angst, vielleicht war er deshalb so alt geworden. Er öffnete die Augen und sah vor sich im Dunkeln Stella. Den Gedanken an sie mußte er sich aus dem Kopf schlagen. Er hatte sie noch einmal beiläufig gefragt, ob sie mit ihm etwas trinken gehen wolle, aber zum Glück hatte sie gesagt, sie habe leider keine Zeit. (Dagegen hatte Olga ihn eingeladen, einmal bei ihr vorbeizukommen, doch darauf war er nicht eingegangen.) Er stellte sich vor, er sei so alt wie Stella und schaue zu, wie ein achtzigjähriger Greis ihr den Hof zu machen versuche.

Er knipste die Leselampe an und stieg aus dem Bett. An der Tür drehte er den Schalter der Deckenbeleuchtung an, zog seinen Schlafanzug aus und stellte sich nackt vor den Spiegel. Ein Bild aus der Kollektion einer geistesgestörten Photographin. Früher war sein Haar dunkelbraun, fast schwarz gewesen, was nur noch seine grauen Schamhaare vermuten ließen, die alle Krausheit verloren hatten. Der uralte, eingefallene Mund: was sonst darin steckte, lachte nun im Glas neben seinem Bett. Zwischen den Falten im Gesicht war die Haut noch straff und gesund, doch am Hals, an den Ellbogen, an den Knien, an allen Stellen, die sich drehen oder beugen mußten, hing sie in bleichen Lappen herab. Auf den Schienbeinen hatte er violette Flecken (an sich eine schöne Farbe, aber nicht an dieser Stelle). »Nun ja«, murmelte er.

Ekelhaft war es, lächerlich, sollte zu Ende sein. Er kroch wieder ins Bett, steckte eine Hand in die Schlafanzughose und umfaßte sein Geschlecht – nicht weil er eine Erektion hatte, bekommen würde oder haben wollte, sondern eher als Liebkosung, wie man ein aus dem Nest gefallenes Vögelchen wärmt. Im Zimmer hing, wie er wußte, ein saurer Geruch, er roch ihn zwar jetzt nicht, spürte ihn aber jedesmal, wenn er vom WC zurückkam.

Nein, die Nacht förderte den Optimismus nicht. Uli wußte, daß die Sonne, sobald sie über dem Horizont auftauchte, seine Niedergeschlagenheit auf unerklärliche Weise vertreiben würde wie den Morgennebel; aber diese Einsicht war wirkungslos, solange es Nacht war.

Einsicht – die schwächste aller Kräfte.

»Du siehst müde aus«, sagte Berta beim Frühstück.

»In letzter Zeit träume ich mich dumm und dusselig. Angeblich ruht man sich im Schlaf aus, na, das kannst du vergessen. Den ganzen Vormittag muß ich mich von meinen Träumen erholen. Früher habe ich nie geträumt.«

»Was hast du denn geträumt?«

Er versuchte sich zu erinnern.

»Weiß ich nicht mehr. Irgendwelche Zustände.« Sie waren für immer fort. Niemand wußte von ihnen.

(Einen Augenblick. Die Welt besteht also nicht nur aus sichtbaren Ereignissen, wahrgenommen oder nicht, sondern auch aus Myriaden unvermeidlicher Träume, die die Sonne der Schattenseite der Erde zugesteht, und die sie ununterbrochen über die Oberfläche des Planeten mitschleppt und im aufziehenden Morgen als Tau wieder verdunsten läßt. Im Tageslicht vermag dieses nächtliche, perlende Kondensat nur die Kunst zu bewahren. Und alles das findet im Universum ausschließlich auf einem einzigen Himmelskörper in einen einzigen Sonnensystem statt. Aber dies nur nebenbei.)

Uli beugte sich über die Zeitung, hörte auf zu kauen und sagte:

»La Charlotte ist gestorben. Sechsundneunzig ist sie geworden.«

»Was? Die hat noch gelebt? Wie um Himmelswillen ist das möglich!«

La Charlotte war eine Diva aus der vorangegangenen Schauspielergeneration. Uli erinnerte sich vage, daß er ihr als Kind einmal begegnet war; auf der Bühne hatte er sie nie gesehen. Bereits mit achtzehn Jahren hatte sie (als Puck) Triumphe gefeiert, las er im Nachruf, in dem sie »die letzte der Großen« genannt wurde. Er wischte sich den Mund ab und reichte Berta die Zeitung.

»Nun ja«, sagte sie, als sie den Artikel gelesen hatte, »die Dame ist jedenfalls nicht in der Blüte ihrer Jahre gestorben. Ich habe mal gehört, daß Papa sie gut gekannt hat.«

Uli reagierte nicht darauf. Zurückgelehnt und mit der zweiten Tasse Kaffee vor sich schaute er auf den Pudel, der zusammengerollt in seinem Körbchen schlief.

Nach einer Weile sagte er:

»Schau dir den mal an. So ein Tier hat doch eigentlich gar nichts vom Leben.«

Berta schaute zum Hund.

»Stimmt was nicht mit ihm? Er liegt doch ganz gemütlich da.«

»Ja, da liegt er nun.«

»Wie meinst du das? Versorge ich ihn etwa nicht gut? Viele Menschen wären froh, wenn sie so ein Leben hätten.« Prüfend musterte sie ihn. »Seit wann interessierst du dich so für Joost?«

Mit einem Ruck hob der Hund den Kopf und schaute in ihre Richtung.

»Sieh nur, wie er reagiert, wenn man bloß seinen Namen nennt. So ein Tier versäumt doch allerhand, glaub mir. Was hat er denn überhaupt von der Welt gesehen? Das Haus, den Garten, ein paar Straßen, und damit hat es sich. In einer richtigen großen Stadt zum Beispiel ist er nie gewesen.«

»Was faselst du da bloß herum, Mann. Du mußt los, sonst verpaßt du noch deinen Bus.«

»Ja«, sagte Uli und sah auf sein Handgelenk, aber da war keine Uhr mehr. Er stand auf. »Ich glaube, ich werde Joost mal mitnehmen.«

Joost sprang aus dem Korb, streckte die Vorderbeine vor, so weit er konnte, stemmte den Hintern in die Höhe, streckte dann die Hinterbeine, schleppte sie ein Stück weit hinter sich her, schüttelte sich und spazierte dann auf Berta zu.

Berta kniff die Augenlider zusammen.

»Du führst etwas im Schilde, du. Raus damit. Willst du ihn etwa von der Leine lassen, damit du ihn endlich los bist, und mir dann erzählen, daß er fortgelaufen sei?«

»Manchmal *reißen* Hunde sich von selbst los«, murmelte Uli vor sich hin und hatte plötzlich ein drohendes Schimmern in den Augen. (Vielleicht rannte Sebastiaan noch immer irgendwo herum, die Leine hinter sich herziehend, in Tibet oder China.)

Während er seinen Papierkram in die Aktentasche stopfte, überlegte er. Er mußte sich entscheiden: der eigene Hund, aber dann mit Berta, oder aber ein fremdes Tier. Unvorstellbar, daß sie ihn allein mit dem Pudel fortgehen ließ, auch wenn sie wußte, worum es ging; doch als Impresario von Joost würde sie nichts in der Welt von den Proben zurückhalten. Wenn er es sich recht überlegte, hatte auch sie kaum noch etwas vom Leben; aber zugleich hatte er Angst davor, daß ihn die Blicke eines Menschen hemmen könnten, der ihn viel zu gut kannte. An allem war seine eigene Dummheit schuld. Hätte er nicht seinen tiefsinnigen Unsinn über Macht und Machtlosigkeit verzapft, wären sie nicht zu Siderius gegangen und es wäre nichts geschehen.

»Also dann los«, seufzte er. »Setz deine Perücke auf, nimm das Viehzeug an die Leine und komm mit. Unterwegs erzähle ich dir alles.«

Daß Berta sich als Impresario des Hundes aufführte, war noch gelinde ausgedrückt. Sie entpuppte sich als die fürchterliche Mutter eines Wunderkindes (nur mit gewissen Schriftstellerwitwen vergleichbar), die ihren eigenen Ehrgeiz plötzlich auf Kosten eines wehrlosen Geschöpfes ausleben konnte. Gleich am ersten Morgen hängte sie sich an Michaël und bestand auf einen Vertrag für Joost, in dem auch die Reisekosten und Tagesgelder festgesetzt waren. Der Verwaltungsdirektor lächelte mit gespitzten Lippen, und seine angelsächsische Vornehmheit nahm erstaunliche Formen an. Als er Uli über Mittag erzählte, seine Frau Schwester habe sehr zu Recht auf einem ordnungsgemäßen Vertrag für tierische Mitarbeit bestanden, wünschte sich der Hauptdarsteller von *Unwetter* dorthin, wo der Pfeffer wächst, um einen nur noch selten benutzten Ausdruck seiner Generation zu gebrauchen. Es dauerte nicht lange, bis sich alle mit Bertas energischem Auftreten abgefunden hatten, Uli jedoch glaubte, er selber werde nun zum Gespött der Kollegen. Doch er irrte sich: sogar Lucas gratulierte ihm zur Originalität seiner Schwester. Die alte Dame gewann schlagartig die Sympathie der ganzen Truppe. Daß sie ihn ›Uli‹ nannte, wurde gleichfalls als Scherz abgetan, zum Glück machte es ihr niemand nach. Den Blick, mit dem sie ihn ansah, als sie feststellte, daß er hier von allen ›Willem‹ genannt wurde, bemerkte nur er selber.

Die ersten beiden Tage im Probenraum verbrachte Berta in

einem Rohrstuhl neben dem Klavier mit Joost auf dem Schoß. Vogel war sich noch nicht klar darüber, wie er den Hund in die Aufführung einbeziehen sollte. Er stellte einige Versuche mit Uli an, deren Ergebnis ihn jedoch nicht befriedigte.

»Was meinst du dazu«, sagte Paul verdrossen, »wenn wir Siderius darum bäten, auch den Titel zu ändern – in *Hundewetter.*«

Erst als Vogel dazu tendierte, den Hund vor allem Etienne zu überlassen, begann sich eine gewisse Form abzuzeichnen. Die ersten Male, als Etienne die Leine in die Hand nahm, stemmte Joost sich mit den Beinen ab und ließ sich unter Bertas Zurufen halb erwürgt über die Sackleinwand ziehen; erst mit Hilfe einer Wurst, die Trudy aus der Kantine geholt hatte, konnte das Tier zu überzeugenderen Leistungen angespornt werden. Etwas melancholisch stellte Uli fest, daß es angesichts dieser Entwicklung ebensogut ein anderer Hund hätte sein können und somit Bertas Anwesenheit gar nicht erforderlich gewesen wäre. Aber so ging es nun mal im Leben. Um mit Joost einen guten Eindruck zu machen, ließ sie ihn sogar trimmen, so daß er aussah, als hätte er seine Hose ausgezogen; nur an den Pfoten und am Schwanzende zierten ihn noch lächerliche Haarpuschel.

Auch sonst ging es zu, wie es im Leben so geht. Der Spaß, der sich aus dem Getue mit Joost ergab, war nicht immer ganz harmlos. Anders als die Schriftsteller (von genialen Ausnahmen abgesehen) neigen Schauspieler immer dazu, sich auszuschütten vor Lachen, doch die Atmosphäre der Unschuld, die bislang in der Truppe geherrscht hatte, schwand mehr und mehr dahin. Der Grund dafür lag nicht nur in der Unsicherheit hinsichtlich weiterer Subventionen, jedenfalls nicht in erster Linie (obwohl die Theaterkommission in der Tat beim Minister ein negatives Gutachten abgegeben hatte), soviel in der Caféteria und im Tivoli auch darüber geredet wurde. Nein, die vorletzte Probenwoche war angebrochen und der Tag der Premiere war plötzlich in Sicht wie der Tod nach dem vierzigsten Geburtstag – auch wenn es bis dahin noch lange dauern konnte. Wenn Uli an den Freitag der nächsten Woche dachte, der sich wie eine Schlange an ein Kaninchen heranschob, ver spürte er manchmal einen Anflug von Angst, als hätte ihn etwas berührt, etwas wie der Schlag eines großen schwarzen Flügels.

Es war mehr als Lampenfieber: als sei dieses Etwas nicht in ihm, sondern außerhalb von ihm. Nicht daß er an Engel glaubte, er glaubte an nichts und niemanden, nein, er sah wirklich etwas Schwarzes am Rande seines Gesichtsfeldes vorbeihuschen, aber wenn er zur Seite schaute, war alles wie immer. Kein metaphysischer Knick in der Wirklichkeit, nichts. Alles paßte vortrefflich zusammen: Berta neben ihm im Bus mit dem weißen Pudel auf dem Schoß, in der Metro die Menschen aus Bijlmer mit mürrischem Gesicht, der Probenraum in hartem, konturierendem Licht.

4. *Der Thespiskarren*

Am Mittwoch, dem dritten November, gehörte auch der Probenraum der Vergangenheit an. Als Uli morgens mit Berta zur Probe kam, sah er nur einen Türken oder Marokkaner beim Staubsaugen. Auch die Sackleinwand war verschwunden.

»Nicht wissen.«

Bruder und Schwester schauten einander an.

»Es war alles nur ein Traum«, sagte Berta.

Aber es war wieder nur ein Sprung, wie damals, als Aronds seinen Bühnenbildentwurf gezeigt hatte. Als sie in den Theatersaal kamen, stand der Aufbau neu und weiß wie die Spitze eines Eisbergs auf der Bühne. Außer dem einen Mal, als Uli im *Spielverderber* gewesen war, hatte er den Saal nicht mehr betreten (so wenig wie der Papst den Petersdom besichtigt, wenn er dort nichts zu tun hat). Eigentlich sah er erst jetzt – in vollem Licht und leer –, wie das Theater aussah.

Die Holzbauten des halbrunden, eher kleinen als großen Saales waren blutrot angestrichen; über den fünf Eingängen leuchtete das Wort AUSGANG. Das Auffallendste jedoch war das große Segeltuch, das als eine Art Zwischendecke in Höhe des zweiten Balkons gespannt war. Als Himmelswölbung, jedoch konkav, und bemalt mit Sternen, Monden und Planeten auf azurblauem Untergrund, hing es über dem Raum und verlieh ihm etwas Mysteriöses, gerade weil es so deutlich erkennbar ein bemaltes Tuch war. Oberhalb der Bühne, deren lilaroter Vorhang jetzt hochgezogen war, befand sich ein kreisrundes Pastellbild von Atlas, der die Erde auf dem Nacken trug.

Uli deutete darauf und sagte:

»Erinnerst du dich noch an die Kohlenträger von früher? Mit ihrem der Länge nach aufgeschnittenen Sack auf dem Kopf, wie schwarze Mönche, aber mit hellblauen Augen, und mit einen Sack knirschendem Koks auf dem Rücken.«

»Am schönsten fand ich immer«, sagte Berta, »wenn sie mit dem leeren Sack aus einem Haus kamen und ihn flach über den Gehsteig segeln ließen, immer genau auf die anderen Säcke drauf. Niemals schief.«

»Genau«, lachte Uli. »Mein Gott, sind wir alt geworden.«

Langsam gingen sie nach vorn. Erst jetzt kam der Thespiskarren richtig in Gang. (Das heißt, während einer Vorstellung stand er natürlich still, aber nun verhielt es sich gerade umgekehrt: gleich würde er die Schallmauer durchbrechen.) Auf der Bühne liefen Techniker hin und her, die Uli mittlerweile flüchtig kannte, obwohl er bis jetzt nichts mit ihnen zu tun gehabt hatte. Der Bühnenmeister, ein ergrauender Mann um die sechzig mit einem großen Schlüsselbund am Gürtel, stand mitten auf der Bühne und rief etwas hinauf zu einem Mann im Schnürboden, dessen Antwort gedämpft zurückkam, jedoch wegen des Zimmerns in den Kulissen nicht zu verstehen war. Aronds lief mit einem Topf weißer Farbe und einem Pinsel herum und besserte Beschädigungen aus, ein Techniker bastelte an einem aus dem Schnürboden heruntergelassenen Dekorationsstück aus dem *Spielverderber:* dem Bild mit den Marterszenen.

Wie Wesen einer anderer Gattung (die sich sehr bald schon nicht mehr ins Dunkel zurückziehen konnten) schlenderten dazwischen Max und Olga herum. Es gab noch keinen Hintergrund; zwischen den vor der Backsteinwand aufgestapelten Requisiten und herumliegendem Kram unterhielt sich Etienne mit dem Inspizienten. Wie zu Beginn des ersten Tages schien sich Vogel für niemand zu interessieren. Mit Trudy, die eine Stoppuhr wie ein Medaillon am Hals trug, saß er in der Mitte der dritten Reihe an einem Pult, das eigens für ihn montiert war, und kramte in seinen Papieren wie ein kleiner Unternehmer mit zu wenig Personal. Berta setzte sich mit dem Hund auf den äußersten Sitz der vordersten Reihe, und Uli stieg aufgeregt die provisorische Treppe hinauf, die von der Seite her auf die Bühne führte.

So wenige Stufen es auch waren (fünf), sein Herz begann heftig zu klopfen, und er fühlte sich wie jemand, der nicht schwimmen kann, ein Schiff betritt und von einem lächelnden

Zahlmeister willkommen geheißen wird, hinter dem die Beklommenheit aber erst anfängt. Als Uli oben in der anderen Welt angelangt war, schaute er in den Saal hinunter. Paul hatte die Beine auf die Lehne des Sessels vor ihm gelegt und las die Morgenzeitung. In einer Seitenloge saß Michaël und redete mit dem Buchhalter. Stella war nirgends zu sehen. Die Reihen der leeren, rot bezogenen Sessel schauten atemlos zu ihm auf. Die Balustraden der Balkone waren geschmückt mit Blumenvasenreliefs, die üppige Blumengirlanden miteinander verbanden. Hinten, auf dem zweiten Balkon, hatte jemand die Ellbogen auf die Brüstung gestützt und das Kinn auf die Hände und starrte zur Bühne herab, vielleicht jemand, der einfach von der Straße hereingekommen war; solche Leute tauchten, wie Uli wußte, in allen Theatern auf: das gehörte dazu, vielleicht waren es immer dieselben. In diesem Augenblick wehte ihn wieder ein seltsames Gefühl an, als sei alles noch etwas anderes, als es war. Der geschlossene Raum. Die Sesselreihen wie Wellen eines Meeres unter dem gemalten Himmel. Ihm war, als spüre er im Rücken, wie Aronds' weißer Aufbau hinter ihm seine Kälte zu ihm ausstrahlte.

Das Gefühl verschwand, als Vogel rief:

»Meine Herren! Darf ich um Ruhe bitten?«

Aber das war nicht so einfach. Er rief nochmals, nun etwas lauter, aber erst als der Bühnenmeister den Ruf (mit jener unerträglichen Insistenz, die man auch in Kranken- und Irrenhäusern und auf Polizeiwachen zu hören bekommt) wiederholte, wurde es still. Während Vogel ankündigte, man werde das Stück provisorisch durchnehmen, damit sie sich an die Bühne gewöhnten, fing das Zimmern in den Kulissen wieder an. Der Bühnenmeister rief einen Namen, worauf ein Mann mit einem Hammer erschien und fragte, was los sei. Er schaute in den Saal, sagte: »Oh, sorry« und verschwand. Durch eine Seitentür kam eilig Stella herein, entschuldigte sich und sprang das Treppchen hinauf wobei sie Uli kurz zulachte. Er lachte zurück, schaute aber sofort zu Berta, als dürfe sie nicht sehen, was sie natürlich gesehen hatte – noch immer seine Frau, die aus ihrem Grab einen dreißig Jahre alten Tentakel der Eifersucht nach ihm ausstreckte.

»Wo ist Herr Caccini?« rief Vogel.

»Hier«, antwortete Caccini und beugte sich über dem Corriere della Sera aus einer der Logen oberhalb der Bühne vor, die die Autoren für sich beanspruchten.

»Wollen Sie sich bitte ans Klavier setzen? Sind nun alle da?«

»Ich glaube, Lucas fehlt noch«, sagte Olga.

»Entschuldigung«, rief Michaël. »Lucas hat sich für heute wegen Unpäßlichkeit abgemeldet.«

»Verdammt, geht das schon wieder los.«

»Ja«, sagte Paul im Saal, »Unpäßlichkeit – so kann man es auch nennen. Der sitzt natürlich in irgendeinem Studio und läßt sich für einen Fernsehspot aufnehmen.« Und dann mit sanfter, schmeichelnder Stimme wie ein Psychiater und mit einem abstoßenden Lächeln auf dem schiefen Gesicht: »Sie sehen selbst... Was Jesus Christus für die Menschheit ist, ist Pupsi für die Wäsche.«

»Wie nett!« rief Max von der Bühne.

Das Lachen kam hauptsächlich von den Technikern. Ein Bühnenarbeiter versuchte den Scherz noch auszuspinnen, indem er etwas über ein Lendentuch sagte, doch der richtige Augenblick war vorüber. Eine allgemeine Gereiztheit lag in der Luft, aber auch Uli wußte, daß das in diesem Stadium immer vorkam. Vogel klatschte in die Hände.

»Anfangen, meine Damen und Herren. Wir wollen sehen, wie weit wir kommen. Joop«, fragte er den Inspizienten, »liest du die Rolle von Lucas? Und könnte man das Ding da hochziehen?«

»Das muß heute abend in Ordnung sein«, sagte der Techniker.

»Ist mir scheißegal, dann mach es über Mittag fertig. Weg damit.«

»Darf ich nicht, wegen der Gewerkschaft.«

»Dann wirst du eben ausgeschlossen, du Sack. Hochziehen.«

Der Bühnenmeister nickte, der Techniker sagte: »Paß bloß auf«, und das Versatzstück wurde hochgezogen.

Die ganze Inszenierung, die im Probenraum schon so klar gewesen war, schien in der neuen Situation zu zerbröckeln. Es kam Uli so vor, als hätte er das Skifahren aus einem Buch gelernt und würde nun plötzlich auf dem Schreckhorn, oberhalb der Baumgrenze, wo die Luft schon dünn war, aus dem Lift gestoßen und auf die blendende Piste gestellt: über ihm kreisten krächzend die Raben, und dann, hopp, hinunter: Drei Schritte in Richtung des Fensters waren auf einer schiefen Ebene plötzlich drei Schritte nach unten, er fühlte sich unsicher und wollte sich an irgend etwas festhalten. Genau so sei es richtig, rief Vogel aus dem Saal, das sei vorgesehen – worauf der Inspizient Uli einen Spazierstock aus Elfenbein mit einem silbernen Griff in Gestalt eines Schlangenkopfes reichte. Auch bei anderen Problemen mit den Requisiten und den Flächen, Vorsprüngen, Treppen und Höhlen des Gletschers mußte jeweils unterbrochen werden; jedesmal, wenn Aronds mit Flüchen bedacht wurde, faltete er die Hände vor der Stirn und machte eine kleine Verneigung. Nur Herr Caccini hatte keinerlei Sorgen. Er improvisierte gemütlich an dem weißen Klavier, das sich organisch in eine Grotte der Dekoration einfügte.

Gegen Mittag, nach zahllosen Wiederholungen und kleinen Änderungen, begann sich alles wieder zu normalisieren, so daß nun umgekehrt der Gedanke an die Verhältnisse im Probenraum etwas außerordentlich Laienhaftes bekam. Sogar Joost, konservativ wie alle Tiere und Kinder, überwand seinen Widerwillen gegen das Auf und Ab des schiefen Labyrinths. Auch stellte sich die Bedeutung einiger imaginärer Verrichtungen erst jetzt wieder her, die auf dem Sackboden ihren Sinn allmählich verloren hatten – etwa eine krampfartige Bewegung von Uli (als ob er eine flatternde Motte fangen wollte), die dazu diente, einen umfallenden Garderobenständer aufzufangen: ein wackliges Gebilde auf einem Fuß, an dem gleich darauf sein schwerer Zaubermantel hängen sollte. Die Veranschaulichung galt auch für die lebenden Bilder am Anfang und Ende der Szenen: was auf der flachen Ebene wie die Modeabteilung eines Warenhauses ausgesehen hatte, wie Etienne einmal säuerlich bemerkte, entpuppte sich dreidimensional als hübsche Komposition, deren Wirkung Uli auf den Gesichtern im Saal sah.

Während der Mittagspause brachte ein Mädchen aus dem Atelier zwei Plakate. Auf dem einen gab das *Holländische Theater* in altmodischen Lettern bekannt: *Der Sturm von W. Shakespeare* als *Abschiedsvorstellung von Herrn Pierre de Vries als Prospero im Stadttheater zu Amsterdam am Leidscheplein, am Samstag, dem 12. November 1904.* Die anderen Rollen waren in viel kleineren Buchstaben gedruckt, und den Namen des Regisseurs konnte man nur mit einem Opernglas lesen. Als alle den Theaterzettel bewundert hatten, nahm Aronds ihn zwischen Daumen und Zeigefinger beider Hände und ging damit auf die Bühne, um ihn an dem dafür vorgesehenen Platz der Dekoration zu befestigen. Das zweite Plakat, das in der Stadt angeschlagen werden sollte, zeigte das Stück *Unwetter* von Siderius an, gespielt vom Autorentheater, *Premiere am Freitag, dem 12. November 1982, Kosmos-Theater.*

Pierre de Vries – Willem Bouwmeester

»Schau her, Berta.«

»Ja, Uli, ich sehe es.«

»Wenn Papa das noch hätte sehen können.«

»Sag mal, wirst du sentimental auf deine alten Tage? Papa ... du bist wohl verrückt. Frag lieber, warum Joost nicht drauf steht.«

Die letzte Szene – der Abend der Premiere des *Sturm* –, in der *Unwetter* seinen dramatischen Höhepunkt erreicht, kam am Ende des Proben-Nachmittags an die Reihe.

Auf verschiedenen Ebenen der Polarlandschaft die Garderoben von Pierre de Vries, Max Oort, Stella Middag und Lucas van Geest im alten Stadttheater. Es erschienen – nach einem vorerst noch imaginären Blackout – weiße Hocker, Schminktische, Garderobenständer, blinde Spiegel in Gestalt riesiger Scherben. Uli war müde. In Stellas Garderobe begannen sie und Max die Szene, in der Stella erfährt, daß ihr Verlobter – nach seinen Gesprächen mit Etienne – Pierre de Vries mit dessen Homosexualität erpressen will. Liebe und Verbrechen! Dem alten Schwulen eine Mitgift abpressen, und dann auf und davon, auf die Hochzeitsreise nach bella Italia:

»Wo von der Seufzer-Brücke mein Gesang gefangen,
Und wo die Gondel ihn befreit.«

Uli starrte unterdessen auf das matte Silber und deutete mit den undurchschaubaren Gesten eines Anstaltsinsassen das Aufsetzen einer Perücke an. Entsetzt und voller Abscheu wich Stella von Max zurück, der sie unbekümmert küßte und aus voller Brust singend in seine eigene Garderobe ging.

»Etwas leiser tut es auch!« rief Vogel aus dem Saal.

Die Spasmen, die Max anschließend befielen, sollten bedeuten, daß er sich nun entkleidete. Nachdem Stella sich vergewissert hatte, daß niemand im Gang war, lief sie – den rechten Arm hinter sich ausgestreckt, die linke Hand vor sich erhoben, als ob sie sich ihren Weg durch einen dicken Nebel suchen müsse – in Pierres Garderobe. Verstört berichtete sie ihm, was sich da zusammenbraute. Als sie sich vor ihm auf die Knie warf, stand Uli mit einen Ruck auf, so daß sein Hocker umfiel.

»Scheißhocker«, sagte er, aber Vogel rief:

»Nein, das ist gut, das lassen wir so. Noch einmal!«

Jetzt wollte der Hocker natürlich nicht umfallen, aber nach mehreren Versuchen gelang es ihm, das Ding mit seiner Wade umzustoßen. Stella umfaßte seine Knie und flehte um Gnade, alles sei von Herrn Etienne ausgeheckt worden.

»Was sagst du da? Verfluchte Ratten! Schlangen!«

Er riß sich los (wollte sich aber eigentlich gar nicht aus ihren warmen Armen losreißen, die seine Beine umklammerten, er wollte zu ihr niedersinken und sie umarmen und küssen und das Theater in Flammen aufgehen lassen, so daß nur sie beide übrigblieben) und befahl ihr, in ihre Garderobe zurückzukehren. Die Vorstellung werde gleich beginnen, sie müsse mit ihm in der zweiten Szene auftreten. Auf einem anderen Weg stürmte er mit den Rufen *»Wart nur! Wart nur!«* in die Garderobe von Max, der sich, nur mit einer himmelblauen Unterhose bekleidet, gerade in der Pose einer Apollostatue vorm Spiegel bewunderte (Frauen und Männer liebten ihn gleichermaßen!) und sich bei de Vries' Eintritt erschrocken umdrehte. Mit aller Gewalt, die Pierre de Vries seiner Stimme und Position abringen konnte, rechnete er mit ihm ab – und zwar so lange, bis der Apoll, der die Fahrkarten für den Pullmanwagen (einfache Fahrt nach Venedig) schon in der Tasche zu haben glaubte, sich wieder in einen kleinen armseligen Amsterdamer Schauspieler zurückverwandelt hatte.

Inzwischen hatte der Bühnenmeister (von *Unwetter,* das an dieser Stelle mit dem *Sturm* zusammenfiel) schon ein paarmal »Anfangen!« gerufen. Die Zeit drängte nun wirklich. Zurück in seiner Garderobe, holte Pierre de Vries ein paarmal tief einatmend Luft, um sich zu beruhigen. Danach nahm Uli den imaginären Zaubermantel vom wackeligen Ständer und zog ihn mit mimenden Bewegungen an, während (Simultantheater!) Max sich niedergeschlagen in die luftigen Kleider von Ariel hüllte, Stella als Miranda letzte Hand an ihre Frisur legte, und Lucas summend das Brokatkostüm von Ferdinand angezogen hätte, wenn er nicht verhindert gewesen wäre.

»Gong!« rief Vogel und imitierte das Vorstellungsläuten: »Bong! Bong! Bong!«

Auf dem Theater am Leidscheplein ging der Vorhang hoch und die erste Szene des *Sturm* begann: der Schiffbruch im Unwetter, das, wie sich im nachhinein herausstellte, auf Prosperos Befehl von Ariel entfacht worden war. Die Geräusche, die damit einhergingen, wurden durch den Inspizienten angedeutet.

»Bum-bum-bum, bum-bum-bum«, sagte er ziemlich einfallslos, und als ob das Theater eine Seele hätte, die dem Mann seine stümperhafte Darstellung vorhalten wollte, begann in diesem Augenblick wieder das Zimmern in den Kulissen.

»Was soll denn das schon wieder, verdammt noch mal!« schrie Vogel.

Alle fanden lachend zu sich selbst zurück – Uli setzte sich kurz in den Großvatersessel mit der weißen Schutzhülle – und warteten, bis der Mann mit dem Hammer zum zweiten Mal erschien.

»Oh, seid ihr noch da. Sorry!«

»Bum-bum-bum, bum-bum-bum«, wiederholte der Inspizient.

Gleich zu Beginn der doppelt (eigentlich dreifach) dargestellten Naturgewalt war Etienne erschienen – mit Joost an der Leine. In seiner Zufriedenheit über das Gelingen seines (von Lucas ersonnenen) Komplotts mit Max hatte er sich zu sehr an den Flaschen gütlich getan, die im oberen Foyer für den Empfang aufgebaut worden waren, der anschließend an die vom Bürgermeister vollzogene Ehrung Pierres stattfinden sollte. Niemand sprach mehr ein Wort. Während Max seine Garderobe verließ und sich langsam wie ein Schlafwandler zur Bühne des Stadttheaters begab, fletschte Uli die Zähne, oder, besser gesagt, das Gebiß (erschrocken stellte Etienne sein Glas ab), wich ein wenig zurück, heftete den Blick auf Etiennes Stirn und stürzte sich auf ihn. Während Stella sich unterdessen von einem nicht anwesenden Lucas tröstend umarmen ließ, legte Uli den Anweisungen der sorgfältig aufgebauten Choreographie folgend beide Hände um den Hals seines langjährigen Freundes, drückte ihn auf die Knie, beugte sich beim Bum-bum-bum über den nach hinten sinkenden Etienne und hielt ihn so lange fest, bis dessen Lebensgeister gewichen waren. Joost, der das schon mehrfach mitgemacht hatte, vertrieb sich inzwischen damit die Zeit, daß er sich hinsetzte, eine Pfote hob und seinen Hodensack leckte.

»Ja!« rief Vogel und stand hinter seinem Pult auf. »Und jetzt langsam übergehen zum lebenden Bild ... ja ... langsam ...«

Wie ein Dirigent steuerte er die Bewegung, mit der Uli sich erschöpft aufrichtete: eine erhabene Wendung frontal zum Saal, die rechte Hand, die sich langsam über der Brust verkrampfte, die linke Hand, die sich zitternd erhob, das Gesicht verzerrt, danach erstarrend.

»Sehr schön. Bleib so. Ja – Bühnenmeister ...«

Hinter der Dekoration verborgen schaute der Bühnenmeister in sein Regiebuch und rief mit Zwischenpausen die letzten Worte des Stücks, wozu nun Vogel »Bum-bum-bum, bum-bum-bum« machte:

»Rasch, Herr de Vries! 's ist Zeit! Die höchste Zeit!
Schnell! Gehn Sie schon, mein Herr! 's ist höchste Zeit!«

5. Heimweh

Zwei Tage später (eine Woche vor der Premiere) fiel eine kostbare Probe aus. Der Stiftungsvorstand hatte eine Generalversammlung einberufen mit einem einzigen Tagesordnungspunkt: Was konnte gegen den drohenden Untergang des Autorentheaters unternommen werden? An sich sollte die Versammlung am Samstag stattfinden, doch es verbrachten zu viele Schauspieler das Wochenende in ihren Ferienhäusern auf dem Land. Uli hatte als Darsteller in der Gastrolle eigentlich nichts damit zu tun, außerdem hegte er eine Abneigung gegen alles Organisatorische; schon früher, als Geschäftsführer vom De Kelder, hatten es ihm jedesmal Kopfschmerzen gemacht. Aber da alles andere besser war als zu Hause im Sessel am Fenster zu sitzen, war er dann doch nach Amsterdam gefahren. Berta kam natürlich mit.

Im Foyer mit den erblindeten Spiegeln hatten sich fast alle Schauspieler eingefunden, auch die aus dem *Spielverderber,* von denen er die meisten nur flüchtig kannte. Auch die Büroangestellten waren da, nur vom technischen Personal war niemand gekommen. Der Direktor des Theaters ließ sich kurz sehen, um der Versammlung Erfolg zu wünschen: ein kleiner, dicker, jovialer Mann, der eigentlich zu jung war für einen dreiteiligen Anzug mit Nadelstreifen (die, wie Paul behauptete, jeden Morgen von Michaël aufgemalt wurden) und seinen Spaß daran hatte, den Theaterdirektor darzustellen, der er war und es auch bei einer anderen Theatergruppe im Kosmos bleiben würde. Lucas lud ihn zu der Versammlung ein, doch er erwiderte lachend, er sei nur ein einfacher Beamter, der nichts von Politik verstehe, winkte mit schlaffer Hand und zog die Tür hinter sich zu. Er hinterließ allseitige Beklommenheit: die Lage war ernst.

Von den sieben Autoren waren nur die drei anwesend, die zum Vorstand der Stiftung gehörten. Zusammen mit drei

Mitgliedern der Gesellschaft – Vogel, Michaël und Trix – saßen sie am kurzen Ende des Foyers hinter einer Reihe zusammengeschobener Tische. Uli hatte sich hinter Stella gesetzt, so daß er ihre Zöpfe betrachten konnte. Obwohl der Vorstand den Statuten entsprechend keinen Vorsitzenden hatte, saß doch jemand in der Mitte: ein Schriftsteller, dessen Name Uli bei der Vorstellung nicht verstanden hatte, der aber von allen ›Molly‹ genannt wurde. ›Molly‹ war noch schlimmer als ›Uli‹. Von Etienne hatte Uli erfahren, daß Molly sich auf leichte Komödien spezialisiert hatte, die maßgeblich dazu beitrugen, das Autorentheater über Wasser zu halten. Lediglich seine Grabbe-Bearbeitung war ein Fehlschlag gewesen. Um seinen Kopf stand ein Strahlenkranz aus lockigem, leicht ergrautem Haar, ein Ableger davon schaute aus dem offenen Hemd hervor. Mit selbstzufriedenem Lächeln und offenbar in glänzender Laune eröffnete er die Versammlung, worauf Olga sofort rief:

»Warum sind die Schriftsteller nicht alle anwesend? Ist ihnen das hier etwa nicht wichtig genug?«

»Weiß ich nicht. Soll ich der Hüter meines Bruders sein? Da mußt du sie schon selber fragen. Vielleicht sitzen sie über einer Arbeit.«

»Genau, da haben wir's!« rief Etienne. »Für sie ist das Autorentheater nur ein Sandkasten, ein Spielzeug, das sie ebensogut auch entbehren können. Schreiben kann man immer, aber für uns steht unsere soziale Sicherheit auf dem Spiel.«

»Wie bitte?« fragte Molly. »Was hören meine Ohren? Soziale Sicherheit? Was meint der geschätzte Abgeordnete? Daß er nicht durch einen Atomkrieg bedroht wird?« Er sprach, offensichtlich froh über das Stichwort, das er nun auszuschlachten gedachte, in einem hämmernden Stakkato. »O nein, das meint der geschätzte Abgeordnete aus Schlaraffenland nicht. Er meint, daß er als Schauspieler ein festes Einkommen hat, das wir Schriftsteller nie gehabt haben, und das im schlimmsten Fall durch eine Rente abgelöst wird, die aus achtzig Prozent des letzten Lohnes besteht, was wir ebensowenig zu erwarten haben. Aber vermutlich ist euch das gar nicht bekannt. Soziale Sicherheit! Wer seid ihr eigentlich? Künstler oder verbitterte Kleinbürger?« Herausfordernd schaute er sich um, während ringsum Murren laut wurde. Innerhalb einer Minute war es ihm gelungen, die Kluft zwischen Autoren und Schauspielern sichtbar zu machen, besser gesagt: aufzureißen. Doch das war ihm noch nicht genug. »Darf ich euch ersuchen, einmal an das Letzte Abendmahl zu denken?«

»Was kriegen wir denn jetzt zu hören?« rief der Schauspieler, der im *Spielverderber* den Jupiter gespielt hatte.

»So ist die Menschheit nämlich beschaffen. Ein Dreizehntel ist in Ordnung, und ein Dreizehntel besteht aus dem allerletzten Pöbel. Sieben oder acht Prozent sind Faschisten, und zwar überall auf der Welt. Man könnte von mir aus ruhig jeden dreizehnten Passanten niederknallen, wenn man bloß auf irgendeine Weise herausfinden könnte, daß er tatsächlich genau dieser Dreizehnte ist, den man meint. Und elf Dreizehntel sind feige Mitläufer, die unbedeutende Masse. Gehört ihr etwa auch dazu?« Zufrieden über den empörten Tumult lehnte er sich zurück.

»Molly ...«, sagte zur Linken der Autor mit dem gelichteten Haar wie ein Bauchredner, ohne ihn anzusehen. Er war offensichtlich ein vernünftiger Mann, also ein weniger begabter Schriftsteller, der besser für den Vorsitz geeignet gewesen wäre.

»Und du bist dann wohl Christus!« rief Olga.

Molly nickte.

»Du sagst es.«

»Das ist doch zum Kotzen!«

Michaël streckte das Kreuz durch und sagte:

»Ja, so kommen wir natürlich nicht weiter, meine Damen und Herren.«

»Gut, gut«, sagte Molly nachgiebig. »Ich bin der letzte, der die Schauspieler unterschätzt. Schließlich leben wir in einer Zeit, in der ein abgedankter alter Schauspieler sogar den Präsidenten der Vereinigten Staaten darstellt. Der Himmel möge uns schützen!«

»Ja, aber bitte vor den Russen!« rief Etienne.

Bildete Uli es sich nur ein, oder hatte der Schriftsteller ihn während seiner letzten Worte angesehen? Molly konnte es nicht lassen, wieder lief die Diskussion aus dem Ruder, doch gerade noch rechtzeitig gelang es ihm, die Situation zu retten, wenn auch nur für wenige Sekunden.

»Die Schauspielerei ist nun einmal ein Beruf, bei der Schriftstellerei verhält es sich komplizierter. Ich will nicht sagen, sie sei eine Mission – aber nennen wir sie eine Berufung. Falls die soziale Unsicherheit meiner verehrten Kollegen der Grund dafür ist, daß sie sich heute von hier fernhalten, dann vergessen sie ihrerseits, daß das Vorrecht der Ungebundenheit auch eine Art Einkommen darstellt. Wir Gelehrten nennen das das psychische Einkommen. Vor allem das Vorrecht, selber etwas auszudenken und nicht auswendig lernen zu müssen, was andere ausgedacht haben. Alles muß abgerechnet werden im Leben: insbesondere, liebe Freunde und Mitstreiter, die Rechnungen, die eingereicht werden, wenn jemand wirklich etwas Gutes gemacht hat.«

Obwohl er nichts Lustiges gesagt hatte, sondern eher etwas Ungeheuerliches (wie ungeheuerlich, war ihm vielleicht selber nicht klar), musterte er nun die Versammlung mit einem breiten Grinsen. Ohne Zweifel, er war allen überiegen, als Vorsitzender war er völlig fehl am Platze. Nach kurzem Schweigen erteilte er Eduard, dem Schriftsteller rechts neben ihm, das Wort, zündete seine Pfeife an und sagte von da an nichts mehr.

Lucas, der neben Uli saß, flüsterte ihm zu, der neue Vorsitzende schreibe sadistische Dramen, wobei ihm das Mittelalter als Vorwand diene. Eduard sah aufgedunsen aus, hatte mattes, dunkelblondes Haar, das bei den Ohren die Farbe wechselte und in einen roten Bart überging. Als er zu sprechen anfing, drehte Stella sich um und bat nicht Uli, sondern Lucas um Feuer.

Es sei, als ob der Teufel die Hand im Spiel habe, sagte Eduard: das Autorentheater verdanke sein Bestehen letzten Endes den blutrot zerspritzenden Tomaten, die in den sechziger Jahren, als ganz Holland Kopf gestanden hatte, im Stadttheater auf die etablierten Schauspieler geworfen worden seien und die schließlich das ganze Theaterwesen umgekrempelt hätten. Ob denn noch jemand wisse, bei welcher Aufführung das geschehen sei? Nein? Das habe er sich gedacht. Beim *Sturm* sei das gewesen, von seinem britischen Kollegen Wilhelm Schüttelspeer. Leo sei wohl wahnsinnig, wie übrigens jeder Schriftsteller von Bedeutung (je heller das Licht, desto dunkler der Schatten); indem er das *Unwetter* abgeliefert habe, habe er anscheinend mit demselben genialen Wahnsinn vorausgeahnt, daß etwas in der Luft liege, daß sich ein Kreis geschlossen habe.

In diesem Augenblick spürte Uli, daß Molly ihn wieder ansah; als er den Blick erwiderte, wendete der Schriftsteller die Augen ab.

Aber, sprach Eduard weiter, wie Hermes Trismegistos schon gesagt habe: Die Sterne drängten, zwängen aber nicht. Der Sinn der schlechten Vorzeichen sei ja gerade, daß Vorkehrungen getroffen würden, damit diese sich *nicht* erfüllten. Nachdenklich stützte er das Kinn in die Hand und fuhr fort:

»Aber wenn sie sich nicht erfüllen, weil man Vorkehrungen getroffen hat, kann man dann noch sagen, es sind Vorzeichen gewesen? Wie will man beweisen, daß den Zeichen zufolge dies und jenes passiert wäre, wenn man nicht dies und das getan hätte. Die Menschen würden einen für verrückt halten und wissen nicht, daß man die Welt gerettet hat. Vielleicht sind die Irrenhäuser voll mit Menschen, die tatsächlich die Welt gerettet haben, wie sie behaupten. Vielleicht sind sie in Wirklichkeit Heilige. Stellt euch vor, jemand hätte achtzehnhundertneunundachtzig in Braunau, Österreich, einem ganz bestimmten Baby den Kopf mit einen Beil abgehackt. Er wird festgenommen und sagt vor dem Untersuchungsrichter aus, er habe aus den Vorzeichen ersehen, daß dieses Kind – wenn er es nicht enthauptet hätte – eines Tages fünfundfünfzig Millionen Menschen in den Tod gejagt hätte. Man hätte den Mann für den Rest seines Lebens in eine Anstalt gesteckt. Stimmt's oder stimmt's nicht? Jetzt frage ich euch: zu Recht oder zu Unrecht? Denkt mal scharf nach. Oder laßt mich die Frage anders stellen: Sind wir sicher, daß wir alle Kindermörder gerecht behandeln?«

Betretene Stille.

»Was, um Himmelswillen, ist das für ein Geschwätz?« rief der Mann, der neben Uli saß, und den er erst an der Stimme als denjenigen erkannte, der im *Spielverderber* den feigen Christen Apollonius gespielt hatte.

So ging der Vorsitz schließlich doch an den, der sich am besten dafür eignete: an den Schriftsteller zur Linken Mollys; er hieß Jan und schrieb naturalistische Gesellschaftsstücke. Von dem Augenblick an verlief alles sachlich, fachgerecht und langweilig, so wie es sich gehört. Aus seiner Innentasche zog Jan ein paar Blätter mit Notizen und war damit sofort im Vorteil, denn das Geschriebene ist immer eine Macht. Die Gelassenheit, mit der er die Papiere entfaltete und mit der flachen Hand auf dem Tisch glattstrich, ließ erkennen, daß es ihm in erster Linie darum ging, die Gesellschaft zu beschwichtigen. Er las den Vorschlag der Theaterkommission vor, leitete die Entrüstung in ruhigere Bahnen, ging auf Einzelfragen ein, formulierte mögliche Einwände und entwarf einen Aktionsplan, der an die Gemeinde Amsterdam, die Provinz Nordholland und die Zweite Kammer gerichtet war. Entwarf ein Konzept für einen Brief an den Minister. Auch spontane Protestkundgebungen des Publikums mußten organisiert werden: Unterschriften, Leserbriefe, persönliches Herantreten an die Politiker. Wer kannte wen? Wer kannte Menschen, die prominente Leute kannten?

Molly beobachtete ihn hin und wieder aus den Augenwinkeln (vielleicht wußte er, daß die Sache aussichtslos war: von *Sturm* zu *Sturm,* und fertig, aus). Eduard schrieb unterdessen ununterbrochen weiter, aber wahrscheinlich weniger an einem strategischen Projekt zur Rettung des Autorentheaters als an einem Konzept für einen neuen Einakter über den bestialischen Mörder des niedlichen kleinen Babys Adölfchen Hitler, den die Polizei bis zur Pforte des Irrenhauses vor dem Volkszorn schützen mußte – ein Stück, das er zu gegebener Zeit der nächsten Theatertruppe im Kosmos anbieten würde.

Mittags mußte Vogel zur Beleuchtungsprobe in den Saal. Berta ging mit einigen anderen ins Tivoli, doch Uli war steif vom langen Sitzen im verräucherten Foyer und der Meinung, daß er genug Geschwätz gehört habe. Er schaute sich um, ob Stella noch da war, doch sie war schon gegangen. Das Wetter war mild, ein fast noch herbstlicher Tag, und er beschloß, ins Stadttheater zu gehen, wo ein Gemälde von Louis Bouwmeester als Shylock hing: in der pathetischen Pose, die er selber im Schlußbild des *Unwetters* einnehmen sollte. Vogel hatte ihm ein Foto gegeben, aber Uli wollte das Bild selber sehen. Einem Impuls folgend, fragte er den Inspizienten, ob er den elfenbeinernen Spazierstock mitnehmen dürfe. Das dürfe er eigentlich nicht, antwortete der, aber nun ja, ausnahmsweise.

Etienne, der nie ins Café ging, begleitete ihn und schob sein Rad neben sich her. Er sah schwarz für das Autorentheater, obwohl es ihm persönlich nicht viel ausmachte; seine Kinder waren aus dem Haus und er dachte daran, sich für immer in Frankreich niederzulassen. Weit weg von dem ganzen Getue, und am Nachmittag mit den Einheimischen unter Platanen Boule spielen. Er besaß ein Häuschen in der Ardèche, ein umgebautes Bauernhaus, dort konnten sie bequem von seiner und der Rente seiner Frau leben: sie war Zeichenlehrerin an der Kunstakademie gewesen, aber im vergangenen Jahr wegen ihres Rückens für arbeitsunfähig erklärt worden. Das traf sich gar nicht schlecht. Außerdem bekam er für sein Haus in Amsterdam immer noch ein paar hunderttausend Gulden, auch wenn die Preise am Wohnungsmarkt gesunken waren. Es gehörte ein schönes Stück Land dazu, in der Ardèche, und Etienne war versessen auf einen Streifen, der wie ein Keil in seinem Eigentum steckte und seinem Nachbarn, einem deutschen Internisten, gehörte.

»Nun ja, das sind nicht deine Sorgen.«

»Nein«, sagte Uli und schaute in die samtbraunen Augen.

»Und du?«

»Ich?« Uli ließ den Stock elegant auf das Pflaster klicken. Sein Blick wanderte über den Stern des Koningspleins mit all dem Verkehr, der sich unter dem dunstigen blauen Himmel drehte, den Blumenmarkt, die Glashäuschen auf den flachen Schiffen am Kai und den Munt-Turm in der Ferne. »Für mich ist es egal, ob das Autorentheater aufgelöst wird oder nicht. Für mich ist es sowieso die Abschiedsvorstellung.«

Vielleicht war Etienne ein bißchen erschrocken, vielleicht steckte in ihm noch immer die Illusion der Unsterblichkeit (in der Ardèche), jedenfalls schwang er sich kurz darauf aufs Rad und verschwand über die Gracht.

Zur Feier des sonnigen Tages hatten sich auf dem Leidseplein (der, durch das vorspringende Stadttheater geteilt, eigentlich aus zwei Plätzen bestand) wieder die Straßenmusikanten mit ihren Gitarren unter den bekritzelten Torbogen eingefunden, und daneben weißgekalkte Pantomimen und kleine Bands von Farbigen mit schrillen Verstärkern. Vier Mädchen spielten auf Geigen und Querflöten alte Musik, während ein paar Meter weiter ein heruntergekommener, halbnackter Mann eine Benzinflasche an den Mund setzte und qualmende Feuerstrahlen gen Himmel blies wie ein Ketzer. Das Mittelalter war wiedergekehrt. Um einen Baum standen Frauen und Männer, ohne sich zu bewegen, sie kehrten ihm den Rücken zu, auf einer Tafel las er: *Schweigen für den Frieden.* Auf der gegenüberliegenden Seite des Platzes warf ein anderer halbnackter Mann sich bäuchlings auf ein Bett aus grünen Glasscherben, ein Mädchen in Leder und mit grell-lila Wuschelhaar stellte sich auf seinen Rücken. Uli atmete tief den süßen, feuchten Fäulnisgeruch ein, der aus dem Vondelpark kam.

Der Haupteingang des Theaters war geschlossen, doch aus den Seitentüren, die nie geöffnet waren, sah er Menschen herauskommen. Er ging hin, aber auf einer Schultafel stand mit Kreide geschrieben, daß der Eingang auf der anderen Seite sei. Dort (auf der stilleren Seite des Platzes) sah er zu seinem Erstaunen vor der Mauer, die von der tiefstehenden Sonne beschienen wurde, eine Schlange wartender Menschen. Um Karten konnten sie nicht anstehen, es gab dort keine Kasse. Die letzten in der Reihe – ein vornehmes Ehepaar, wie man es in Amsterdam nur noch selten sah (dazu mußte man nach Den Haag fahren) – fragte er, was hier los sei. Mit gedämpfter Stimme antworteten sie, sie seien gekommen, um Abschied von La Charlotte zu nehmen. In ihrer Jugend hätten sie sie noch gesehen, in der *Kameliendame.*

Uli reihte sich am Ende der Schlange ein. Einige Meter weiter war der Künstlereingang. Er sah jetzt, daß viele Menschen Blumen in der Hand hielten. Während er sich langsam vorwärtsschob, hörte er einem Gespräch zu, das ein paar eher fröhliche als trauernde junge Leute hinter ihm führten, und dem er entnahm, daß sie ebenfalls beim Theater waren. Ja, er gehörte nun dazu, am Samstag in einer Woche würden all diese Leute seinen Namen in der Zeitung lesen, vielleicht sogar ein Foto von ihm sehen. Am liebsten hätte er seinen Stock hochgeworfen und gerufen: »Meine Damen und Herren, hier steht ein Bouwmeester! Der letzte der Großen!« Auf der gegenüberliegenden Seite, vor dem Café Americain, wurde ein dunkelhäutiger Mann von der Polizei vernommen. Ein Polizist lehnte neben ihm an der Mauer und hielt, freundschaftlich fast, einen Paß in den Händen; vor ihm stand ein zweiter Polizist mit einem leicht vorgeschobenen Fuß.

Drinnen, vor den Garderoben, war es dunkel, es wurde nun nicht mehr gesprochen. Im Gegenlicht des Ausgangs auf der anderen Seite wirkten die Silhouetten schwarz und drohend; sie erinnerten Uli an eine Szene in einem deutschen Stummfilm, die er vor mehr als fünfzig Jahren gesehen haben mußte. Die Schlange war hier dünner, man wartete; nach dem Ehepaar trat er in die Rotunde, die als Aufbahrungshalle eingerichtet war.

Eingehüllt in gedämpftes Licht und Stille stand dort der Sarg, immer derselbe, absurde Sarg, den es gab und nicht gab, als ob er gleichzeitig zwei Welten angehörte. Vier bekannte Schauspieler und Schauspielerinnen hielten die Totenwache so reglos, daß Uli einen Augenblick daran zweifelte, ob sie es wirklich waren. Er sah auf die Blumen, auf den Sarg, in dem die alte Dame jetzt schwieg, und dann wieder auf die Wache Haltenden. Einer hatte die Augen geschlossen.

Plötzlich brach er in Schluchzen aus. Es überkam ihn aus dem Nichts, wie ein Windstoß beim Gehen um eine Ecke. Rasch ging er weiter zu den Garderoben auf der anderen Seite, es hörte nicht auf, immer neue Stöße brachen aus einer Tiefe hervor, zu der er keinen Zugang wußte und vor der er Angst hatte, weil ihm vorkam, als habe das Schluchzen etwas mit Heimweh zu tun – Heimweh nach dem, was dort in der Rotunde schwebte. Er konnte jetzt nicht hinaus auf den Platz. Er legte die Hand auf das glatte Kupfergeländer und ging die Treppe hinauf. Oben lehnte er sich gegen die Brüstung und wartete, bis er sich wieder gefaßt hatte. Hier war er allein. Auch im Treppenhaus hingen Schauspielerporträts.

Bei einer Aufführung der *Lustigen Witwe* vor dreißig Jahren war er zum letzten Mal in diesem Haus gewesen. Durch zwei Pendeltüren gelangte er auf einen Gang, der im Kreis um den Saal herumführte: eine vergrößerte Ausgabe des Kosmos. Er putzte sich die Nase und ging langsam an der Galerie der Schauspieler und Schauspielerinnen entlang, die gelassen und selbstsicher aus ihren Rahmen schauten, einige mißtrauisch oder eitel, hin und wieder sogar verlegen und unsicher, und manche wie durchatmend, in voller Aktion erstarrt – und auf allem lastete die Stille, die Stille der Dutzende von Menschen unten in der Rotunde. Als er den Halbkreis bis zur Treppe auf der gegenüberliegenden Seite zurückgelegt hatte, stand er plötzlich vor dem Porträt. Mittlerweile kannte er alle Details von dem Foto her, das er so oft vor dem Spiegel in seinem Schlafzimmer nachgeahmt hatte; aber jetzt, als er das Bild in Wirklichkeit sah, an der Stelle, an der es in seinen schweren braunen Farbtönen wirklich hing, schien es ihm fast, als sei es Louis Bouwmeester selbst, der sich dort, die Linke erhoben, mit verzerrtem Mund und seitwärts abstehendem Bart mit der Rechten in sein Hemd krallte – in einer Pose, zu der eine jahrhundertelange Theatergeschichte beigetragen hatte.

»Hier ist geschlossen, mein Herr.«

Er sah in das Gesicht eines jungen Aufsehers, der eine auffordernde Geste zur Treppe hin machte.

»Ich weiß«, sagte Uli. »Ich war unten ... bei ... das ist mein Vater«, sagt er unvermittelt und deutete mit dem silbernen Schlangenkopf auf das Gemälde.

Die Art und Weise, wie der Aufseher es betrachtete, ließ erkennen, daß er es zum ersten Male sah; und aus der Art, wie er daraufhin Uli anschaute, ging hervor, daß sein eigener Vater anders aussah. Uli verstand selber nicht, warum er nicht den wirklichen Grund seiner Anwesenheit angegeben hatte, der für diesen Ort doch wohl seriös genug war. Der Aufseher drängte ihn nicht weiter, vielleicht wegen der Trauerstimmung im Hause, und verschwand durch eine Tür am Ende des Ganges.

Aber nun Uli. Wenn er diese Treppe hinabstiege, träfe er auf die Leute, die noch zum Katafalk wollten, so daß er anstandshalber zum zweitenmal an ihm hätte vorbeigehen müssen. Er beschloß aber, denselben Weg zurückzugehen, drehte sich um, und erblickte an der Wand gegenüber das Porträt von La Charlotte. Eine Grande Dame, dreißig oder vierzig Jahre älter als die junge Frau, der er einst begegnet war – und doch hatte er im selben Augenblick das Ereignis, an das er seither nie mehr gedacht hatte, wieder vor Augen: so klar und scharf gestochen, aber zugleich so wundersam aus der Vergessenheit auferstanden, daß er es unverzüglich festhalten mußte, ehe es sich wieder verflüchtigte.

Mit beiden Händen zog er an den Saaltüren, die sich aneinander festsaugten und nicht öffnen wollten, dann aber plötzlich nachgaben, doch die Nacht, die ihm aus dem Saal entgegenschlug, war zu schwarz. Rasch ging er ins Treppenhaus zurück und stieg noch ein Stockwerk höher. Im verlassenen oberen Foyer setzte er sich in einen großen Sessel, war tief bewegt und hatte beide Hände über Stirn und Augen gelegt.

6. Der Ring

Worauf sein Vater – beschwipst, aber zackig wie ein Oberst – um die Ecke eines dunklen Ganges auftaucht und aus großer Höhe sagt:

»Ich muß dich sprechen, Uli.«

Uli liegt bäuchlings auf dem Teppich und liest seiner kleinen Schwester den Text unter den Bildern vom Struwwelpeter vor. Mildes Licht hängt in den Gardinen, die wie Bühnenvorhänge mit Bändern gerafft sind; Millionen von Henkern und ihre Opfer sind noch nicht geboren, aus den Werkstätten im Untergeschoß und auf der gegenüberliegenden Straßenseite dringt das Hämmern der Eisen- und Kupferschmiede, die mehr Lärm machen, als die Stadt in späteren Tagen erfüllen wird.

»Du mußt etwas für mich tun. Mantel an, Mütze auf und mitkommen.«

»Und Berta?«

»Tante ist ja zu Hause.«

Obwohl er damals aufgestanden ist, um seinem Vater zu folgen, steht er in der Erinnerung nicht auf. Was er sieht, bewegt sich nicht: der Vater in der Türöffnung, er selbst auf dem Boden, Berta, die versucht, das Struwwelpeter-Buch zu zerreißen. Er sieht schon wieder etwas anderes: seinen Vater und sich selber auf der Brücke über eine Gracht, aber auch dieses Bild steht still. Und dann sich selber in einem Saal mit einer hellblau bemalten Decke und einer Goldledertapete.

Wie erinnert sich jemand – nein, wie erinnert sich Uli an etwas aus seinem achten Lebensjahr: an all das, was vor der Wasserscheide liegt, die ein paar Jahre später kommt? An unbewegte Bilder und an lebende Bilder, zwischen denen sein Auge hin und her springt, von Bild zu Bild und zurück und eingebettet in ein Gelee all dessen, was er weiß, gehört hat, vermutet, hinzuphantasiert – und das alles nicht nacheinander, sondern in einem zeitlosen Nebeneinander, wie auf einem Gemälde. Hat der Erzähler hier nicht eine heilige Pflicht zu erfüllen: muß er nicht eingreifen und es in Bewegung setzen?

»Und Berta?«

»Tante ist ja zu Hause.«

Das heißt, es ist nicht *sein* Haus und Oberst ist er auch nicht. Falls auch die Ordnung oder Unordnung eines Lebens erblich ist oder die Ordnung einer Unordnung (die Erzählung hat sich nun bis auf zwölf Jahre dem neunzehnten Jahrhundert genähert), so findet der Wissenschaftler hier einen Beweis für diese meta-darwinistische Behauptung. Bis seine um viele Jahre jüngere deutsche Frau stirbt (bei der Geburt von Berta vor nunmehr fünf Jahren) ist Ulis Vater Varietékünstler bei verschiedenen Wandertruppen; und obwohl Uli vor weiteren drei Jahren der Anlaß zu einer ›Mußehe‹ gewesen ist, wie man das damals nannte, bricht der Vater, der nun plötzlich Witwer ist, zusammen, verfällt dem Trunk, wird entlassen. Einige Familienmitglieder wollen ihm helfen, auch sein jüngerer Bruder Karel, der Impresario, will ihm helfen, aber er ist zu stolz und vielleicht auch zu traurig, um sich helfen zu lassen. Nach und nach werden Uli und Berta die Einzelheiten von verschiedenen Seiten zu hören bekommen, wenn auch nicht in allen Details. Während der Vater an mehr oder weniger nüchternen Tagen im Säulengang des Stadttheaters auf einer singenden Säge Schlager spielt – und hartnäckig wiederkommt, wenn ein Polizist ihn verjagt, bis er schließlich, nach der Beschlagnahme der Säge, im Gefängnis landet –, entgehen das Kleinkind und der Säugling nur dadurch dem Kinderheim, daß die Schwester ihrer verstorbenen Mutter sie liebevoll aufnimmt.

»Tante ist ja zu Hause.«

Sie ist kinderlos verheiratet mit dem Schaufensterdekorateur des vornehmen Maison pour Messieurs in der Kalverstraat. Uli kann sich noch erinnern, daß sein Pflegevater einem Besucher mißbilligend von einem Kollegen, einem Schneider, erzählt hat, der bei der Anprobe absichtlich die Hose im Schritt an der Unterhose des Kunden feststeckte, so daß er sich dann mit tausend Entschuldigungen gezwungen sah, ihm mit der Hand von hinten in die Hose zu fahren – der Pflegevater hat mit der rechten Hand vielsagend auf den Rücken der linken geschlagen, während Tante Gertrud sagte: »Pfui Teufel!« Dennoch hat die Erziehung des braven Ehepaares wenig Einfluß auf den Lebenslauf ihrer beiden Zöglinge genommen, der eher durch das Ungestüme im Blut des Frederik Rosenveldt, des Komikers aus dem fernen achtzehnten Jahrhundert, geprägt ist.

Zum Erstaunen aller hört nach anderthalb Jahren die Periode der alkoholisierten Trauer plötzlich auf. Es muß etwas geschehen sein, jemand muß dem Vater dabei geholfen haben – und jetzt, fast ein dreiviertel Jahrhundert später, wird seinem Sohn in einem großen Sessel eines zu stillen Theaters auf einmal klar, wer das gewesen sein muß.

Vielleicht hat sie in der Garderobe jemanden flüstern hören, der Kerl mit der singenden Säge dort unten im Säulengang sei ein Bouwmeester, man stelle sich das bloß vor; sie jedenfalls hat eine kleine Münze in den umgedrehten Bowler zu seinen Füßen fallen lassen und ist mit ihm ins Gespräch gekommen. Vielleicht. Es gibt niemanden, der das jetzt noch hätte erzählen können. Sie muß ihn aus dem Schlamassel gezogen haben, die zweiundzwanzigjährige Schauspielerin den achtundvierzigjährigen Trinker, und ihm Arbeit verschafft haben: bei einer Truppe, die sich kurz darauf zu einer Tournee durch den Fernen Osten einschiffte, um die Moral in den Kolonien zu stärken. Sie selbst scheint zu dieser Zeit in Indien gewesen zu sein, wenn auch zweifellos mit einer besseren Truppe, die nicht vor Grenzsoldaten in entlegenen Standorten auftrat, sondern vor den Offizieren der Kolonialregierung, vor Verwaltungsbeamten, Plantagenbesitzern und dem örtlichen Sultan als verachtetem Ehrengast.

Regelmäßig schickt er nun Geld für den Unterhalt seiner Kinder und Ansichtskarten aus Batavia, Surabaja und Bandung, bis er plötzlich braungebrannt wieder im Zimmer steht: in einem durchgeschwitzten Tropenanzug aus Leinen mit durchgewetzten Ellbogen und ausgefransten Hosenbeinen. Während seine Schwägerin kopfschüttelnd den Anzug ausbessert, erzählt der heimgekehrte verlorene Vater herrliche Geschichten von Tigern und Büffeln, hat Berta auf dem Schoß und einen Arm um Ulis Taille gelegt, hat nur eine lange Unterhose an, aber auf dem Kopf wieder den glanzlosen, grünlich verschossenen Garibaldi-Hut.

Was auch immer zwischen ihm und Charlotte, damals noch nicht »La«, gewesen sein mag – zuerst in Amsterdam, später in Indien –,es geht zu Ende. Sie heiratet über ihren Stand hinaus einen Grafen und Bankier mit Zylinder und Kutsche (vielleicht, um den schäbigen Komiker loszuwerden, der immer aufdringlicher wird, oder ihre Liebe zu ihm), und wird damit auf dem schnellen Weg zum »La« nun auch gesellschaftlich für ihn unerreichbar. Dadurch sinkt er in das alte Elend zurück, aus dem sie ihn herausgeholt hat; alles wiederholt sich, er beginnt wieder zu trinken, die Zahlungen bleiben aus, und manchmal läßt er sich monatelang nicht blicken. Als Uli eines Vormittags aus der Schule kommt, sieht er ihn halb bewußtlos vor einer Kneipe an ein Geländer gelehnt; er macht einen Schritt vorwärts und einen zurück, wobei er mit dem Rücken gegen das Geländer stößt, offenbar weiß er nicht mehr, ob er hinein will oder gerade herauskommt. Uli will ihm helfen, traut sich aber nicht und rennt fort...

»Wohin gehn wir denn?«

»Du wirst schon sehen.«

Sie müssen demnach in die Stadt gegangen sein. Uli wartet vielleicht da und dort vor einer Bierstube, wo sein Vater rasch einen Genever kippt; um ihn herum das Knirschen der Wagenräder auf dem Pflaster und das Geklapper von Pferdehufen, und während sie weitergehen, murmelt der Vater, vom Alkohol benebelt, vor sich hin, erzählt von Indonesien, von schwülen Nächten mit gespenstisch sich blähenden Moskitonetzen und schrillem Affengekreische tief im Urwald, alles, alles von geheimnisvollen Kräften durchsetzt, geräuschlos hinter einer Kokospalme verschwindende Fersen, die Mauern oft unerklärlicherweise mit Blut bespritzt... Und an der Ecke der Herengracht zeigt er auf das Haus, in dem Uli einen Ring abholen soll.

»Einen Ring?«

»Sag einfach nur: den roten Ring meines Vaters. Dann weiß sie schon Bescheid.« Er läßt den Deckel seiner Armbanduhr aufspringen. »Und bleib nicht länger als zehn Minuten fort.«

Im Duffelcoat, den sein Onkel für ihn genäht hat, läuft Uli zum Patrizierhaus, das mit jedem Schritt größer wird. Es ist mit grauen Natursteinplatten verkleidet, den Giebel ziert ein großes Wappen der gemeißelten Gewalt: Löwen, Raubvögel und zerschmetterte Feinde fremder Rassen. Er geht die Stufen zum Treppenpodest hinauf und zieht an der Glocke. Auf der dunkelgrünen Tür steht in schön geschriebenen Lettern der Name *Bentinck.* Während er wartet, betrachtet er seinen Vater, der sich über das Geländer der Brücke lehnt und Kringel ins Wasser spuckt; Möwen flitzen mit Todesschreien über die Gracht und unter der Brücke hindurch.

Ein Dienstmädchen mit einen Spitzenhäubchen und einer weißen Schürze, die bis zu den Fußspitzen reicht, geht ihm voran durch einen märchenhaften Marmorkorridor voller Stukkaturen und Reliefs von schwebenden Putten über den glänzenden Eichenholztüren. Auf halbem Wege führt eine geschnitzte Treppe aus fast honigfarbenem Holz nach oben. Uli verschluckt sich beinahe, so schön ist plötzlich alles. (Eine Welt der Adjektive!) Zwinkernd läßt sie ihn in einen hohen Saal mit goldledernen Tapeten eintreten. Er nimmt die Mütze ab und wartet, bis es der Schauspielerin beliebt, ihn zu bemerken. Sie hat das schwarze Haar lose aufgesteckt und läuft, unablässig Wörter und Sätze vor sich herleiernd, in einem fliederblauen, seidenen Morgenmantel rasch hin und her, ruft hin und wieder »Verdammt noch mal!« und wirft einen Blick auf die Papiere, die auf dem Flügel liegen; einmal bleibt sie mit pathetisch erhobenem Arm vor dem vergoldeten Spiegel über dem marmornen Kaminsims stehen: eine Gebärde, die nahtlos übergeht in das genaue Betrachten (sie hält den Kopf schief dabei) einer möglicherweise vorhandenen Unebenheit neben ihrem linken Ohr. In diesem Moment sieht sie ihn im Spiegel, dreht sich um und geht mit ausgestreckten Armen auf ihn zu.

»Bubi! Wie nett, dich endlich mal zu sehen!« Mit beiden Händen faßt sie ihn an den Schultern, dreht ihn zum Licht und betrachtet ihn, als sei er ein Bild von sich selbst. »Wie groß du schon bist, und wie du deinem Vater ähnelst. Komm, zieh den Mantel aus. Willst du etwas trinken? Eine Kugelflasche?«

Sie zieht an einer Schnur mit einer Quaste. Uli hat die Hände auf die bloßen Knie gestützt, er sitzt auf einen niedrigen, weinroten Hocker vor dem Fenster, zwischen einer großen Palme und einem Pfeilertischchen mit einer riesigen Vase, die rosa und schwarz bemalt ist mit Chinesenfiguren in weiten Gewändern. Davor steht ein versilbertes Kinderschühchen: die abgewetzte Spitze, die Falten im Leder, alles aus blinkendem Metall. Draußen, am Ende des Gartens, der so symmetrisch angelegt ist, als stünde in seiner Mitte ein Spiegel, glänzen im Schatten eines alten Baumes die zierlichen Säulen eines Teehauses. Noch nie hat er so viel schöne und kostbare Dinge auf einmal gesehen. Aber das Schönste und Kostbarste ist sie selber. Ihr Gesicht ist so blaß wie der Sand in der Sanduhr, die zu Hause auf der Anrichte steht. Die losen Strähnen an ihren Schläfen und im Nacken. Das runde ›U‹, wenn sie ›Kugelflasche‹ sagt, macht ihm durch die Betonung klar, was für ein kleiner, Limonade trinkender Junge er noch ist. Aber das macht ihm nichts aus, zu Hause bekommt er bestenfalls Saft; Limonade, die so herrlich auf der Zunge prickelt, ist viel zu teuer.

»Weißt du, daß dein Vater und ich sehr gute Freunde gewesen sind? Ja, das ist schon lange her. Wenn du wüßtest, wie oft er mir von dir erzählt hat. Er ist sehr stolz auf dich. Ich weiß vielleicht mehr von dir als du selber. Das findest du komisch, nicht wahr? Und doch ist es so. Einmal, als du etwa vier Jahre alt warst, erzählte jemand, der bei deinem Onkel und deiner Tante zu Besuch war, einen unanständigen Witz. Der einzige, der darüber lachte, warst du. Du scheinst sehr laut gelacht zu haben, und darum wurdest du zur Strafe ins Bett geschickt. Später fragte dich dein Vater, wie es möglich sei, daß du den schmutzigen Witz verstanden hättest. Und dann sagtest du, du hättest ihn gar nicht verstanden und nur gelacht, weil sonst niemand gelacht habe; der Mann hätte dir so leid getan. Weißt du das noch?«

»Nein.«

»Siehst du!«

Während sie zuschaut, wie er am Strohhalm saugt, betrachtet er (das eiskalte Getränk genießend) den ziselierten goldenen Ring an ihrer Hand mit einem großen, tiefroten Stein.

»Du hast auch ein Schwesterchen, nicht wahr?«

»Ja.«

»Wie heißt sie?«

»Berta.«

»Ein schöner Name. Klingt etwas deutsch.«

Wieder ist es still. Jetzt muß er um den Ring bitten, aber er weiß nicht, wie er es anfangen soll. Er blickt nach oben, auch hier schweben im hellen Blau zwischen weißen Wolken Putten. Es wird ihm warm, was soll er seinem Vater sagen, wenn er ohne Ring zurückkommt? Daß sie ihn nicht hergeben wollte? Aber dann wird man ihm vielleicht später vorwerfen, daß das gar nicht stimmt. Während er denkt, daß er es nie schaffen wird, schaut sie ihm gerade in die Augen und fragt leise:

»Warum bist du hergekommen, Bubi?«

Mit dem Ärmel wischt er sich den Mund ab und sagt:

»Mein Vater läßt bitten, daß Sie ihm den roten Ring zurückgeben. Sie würden schon wissen, welchen er meint.«

Ohne sich zu rühren, sieht sie ihn weiterhin an, sieht ihm in sein gutes Auge. Aber zu seinem Entsetzen sieht er, daß dabei doch etwas geschieht: allmählich füllen sich ihre Augen mit Tränen, immer mehr, bis sie überquellen und ihr über die Wangen laufen. Langsam faßt sie den Ring, dreht ihn vom Finger und schaut Uli dabei unentwegt an, obwohl sie ihn vielleicht schon gar nicht mehr sieht. Ohne noch einen Blick darauf zu werfen, legt sie den Ring auf das Tischchen, steht auf und stellt sich, Uli den Rücken zukehrend, vor die Terrassentür.

»Geh jetzt«, sagt sie.

Er steht ebenfalls auf steckt den Ring in die Hosentasche und will seinen Mantel anziehen. Das gelingt ihm auch, aber die Hand, die er durch den Ärmel steckt, stößt am Ende der Bewegung gegen die chinesische Vase, sie wackelt, er versucht sie mit halb angezogenem Mantel aufzufangen, aber sie entschließt sich dann doch, auf dem Parkettboden in Scherben zu fallen.

Erstarrt sieht er auf ihren Rücken, während er das Blut aus seinen Gesicht weichen fühlt.

»Ich ... aus Versehen ...«

Sie dreht sich nicht um.

»Ja, aber geh jetzt.«

Er rennt aus dem Saal und durch den Gang. Unterwegs fällt ihm ein, daß er seine Mütze hat liegenlassen, aber zurückzugehen ist natürlich unmöglich. Die Haustür steht offen. Das Dienstmädchen lehnt sich über das Treppengeländer und ruft etwas hinunter.

Als er hinaustritt – auf der Brücke steht sein Vater und schaut ihn an –, sieht er einen Mann, der einen aufgeschnittenen Sack wie eine Zipfelmütze auf dem Kopf trägt. Von einem Handkarren hebt er einen langen Eisblock auf die Schulter. Um ihn festzuhalten, rammt er einen großen Keil hinein und geht zum Lieferanteneingang unter der Treppe. Unter dem Karren steht, mit gesenktem Kopf, ein angeschirrter Hund.

Als Uli – noch ganz triefend vor Vergangenheit – ins Tivoli kam, hatte dort schon der rege Freitagabendbetrieb begonnen. Hinten im Café hörte er Gelächter, das die Musik übertönte. Berta saß wie ein Ehrengast am runden Tisch zwischen Molly und Herrn Caccini, und alle hingen an ihren Lippen.

»Da kommt ja auch mein Brüderchen, der Hauptdarsteller! Wo hast du gesteckt?«

Es war schon viele Jahre her, daß er sie so ausgelassen gesehen hatte. Voller Widerwillen betrachtete er sie. Mit der Perücke, die wegen des Alkohols etwas zu weit nach vorn gerutscht war, den aufgemalten Lippen und der rauhen Stimme glich sie einem Transvestiten.

»Kommst du mit nach Hause?« fragte er.

Sofort kam von allen Seiten Hohngelächter. Nach Hause ... nix nach Hause! Ein Pils! Lucas half ihm aus dem Mantel, Max drückte ihn zwischen Mimi und Olga auf einen herangezogenen Stuhl (Stella war nicht da), und über den Köpfen näherte sich ein überlaufendes Glas Bier. Aber als er schließlich dasaß mit dem Spazierstock von Pierre de Vries zwischen den Knien und nicht mehr störte, schenkte ihm nicht einmal mehr Olga Aufmerksamkeit.

»Und dann? Und dann?«

Er hörte nicht zu. Ein bißchen schief und abseits saß er auf seinem Stuhl wie jemand, der nicht recht dazugehörte, wie ein Chauffeur, der so lange warten durfte, bis die Gräfin den Augenblick des Aufbruchs für gekommen hielt.

Zuvor hatte er noch einen kleinen Umweg gemacht, am Haus an der Herengracht vorbei. Äußerlich war es unverändert, nur residierte jetzt kein Bankier mehr darin, sondern eine Bank, die die Kunden durch den ehemaligen Lieferanteneingang betraten. Er nahm einen Schluck und fragte sich, was um Himmels willen in seinen Vater gefahren war. Wie war es ihm nur eingefallen, seinem Sohn eine so peinliche Sache aufzuhalsen! Natürlich war er in Geldnot, Genever war teuer, und viel Genever war noch teurer, aber deshalb schickte man doch nicht einen kleinen Jungen von acht Jahren los! War der Vater also ein ›minderwertiges, feiges, verächtliches Subjekt‹? Und hatte Uli den Vorfall deshalb in die Vergessenheit abgedrängt, um sich gegen diese Erkenntnis zu schützen, da es sich immerhin um seinen Vater handelte? Und wie war der Vater überhaupt zu einem so teuren Ring mit einen Rubin gekommen? Gestohlen? Das wäre nicht so schlimm, wenn es im Namen der Liebe geschehen war. Von der Liebe zur Verkommenheit: das war sein Weg.

Am Tisch brach wieder das Gelächter los. Die Anekdote war zu Ende.

»Ja, Fausto«, sagte Berta und blies eine dicke Rauchwolke zur Lampe, »ich habe kilometerweise Schwänze verschlissen.«

Die Ausgelassenheit nahm noch zu. Fausto. Sie nannte Herrn Caccini Fausto. Was in Himmels Namen hatte das zu bedeuten? Molly ließ beim Lachen zwei Reihen gemeine, kleine Zähne sehen, hielt sie fest aufeinandergepreßt und schüttelte rasch und ekstatisch den Kopf, als ob er sogleich etwas zerfleischen wolle.

»Schekrastje stoi spassiba«, rief er in einem vollmundigen, vermutlich selbstfabrizierten Russisch. »Und das Höhere?« fragte er dann. »Denken Sie nie an das Höhere?«

»Das einzige, wovor ich noch niederknie«, sagte Berta, »ist der Kühlschrank, um die Sherryflasche rauszuholen.«

»Ah!« sagte Molly überrascht und blickte mit hochgerecktem Zeigefinger um sich. Aus der Innentasche zog er ein schwarzes Notizbuch. »Das wird aufgeschrieben.«

»Da sieht man's wieder«, sagte Olga. »So macht ihr das also.«

»Das geht ja wie's Brezelbacken.«

Gerührt sah Uli seine Schwester an. Zu Hause erlebte er sie nie so, und das lag natürlich an ihm selbst. Niemals würde er ihr die Sache mit dem Ring erzählen. Er wußte nicht, ob der Vater ihr noch etwas bedeutete, er konnte sich nicht erinnern, daß sie je über ihre gemeinsame Kinderzeit gesprochen hätte, aber ganz ausgeblendet konnte das alles nicht sein. Nichts verschwand völlig, und sie sollte das Bild von ihm behalten, das sie hatte. Die Mutter war bei ihrer Geburt gestorben: sie war die Ursache ihres Todes und weiß Gott steckte etwas in ihr, das meinte, sie sei die Mörderin ihrer Mutter – so daß es demzufolge auch ihre Schuld gewesen wäre, daß ihr Vater auf die schiefe Bahn geraten war. Vermutlich hatte auch ihrem Vater so etwas gedämmert, vielleicht hatte er ihr einmal im Rausch etwas in dieser Richtung angedeutet. Aber es war undenkbar, daß Uli und sie miteinander darüber sprachen – man kann nicht mit jemandem reden, der einem die Nasenspitze an die eigene drückt. Man kann ihn noch nicht einmal richtig *sehen.* Uli spürte, wie Joost unter dem Tisch den Kopf auf seinen Schuh legte. Obwohl er den Hund nicht mochte, gab ihm das ein Gefühl von Wärme, nicht nur im Fuß – aber auch mit Joost hätte er nicht darüber sprechen können.

Und in diesem Augenblick wußte er, mit wem er darüber sprechen mußte: natürlich mit Stella. Es war im Grunde etwas Ähnliches (wenn auch ganz anderer Art) wie ihre Geschichte von der Zigarre, die ihre Mutter sie zu rauchen gezwungen hatte. *Und jetzt mußt du mir das Geheimnis deines Lebens erzählen . . .* Er hörte sie es in dem leicht gekünstelten Tonfall sagen, mit dem Kinder Abzählreime aufsagen: »Ene mene mu . . . und raus bist du . . .«

Sicher, Uli. Sprich dich aus.

Vierter Akt

1. Maskenspiel

Gold, Rubin... aber der Schlaf, in den er am Wochenende in seinem Stuhl am Fenster immer wieder versank, war traumlos und bleiern. Jedesmal, wenn er erwachte, brannten ihm die Augen, so daß er sie nur mit Mühe offenhielt. Er griff nach etwas zum Lesen, das in seiner Reichweite lag, denn es war ihm irgendwie unmöglich aufzustehen: nicht weil ihm die Kraft dazu fehlte, sondern weil er das Gefühl hatte, alles an seinem Körper sei lose, so daß seine Beine unter dem Stuhl liegen bleiben würden, wenn er aufstand. Nachdem er zehn Minuten lang Wörter und Sätze angeschaut hatte, nickte er wieder ein. Berta nahm das alles natürlich wahr, und er merkte, daß sie auf Zehenspitzen ging, wenn er die Augen geschlossen hatte; aber sie sagte ihm nichts davon.

So begann für ihn die letzte Woche. Als hätte sein Organismus begriffen, daß am Montag natürlich Schluß sein mußte mit dieser Art Dämmerzustand, traf er frisch im Kosmos ein, wo er mit ungläubigem Stolz seinen Namen auf den neuen Plakaten betrachtete. Drinnen war alles für den nächsten Schritt gerüstet. Im Saal war niemand; auf der Bühne beschäftigten sich ein paar Techniker mit dem Hintergrundprospekt und zeigten auf die Eisentür in der Backsteinmauer.

Dahinter herrschte im Wirrwarr der engen Korridore und Treppen jene wohltuende Betriebsamkeit, die er so gut kannte. Aus den offenen Türen der Garderoben drang Gerede und Lachen. Von einer Garderobiere gefolgt lief Stella im Lampenlicht auf und ab. Sie trug eine Art Kleid, an die er sich noch aus seiner Kinderzeit erinnerte: in der Taille geschnürt, fast bodenlang, mit Pelzbesatz und Spitzenärmeln, auf dem hochgesteckten Haar einen Federhut – alles in gebrochenem Weiß, sogar der Muff. Während die Garderobiere vor ihr kniete, nickte Stella ihm mit einer Zurückhaltung zu, die zu ihrer Erscheinung paßte.

»Prächtig!« rief er. »Ein Traum!«

Der einzige Farbfleck war eine hellrote Rose an ihrem Mieder. Er schaute kurz zu Berta, um sie an seiner Bewunderung zu beteiligen, aber ihr Blick gefiel ihm nicht.

»Was siehst du mich so an? Schau lieber sie an.«

»Das besorgst ja schon du, alter Schmutzfink.«

Er sah nach Joost, der mit seinen Vorderbeinen ihre Wade umklammert hatte und mit zuckendem Hinterleib etwas wollte, das ihm vermutlich selber nicht ganz klar war – vielleicht wollte er auch nur demonstrieren, daß es in der Natur auch nicht immer natürlich und normal zugeht. Mit dem Spazierstock, den er am Freitag nicht zurückgebracht hatte, zeigte Uli auf das optimistische Unterfangen.

»Schau dir das an. Du bist ja selber ganz geil.«

»Also hör mal. Wenn Joost sich schweinisch benimmt, bin *ich* geil...«

»So ist es und nicht anders. Ein Tier riecht so was.«

»Pfui Teufel«, sagte Berta und ging weiter, ohne sich um den Purzelbaum zu kümmern, den Joost hinter ihr schlug.

»Grüße an Fausto!« rief Uli ihr nach.

Michaël trat auf sie zu und sagte, morgen käme das Fernsehen, um Aufnahmen für eine Kultursendung zu machen, in der auch über die drohende Streichung der Subventionen berichtet werden sollte.

»Sie wollen ein kurzes Interview mit Ihnen machen, nicht länger als drei Minuten. Haben Sie etwas dagegen? Das ist natürlich wichtig für das Autorentheater.«

Uli mußte sich beherrschen. »Natürlich«, sagte er. »Warum nicht?«

Als Michaël weitergegangen war, schwindelte es ihm vor Augen. Das Fernsehen. Jetzt würden alle in den Niederlanden ihn sehen – und die ersten, die ihm einfielen, waren die Kunden vom De Kelder, die ihn so oft gedemütigt hatten; sie würden vor ihrem Gerät sitzen und sagen: »Verdammt noch mal, ist das nicht der Kneipenwirt?« Er fühlte sich plötzlich wie eine Leuchtrakete am Silvesterabend, mit schwelender Zündschnur in einer Flasche.

»Da steht ein glücklicher Mensch, wie mir scheint.«

An einer Strähne zupfend, die unter seinem Hut hervorlugte, stellte Vogel ihn einem schlaksigen Komparsen mit eingefallenen Wangen vor, der bei einem lebenden Bild von den Shakespeare-Proben den Fotografen spielte. Anschließend begleitete er Uli zu seiner Garderobe; im Vorbeigehen sah er, wie Olga sich fluchend mit einem Kostüm herumplagte, das wie eine aus dem Fenster wehende Gardine aussah. Vogel rief nach Aronds, und etwas später begutachteten sie zu dritt die Kostüme, die in Ulis Garderobe hingen.

Das eine war ein dezenter Herrenanzug im Schnitt der Jahrhundertwende, mit Seide gepaspelt und im selben gebrochenen Weiß wie Stellas Kleid; dazu Hemd, Socken und Schuhe in derselben Farbe. Das andere Kostüm hingegen, das für einen Riesen gemacht schien, hing, nein, stand da als die erstarrte Explosion aller Farben und Figuren, die Aronds aus den okkulten Tiefen seines Wesens (oder doch aus entsprechenden Nachschlagewerken) hervorgegraben hatte: Goldbrokat, bestickt mit Pentagrammen, Hieroglyphen, astrologischen und kabbalistischen Zeichen, Schlangen, die sich in den Schwanz bissen, Dreiecken mit einem Auge in der Mitte, und vielen anderen Symbolen – und das alles in einer überwältigenden Pracht aus Scharlachrot, Safrangelb, Bronzegrün, Ultramarin...

Erschrocken sah Uli den Regisseur an.

»Da bist du sprachlos, was?« sagte Vogel stolz.

Aronds zupfte an den riesigen, weiten Ärmeln und sagte: »Ich habe mich ein bißchen vom Nô-Theater inspirieren lassen.«

Offenbar ging er davon aus, Uli wisse, was das sei; dieser glaubte jedoch, er spräche von einem ›no‹-Theater, auf englisch. *Kein* Theater, also wieder von irgend etwas Modernem. ›Antitheater‹: das hatte es ja auch schon gegeben.

»Muß ich den anziehen?«

»Aber sicher«, lachte Vogel. »Probier erst einmal den Anzug von Pierre de Vries an.«

Sie zogen leise die Tür hinter sich zu, als wären sie in einem Krankenzimmer; es dauerte jedoch noch eine Weile, bis die Klinke hochging: offenbar sprachen sie noch länger miteinander.

Nach all den Jahren setzte Uli sich an den leeren Schminktisch. Über dem Spiegel brannte eine grelle Leuchtstoffröhre; Fenster gab es keine. Es kam immer näher. Es war wirklich wahr. Er war jetzt allein mit den Kleidern. Im Spiegel schaute er sie an, sie hingen unbewegt da. Natürlich, es steckte niemand darin, nur ein Erdbeben hätte sie jetzt bewegen können, aber ihre Reglosigkeit war anders als sonst bei Kleidern, die niemand anhatte. Es war ihm zwar nicht ganz klar, geschweige denn, daß er es in Worte hätte fassen können (dafür hat er seine Leute), und doch hingen sie anders vor ihm als seine Kleider bei ihm zu Hause im Spiegelschrank. Obwohl es seine Kostüme waren, waren es doch nicht *seine* Kostüme; das eine gehörte jemandem, der er noch werden mußte, das zweite einem anderen, in den jener sich verwandeln mußte. Er lauschte dem Rufen und Treiben auf dem Gang und begann, sich auszuziehen. Zum Glück war die Heizung aufgedreht, und es war angenehm warm in dem kleinen Raum.

Abgesehen von der Hose, die wie immer zu lang war (vielleicht hatte der Schneider geglaubt, er habe sich beim Maßnehmen geirrt), paßte alles wie angegossen. Zufrieden schaute er in den Spiegel und setzte den Schlapphut auf, etwas zu schief, wie er es früher zu tun pflegte, und strich mit der Handfläche an der breiten Krempe entlang. Das lindgrüne Band war der einzige Farbtupfer in seiner Kleidung. Er griff nach dem Spazierstock, betrachtete sich nochmals von beiden Seiten, erst aus dem linken Augenwinkel, dann aus dem rechten, zupfte am Revers, strich das Haar über den Ohren glatt und betrat den Gang.

Applaus wurde laut, der auch die anderen aus ihren Garderoben lockte. Von allen Seiten trafen ihn bewundernde Blicke.

»Eccolo!« rief Herr Caccini, der eine schmale Treppe herunterkam und mit ausgestreckten Armen stehenblieb. Er war wie ein typischer Klavierlehrer (der sich als Repetitor den Lebensunterhalt verdienen muß) verkleidet, mit einem Halstuch und einem Barett à la Wagner – alles in Weiß natürlich.

Uli lehnte den Oberschenkel gegen die rechte Hand, die den silbernen Knauf des Stockes umfaßte, kreuzte das rechte Bein vor dem linken, berührte mit der Schuhspitze den Boden und schaute sich mit einem schiefen Lächeln um. Die Pose hatte Vogel ihm nicht beibringen müssen, er beherrschte sie besser als Vogel: das verstand sich von selbst. Er tippte herablassend mit dem Zeigefinger an den Hutrand in Richtung auf Max, der ebenfalls im Stil von Anno 1904 gekleidet war, ebenfalls in Weiß, aber alles an ihm war verschlissen, ausgefranst, zerknittert, auf dem Kopf trug er eine verregnete Melone. Nun wirbelte Uli mit flinken Bewegungen den Stock zwischen den Fingern herum, faßte ihn am unteren Ende, legte ihn über die Schulter und warf galant eine Kußhand zu Stella hinüber, die jetzt in das himmelblaue neoklassizistische Gewand der Miranda gehüllt war.

»Ein Traum«, sagte Berta.

Während eine Garderobiere vor ihm niederkniete und die Hosenbeine hochzustecken begann, fragte Vogel, ob alles paßte. Auch die Schuhe? Er müsse es ehrlich sagen, denn während der Vorstellung dürfe ihn nichts stören. Aber Uli war schon durch sein Kostüm verwandelt.

»Aber Junge«, sagte er, »was soll denn das? Du warst ja noch nicht mal geboren, als ich schon vom Theater abgetreten war.«

Vogel kniff die Augenlider ein wenig zusammen und wußte nicht gleich, was er darauf antworten sollte – oder vielleicht wußte er es nur zu gut; doch er beherrschte sich und sagte, Uli solle nun das andere Kostüm anprobieren, danach könne man mit der Probe beginnen.

In der Garderobe zog Uli widerwillig den Anzug aus. Wenn es am Freitag ebenso klappte wie vorhin, war alles in Ordnung. Er stand in Unterwäsche da und hängte ihn an den Ständer. Er selbst hatte seit Jahren nicht genug Geld gehabt, um sich einen solchen Anzug zu kaufen, aber für jemand, der gar nicht existierte, war Geld kein Problem: dann gab sogar die Regierung einen Zuschuß. Komische Welt. Es klopfte, und die Garderobiere fragte (vermutlich noch mit gekrümmtem Zeigefinger und etwas erhobenem Gesicht), ob sie die Hose haben könne, um sie gleich zu ändern. Er öffnete die Tür einen Spalt breit und hielt die Hose hinaus, worauf ihre Hand sie ihm abnahm. Böse betrachtete er im Spiegel seinen alten Körper – vor fünfzig Jahren hätte er vielleicht rasch die Hand gepackt, die Frau hereingezogen, vornüber auf den Schminktisch gelegt und eine schnelle Nummer geschoben.

Prosperos Gewänder. Zuerst die Sandalen und eine einfache Tunika aus dunkelblauem Stoff, zu der offensichtlich der Gürtel aus Goldleder gehörte. Darüber kam der kolossale Mantel. Als er ihn vom Bügel nahm, taumelte er fast vornüber unter seinem Gewicht. Waren die denn verrückt geworden? Das ging doch gar nicht! Aber zugleich wußte er, daß dies der Mantel war und daß nichts daran geändert werden konnte. Auch auf der Bühne, während der Schlußszene in der Garderobe von Pierre de Vries, mußte er einmal ohne Hilfe den Mantel anziehen, und es war am besten, gleich die Probe aufs Exempel zu machen. Nach einigen Versuchen hatte er eine Methode gefunden: in einer bestimmten Stellung, mit einem Arm im Ärmel, knickte er rasch in die Knie, und schneller als der Mantel fallen konnte, schlüpfte er darunter und hinein; das übrige war dann ganz einfach. Er nahm die fremdartige Kopfbedeckung in die Hand, eine hohe, hellrote, mit Silberfäden bestickte Kappe aus steifem Material, und betrachtete sie von allen Seiten. Gehörte sicher auch zum ›nô‹-Theater. Als er sie aufgesetzt hatte, erschrak er über sein Aussehen: dort stand kein Mensch, sondern ein Gebirge aus Symbolen.

Wieder klopfte es; noch ehe er antworten konnte, hatte Aronds die Tür geöffnet. Uli, nun fast einen Meter breit, machte mit kleinen Schritten eine Vierteldrehung. An Aronds Miene erkannte er, daß dieser ihn genauso sah; zugleich schien sein Rücken es auch auf den Gang hinauszustrahlen, denn ohne daß er etwas sagte, tauchte einer nach dem anderen hinter ihm auf. Als Uli gehen wollte, mußte er sich im Gleichgewicht halten, als trüge er einen großen Stapel Bücher. Aronds langte nach einem Stab in der Ecke, der Uli bislang nicht aufgefallen war, und überreichte ihn. Alle machten ihm Platz, er paßte gerade durch die Türöffnung. Auf dem Gang blieb er stehen und sagte:

»Na, danke schön! Das ist verdammt noch mal, als ob ich.... Der Papst ist nichts dagegen.«

»Willem«, sagte Vogel, »du hast ja keine Ahnung, wie prächtig du aussiehst.«

»Aber so kann ich doch gar nicht spielen? Ich kann kaum gehen.«

»Genau so ist's richtig. Durch den Mantel wirst du zum Zauberer, du gehst gebeugt unter deinen übernatürlichen Gaben und Fähigkeiten. Du darfst nicht versuchen, das Gewicht des Mantels zu vertuschen, du mußt es gerade ausspielen. Der Widerstand muß immer in Kraft verwandelt werden – das ist das Gesetz Numero eins.«

»Ja, du hast leicht reden, du mußt nachher nicht damit herumstehen.«

»Wir probieren es gleich aus. Du wirst schon sehen.«

Auf dem Weg zur Bühne trug die Garderobiere den Mantel hinter ihm her. In seiner blauen Tunika ging er neben Stella, die noch das jungfräuliche Gewand der Miranda trug. Er hatte ihre Nähe nicht gesucht (sie die seine?), da es sich aber so ergab, hatte er plötzlich das Gefühl, daß sie mehr miteinander verband, als die anderen Male, wenn sie einander nahe waren. Er suchte nach Worten, aber sie kam ihm zuvor:

»Ob wohl je einer beim Theater eine solche Karriere gemacht hat wie du?«

Das Wort »Karriere« traf ihn. So hatte er es noch nie betrachtet; für ihn war diese Rolle eine absurde Episode am Ende seines Lebens, aber man konnte sie natürlich auch – zumindest, wenn man jung war – als die Krönung einer »Karriere« ansehen. Lächelnd schaute er sie an.

»Für dich ist das Leben noch eine schöne gerade Linie, nicht wahr – eine Art Treppe, immer eine Stufe höher.«

»Und für dich?« Er hob die Schultern.

»Ich weiß nicht. Eher eine Linie von der Art, wie sie ein Kleinkind aufs Papier kritzelt.«

»Das kann auch sehr hübsch sein. Eine Mutter findet sowas schön.«

»Eine Mutter, ja...« Er hielt kurz inne und machte eine vage Geste. »Ich sage nicht, daß jedes Leben chaotisch ist, meines war es jedenfalls. Ich wünsche dir, daß dein Leben, wenn du so alt bist wie ich, eine schöne gerade Treppe bildet, wenn du zurückblickst. So wie... ich weiß nicht.«

»Die Treppe auf der Piazza di Spagna. In Rom.«

»Da bin ich nie gewesen.«

»Nun, was hält dich zurück? Warum fährst du nicht hin, gleich nach der letzten Vorstellung? Das hast du dir verdient. Dann ist Frühling, und Berta würde es auch großartig finden, das weiß ich sicher. Es gibt schon Reisen für ein paar hundert Gulden.«

Er ließ sie durch die Eisentür vorangehen. Vor dem roten Meer des Saales erhob sich die hohe Rückseite der Dekoration: ein chaotisch ineinanderverschachteltes Flickwerk aus Balken und Latten.

»Und wenn wir mal zusammen hinführen?«

»Ja«, sagte sie, »das wäre auch schön.«

»Stella«, fragte er, als sie schwieg, »wann gehen wir wieder mal essen, was hältst du von italienisch? Dann könnten wir den Reiseplan besprechen.«

»Ich werde es mir genau überlegen.« Lachend tippte sie kurz mit dem Finger an seine Wange und wandte sich ab.

Mehr noch als durch ihre Antwort fühlte er sich durch die Gebärde vor den Kopf gestoßen. Die Berührung brannte auf seiner Wange wie eine Ohrfeige: der alte Schwerenöter sollte nicht denken, er könnte ein junges Mädchen zu einer Spritztour verlocken. Wo er ihr doch nur die Geschichte von La Charlotte und dem Ring erzählen wollte.

Vogel schlug vor, da alle ohnehin ihr Shakespeare-Kostüm anhätten, mit der Probe des Maskenspiels zu beginnen; dann wüßte auch der Fotograf ungefähr, was er zu tun habe. Am Nachmittag sollte dann noch ein Durchlauf des ganzen Stücks in Kostümen stattfinden.

Die Szene mit dem Maskenspiel – im vierten Akt des *Sturm* – kam etwa am Ende des zweiten Drittels von *Unwetter*. Der Autor hatte sie auffallend vollständig gelassen und nur zwei Unterbrechungen durch Paul Musch eingeschoben. Als sei Siderius hier vor etwas Unantastbarem zurückgewichen. Das rühre möglicherweise daher, hatte Vogel einmal die Vermutung geäußert, daß die Szene im *Sturm* denselben Platz einnehme wie *The Tempest* im Œuvre von Shakespeare: ein nahezu heiliges Kleinod, noch tiefgründiger (und in jedem Fall verklärter) als das Stück, das Hamlet aufführen läßt, um damit das Gewissen des mörderischen Königs aufzurütteln. Uli hingegen schloß sich schweigend der Meinung von Etienne an, der es als ›höheren Blödsinn‹ bezeichnete; was nach Ulis Meinung auch auf die Erläuterung von Vogel zutraf.

Der Regisseur gab dem Fotografen Anweisungen, wo er während der Probe sein Stativ aufstellen und den riesigen Guckkasten aufnahmebereit machen solle; sein kleiner Gehilfe (Benjamin, der Sohn des Direktors) mußte unterdessen das Magnesiumpulver in eine Schüssel auf einem gußeisernen Gestell streuen.

»Darf ich um Ruhe bitten?« fragte Vogel, als er hinter seinem Pult im Saal Platz genommen hatte. »Wir beginnen nach dem Gespräch von Max und Stella über ihre finanziellen Probleme.«

Als alle, außer den murmelnden Schauspielern auf der Bühne, still geworden waren, bat Paul Musch um Ruhe. Als auch auf der Bühne Stille eintrat, kündigte er seinerseits an, daß nun das Maskenspiel geprobt werde. Er half Pierre de Vries in Prosperos Zaubermantel, setzte ihm die Mütze auf und reichte ihm Stab und Buch. Uli sah es jetzt zum erstenmal, bisher hatten sie nur markiert (das An- und Ausziehen des Mantels). Das Buch sah wie ein bleischwerer Foliant aus, wog aber fast nichts: bemaltes Styropor mit den Wörtern *Monas Hieroglyphica* auf dem Umschlag. Stella und Lucas schmiegten sich in stilisierter Pose an ein primitiv mit grünen Blättern bemaltes Versatzstück. Auf ein Zeichen von Paul Musch rief Uli, das heißt, Pierre de Vries, das heißt, Prospero:

»He, Ariel, mein beflißner Diener Ariel!«

Sofort schwebte dieser über den weißen Aufbau heran, federleicht, auf Zehenspitzen trippelnd, in einem enganliegenden Trikot mit Gazeflügeln an den Schultern. Mit Wohlwollen betrachtete Pierre de Vries die knabenhaften Formen, während Uli mit einem kleinen Schock bemerkte, daß Max seine Brille nicht aufhatte, wodurch seine Schönheit viel jugendlicher wirkte. Darauf hob Prospero den Stab und befahl ihm, die

Geister zu rufen und die Vision heraufzubeschwören, *»ein Blendwerk meiner Kunst«,* zu dem Zweck, die beiden Verlobten Ferdinand und Miranda von einer physisch und moralisch vollkommenen Welt zu überzeugen, zu der auch die voreheliche Keuschheit gehörte. Mit ausgebreiteten Armen, ein Bein mit gebeugtem Knie angehoben, aus der Taille heraus etwas vornüber geneigt, sagte Ariel mit hoher Stimme:

»Eh' du kannst sagen: komm und geh,
Atem holst und rufst: he he,
Mach ich, wie ich geh und steh,
Daß hier jeder auf der Zeh'
Sich mit Hokuspokus dreh'!
Liebst du mich, mein Meister? – Ne«

»Herzlich, mein guter Ariel! Bleib entfernt,
Bis du mich rufen hörst«,

sagte Uli getragen, während er darüber staunte, daß plötzlich wieder Rom in seinen Gedanken auftauchte. Vielleicht war es gar keine schlechte Idee, nächstes Jahr mit Berta nach Rom zu fahren. Die Treppe. Sankt Peter. Rom sehen und sterben, dachte er – nein, das war Neapel. Warum eigentlich? Was war so außerordentlich an Neapel? Dorthin könnten sie natürlich auch fahren, wenn sie ohnehin schon in Italien waren. »Wo hast du deine Gedanken, Willem?« rief Vogel. *»›Sieh zu‹ . . .«*

»Sorry«, sagte Uli und richtete den Blick auf Stella und Lucas:

»Sieh zu, daß du dein Wort hältst! Laß dem Tändeln
Die Zügel nicht zu sehr: die stärksten Schwüre
Sind Stroh dem Feu'r im Blut . . .«

Während Pierre de Vries sich seinen Teil dachte, ermahnte Prospero die beiden, doch Ferdinand beruhigte seinen angehenden Schwiegervater – dieser Lucas van Geest, der Schuft, der, um Stella Middag zu bekommen, ein widerliches Komplott ausgebrütet hatte, das alle außer ihn selber ins Verderben stürzen sollte. Der Magier rief Ariel zu, die Geister herzubringen. Im selben Augenblick erklang das leise Spiel des Pianisten (der bei der Aufführung im Stadttheater durch das Concertgebouw-Orchester vertreten würde, dirigiert von Willem Mengelberg persönlich). Iris trat auf. In duftigem Tüll und geschmückt mit langen Bändern in allen Farben des Regenbogens begann Trix, im Sprechgesang den Erdgeist anzurufen:

»Ceres, du milde Frau! Dein reiches Feld
Voll Weizen, Roggen, Hafer, Gerst' und Spelt–«

Doch Paul Musch fiel ihr ins Wort mit einer Anweisung, die nach Vogel »die einzigen literarhistorischen Verse der Theaterliteratur« darstellten (vielleicht hielt er das ganze Stück im Grunde für einen Flop). Um nicht nochmals einen Schnitzer zu machen, zwang Uli sich zur Aufmerksamkeit. Zum Glück durfte er sich bei Beginn der Musik hinsetzen.

»Wart, liebe Trix, einen Moment. Bedenke,
Du bist jetzt Ariel.«

»Wieso, ich Ariel?«

»Mein lieber Schatz, hör zu. Ein Stückchen weiter
In Schlegels Text, behauptet Ariel,
Er sei's gewesen, der die Ceres spielte.«

»Ich
Bin Iris.«

»Ja. Bei Shakespeare steht zu lesen:
›. . . when I presented Ceres‹. To present
Heißt ›vorstellen‹, jedoch in zweierlei
Bedeutung: etwas spielen, jemand anders sein
Und auch: ankündigen. Also, du kündigst
Ceres an, und du mußt Ariel sein.
Der brave Schlegel hat sich da geirrt.
Ariel Ceres? Ariel die Erde? Unsinn,

Dummes Zeug. Er ist der Regenbogen,
Die Brücke zwischen Erd' und Himmel: Iris,
Ein Zwischenwesen, das bei Sonn' und Regen,
Himmel und Erde, Juno und Ceres, zart –«

Zum erstenmal verstand Uli den Text. Bisher hatte er jedesmal die Worte an sich vorbeirauschen lassen und nur auf sein Stichwort gelauert: »... Juno und Ceres, zart –«

»Sag, Freundchen, machen wir jetzt weiter?
Theoretisieren kannst du besser wohl
In deiner Freizeit. ›Bilde Künstler,
Rede nicht‹.«

»Nein, Willem«, unterbrach ihn Vogel. »Das klingt wieder viel zu deutsch. Pierre de Vries kann nicht Deutsch. Mit mehr niederländischem Akzent bitte, etwa wie ein niederländischer Außenminister.«

»Ist doch widerlich«, sagte Uli, »daß man etwas nicht können darf.«

»Ja, hör mal, dafür bist du Schauspieler.«

»Bilde Künstler,
Rede nicht.«

»Fürchterlich, ja, so ist es besser. Paul...«

»Doch was heißt ›bilden‹ –«

»Sag, was sie tun soll. Der Begriff
ist für Gelehrte, nicht für Künstler.«

»Jawohl. Versuche also, Trix, in deinem Spiel
Etwas von Max hineinzulegen. Du,
Max, wo bist du? – wiederum von Trix.«

Und während Iris ihre Hymne an Ceres wiederholte, begriff plötzlich – in Ulis Haut gekrochen – auch Pierre de Vries. Das

Mädchen dort war der Junge, den er liebte, der Trix vermaxte, Max vertrixte, und es war, als ob dieses Ineinanderfließen sein verwirrendes Echo auf Uli zurückwarf. Er hörte dem pastoralen Lobgesang nicht mehr zu. Er hatte ein Gefühl wie beim Zahnarzt (früher, als er noch Zähne hatte), wenn der in seinem Mund herumwerkelte, Handlungen vornahm, Änderungen anbrachte, während er, Uli, nur die spärlichen, verschämten Haare auf der Unterseite seiner Arme sah und keine Ahnung hatte, was passierte. Er versuchte, sich wieder zu konzentrieren, was jedoch mißlang. Aber als Mimi, die angekündigte Ceres, mit Blumen bekränzt auftrat, rief Vogel aus dem Saal:

»Du spielst das jetzt sehr gut heraus, Willem!«

Natürlich, er durfte nicht einfach Prospero spielen, sondern Pierre de Vries, der Prospero darstellte – und gleichzeitig, während er das tat, war ihm, als sei er einfach er selbst. Oder verhielt sich die Sache so, daß er dadurch er selbst wurde, daß er Pierre de Vries spielte, der Prospero darstellte? Einen Augenblick lang tauchte der kahlgeschorene Mönchskopf von Siderius vor ihm auf: da war der Zahnarzt, der in seinem Mund Unsichtbares vornahm – mit einer weißen Maske, nicht vor den Augen, sondern vor dem Mund.

Auch Olga, die ebenso dicke wie himmlische Juno, war mittlerweile erschienen, in den Händen die Attrappe einer silbernen Harfe, und der Sprechgesang ging in Gesang über. Kurz darauf entschied Paul Musch, die Tanzszene mit den Nymphen und Schnittern auszulassen, da die Komparsen noch nicht anwesend waren (womit Siderius dem Autorentheater einen beträchtlichen Posten erspart hatte). Bevor sie weiterspielten, konnte der Fotograf seinen Schnappschuß machen. Obwohl es zum ersten Mal geprobt wurde, verlief alles gut. Er zog den Kopf unter dem weißen Tuch hervor, schaute schweigend auf die erstarrte Szene ... und zog mit weit ausholender Geste den Verschluß der Linse ab. Im selben Augenblick hielt Benjamin ein Streichholz an das Magnesium, so daß eine große, kreideweiße Wolke emporstieg.

»Wunderbar.« rief Vogel. »Gleich weitermachen!«

Geblendet erhob sich Uli mit einem Ruck.

»Vergessen hatt' ich ganz den schnöden Anschlag
Des Viehes Caliban und seiner Mitverschwornen,
Mich umzubringen; und der Ausführung
Minute naht . . .«

Weiter kam er nicht. Den Mantel und die Kappe hochwuchtend, war ihm, als ob er plötzlich kleiner würde. Er begann leicht zu schwitzen, das Buch entglitt seinen Händen und hüpfte geräuschlos über die Dekoration hinunter; mit beiden Händen umklammerte er den Stab und zwang seine Augen (sein eines Auge), durch den Farbenwirbel auf seiner Netzhaut etwas zu erkennen: die drei Mädchen, Herrn Caccini, Stella ... da stürzten sie plötzlich auf ihn zu, obwohl er sicher schon vorher gewankt hatte.

Er war natürlich zu rasch aufgestanden – und dann der schwere Mantel... Es hatte nichts zu sagen. Er konnte sich nicht erinnern, daß er bewußtlos gewesen wäre, vielleicht war er es auch gar nicht, außerdem war er nicht gesonnen, weiter darüber nachzudenken. In seinem Leben waren schon so viele Dinge passiert, bei denen er geglaubt hatte, nun sei es doch wohl ernst, aber er lebte noch immer. Angst, das war etwas für junge Leute, für Menschen, die etwas anderes im Kopf hatten. Etwas anderes als echte Sorgen.

»Die Angst vor dem Fliegen«, sagte er, »das ist auch so eine Sache. Man stelle sich vor, im Krieg besteigen die Menschen Flugzeuge, die nicht nur herabstürzen, sondern auch abgeschossen werden können. Menschen, die Angst vorm Fliegen haben, sollten sich schämen, zum Beispiel vor den Stewardessen, die tagtäglich in so ein Ding steigen. Übrigens, Radfahren ist viel gefährlicher als Fliegen. Weißt du, was diese Art von Angst ist? Purer Luxus. Als die Engländer und Kanadier fünfundvierzig kamen, mit Panzergeschossen und Bombenangriffen und dergleichen, glaubst du, die Leute hätten damals Angst vorm Krieg gehabt? Keine Spur! Sie machten Luftsprünge vor Freude! So ist es doch überall. Da gibt es Menschen, die Angst vor Krebs haben, aber wenn sie sich den Finger in der Tür klemmen, haben sie den Krebs auf einmal vergessen. Mir kann man nichts weismachen. Verweichlicht, sie sind alle verweichlicht. Ich habe Bombenangriffe mitgemacht, stell dir vor, direkt über meinem Kopf – glaubst du, ich hätte damals Angst gehabt? Das kannst du vergessen. Damals *lebte* ich. Oder denk an die Leute, die von der Sozialhilfe leben müssen und Zeter und Mordio schreien, dabei sind sie *Rockefellers* verglichen mit den Menschen in Afrika oder Indien – übrigens auch im Vergleich zu ihrem eigenen Großvater oder Urgroßvater. Wirklich, ich weiß, wovon ich rede, ich bin ja allmählich mein eigener Urgroßvater und lebe auch von einer Mindestrente, aber ich weiß, daß es noch viel schlechter sein könnte. Neulich habe ich im Fernsehen einen fürchterlich armen Schlucker gesehen, weißt du noch, Berta? Er zeigte hinaus, auf sein Auto, das vor der Tür stand, und was glaubst du, was er sagte? Er sagte: ›Wenn ich demnächst auch noch mein Auto weggeben muß, mache ich Schluß, dann hat das Leben für mich keinen Sinn mehr.‹ Das muß man sich mal vorstellen! Vor sechzig Jahren hatten nur Millionäre ein Auto, und vor hundert Jahren gab es noch gar keine Autos. In einer solchen Welt leben wir heute. Ich prophezeie dir, daß wir noch sehr sonderbare Dinge erleben werden. Den Menschen geht es schlecht, aber wenn du mich fragst, so sollte es ihnen noch viel schlechter gehen. Als es ihnen wirklich dreckig ging, im Krieg, waren sie alle viel menschlicher. Laßt nur mal einen Krieg kommen.«

»Was schwingst du hier für Reden«, fragte Berta. »Mit wem sprichst du eigentlich?«

»Gib mir wenigstens noch ein Bier, ehe es zu spät ist.«

Im grellen Kantinenlicht, noch in die blaue Tunika gekleidet, schaute er herausfordernd in die Gesichter, die ihn von allen Seiten verunsichert ansahen. Aufgeregt blinzelte er Stella zu. Nur Etienne nickte zustimmend.

»Bist du sicher, Willem«, fragte Max, der jetzt wieder seine Brille aufhatte, »daß du dich nicht hinlegen willst?«

»Hinlegen? Ich? Leg dich doch selber hin, Mann.« Er schaute zu Vogel, der etwas entfernt saß, den Rücken ihm halb zugewendet. »Sag, ist die Probe schon beendet?«

2. Das Interview

An jenem Nachmittag ging er nach der Probe nicht mit ins Tivoli, da aber am nächsten Tag alles gut ging, war sein Schwächeanfall schnell vergessen, auch von ihm selbst. In drei Tagen war Premiere. Mircea, der rumänische Maskenbildner, kam das erste Mal, um ihn zu schminken, und Uli bekam Gelegenheit, sich an seine beiden Perücken zu gewöhnen. Die eine bestand aus dem viel zu schwarz gefärbten Haar von Pierre de Vries, die andere aus den langen grauen Locken Prosperos. Auch die Geräuscheffekte waren nun auf Band aufgenommen, und als statt des starren Probenlichts die endgültige Beleuchtung abgefahren wurde, ergab sich plötzlich wieder eine neue Situation, die schon nahe an eine richtige Vorstellung heranreichte – obwohl durch den neuen Computer ständig etwas schiefging. Uli wußte jedoch aus Erfahrung, daß noch viel schlimmere Dinge passieren konnten, vor allem bei der Generalprobe, so daß die Premiere völlig in Frage gestellt schien, so lief es bei jeder Inszenierung. Doch die Premiere fand immer statt.

Am Dienstag wurden alle vom Fieber gepackt. Das steigerte sich noch durch den Pressefotografen, der hin und wieder in krampfhaften Verrenkungen auf der Bühne auftauchte und stehend, hockend, liegend unablässig versuchte, den riesigen Käfer zu vertreiben, der ihm ins rechte Auge geflogen war. Der Fotograf fotografierte den Fotografen (herrliches Puffen!). Mit den langsamen Bewegungen eines großen Fisches im Aquarium lief unterdessen auch ein Kameramann vom Fernsehen mit dem Aufnahmegerät auf der Schulter herum, eine Regieassistentin hielt ihn an der Taille fest und lotste ihn über die schiefen Ebenen, gefolgt von einem Tontechniker mit Kopfhörern.

Ein paar Leute aus der Truppe, vor allem Etienne, fanden das ganze Getue lästig, doch Uli fühlte sich gerade dadurch beschützt und geborgen. So sollte es doch sein! Auch die ständigen Unterbrechungen brachten ihn nicht aus der Ruhe; wenn jemand seinen Text nicht mehr wußte, soufflierte Uli schneller als Fräulein Wijdenes aus den Kulissen. All das erinnerte ihn vage an etwas – an die Vorbereitungen zu einem Fest in ferner Vergangenheit (beide Weltkriege standen noch bevor): Heiligabend bei seiner Tante und dem Schaufensterdekorateur vom Maison pour Messieurs..., mit einem dicken Schal um den Hals mußte er mit Berta in dem kleinen, eiskalten Nebenzimmer warten, in dem die Nähmaschine stand, auf der seine Tante etwas hinzuverdiente. Dort lauschten sie auf die geheimnisvoll zunehmende Betriebsamkeit im Haus. Hin- und Hergelaufe, leises Reden, und über alledem der eindringliche Geruch von Sauerbraten und Rotkohl, der aus der Küche kam. Es dauerte immer viel zu lange, und wenn sie schließlich vor Kälte zitterten, wurden sie plötzlich gerufen – manchmal vom Vater, wenn er da war. In dem Zimmer, in dem es jetzt viel wärmer war als sonst, war die Gaslampe über dem gedeckten Tisch ausgedreht, und in der Ecke beim Fenster stand der Christbaum mit brennenden Kerzen, spiegelnden Kugeln, Ketten, glitzerndem Lametta, und darunter lagen die Päckchen auf rotem Kreppapier. »Stille Nacht, heilige Nacht...« Wie jedes Jahr hing das Silbervögelchen mit dem roten Schwanz kopfüber im Baum, und aus unergründlichen Mysterien hervorkommend funkelte die kleine Glastrompete, aus der ein sehr hoher Ton kam, wenn man darauf blies...

»Meine Damen und Herren«, rief Vogel am Schluß der Probe, »auch nach einer guten Vorstellung wirkt es störend, wenn das Verbeugen schludrig und unbeholfen abläuft. Wir wollen das mal kurz üben.«

Da der Vorhang nicht fallen sollte, mußte Uli sich im letzten Lichtwechsel aus seiner verkrampften Schlußpose lösen, sich entspannt aufrichten und sich dann verbeugen. Im drauffolgenden Blackout mußte der ermordete Etienne aufstehen und sich ebenfalls verneigen, wobei er sich durch Uli führen lassen sollte; nach dem zweiten Blackout sollten alle plötzlich auf ihren angegebenen Plätzen stehen, harmonisch über die Aufbauten verteilt – ein Effekt, der allein schon Applaus herausfordern würde. Das alles war nicht neu für Uli, nur stand er jetzt nicht mehr irgendwo im Hintergrund, sondern in der Mitte, auf dem höchsten Punkt. Routiniert, nicht zu lange, nicht zu kurz, nicht zu tief, verbeugte er sich vor dem stillen, fast leeren Saal. Nur hinten auf dem zweiten Balkon fing ein Spaßvogel an zu klatschen.

Gleich danach nahm das Fernsehen die Bühne in Beschlag. Requisiten wurden hin und her geschoben, die Kamera wurde auf ein Stativ gestellt, und der Regieassistent setzte sich hoch oben in den Großvaterstuhl mit der weißen Schutzhülle, so daß die Beleuchtung ausgerichtet werden konnte. Michaël stellte Uli einem Autor vor, den er noch nicht kannte: Flip 't Mannetje, der unter dem Pseudonym Richter Romijn das Stück *Philemon Martyr* zum *Spielverderber* umgeschrieben hatte. Uli hatte noch nie von ihm gehört, er kannte niemanden (Pierre de Vries kannte natürlich alle und jeden). Der Schriftsteller mit dem verwitterten Gesicht eines Seemanns oder Straßenarbeiters gratulierte Uli jovial lachend zu seiner Darstellung. Auch er sollte interviewt werden; danach sollte ein Gespräch mit Vogel über dessen Regieauffassung stattfinden und Michaël sollte über die Subventionsprobleme befragt werden. Vielleicht war es am besten, wenn Uli als erster drankäme, dann könnte er sich umziehen.

»Übrigens«, sagte der Verwaltungsdirektor vorsichtig, »Sie dürfen das persönlich ... ich meine, *nicht* persönlich nehmen, aber es wäre sicher vernünftig, wenn Sie nicht zu viel über Ihre sozialen Ansichten redeten.«

»Wie meinen Sie das?«

»Nun, daß Arbeitslose Rockefellers sind, zum Beispiel.«

»Ist es denn nicht so?«

»Ich stimme Ihnen darin völlig zu, und doch sind viele Menschen hier froh, daß sie noch Arbeit haben. Außerdem kann nicht jeder die harte Wahrheit ertragen, so wie Sie sie gestern formuliert haben. Ich glaube, daß wir vor allem Sympathie für das Autorentheater wecken müssen. Von dieser Sendung kann viel abhängen.«

Mit einer raschen Bewegung packte Uli ihn am Tweedrevers.

»Wenn ich euch helfe, springt dann noch eine Rolle für mich heraus?«

Er konnte es Michaëls Augen ansehen, daß er es haßte, angefaßt zu werden.

»Wir würden Sie beleidigen, wenn wir das davon abhängig machen wollten.«

Der Redakteur des Kulturprogramms, der einen Block mit Notizen in der Hand hielt, war natürlich auch so ein Typ in Jeans; um den Hals hatte er einen flauschigen weißen Schal geschlungen. Warum trugen die Leute immer eine Uniform? Wenn schon keinen Blazer, dann eben Jeans. Er war jedoch freundlich, stellte sich vor (»Bram Polak«) und bat Uli, dort oben im Stuhl Platz zu nehmen. Uli zog seinen Mantel an und wurde sofort wieder fotografiert. Als nun auch der Kameramann heraufkam und ihn mit einem Belichtungsmesser abtastete, als suchte er ihn nach Radioaktivität oder Waffen ab, und der Tontechniker ihm eine Angel mit einem Mikrofon vorhielt, entdeckte er plötzlich Berta in einer Seitenloge: sie hatte Joost auf dem Schoß und unterhielt sich mit einer hübschen jungen Frau. Auf der Brüstung stand ein Kassettenrecorder.

Polak hatte sich neben die Kamera gestellt. Der Regisseur der Sendung bat Uli, ein paar Worte zu sagen.

»Was soll ich sagen? Liebe Mitbürger! Endlich hat die Stunde geschlagen, die ...«

»O.K.«, sagte der Tontechniker. Der Regisseur sah sich um und bat um Ruhe.

»Ruhe!« rief Vogel.

Murmelnd verschwanden Berta und ihre schöne Interviewerin aus der Loge, und in der nun eintretenden Stille (überall im Saal und auf der Bühne waren Augen auf ihn gerichtet, auch Stellas Augen: sie saß hinter der Kamera auf dem Boden und hatte die Arme um die Knie geschlungen) fühlte Uli, wie sich alles in ihm spannte. Hunderttausende Menschen, die jetzt noch nichts von ihm wußten, würden ihn hier sitzen sehen – Menschen, die ihn noch vor dem Krieg gekannt hatten, Kollegen von der Hörspielabteilung, die Mitarbeiter von »Durch Anspannung Entspannung«, die Typen aus De Kelder ... In seinem Nacken begann etwas zu zittern, das er dadurch vertrieb, daß er sich anders hinsetzte.

»Kamera«, sagte der Regisseur.

»Läuft«, sagte der Kameramann.

»Ton.«

»Läuft«, sagte der Tontechniker.

»Herr Bouwmeester«, begann Bram Polak mit einer Stimme, die Uli zuerst nicht wiedererkannte, »wir haben soeben ein paar Ausschnitte gesehen aus ... Stop, Leute. Sorry.«

Die Unterbrechung dauerte nicht lange.

»Läuft.«

»Läuft.«

»Herr Bouwmeester, wir sehen gleich einige Ausschnitte aus dem neuen Stück von Leo Siderius, *Unwetter,* das morgen abend beim Autorentheater in Amsterdam Premiere hat, im Kosmostheater, und in dem Sie die Hauptrolle spielen.«

Morgen? dachte Uli – aber gerade noch rechtzeitig fiel ihm ein, daß die Sendung offenbar erst übermorgen, am Donnerstag, ausgestrahlt wurde. Er nickte.

»Ein kompliziertes Stück«, sagte Polak und wartete auf eine Reaktion.

»Wenn Sie fragen, ob es etwas für Dummköpfe ist, dann sage ich: nein. Und da weitaus der größte Teil der Menschheit aus Dummköpfen besteht, sind kaum mehr als tausend Aufführungen zu erwarten.« Uli lachte und schlug die Beine übereinander. Seine Spannung war plötzlich gewichen, und statt dessen fühlte er zu seiner Genugtuung, wie die Spannung um ihn herum zunahm. »Nun ja, Sie haben recht, ein bißchen kurios ist es schon. Manchmal denke ich, daß Schriftsteller verrückt sind – zumindest die guten. Nehmen wir zum Beispiel Leo Siderius. Was läßt er uns nicht alles tun, damit wir seinen verschlungenen Gedankengängen folgen. Und dennoch tun wir es. Manchmal frage ich mich, wie um Himmels willen ist es möglich, daß die Hirngespinste eines solchen Mannes verwirklicht werden – und zwar durch ganz normale Menschen, perfekte Fachleute, wie die Schneiderinnen, die dieses prächtige Kostüm gemacht haben. Schauspieler sind schon etwas weniger normal, das gebe ich zu.«

»Wie kommt es dann, daß eine ganze Menge normale Leute dafür bezahlen, um das Stück zu sehen?«

»Ja, das ist das Verrückteste von allem. Auch normale Menschen brauchen offensichtlich einen Schuß Verrücktheit.«

»Ausgenommen die Behörden, die sich weigern, den Wahnsinn weiterhin mit den Steuergeldern hauptsächlich von Dummköpfen, wie Sie sagen, zu subventionieren.«

»Genau, da haben wir's. Vielleicht sind die Behörden am verrücktesten, weil sie nicht einsehen, daß jeder etwas Verrücktheit braucht.«

»Woher kommt das, was meinen Sie?«

»Was weiß ich. Vielleicht, weil heutzutage die Computer das Sagen haben.«

»Die oberste Behörde der Behörden wären demnach die Computer?«

»Schon möglich.«

»Eine interessante Auffassung. Auf die finanziellen Probleme des Autorentheaters werden wir gleich noch zurückkommen, mit Ihnen möchte ich nun über ein anderes Thema sprechen. Herr Bouwmeester, Sie tragen den zweifellos berühmtesten Theaternamen der Niederlande. Junge Leute wissen das vielleicht nicht mehr so recht, aber im Laufe gut eines Jahrhunderts, bis vor etwa zwanzig Jahren, trat fast in jedem Ensemble ein Bouwmeester auf. Pierre de Vries, den Sie in *Unwetter* spielen, hat unverkennbar die Züge des legendären Louis Bouwmeester – nicht was seine sexuelle Veranlagung betrifft, so viel ich weiß, sondern bezüglich seines Ranges als großer Schauspieler. Sie sind der letzte Theater-Sproß an diesem Stamm. Der Regisseur Caspar Vogel wird uns gleich erzählen, wie er Sie entdeckt hat, wenn ich so sagen darf – doch jetzt an Sie die Frage, wie Sie sich in dieser Situation fühlen.«

»Das haben mich schon alle möglichen Leute zeit meines Lebens gefragt, und ehrlich gesagt, hängt mir das gewaltig zum Halse heraus. Sehen Sie, für Sie bin ich ein Bouwmeester –«

»Nicht nur für mich.«

»Für alle. Aber für mich selbst bin ich gar kein Bouwmeester, ich meine … ich bin einfach der, der ich bin.«

»Willem Bouwmeester.«

»So heiße ich, ja. Das ist mein Name. Aber ich bin doch

nicht mit meinem Namen identisch? Wo kämen wir da hin! Stellen Sie sich vor, ich hieße Hitler. Fühlen Sie sich etwa der Tatsache verpflichtet, daß Sie Bram Polak heißen?«

Uli merkte, daß er sich auf ein gefährliches Terrain begab – gefährlich vor allem, weil die Kamera lief. Er fing einen unruhigen Blick von Vogel auf, sah, daß Michaël den Kopf schüttelte, aber er hatte doch nichts Schlimmes gesagt? So war es doch. Weil Polak nicht antwortete, breitete sich gespannte Stille aus. Der mußte er rasch ein Ende setzen. Er hatte das häufig im Fernsehen bei einer bestimmten Sorte von Interviewern beobachtet: sie ließen ihr Opfer in der Stille schmoren, in der Hoffnung, daß es irgendeinen Fauxpas beging.

»Es ist eine andere Sache«, sagte Uli beherrscht, »daß man immer gezwungen wird, seinem Namen gerecht zu werden. Und das versucht man auch, dafür ist man ja Schauspieler. Aber wenn man sich wirklich mit seinem Namen oder seiner Herkunft identifiziert, wenn man sozusagen auch in den eigenen Augen ein Bouwmeester wird, oder ein Judenjunge oder was weiß ich, dann ist man verloren. Doch wenn man selber ein Nichts oder Niemand ist, ja, dann trifft es sich natürlich gut, wenn man, was weiß ich... Graf Bentinck heißt oder sowas. Wenn man allerdings Jansen heißt, hat man Pech gehabt.«

Uli verstand nicht, warum die Atmosphäre dort unten immer eisiger wurde. Polak sah ihn unentwegt an.

»Sie sind jedenfalls eine farbige Persönlichkeit, das muß ich sagen. Sie geraten nicht in Gefahr, ein Niemand zu sein. Ein Pseudonym haben Sie sich übrigens auch nicht zugelegt.«

»Ja, hören Sie, ich habe nicht die Absicht, vor meinem Namen davonzulaufen. Mit dem komme ich gut zurecht.«

»Wie alt sind Sie, Herr Bouwmeester?«

»Achtundsiebzig Jahre jung.«

»Und doch ist diese Rolle in gewissem Sinne Ihr Debüt.«

»Was das große Theater betrifft, gewiß.«

»Was haben Sie früher gemacht?«

»Für mich gibt es viele ›früher‹. Welches ›früher‹ meinen Sie?«

»Sagen wir mal, vor dem Krieg.«

Plötzlich spürte Uli, daß ihm ein schreckliches Unheil drohte, wie jemand, der dicht vor seinem Schiff einen Eisberg auftauchen sieht. Wie hatte er nur so dumm sein können, nicht daran zu denken; er hätte sich nie auf dieses Interview einlassen dürfen!

»Damals trat ich in Revuen und Operetten auf. Nicht der Rede wert.«

»Und nach dem Krieg?«

»Ach, nichts Berauschendes«, sagte Uli aufatmend. »Mitarbeit bei ein paar Hörspielen und Regie bei einem Amateurtheater.«

»Es ist also phantastisch, daß sich Ihnen diese Chance bietet.«

»Das ist kolossal, ja.«

Polak nickte, kritzelte auf seinen Notizblick, flüsterte etwas, das Uli nicht verstand, und richtete dann die Augen wieder auf ihn.

»Und doch waren Sie, wenn ich richtig rechne, im Mai fünfundvierzig erst Anfang Vierzig. Kurz nach dem Krieg war großer Bedarf an entspannender Unterhaltung jeder Art. Wie kommt es, daß Sie damals nicht mit von der Partie waren?«

Da hatte er's. Erstarrt sah Uli ihn an. Sein Herz begann zu hämmern. Was sollte er sagen? Die Wahrheit? Eine Ausrede suchen? Daß er krank war, geschwächt durch den Hungerwinter? Doch kein Wort kam über seine Lippen; das Auge der Kamera schillerte lilafarben, das Mikrofon hing über ihm wie der Kopf einer Schlange. Wo sich die Blicke von zwanzig oder fünfundzwanzig Menschen kreuzten, saß er in seinem Sessel wie auf einem elektrischen Stuhl und spürte, wie die Katastrophe sich Sekunde für Sekunde näherte.

»Nun, darf ich Ihrem Gedächtnis etwas nachhelfen? Das kam daher, weil Sie von Mai bis Oktober in einem Internierungslager waren. Und der Grund dafür war, daß Sie noch neunzehnhundertdreiundvierzig in Deutschland aufgetreten sind.«

»In einer harmlosen Operette«, sagte Uli heiser. »Im Zigeunerbaron. Das Verfahren gegen mich wurde eingestellt.«

»Oh, dann dürfen wir also auch verraten, daß Sie noch

mitten im Krieg geholfen haben, die Moral des deutschen Volkes zu stärken. Und nicht nur die des deutschen Volkes«, sagte Polak und warf einen Blick aufs Papier. »Am sechsten September jenes Jahres sind Sie beispielweise vor einem Bataillon niederländischer SS-Leute in der SS-Junkerschule Barbarossa in Bad Tölz aufgetreten ...«

»Seid ihr denn alle völlig bescheuert?« rief Stella plötzlich und fuhr auf wie ein flatternder Schwan. »Um Gottes willen, was treibt ihr da!« Sie schlug die Hand vor die Linse. »Was für eine Gemeinheit!«

Zitternd stand Uli auf, aber noch immer hatte sich die allgemeine Erstarrung nicht gelöst. Der Regisseur schaute ratlos drein und wußte nicht, ob dies nun günstig für seine Sendung war oder genau das Gegenteil. Die Kaffeetasse, die von der Untertasse unterwegs zu Vogels Mund war, blieb auf halber Höhe in der Luft stehen; Michaël, der neben ihm stand, fühlte wohl auch selber, wie sein Gesicht noch blasser wurde als gewöhnlich. In der ersten Reihe hatte Max den Arm um Trudys Schultern gelegt, der nun völlig fehl am Platze lag. Paul, der auf den Zehenspitzen die Bühne überquerte, vergaß, wohin er gehen wollte, und blieb stehen. Olga legte eine Hand auf die Schulter des Bidermann-Bearbeiters und bedeckte mit der anderen ihre Augen. Irgendwo in den Kulissen kreuzte der Bühnenmeister langsam die Arme; der Inspizient, die Garderobieren, Lucas, alle erstarrten an Ort und Stelle – nur der Tontechniker, der ausschließlich auf die Qualität der Wiedergabe konzentriert war, schaute sich verwundert um. Außer ihm begriff nur der kleine Benjamin nicht, was los war. Die Nase über dem offenen Vorratsglas mit Magnesium, stand er verwundert auf dem Proszenium.

3. Erörterung über den Schwanengesang

Bram Polak zog Stellas Hand von der Linse und sagte:

»Das ist nicht nötig. Es ist nicht aufgenommen worden.« Er schaute auf seinen Notizblock und wandte sich zum Tontechniker. »Alles löschen nach der Stelle, wo Bouwmeester sagt: ›Das ist kolossal‹.«

Unmittelbar nach diesen Worten brach der Aufruhr los. Wer bislang im Saal gesessen hatte, kam auf die Bühne, jemand rannte einen Stuhl um, aus irgendeiner Ecke stürzte Etienne hervor, als ob er Polak beim Kragen packen wollte.

»Scheißkerl, willst du einen Mann von achtzig Jahren beleidigen? Was glaubst du eigentlich, wer du bist – um dich hier als Richter aufzuspielen?«

In der Aufregung um ihn her schien Polak immer ruhiger zu werden (es blieb ihm kaum etwas anderes übrig); er legte ein Blatt seines Blocks um und machte eine Notiz.

»Ich lasse mich nicht Judenjunge nennen von einem, der für die SS zum Amüsement gespielt hat.«

»Hör doch auf! Was sind das für Methoden? Ein fieser Sadist bist du! Weißt du, was ich davon halte? Das ist eine ... eine ...«

»Na?« sagte Polak und schaute ihn an. »Sprich's nur aus. Ein Judenstreich?«

»Ach Mann, geh zum Teufel!«

Jetzt mischte sich Flip 't Mannetje alias Richter Romijn ein. Seinem Ton war anzuhören, daß er ein gewisses Ansehen genoß – vielleicht in einer literarischen Clique oder zu Hause.

»Alles gut und schön, aber du hast selber angefangen, ihn mit seinem Namen zu hänseln. Meiner Meinung nach wolltest du ihn provozieren.«

»Absolut nicht!« widersprach Polak entrüstet. »Wir haben das zufällig in der Redaktion entdeckt, in alten Zeitungsausschnitten, aber ich hatte keinen Augenblick die Absicht, davon

Gebrauch zu machen. Aber als er mit dem Judenjungen anfing, ja, Verzeihung, da fiel es mir wieder ein. Merkwürdig, was? Woher kommt das wohl? Denk mal nach, vielleicht kommst du dann drauf.«

»Aber was hat er denn überhaupt gesagt? Daß man sich nicht in eine Rolle zwingen lassen darf. Das spricht doch gerade *gegen* den Rassismus.«

»Oh«, sagte Polak. »Ich jedenfalls habe ›Judenjunge‹ verstanden.«

»Aber wenn du so reagierst, dann machst du dich doch selbst zum Juden, Bram. Das ist es doch, was die Antisemiten wollen.«

»Ich *bin* Jude, verdammt noch mal. Wenn du den Unterschied zwischen Jude und Judenjunge nicht siehst, habe ich keinen großen Respekt vor deinem literarischen Talent.«

Der Autor winkte ab und schwieg. Keines der Mädchen mischte sich in die Diskussion ein, nicht einmal Olga; es hatte den Anschein, als ob Stellas Auftreten die Meinung der Frauen klar genug ausgedrückt hatte, und das war vielleicht auch der Fall.

»Jetzt hör endlich auf zu pöbeln, Mann!« rief Etienne wieder. Er schien sich von dem Thema besonders betroffen zu fühlen, niemand hatte ihn je so aufgeregt gesehen. »Fünfundvierzig warst du noch gar nicht geboren!«

»Nein, aber damals sind schon einige Menschen gestorben. Davon versteht ihr einen Dreck, ihr leidet alle an einer verdammt ernsten Art von Jungfräulichkeit. Übrigens genau wie eure Kollegen während des Krieges. Na, was ist? Machen wir weiter oder nicht?«

»Moment mal«, warf Vogel ein und stellte die Kaffeetasse auf den Boden. »Laßt uns bitte erstmal diese Sache ins Reine bringen.«

Mit hochgezogenen Brauen sah Polak ihn an.

»Was gibt es da ins Reine zu bringen? Es ist nichts davon aufs Band gekommen, wie ich schon sagte. Es ist nichts passiert.«

»Also hör mal!« rief Max.

»Nichts passiert, nennt er das«, sagte Paul zum Fernsehregisseur mit dem Versuch, ihn einzubeziehen. Aber der hob nur die Schultern und schwieg. Bram Polak war der Star der Sendung, der Liebling des kunstbegeisterten Fernsehpublikums; er suchte sich selbst seine Regisseure aus. Sollte sich ein anderer den Mund verbrennen.

Vogel hob beschwörend die Hände.

»Was passiert ist, ist folgendes. Bevor du damit angefangen hast, waren wir eine zusammenhaltende Truppe, die hart gearbeitet hat und sich einig war. Jetzt, kurz vor Torschluß, hast du uns einen Knüppel zwischen die Beine geschmissen. Du hast etwas enthüllt, was wir nicht gewußt haben: daß Willem während des Krieges in Deutschland aufgetreten ist. Du machst es nicht publik, aber du hast es gesagt.«

»Wobei Sie«, fügte Michaël leise hinzu, »allerhand riskiert haben. Als Sie vorhin anfingen, wurde Frau Bouwmeester drüben in der Loge von einer jungen Dame der Zeitschrift *Privaat* interviewt. Wir haben Glück gehabt, sie sind rechtzeitig fortgegangen, ich glaube ins Foyer; sonst hätte ganz Holland in der nächsten Woche gewußt, was sich hier abgespielt hat.«

»Du lieber Gott«, sagt Polak.

»Und ob das in dieser kritischen Phase einen günstigen Einfluß auf die Situation des Autorentheaters gehabt hätte, steht dahin. Es gibt Leute, die auf so etwas geradezu lauern. Hoffen wir, daß es unter uns bleibt.«

Nun wandte sich der Inspizient an Polak:

»Ich bin mir gar nicht so sicher, wer mehr Nachteile davon hätte, wenn dies bekannt würde – Bouwmeester oder du.«

»Ja, ich natürlich.«

»Und zu Recht«, sagte Etienne. »Was hieltest du davon, dich endlich zu entschuldigen?«

»Sei du bloß still. Ich hab mein eigenes Gewissen, dazu brauche ich dich nicht. Dich vermutlich zu allerletzt.«

»Wenn ihr am Freitag Premiere haben wollt«, mischte sich jetzt der Bühnenmeister ein, »braucht ihr nur so weiterzumachen.« Obwohl er weiter nichts sagte, schien der Ton seiner Stimme noch eine ganze Reihe von Mitteilungen zu enthalten: daß vielleicht nur *er* Richter sein konnte in dieser Gesellschaft, die im Krieg noch gar nicht oder erst seit kurzem geboren war;

vielleicht war er bei der Widerstandsbewegung oder in einem Konzentrationslager gewesen, oder beides.

»Genau«, fiel Vogel ein, »darum geht es. Worüber reden wir eigentlich? Das alles ist vierzig Jahre her, und von Willem haben wir gehört, daß das Verfahren gegen ihn eingestellt worden ist. Also haben auch wir uns daran zu halten. Er hat uns auch nicht belogen, denn wir haben ihn nicht gefragt; wir konnten wohl kaum erwarten, daß er selber davon anfangen würde. Zugegeben, schön ist es nicht, aber es hat weiter nichts zu bedeuten. Wenn ich an einen Kriegsverbrecher denke, fallen mir andere Dinge ein als der Zigeunerbaron. Hier«, sagte er und wandte sich zu Herrn Caccini, »unser Maestro hat auch das falsche Alter, wenn ich so sagen darf, und ihn haben wir auch nicht gefragt. Vielleicht hat er damals vor Mussolini gespielt – wer weiß?«

»Ah, il Duce!« rief Herr Caccini und warf zwei Kußhände zum Himmel. »Im Palazzo Venezia! *Avanti popolo . . .«,* begann er zu singen, verbesserte sich aber sogleich: »Entschuldigung . . . *Primavera di bellezza!«*

Damit brach für einen Moment der Bann. Lucas faßte die Regieassistentin um die Taille und wollte mit ihr tanzen, aber dafür dauerte es zu kurz.

»Wenn wir das alles gewußt hätten«, fuhr Vogel fort und sah zu Uli hinauf, »hätten wir Willem trotzdem gebeten, die Rolle zu übernehmen . . .«

Aber es entging Uli nicht, daß Caspar in dem Moment, als er es aussprach, auch schon an dem zu zweifeln begann, was er sagte, und daß er am Ende des Satzes ganz sicher wußte, daß er ihn *nicht* engagiert hätte. Ach, Uli! Alle hatten vergessen, daß er auch noch da war. Er stand noch immer auf dem höchsten Punkt des Eisbergs vor seinem Stuhl und hörte zu, was die anderen sagten. Polak wiederholte nochmals, er habe es nicht so sehr darum getan, weil Bouwmeester *damals* in Deutschland aufgetreten war, sondern weil er *jetzt* das Wort Judenjunge in den Mund genommen habe – worauf Vogel sagte, es sei lächerlich, daraus zu schließen, daß Uli ein Antisemit sei. Wenn er ein Antisemit wäre, hätte er das Wort in dieser Situation sicherlich nicht gebraucht. Er habe es vielmehr im altmodi-

schen Sinn gebraucht, wie es seine Generation vor dem Krieg zu tun pflegte, übrigens auch Juden dieser Generation.
Vogel sah hoch. »Willem, sag mal, bist du Antisemit?« Uli schaute in die Gesichter, die sich ihm zuwandten. Alle verteidigten ihn, wenn vielleicht auch nur aus Selbsterhaltungstrieb, um die Aufführung zu retten. Natürlich war er kein Antisemit.

»Wie könnte ich Antisemit sein? Ich habe mein halbes Leben mit Juden zusammengearbeitet.« Im selben Augenblick wurde ihm klar, daß ein Antisemit dasselbe Argument benutzt hätte. Jetzt war alles verdorben. Es war aus.

Der Bühnenmeister blickte von Uli zu Polak und zurück. »Euch beiden muß viel vergeben werden, glaube ich.«

»Es ist jetzt ohnehin egal«, sagte Uli todmüde. Er ließ den Mantel von den Schultern zu Boden gleiten, zog mit einer Hand Prosperos Perücke ab und mit der anderen die von Pierre de Vries. »Ich gehe nach Hause.«

In der Stille, die nun folgte, sagte der Inspizient:

»Jetzt ist die Hölle erst richtig los.«

»Ja, so kann es nun wirklich nicht weitergehen.«

Der das plötzlich mit höchster Autorität sagte, war soeben hinzugekommen: der Direktor des Kosmos. Irgendwie mußte er erfahren haben, was auf der Bühne im Gange war, sei es auf intuitive oder telepathische Weise – Uli hatte ihn jedenfalls nicht kommen sehen (ebensowenig wie er Stellas Verschwinden bemerkt hatte). Klein und untersetzt, in grauem Flanellanzug mit Weste und einer dunkelblauen Krawatte mit weißen Punkten, ruhte er in sich selbst wie in einem bequemen Stuhl. Freundlich lud er Uli ein, herunterzukommen.

»Sollen noch mehr Interviews aufgenommen werden?« fragte er Polak.

»So war es vorgesehen, ja. Aber jetzt ...«

»Dann tun Sie es.« Und zu Uli: »Kommen Sie mit?«

Das Zimmer des Direktors lag hinten im ersten Stock und zeigte auf verwahrloste Gärten, in denen da und dort an den Sträuchern und Bäumen einzelne verdorrte Blätter hingen. Im Zimmer herrschte unerbittliche Ordnung, die aber dank der warmen Farben dennoch nicht steril wirkte. Der Direktor, der höchstens halb so alt war wie Uli, wies einladend auf die Couch und fragte, was er trinken möchte. Uli sagte, ein Cognac wäre ihm lieb. In der Stille des Zimmers erschien das Geschehene plötzlich weit weg und verblaßt. Draußen glitten rasch lila Wolken über den blauen Himmel, so daß im Zimmer das Licht ständig an- und auszugehen schien. Uli war wie betäubt. Auf einem langen Tisch vor der Wand lagen stapelweise Mappen, Bücher und Papiere, alle sorgsam parallel, die schmaleren stets auf den breiteren. In einer Ecke beim Fenster stand ein Mahagonischreibtisch schräg zum Zimmer, wie es sich für einen Direktor gehörte (Schreibtische von Untergebenen stehen im rechten Winkel zur Wand): ein massives, nierenförmiges Möbel, das in den fünfziger Jahren modern und nach dreißig Jahren Scheußlichkeit nun wieder modern war. Auch das wenige, was sich auf der Tischplatte befand, war mit mathematischer Akribie geordnet.

Der Getränkevorrat war hinter einer Klappe im Bücherschrank versteckt. Ein anderes Fach war mit einem steinernen Relief, einem kleinen Knaben im Profil, ausgefüllt. Ehe der Direktor einschenkte, hielt er die Gläser kurz gegen das Licht; er tat alles sehr langsam, als ob er über etwas nachdachte. Er stellte Uli ein riesiges Glas hin, bot ihm eine Zigarre an, zog die Hosenbeine hoch und setzte sich ihm gegenüber. Danach zog er das rechte Hosenbein noch etwas höher, schlug ein Bein über das andere, zog mit beiden Händen die Weste herunter und hob lächelnd sein Whiskyglas.

Es sei wohl nicht jeder, sagte er, in der Stimmung gewesen, es zu sehen, aber es sei ein schöner Anblick gewesen, wie Uli dort oben auf der Dekoration regungslos in seinem Mantel gestanden hätte, während unten die alten Geschichten wieder aufgewärmt wurden. Er hätte plötzlich an den großen Kanetsu denken müssen – einen Nô-Spieler, den er in Japan gesehen habe. Herr Bouwmeester frage sich vielleicht, wie er nach Japan gekommen sei? Uli nickte. Das käme daher, daß er vor Jahr und Tag Kunstgeschichte studiert habe. Warum er Kunstgeschichte studiert habe? Sei Herr Bouwmeester daran interessiert, das zu hören?

Der Grund dafür sei, daß ihn zeit seines Lebens die letzten Werke großer Künstler fasziniert hätten. Er habe das Gefühl, daß alle, oder doch fast alle, zu einer gemeinsamen Menge gehörten – um einen Ausdruck seines Sohnes Benjamin zu gebrauchen; solche Begriffe lernten die Kinder heutzutage in der Mathematik, so daß ihnen die Eltern nicht mehr bei den Hausaufgaben helfen könnten. Was die besonderen Kennzeichen dieser Menge seien? Das war es, was er herausfinden wolle. Es sei natürlich idiotisch, deshalb Kunstgeschichte zu studieren, verlorene Zeit, nun gut, das habe er damals noch nicht gewußt. Er habe großen Respekt vor der Akademie gehabt, damals habe er noch nicht gewußt, daß diese Art Studien für Menschen bestimmt seien, die nicht etwas Spezielles, sondern etwas Allgemeines wissen wollten. Wenn man etwas Spezielles wolle, müsse man genau das tun und nichts anderes; man müsse sich darauf stürzen, sich dahinterklemmen, in rasender Geschwindigkeit vielerlei Wege abkürzen, sozusagen quer über die Felder laufen, und dann lerne man in einem Monat mehr, als ein normaler Student in einem Jahr.

In Monographien und anderen kunsthistorischen Abhandlungen fand er natürlich alles mögliche über sein Thema, aber es war überwiegend ein vages und recht verworrenes Gefasel über Abgeklärtheit, Vollendung und vollkommene Meisterschaft. Es war auf eine Weise allgemeingültig, daß man nichts damit anfangen konnte, es war keine Antwort, sondern vielmehr die Frage – während er das Gefühl hatte, daß es eine Art Regel oder Gesetz geben müsse: auch allgemein, aber zugleich sehr präzise. Nicht von der Art wie in den Naturwissenschaften natürlich, sondern auf eine andere – kurzum, genau das war es, wonach er suchte. Stundenlang saß er im Mauritshuis in Den Haag und schaute das letzte Selbstporträt von Rembrandt an, und Rembrandt schaute zurück. Es waren eigentlich vier Faktoren beteiligt: Rembrandt selbst, das Bild, das er im Spiegel gesehen, und das Porträt, das er gemalt hatte; nur dieses letzte war übriggeblieben, und nun kam noch er, der Direktor, hinzu. Er sah den Maler, wie dieser sich selbst im Spiegel gesehen hatte, so daß er gewissermaßen zu Rembrandt wurde in dem Augenblick, als der seinen letzten Pinselstrich getan hatte. Er meinte damit: solche Gedanken gingen ihm durch den Kopf, auf diese Weise, von innen her, versuchte er herauszufinden, was es damit auf sich hatte.

Aber welche Gemeinsamkeiten bestanden nun zwischen jenem unglaublichen Gemälde und, sagen wir, den Letzten Liedern von Richard Strauß? Oder den letzten Streichquartetten von Beethoven? Oder zwischen den letzten Bildern von Picasso – die er kurz nach dessen Tod in Avignon gesehen hatte (im Palais des Papstes: oft waren es nur wenige unfehlbare Striche auf der Leinwand) – und dem göttlichen *Ödipus auf Kolonos* von Sophokles? Oder, for that matter, Shakespeares *Sturm? »Full fathom five thy father lies«,* sagte der Direktor, wobei seine Augen etwas feucht wurden, *»Of his bones are coral made; Those are pearls that were his eyes . . .«* Diese Art herzzerreißender Schönheit. So könnte er noch eine ganze Reihe von Werken nennen, die er in ganz Europa aufgesucht hatte – meist als Tramper, denn er war damals arm; hin und wieder sogar als blinder Passagier auf einem Lastwagen, auf dem Weg zu einem Dürer in Wien oder zu einer Aufführung von Faust II. in Hamburg.

Es war, als seien all diese letzten Meisterwerke gewissermaßen von ein und demselben Mann geschaffen worden. Was war das für ein Mann? Ja, darum ging es. Er stand auf der Schwelle des Todes – auch wenn er in einem Fall zweiundfünfzig war wie Shakespeare und im anderen achtundachtzig wie Sophokles; aber es war, als leuchtete der Tod irgendwie schon in ihr Inneres hinein. Was dieses Leuchten zuwege brachte, war eine Art totaler Freiheit, eine souveräne Mißachtung aller Regeln der Kunst, die zugleich jene Regeln erst begründete. Eine Einfachheit, die alle Kompliziertheiten in sich aufgenommen hatte, sich aber zugleich über sie erhob. Wie sollte er sich ausdrücken? Es war die Natur selbst, die hier zu Wort kam. Wie Herr Bouwmeester wisse, habe Aristoteles die Kunst als Nachahmung der Natur definiert, was meist als Plädoyer für die Abbildung und demnach Verdoppelung der Natur verstanden werde. Aber man könne das auch anders sehen, nämlich, daß die Kunst zu Werke gehen müsse *wie* die Natur: nicht das Geschaffene, sondern das Schöpferische müsse nachgeahmt werden. Dann könne übrigens auch die Musik in die Definition des Aristoteles einbezogen werden – wie ihm jetzt plötzlich einfalle. Nun gut. In ihren letzten Werken, angesichts des Todes, würden große Künstler sozusagen eins mit der Natur, mit derselben Kraft, die Bienen den Pollen von einer Blume zur anderen tragen und die den Samen wachsen lasse: kurzum, mit der Liebe. Das habe er jedenfalls in seinem epochemachenden Buch über den Schwanengesang der großen Künstler darlegen wollen, das er, wie Herr Bouwmeester vielleicht mittlerweile begriffen habe, nie geschrieben habe. Leider gehöre er zu jenen zahllosen Menschen, die immer ein Buch schreiben wollten, es aber nie täten.

Und doch habe er eines Tages etwas entdeckt. Eine bis in die Einzelheiten ausgearbeitete Poetik, die genau dem Thema zu entsprechen schien.

Sie wurde vor mehr als fünfhundert Jahren in Japan für das Theaterspiel erschaffen. Ihr Verfasser war Seami Motokijo, der auch als Regisseur und Schauspieler dem Nô-Spiel seine heute noch gültige Form gegeben hatte. Seine Lehre umfaßte eine ganze Wissenschaft, mit der verglichen die Betrachtungen von Stanislawski oder Brecht ein Kinderspiel waren. In einer seiner zahlreichen Schriften, sagte der Direktor und schenkte nach, habe er folgendes geschrieben:

»Auf jedem Gebiet, insbesondere auf dem des Theaters, gibt es die sogenannten Geheimnisse. Und zwar, weil sich die Brauchbarkeit gewisser Dinge erhöht, wenn man sie geheim hält. Doch die Geheimnisse stellen oft nichts dar, sobald man sie in Worte faßt. Aus demjenigen jedoch, der sie aus diesem Grund für wertlos erachtet, ist einer geworden, dem es nicht gelungen ist, den Sinn der Geheimnisse zu erkennen.«

Der Direktor deklamierte das Zitat im Stehen, sich leicht hin und her wiegend, noch die Cognacflasche in der Hand, als handelte es sich um Poesie. Offensichtlich hatte er es schon Dutzende Male aufgesagt, vor anderen und für sich selbst, und zwar vermutlich wortwörtlich.

»Auf jedem Gebiet!« wiederholte er.

Er setzte sich wieder hin und schlug nun das linke Bein über das rechte. Eines der Geheimnisse, sagte er, heiße ›Hana‹, das bedeute ›die Blume‹. Es sei eine Technik, die, wie Seami es ausdrückte, die ›Verhexung des Zuschauers‹ zum Ziel habe, wodurch ›Yugen‹ erreicht werde, – ein anderes Geheimnis: ›transzendentales Phantasma‹, in das der Zuschauer versetzt werde. Aber alle Schönheit und Harmonie sei immer noch einfache Kunst. Das ›Geheimste aller Geheimnisse‹ sei ›Kyakurai-ka‹: die ›Zurückgekehrte Blume‹. Darüber sprach Seami erst in hohem Alter – wodurch die Konzeption selbst zu den Dingen gehörte, um die es hier ging. Er hatte die Absicht gehabt, sie nur an seinen Sohn weiterzugeben, doch als dieser vor ihm starb, gab er seine Lehre preis, aber so fragmentarisch, daß das Geheimnis in der Tat fast ein Geheimnis blieb. Weil er es nicht offenbaren wollte, wurde er sogar vom Schogun verbannt.

Die Zurückgekehrte Blume war eine Blume, die keine Blume mehr war, eine Technik, die keine Technik mehr war, das Endstadium einer unaussprechlichen Vollkommenheit, die nach Seami (der Direktor hob den Zeigefinger) ›nur einmal im Leben‹ erreicht werde und über die sich nur Worte sagen ließen wie: ›In Schiragi strahlt die Sonne um Mitternacht hell.‹ Das Paradoxon ging so weit, daß ein Schauspieler im vorletzten Stadium immer vollendet gut spielte und deshalb hie und da absichtlich einiges von seinem früheren, schlechteren Stil in sein Spiel mischte, um es dadurch noch besser zu machen – im höchsten Stadium der Zurückgekehrten Blume wußte der Schauspieler gewissermaßen nicht mehr, was er tat: hier herrschte die äußerste Freiheit der Leere. Dann war er also nicht mehr Natur in Gestalt eines Menschen, wie normale Sterbliche es waren, sondern ein Mensch als Verkörperung der Natur, der gesamten Welt.

Herr Bouwmeester könne sicher verstehen, daß er darüber habe mehr wissen wollen. Das ›Kyakurai-ka‹ war immerhin etwas, das sich möglicherweise verallgemeinern ließ. Auf nach Japan also. In Tokio und Kioto (war es Herrn Bouwmeester schon aufgefallen, daß die neue und die alte Hauptstadt eigentlich denselben Namen hatten: ›Amsterdam‹ und ›Damamster‹?) saß er Abend für Abend in den Nô-Theatern, wo er einmal auch den großen Kansen Kasetsu in einem Stück von

Seami gesehen hatte, in dem er, maskiert, siebzig oder achtzig Jahre alt, ein junges Mädchen spielte – und zwar in der so vollendeten Zurückgekehrten Blume, daß er, der Direktor, das Gefühl hatte, als er an jenem Abend im Taxi mit einem weiß behandschuhten Chauffeur über die Schleifen und Kurven der Highways zur Ginza im Zentrum zurückfuhr, die ganze riesige Stadt mit ihrem Getriebe, den lampionbunten Neonleuchten und den bebänderten Ballons werde durch diese Aufführung mit jener archaischen Welt verbunden, in der sich alte Männer auf eine Weise in junge Mädchen verwandeln konnten, wie es die jungen Mädchen selbst nicht zustande brachten.

Nach Amsterdam zurückgekehrt, nahm er Kontakte zum Holland Festival auf, um ein Nô-Ensemble herüberkommen zu lassen. Das gelang, war aber zugleich das Ende seiner Forschungsreise zum geheimsten aller Geheimnisse, denn durch sein erwiesenes Organisationstalent im Theaterbereich geriet er in den Kreislauf der Kulturverwaltung, der ihn schließlich in dieses Zimmer und auf diesen Sessel geführt hatte. So war das. Und jetzt wolle er Herrn Bouwmeester nicht länger aufhalten. Nur eines wolle er ihm zum Schluß noch erzählen. Den Anfang der Rückreise machte er mitten im Sommer auf einem verrosteten Frachter, der nach Singapur fuhr; er hatte unterwegs schreiben und forschen wollen, aber daraus wurde nichts. Nach einem Zwischenaufenthalt auf Taiwan fuhren sie in fürchterlicher Hitze nach Hongkong, ohne Klimaanlage natürlich. In der Windstille verwandelte sich das Schiff in einen höllischen Backofen, in dem man es eigentlich keine Minute lang aushalten konnte, nicht einmal auf Deck. In Hongkong sah er, wie ein blinder Passagier, ein Chinese, aus dem Gefrierraum geholt wurde: mit Reif bedeckt – mit einem Hammer hätte man ihn in tausend Stücke schlagen können. Er hatte Abkühlung gesucht, doch die Tür war hinter ihm ins Schloß gefallen.

Erst als Uli durch den verlassenen Flur ging, immer noch in seiner blauen Tunika, erinnerte er sich daran, was vorhin geschehen war. Der Direktor hatte die Sache mit keinem Wort erwähnt (außer, als er von den alten Geschichten sprach, die wieder aufgewärmt wurden); es schien ihn nicht im mindesten zu interessieren. Seine Rede war wie ein Sturzregen über Uli niedergegangen, ein sonderbarer, unbegreiflicher Vortrag, dem er sprachlos zugehört hatte – sprachlos vor allem, weil das Ganze nichts mit alledem hier zu tun haben schien. Zum Schluß hatte er eine Art Moral der Geschichte erwartet, die sich auf ihn bezog; sie war jedoch ausgeblieben. Und doch hatte er das Gefühl, daß die Rede irgendwie eine Antwort auf das Geschehene war, oder ein Kommentar dazu, jedenfalls war die Sache damit offenbar erledigt. Hatte er es vorhin noch für undenkbar gehalten, daß die Vorstellung stattfinden könne, vor allem, weil er sich selber dazu außerstande glaubte, so schienen ihm jetzt alle Bedenken ausgeräumt.

Plötzlich streckte er die Arme vor sich aus, als ob er jemanden umarmen wollte (es war kein Mensch da), dann ging er in Michaëls Büro. Auch dort war niemand. Auf der Fensterbank standen eine Flasche Sherry und ein Glas, aus dem jemand getrunken hatte. Er schenkte sich ein und setzte sich in einen kleinen Sessel mit kaputter Federung. In einem Zimmer auf der gegenüberliegenden Seite der engen Straße spielte ein Junge mit Kopfhörern auf einer unsichtbaren elektrischen Gitarre, als ob ihm ein hunderttausendköpfiges Publikum mit höchster Begeisterung zujubelte. Sobald er Uli bemerkte – der ermunternd sein Glas hob –, zog er die Gardinen zu.

Kurz darauf kam Michaël herein. Er warf einen verlegenen Blick auf seinen Besucher und nahm hinter dem Schreibtisch Platz.

»Sie sind gleich fertig da unten«, sagte er. »Die Sendung ist übermorgen um halb zwölf, wir können sie also nach der Generalprobe bequem sehen. Ich werde einen Apparat kommen lassen, damit wir sie zusammen anschauen können.«

Bevor Uli antworten konnte, kam Berta aufgeregt mit dem Hund herein. »Oh, hier bist du!« Offensichtlich wußte sie noch nicht, was passiert war. »Rate mal, wer nächste Woche auf die Titelseite von *Privaat* kommt. Na?«

»Ich«, sagte Uli. »Prost!«

»Hast du gedacht. Joost!«

4. *Perspektive*

Berta hatte gesagt:

»Das hast du nur deiner Unbeherrschtheit zu verdanken. Jetzt bist du verdammt noch mal fast achtzig und hast anscheinend noch immer nichts gelernt im Leben. Du denkst noch immer, daß du alles sagen und tun könntest – daß für dich andere Gesetze gelten. Du! Der Künstler! Der Hauptdarsteller! Dir soll man alles nachsehen, du willst immer eine Extrawurst. Anscheinend glaubst du, daß niemand dich wirklich ernst nimmt, denn wenn du etwas tust, ist das etwas ganz anderes, als wenn ein anderer dasselbe tut, denn du bist ja ein ganz anderer Mensch, etwas ganz Besonderes, ein Wesen aus einer anderen Welt, ein Engel oder so. Und weißt du, warum das so ist? Weil du selber niemanden ernst nimmst. Das hast du schon früher nicht getan und tust es jetzt auf deine alten Tage überhaupt nicht mehr. Außerdem hast du meiner Meinung nach gar keinen Blick mehr für Menschen. Du siehst einen Typ in Klamotten, wie man sie heute trägt, mit einwöchigem Bart und Ring im Ohr, und denkst dir: das ist wieder so ein Nichtstuer. Aber vielleicht ist er Professor oder Stadtrat. Du hast gedacht: diesen Knaben vom Fernsehen werde ich mir um den Finger wickeln; wie schön, daß er dich um seinen Finger gewickelt hat.«

Daraufhin hatte Uli eine Weile seine langen Fingernägel betrachtet und gesagt:

»Wenn ich an mein Leben denke, fühle ich mich wie Marco Polo, als er nach Venedig heimkehrte. Niemand konnte sich vorstellen, was er alles erlebt und gesehen hatte, die vielen fremden Länder und Völker. Vielleicht glaubte man ihm nicht. Vielleicht glaubte er es selber nicht mehr, als er wieder zu Hause war, wo sich nichts verändert hatte. Immer noch die alte Seufzerbrücke. Vermutlich hatte er das Gefühl, er habe alles nur geträumt.«

War die Sache wirklich erledigt, wie er geglaubt hatte? Das Skelett, das so plötzlich aus dem Schrank gefallen war, wurde schnell wieder hineingepackt, Tür zu, nichts passiert. Vielleicht war gar nicht viel passiert; man konnte es kaum ein echtes Skelett nennen, es war eher ein Produkt aus Weichplastik, wie man es an höheren Schulen benutzte. Am nächsten Tag sprach niemand mehr davon. Er hatte erwartet, daß die Angelegenheit auf einer kurzen Versammlung erörtert würde, mit einer Erklärung von Vogel vielleicht, doch nichts dergleichen geschah. Während der Probe paßte er genau auf, aber alle schienen es vergessen zu haben, verdrängt zugunsten der viel wichtigeren Einsicht, daß die Show um jeden Preis weitergehen mußte. (Eigentlich wie im Krieg.)

Es war der letzte Durchlauf vor der Generalprobe, das letzte Mal, daß sie ohne Publikum spielten. Da niemand den Vorfall erwähnte, vergaß Uli ihn allmählich selber, als hätte es sich um eine Rolle in einem früheren Stück (im Zigeunerbaron) gehandelt – obwohl es ihn natürlich weit außerhalb seines Gesichtsfeldes aus der Bahn geworfen, aus dem Takt gebracht hatte, wie eine Uhr, die heruntergefallen ist: sie tickt zwar weiter, geht aber plötzlich nach oder bleibt einfach stehen und läuft dann doch weiter. Außerdem war Uli schon eine alte Uhr! Wer jung ist, hält sich für unverletzlich, als könne ihm nichts passieren: die Katastrophe findet statt, doch nach kurzem Zögern geht er darüber hinweg und meint, sie habe nicht stattgefunden. Aber die Zeit lehrt ihn, daß sie dennoch stattgefunden hat und daß er niemals unverletzlich war, so ist jedenfalls zu hoffen, denn er ist ein Mensch und kein Tier. Selbst die kleinsten Ereignisse hinterlassen Dellen, Schrammen und Löcher, wie ein Sandkorn eine Rakete durchbohren kann – ein einziges Wort, ein gewisser Blick aus dem Augenwinkel, ein Rücken, der einem zugekehrt wird: man hat kaum etwas gehört oder gesehen, gleichgültig mit den Schultern gezuckt, aber der andere, der man auch ist, zeigt sich später doch verwundet.

Das Problem ist nur: wie soll man Uli diese Botschaft übermitteln? Wie kann man ihm sagen, befehlen, ihn anflehen, daß er sich zurückziehen soll, jetzt sofort, so lange es noch möglich ist – wie ihm klarmachen, daß die Vorstellung unter keinen

Umständen stattfinden darf, daß er sich in seinem kleinen Haus im Polder verschanzen und das unselige Unterfangen aufgeben soll, auf das er nie hätte eingehen dürfen? Aber wir sind machtlos. Er ist unerreichbar, gefangen in der Tiefe seiner Geschichte, wie jemand aus einer anderen Zeit.

Ja, was geht hier eigentlich vor? Worauf haben wir uns eingelassen? Vielleicht sagt nun jemand, der Mund, der dies frage, sei wohl der letzte, der das fragen dürfe: wenn jemand Bescheid wisse, müsse es doch dieser Frager sein. Leider! Erzähler und Zuhörer stehen gemeinsam dem Erzählten gegenüber, sie müssen einander gut festhalten, denn sie sind gleichermaßen verletzlich. Der Erzähler erschafft das Erzählte ebensowenig wie der Zuhörer; das Erzählte ist es, das einerseits den Erzähler und andrerseits den Zuhörer erschafft, wie Vater und Mutter erst durch das Kind entstehen. Der Erzähler ist die Mutter, der Zuhörer der Vater – und was ist Elternschaft anderes, als ein immerwährender Zustand gemeinsamer Todesangst?

Der einzige, der darauf zurückkam, war Uli selber – und zwar gegenüber Stella. Nebeneinander warteten sie in den Kulissen auf ihren Auftritt: er im Kostüm von Pierre de Vries, sie als Miranda mit einer Perücke aus langem, offen herabfallenden Haar.

»Ich muß mich bei dir bedanken, Stella«, flüsterte er.

»Wofür? Für gestern?«

»Ja, daß du mich verteidigt hast.«

»Ach was, das hätte ich für jeden anderen auch getan. Ich war einfach wütend auf den Mistkerl.«

»Ich würde dir gern alles erklären.«

»Was?«

»Wie es damals im Krieg gewesen ist.«

»Du brauchst dich bei mir nicht zu entschuldigen. Der Krieg interessiert mich nicht.«

»Aber wenn *ich* nun das Bedürfnis hätte?« Und als sie ihn schweigend ansah: »Wollen wir nachher zusammen einen Kaffee trinken – aber nicht im Tivoli?«

»Also gut, wenn du möchtest ...«

Vogel brauchte an jenem Nachmittag nur selten einzugreifen, es war noch nie so gut gelaufen; Joost war ein bißchen träge, aber das machte sich ganz gut. Bei der Probenkritik sagte Vogel, hoffentlich laufe die Generalprobe morgen nicht noch besser, das müsse man für die Premiere aufsparen. Als Uli schon seinen Mantel anhatte, kam Michaël auf ihn zu und lud ihn ein, bei ihm zu Abend zu essen; ganz einfach, was gerade auf den Tisch kam. Frau Bouwmeester hätte schon zugesagt, auch Vogel würde mit von der Partie sein. Das hatte natürlich doch etwas mit gestern zu tun, und Uli begriff, daß er nicht absagen konnte. Verärgert ging er zu Stella, die noch mit Abschminken beschäftigt war.

»Ich bitte tausendmal um Entschuldigung, aber ich kann mich wirklich nicht davor drücken. Das haben sie sich natürlich nur ausgedacht, um mich für morgen und übermorgen zu beruhigen. So ein Unsinn. Wenn du wüßtest, wie lästig mir das ist.«

»Sei nicht albern, wir sehen uns noch oft genug. Wenn das so weitergeht, gibt es mindestens fünfzig Vorstellungen. Übrigens habe ich zu Hause eine Menge zu tun.«

Aber in Vogels Auto, Michaël, Berta und Joost saßen auf den Hintersitzen, fand er es eigentlich doch besser, daß es nicht geklappt hatte. Sie wollte sich gar nicht mit ihm treffen, wie sie deutlich zu verstehen gab: es konnte nur zu einer Enttäuschung führen. Was wollte er überhaupt? In der Samstagsbeilage einer Zeitung hatte er einmal gelesen, daß im Mittelalter Syphiliskranke mit Jungfrauen schliefen, weil sie glaubten, das könne sie heilen. Etwas von der Art mußte es sein – sein Alter als Geschlechtskrankheit.

Der Verwaltungsdirektor wohnte am Rand des Vondelparks in einem großen Haus, das so hell und leer war, wie Uli es bislang nur in Zeitschriften gesehen hatte. In dem quadratischen Raum, der mit leiser, unbestimmter Musik erfüllt war, klickten seine Absätze auf glänzendem, beinahe weißem Marmor; zur Straßenseite stand ein Glastisch mit einer weißen Couch und zwei Sesseln, an der Parkseite ein runder Eßtisch, ebenfalls mit einer Marmorplatte; außer einigen großen Pflanzen und einem Schrank mit Büchern und Einbaugeräten war kaum noch etwas in dem Raum. An der Wand hing eine alte Pastellzeichnung eines Engels mit einem winzigen Pimmel. Alles war schön und widerte ihn an wie ein Mausoleum; am liebsten hätte er sofort kehrtgemacht.

Während er sich auf eine beleidigende Art seiner ausgetretenen Schuhe und seines schmuddeligen Anzugs bewußt wurde, ließ er sich auf dem weißen Ledersofa nieder. Auch Michaël paßte eigentlich nicht zur Einrichtung. Es war vor allem die Wohnung von Frau Michaël: in lachsfarbenem Hosenanzug und mit einem Lächeln, das ebenfalls aus Marmor zu sein schien, umgab sie ihre Besucher mit einer Wolke aus Worten und guten Manieren wie die Frau eines Botschafters. Ein Junge und ein Mädchen in schmutzigen Turnschuhen kamen mürrisch herein, gaben unwillig die Hand und stellten den Fernseher an. Für einen Augenblick verschwand das Lächeln von Frau Michaël, ganz kurz nur, aber so nachdrücklich, daß die Kinder den Fernseher ausschalteten und wie Idioten aus dem Zimmer trotteten.

»Geht ihr zwei nur zum Chinesen essen«, rief Frau Michaël ihnen hinterher. »Die liebe Jugend«, sagte sie zu Berta. Dann nahm sie ihrem Mann das Whiskyglas aus der Hand und sagte: »Nein, Hendrik, dazu hast du eine viel zu kleine Blase.«

Mißmutig sah Uli zu. Er hatte hier nichts zu suchen, aber es gab keine Möglichkeit zu entkommen. Auf der Glasplatte standen blitzende Silberdöschen; von einem Stapel Kunstbänden nahm er den obersten in die Hand, setzte die Brille auf und lehnte sich zurück. Es enthielt hauptsächlich großformatige Bilder, die sich mit der Entwicklung der Perspektive in der Malerei befaßten. Fasziniert betrachtete er einen alten Stich, auf dem eine üppige Frau gezeichnet wurde. Fast nackt lag sie rücklings auf einem Tisch, die geöffneten Schenkel dem Zeichner zugewandt; zwischen ihnen stand ein Keilrahmen, der durch Fäden in Vierecke aufgeteilt war. Das Blatt des Zeichners hatte dieselbe Flächeneinteilung, und um seinem Auge einen Anhaltspunkt zu geben, hatte er einen kleinen Obelisken so vor sich hingestellt, daß er genau über die Spitze schauen konnte. Auf anderen Bildern entstanden Menschen, Landschaften und Gebäude aus phantastischen, unsichtbaren, hier dennoch sichtbaren Netzen aus Linien, als hätten Spinnen die Welt eingefangen.

Was gab es doch für wunderbare Dinge auf der Welt! Dinge, von denen er nie gehört hatte oder an denen er immer achtlos vorbeigegangen war. Was für ein Leben hatte er eigentlich geführt? Es gab natürlich noch so vieles, von dessen Existenz er nichts wußte, zum Beispiel was der Direktor ihm gestern erzählt hatte. Das hatte alles etwas mit ›Kultur‹ zu tun; aber nicht im üblichen Sinne, sondern mit dem, was dahinter steckte. Etwas Geheimnisvolles, etwas, das *auch* da war, sich aber im Besitz einer bestimmten Art von Menschen befand; einer kleinen Gruppe, die vielleicht gar kein Interesse daran hatte, das Wissen um diese Dinge allen Menschen zugänglich zu machen. Oder vielleicht war es auch so, daß man es nicht erklären konnte – vielleicht konnte man es nur selber entdekken, wenn man reif dafür war.

»Unser Ehrengast hat sich in die Betrachtung des Schönen zurückgezogen«, sagte Frau Michaël und berührte kurz seine Schulter mit ihren langen, rotlackierten Nägeln. »Kommen Sie zu Tisch?«

Uli blickte auf. Immerhin lag dieses Buch hier herum. Lächelnde Gesichter wandten sich ihm zu. Es war noch ein Gast hinzugekommen, ein Schriftsteller, den er nicht kannte, ebenfalls ein Mitglied des Kollektivs; er hatte ihm zerstreut die Hand geschüttelt, sein Name war natürlich wieder nicht zu ihm durchgedrungen. Alle standen auf und Uli legte widerwillig das Buch zurück.

»Am liebsten würden Sie weiterlesen«, sagte Michaël.

»Um ehrlich zu sein . . .«

Michaël nahm das Buch und gab es ihm.

»Es gehört Ihnen.«

Uli stand mit dem Buch in den Händen da und wußte nicht, was er sagen sollte. Er müßte das Geschenk natürlich erst ablehnen und dann doch annehmen; am liebsten hätte er Michaël einen Kuß auf die Wange gedrückt. Der nahm ihm das Buch wieder ab, legte es neben dem Eßtisch auf die Fensterbank und wies ihm den Platz rechts neben seiner Frau an.

Der Tisch war mit einem schönen blauen Service und locker

geflochtenen Platzdeckchen gedeckt. Berta kam aus der Küche und sagte, daß Joost nicht fressen wolle, worauf Frau Michaël bemerkte, daß er zu Hause natürlich Besseres gewöhnt sei. Die Bouillon wurde von einer Frau serviert, die etwa in Bertas Alter war und eine weiße Schürze trug – es war offensichtlich, daß Michäel nicht für seinen Lebensunterhalt zu arbeiten brauchte, es gab noch andere Geldquellen. Vielleicht, dachte Uli, war es die Mutter von Frau Michaël, die durch ihre entartete Tochter in die Position der Bediensteten gezwungen worden war.

Auch während des Abendessens behielt Vogel seinen Hut auf. Der Schriftsteller, ein Mann mit sprödem Haar in der Farbe von schlecht geputztem Silber, saß Uli gegenüber und erzählte Berta die Entstehungsgeschichte des Autorentheaters gegen Ende der sechziger Jahre. Immer wieder mußte er sekundenlang innehalten, um seine Lachanfälle zu unterdrücken. Es war eine komplizierte Geschichte von Kungelei, politischen Machenschaften, Telefonaten, nächtlichen Begegnungen, heiteren Pressekonferenzen und geheimen Versammlungen, in denen Amsterdamer Lokalpolitiker eine Rolle spielten; von mächtigen Theaterbonzen der vorigen Generation, die sich gegenseitig hinters Licht führten, gegeneinander ausspielten, bis das Netz von Intrigen, Gerüchten und Lobbies nicht mehr durchschaubar war, mit dem Resultat, daß ihnen das Kosmos-Theater zugewiesen wurde. Eigentlich hatten sie das Stadttheater haben wollen, darum drehte sich alles, aber besser das Kosmos als nichts. Nun ja, das stand nun also auch wieder auf der Kippe. Wenn das Autorentheater einging, war es das definitive Ende der sechziger Jahre, der goldenen Zeit, gegen die die zwanziger Jahre verblaßten. Aber so war das Leben nun mal, nichts war ewig.

Nach diesem Aphorismus schneuzte sich der Autor die Nase, faltete sein Taschentuch zusammen und setzte sich auf die rechte Pobacke, um es in die Hosentasche zu stecken. Die ganze Geschichte sei selber eines Theaterstückes würdig, sagte er. Aber das müßte ein anderer schreiben; er selbst sei mehr am Theater der Grausamkeit interessiert, – der metaphysischen Grausamkeit, wohlverstanden, und so grausam sei es nun auch wieder nicht gewesen. Es sei mehr etwas für Molly. Falls dem Autorentheater demnächst von den Herren, die zur Zeit an der Macht waren, der Hals umgedreht würde, könne er eine hübsche Farce darüber schreiben: als Abschiedsvorstellung. Oder als seine erste freie Produktion, denn das Leben ginge nun mal weiter.

Uli hörte uninteressiert zu und aß seinen Fisch; sogar das Essen paßte farblich zur Einrichtung. Als das Gespräch zur Kunstpolitik der heutigen Regierung überwechselte (die sich so kraß von der Situation in Frankreich unterschied), ließ ihn das kalt. Falls das *Unwetter* ein Erfolg wurde, würde vielleicht ein anderes Ensemble noch einmal an ihn denken und ihm die Rolle eines alten Mannes anbieten; doch als er darüber nachdachte, kam es ihm vor, als sähe er nur eine große Leere. Er schaute auf sein Handgelenk, doch die Uhr war noch immer nicht zurückgekehrt. Morgen um diese Zeit würde er sich wohl gerade für die Generalprobe schminken. Auch als er einen Schluck von dem hellen Elsässer trank, sah er niemanden an, und niemand wandte sich ihm zu. Vielleicht hatten sie Angst, die gestrigen Ereignisse könnten zur Sprache kommen; vielleicht dachten sie auch, er sei deswegen so schweigsam, aber das war nicht der Grund. Immer stärker befiel ihn eine sonderbare Stimmung, die ihn einhüllte wie die Wärme eines Zimmers, wenn man aus der Kälte kommt. Auf der Fensterbank – zwischen einem großen Holzei auf einem Messingständer und einer Tänzerin aus Alabaster mit hochgezogenem Knie und nach vorn und hinten ausgestreckten Armen – lag sein Buch. Dahinter, am Ende des dunkel gewordenen Gartens, lag der Park. Durch sein eigenes Spiegelbild hindurch sah er einen Jungen im Licht einer Laterne, etwas weiter stand ein anderer Mann, schlenderte dicht an ihm vorbei, blieb ein paar Meter weiter stehen und zündete sich eine Zigarette an.

Der Schriftsteller, der Ulis Blick verfolgte (Schriftsteller sehen immer alles), drehte sich um und sah ebenfalls hinaus.

»Ja«, sagte Frau Michaël, »wir haben hier eine durchgehende Vorstellung.«

Vogel hob einen Arm und deklamierte mit getragener Stimme:

»Die Dämonen sind zahlreich und von vielerlei Art, und einer von ihnen ist Eros!«

Uli legte die Serviette neben seinen Teller und stand auf.

»Ich gehe jetzt«, sagte er.

»Wohin?« fragte Berta sofort.

Er wandte sich an Frau Michaël.

»Bitte entschuldigen Sie mich, ich habe das Bedürfnis, ein wenig allein zu sein. Das Essen war wunderbar.«

»Es kommt noch ein Nachtisch, Herr Bouwmeester.« Und zur Hausgehilfin, die die Teller abräumte: »Was haben wir danach, Coba?«

»Bavaroise mit Erdbeeren, gnädige Frau.«

Aber Ulis Entschluß stand fest. Wie er es vor langer Zeit auf der Bühne getan hatte, küßte er Frau Michaël die Hand und ging um den Tisch, um sich zu verabschieden.

»Viel Erfolg übermorgen«, sagte der Autor. »Wir werden alle da sein.«

Wie ein Politiker legte Vogel auch seine Linke auf Ulis Hand.

»Gib acht, daß du nicht versackst, Willem. Morgen ist Generalprobe.«

»Danke fürs Kompliment. Ich und versacken ...«

»Ja«, sagte Berta, »denk an den letzten Bus.«

Er antwortete mit einem Kopfnicken und nahm das Buch von der Fensterbank. In der Diele fragte Michaël:

»Sie fühlen sich doch wohl?«

»Ich fühle mich sonderbar, aber nicht unwohl. Ich habe das Gefühl, daß ich mit irgend etwas ins Reine kommen muß. Das kennen Sie doch sicher?«

»Und ob ich das kenne.«

Uli hob das Buch kurz an die Lippen.

Dann sagte er: »Bis morgen. Macht euch um mich keine Sorgen.«

5. Geschichten

Es wehte ein kühler Wind. Uli schlug den Kragen hoch und ging durch die verlassene Vondelstraat zum Leidseplein. Jetzt, da er fort war, sprachen sie natürlich über ihn. Ihm war, als könnte er es hören.

VOGEL: – Es war ganz gut, daß ihr das organisiert habt.

DER AUTOR: – Aber jetzt ist er fort.

FRAU MICHAËL *(zu Berta):* – Meinen Sie, daß mit Ihrem Bruder etwas ist?

BERTA: – Er hat immer gern Blödsinn gemacht. Das kommt wieder in Ordnung. Unkraut vergeht nicht.

DER AUTOR: – Das werden wir schon sehen, sagte der Erfinder und erfand das DDT.

FRAU MICHAËL *(hämisch):* – Wie beneidenswert, daß Schriftsteller immer den richtigen Ton finden.

DER AUTOR: – Ein Späßchen zur rechten Zeit erhält den Geist frisch.

MICHAËL: – Ich mache mir ein wenig Sorgen um ihn. Gestern, nach seinem Gespräch mit Arend, schien es, als sei er drüber hinweg, aber er ist doch sichtlich angeschlagen.

BERTA: – Uli angeschlagen? Daß ich nicht lache. Nun ja, er ist immerhin achtundsiebzig.

FRAU MICHAËL *(erstaunt):* – Achtundsiebzig? Ich hatte ihn höchstens für achtundfünfzig gehalten.

DER AUTOR: – Achtundvierzig!

VOGEL: – Wenn ich mir überlege, daß er am Ende des Krieges schon so alt war, wie ich jetzt bin ...

DER AUTOR: – Dann weißt du, was dich noch erwartet.

VOGEL: – Weißt du, warum wir den Krieg nicht verstehen können? Weil wir zu viel über ihn wissen. Wir wissen viel mehr über den Krieg, als die Leute während des Krieges wußten. Im Krieg wußte man fast nichts, man hörte nur Gerüchte und Lügen. Stellt euch vor, wir wissen sogar, wer ihn gewonnen hat und wann; das wußte damals niemand. Ja, das scheint eine Binsenweisheit zu sein, aber habt ihr schon mal darüber nachgedacht? Wir wissen Dinge, die wir nicht wissen dürften, um ihn zu begreifen; und die Gefühle, die die Menschen damals bewegten, kennen wir schon gar nicht. Wir müssen also... *(legt einen Finger auf die Lippen).* Wenn Willem nun auch noch Menschenleben auf dem Gewissen hätte...

BERTA *(heftig):* – Uli Menschenleben auf dem Gewissen? Er, die Güte selbst? Im Widerstand hat er mitgemacht! Kuriere bestochen, Geheimakten fotografiert! Nie hat die Welt einen rechtschaffeneren Mann gesehen! *(Plötzlich begeistert, auf den Tisch kletternd):* – Wenn Eure Kunst, mein liebster Vater, so die wilden Wasser toben hieß, so stillt sie. Der Himmel, scheint es, würde Schwefel regnen, wenn nicht die See, zur Stirn die Veste steigend, das Feuer löschte!

FRAU MICHAËL – Coba, frag mal, ob noch jemand Bavaroise möchte.

Wie eine Schale voll Licht und Bewegung tat sich der Platz vor ihm auf. Mit einem tiefen Seufzer betrachtete Uli das Gewühl, als sähe er das alles zum ersten Mal (oder zum letzten Mal; aber das ist fast das gleiche), den dichten Verkehr und all die Menschen zwischen den vollen Cafés und Restaurants, die von Giebeln und Dächern in bunt wechselnden Farben angestrahlt wurden. Die erste Kinovorstellung war gerade zu Ende, und unter den riesigen Plakaten mit den heldenhaften Lichtgestalten strömte eine Menschenmenge heraus, während die nächste schon wartete. In dem in Flutlicht getauchten Stadttheater war gerade Pause; Leute mit Gläsern in der Hand schauten aus den Foyerfenstern nach draußen. Zwischen Autos, die überall quer auf dem Gehsteig geparkt waren, und einem brennenden Abfallkorb bahnte sich Uli einen Weg zur Telefonzelle.

Vom Telefonbuch hing nur noch der Umschlag am vorgesehenen Platz, der Rest lag in zerrissenen und zertretenen Stücken auf dem Boden. Er bückte sich und fand mit der Befriedigung eines Entdeckers gerade jene halbe Seite, auf der Stellas Nummer stand. Er steckte eine Viertelgulden-Münze in den Apparat, aber er hätte genausogut einen Stein ans Ohr halten können. Als er den Hörer einhängte, kam auch die Münze nicht zurück. Er hätte zum Telefonieren in ein Café gehen können, dachte dann aber, daß es so wohl besser sei. Er hatte jetzt sowohl ihre Adresse als auch eine Ausrede; wenn er sie anrief, würde sie vielleicht sagen, daß es ihr nicht paßte. Er riß Stellas Nummer ab, steckte den Schnipsel in die Brusttasche und ging zur Straßenbahnhaltestelle. Die Glasscheiben des Wartehäuschens waren an einigen Stellen eingeschlagen, so daß der Wind minutenlang von allen Seiten auf ihn einwehte – etwa so, wie man ein Pentagramm zeichnet.

Als nach zehn Minuten endlich eine überfüllte Bahn kam, konnte er den Einstieg im Gedränge nicht mehr erreichen und mußte auf die nächste warten. Schon wenige Minuten später fuhr er mit dem Buch fest unter dem Arm durch immer stillere und trübseligere Bezirke, in die er auch früher nur selten gekommen war. Die Bahn leerte sich rasch, und an der Endstation stieg er als einziger und letzter aus. Als er die Adresse nannte, wies ihm der Fahrer, ohne ihn anzusehen, die Richtung, die er einschlagen mußte.

Natura Artis Magistra. Die goldenen Adler auf den Säulen am Eingang des Tiergartens hatten sich nicht verändert, seit er das letzte Mal mit seinem Onkel und seiner Tante hier gewesen war. Kurz darauf gelangte er auf ein weites, offenes Gelände und sah in der Ferne auf der gegenüberliegenden Seite eines Kanals eine Fassadenfront von Lagerhäusern und Fabriken. Im schwachen Licht der Laternen, die hier und dort brannten, sah er nichts als Chaos. Zufahrten und verrostete Gleise, die unter Unkraut verschwanden, überwucherte Mauerreste, Autowracks, Wohnwagen, an Land gezogene Boote; und überall Autoreifen, Konservendosen, Schrott. Irgendwo bellte ein Hund, in einem Schuppen war jemand mit Schweißarbeiten beschäftigt; ein Stück weiter, mitten auf dem Gelände, stand eine hell erleuchtete, buntbemalte Bude, in der ein Fest oder eine Aufführung im Gange war; es drangen gedämpfte Trommelschläge heraus. Zitternd vor Kälte zog er die Revers seines Mantels zusammen. Hier mußte es doch irgendwo sein. Er musterte ein paar alte Lieferwagen, aus denen rauchende Ofenrohre ragten, und dann entdeckte er plötzlich eine Reihe von Wohnbooten auf dem Kanal.

Er ging hin – und noch ehe er die Nummer erkennen konnte, entdeckte er das rosa Fahrrad auf dem Hinterdeck eines Bootes. Die Vorhänge waren zugezogen, aber dahinter sah er Licht brennen. Schritt für Schritt, sich am Geländer festhaltend, ging er über die Laufplanke zur Tür.

»Willem!«

Er beobachtete sie aufmerksam, sah aber nur Überraschung, keine Spur von Verärgerung oder Unwillen. Ihre warme, schwielige Hand. Sie hatte die Zöpfe aufgeflochten, so daß ihr das Haar in einem wirren roten Schopf um den Kopf stand. Auf bloßen Füßen führte sie ihn in den niedrigen, schmalen Raum, in dem es glücklicherweise warm war. Vor dem Ölofen auf dem Boden saß ein kleiner Junge von etwa drei Jahren und blätterte in einem Bilderbuch.

Uli streckte den Finger nach ihm aus und sagte:

»Dein Sohn.«

»Das ist Arthur. Arthur, steh mal auf und gib Herrn Bouwmeester die Hand.«

Aber Uli kniete schon vor ihm und nahm die kleine willenlose Hand in die seine wie jemand, der eine vor langer Zeit verlorene Kostbarkeit wiederfindet. Auf einen Schlag hatte sich alles verändert. Er hatte erwartet, mit Stella allein zu sein; die Existenz des Kindes, seine Anwesenheit hier (und nicht die des Mannes, der sich hinter dem Kind versteckte), ließ die Torheit sich verflüchtigen, die seit Wochen in ihm herumspukte und vielleicht sogar Wirklichkeit geworden wäre: der Greis und das Mädchen.

»Du schielst«, sagte Arthur.

»Ein charmantes Bübchen bist du. Was liest du denn da? Den Struwwelpeter?«

»Was hast du gesagt?« fragte Stella erstaunt.

»Wie heißt das denn auf Niederländisch... Piet der Schmutzfink.«

Aber Arthur ging nicht darauf ein, er war mehr an dem Buch interessiert, das Uli bei sich hatte, und zog es ihm unter dem Arm weg.

»Kommt nicht in Frage«, sagte Stella, »es ist schon fast halb zehn, du mußt jetzt ins Bett.«

»Will aber nicht.«

»Willst aber doch.«

»Kacke«, sagte Arthur und schlug das Buch auf.

Uli sah gerade noch, daß es sich von selber bei dem Bild des Künstlers mit seinem Modell öffnete, doch Stella nahm es Arthur aus der Hand und zog ihn energisch an einem Arm hoch.

»Schluß damit und aus. Sag Herrn Bouwmeester Gute Nacht und...«

Uli nahm den Jungen hoch, ging mit ihm zu einem Stuhl, setzte ihn auf seinen Schoß und ließ ihn auf den Knien reiten, während er sang:

»Hoppe, hoppe, Reiter,
Wenn er fällt, dann schreit er;
Fällt er in den Graben,
Fressen ihn die Raben;
Fällt er in den Sumpf
Macht der Reiter plumps!«

Bei ›plumps‹ spreizte er die Knie, so daß Arthur aufkreischend nach unten sackte.

»Nochmal!«

Als es nach dem zweiten Mal noch ein drittes Mal geben mußte (womit die Unendlichkeit in Sicht kam), machte Stella dem Spiel ein Ende. Lachend zeigte sie auf das Bügelbrett und den Wäschehaufen, und sagte über Arthurs Geschrei hinweg:

»Mach es dir gemütlich und kümmere dich nicht um die Unordnung!«

Erst als sie das sagte, bemerkte Uli, daß der Raum unaufgeräumt war. Als ob ihm das etwas ausgemacht hätte. Er zog seinen Mantel aus, setzte sich auf die kleine Bank neben einen Stapel gebügelter Wäsche und nieste. In Frau Michaëls Mausoleum saßen sie jetzt auf weißem Leder bei Kaffee und Cognac oder Aquavit – der paßte farblich noch besser zum Marmor –, er hingegen saß glücklich in diesem vollgestopften Wohnboot und sah auf einen Stapel schmutzigen Geschirrs auf der kleinen Anrichte in der Ecke, und vermutlich schwammen die Ratten unter seinen Füßen herum. Nirgends entdeckte er etwas, das auf die Anwesenheit eines Mannes hindeutete. Wer war der Vater? Aronds jedenfalls nicht, dann hätte das Kind eine dunklere Hautfarbe gehabt. Mit dem kleinen Finger tupfte er einen Augenwinkel ab, besah kurz das feuchte Fleckchen und wischte es an der Hose ab. Auf dem niedrigen Tisch lag ein Band mit Erzählungen von Edgar Allan Poe. Erstaunt betrachtete er eine große Puppe, einen Pierrot, der in den Kissen auf der Couch lehnte (ihr Bett natürlich), aus dessen weißem Gesicht ihn melancholische Augen fixierten: einen Moment lang fühlte Uli sich schwebend wie im freien Fall – hätte in diesem Augenblick jemand die Puppe entzweigerissen ...

Stella kam herein und fragte, was er trinken wolle: sie habe bloß Wein da, könne aber auch Kaffee aufsetzen. Daß sie den Wein nicht selber aufmachte, sondern ihm Flasche und Korkenzieher gab, erfüllte ihn mit Stolz, als wäre das ein Zeichen großer Vertraulichkeit; so war es vor vierzig, fünfzig, sechzig Jahren auch gewesen. Während sie eine Platte auflegte, lokkerte er übermütig seine Krawatte und erzählte von dem Abendessen beim Verwaltungsdirektor, jedoch schien sie das nicht zu interessieren. Offensichtlich wollte sie auch nicht über den gestrigen Krach reden; ebensowenig fragte sie ihn, warum er gekommen sei. Sie setzte sich mit hochgezogenen Beinen auf die Couch und hob ihr Glas.

»Auf übermorgen!«

»Das kannst du wohl sagen.« Er trank einen Schluck und fragte: »Was für ein Publikum kommt eigentlich morgen?«

»Ich habe was gehört von den oberen Klassen einiger Mittelschulen. Es ist eigentlich mehr eine Vor-Premiere als eine Generalprobe.«

Ihr kleiner Zeh stand hoch wie ein Komma. Auch die Fußsohlen waren mit braunen, hie und da fast schwarzen Schwielen bedeckt, die schlecht zur weichen Haut ihrer Waden und ihres Halses paßten; ihr ganzer Körper schien von verhärteten Endpunkten auf eine Mitte zuzustreben, die um so weicher und zarter war, als ihre Extremitäten härter und knochiger waren als die anderer Frauen. Einen Augenblick lang weiteten sich seine Augen, worauf sie die ihren niederschlug und mit dem Nagel des kleinen Fingers einen Korkkrümel an der Innenseite ihres Glases hinaufschob.

Die Hand mit dem Glas auf dem Knie, lauschte er der alten Musik: zwei sonderbare Soprane, die von Flöten, einem Cello und einem Spinett oder dergleichen begleitet wurden. Er fragte, was das sei. Sie reichte ihm die Plattenhülle: John Blow, An Ode to the Death of Mr. Henry Purcell. Auch davon hatte er noch nie gehört. Stella erzählte ihm, Blow sei als Organist der Vorgänger von Purcell an der Westminster Abbey gewesen, und auch sein Nachfolger. Uli nickte, als verstehe sich das von selbst.

»Die Frauen singen wunderschön«, sagte er.

»Das sind Männer. Contratenöre.«

Er schwieg und versuchte, sich bei diesen Stimmen Männer vorzustellen. Hin und wieder, bei einer etwas tieferen Passage gelang es ihm auch, aber gleich darauf rutschten die rasierten Kinne wieder in die Höhen glatter Weiblichkeit. Bewundernd schaute er Stella an: daß sie so ungewöhnliche Platten hörte. Er bemerkte plötzlich, daß ihre Augen im Lampenlicht nicht blau waren, sondern grün.

Sie lachte.

»Als Schauspielerin muß ich froh sein, daß ich nicht ein paar hundert Jahre früher geboren bin. Zu Shakespeares Zeiten wurde Miranda von einem Jungen in Mädchenkleidern gespielt. Vielleicht hat das auch etwas mit dem Thema vom *Unwetter* zu tun, aber das müßten wir Siderius fragen.«

»Den fragt man besser nicht«, sagte Uli. Er erzählte von seinem Besuch bei dem Schriftsteller und von all dem Unsinn, mit dem Resultat, daß Joost und Berta hinzugekommen waren. Er schaute wieder in die Augen des Pierrot. »Die Puppe sieht mich genau an. Das ist schon sehr komisch. Dabei fällt mir ein ... wann war das wieder? Sicher schon vor zehn Jahren. Ich saß auf einer Terrasse in Lelystadt, und am Rande des Gehsteigs wurden Parkuhren aufgestellt. Nicht zur selben Zeit, meine ich, aber die Rohre für die Uhren waren schon aufgestellt. Ich rauchte eine Zigarette und ... ja, ich bin mein Leben lang Kettenraucher gewesen. Heute rauche ich keine Zigaretten mehr. Nicht weil ich Angst vor Lungenkrebs hätte oder so, über diese Art von Ängsten bin ich längst hinaus, aber plötzlich mochte ich einfach nicht mehr inhalieren. Willst du wissen, warum?«

»Natürlich.«

»Wann das genau war, weiß ich nicht mehr. Eines Tages rauchte ich eine Zigarette, und während ich den Rauch einatmete, wurde mir klar, daß es eigentlich dasselbe war, wie wenn durch ein Loch das ganze Zimmer voll Rauch geblasen wird, den man einatmen muß. Kurz darauf wird der Rauch rasch abgesaugt und zwanzig Sekunden später kommt ein neuer Stoß – und das den ganzen Tag lang, jahrein, jahraus. Da muß man doch verrückt werden, und todkrank dazu, nicht wahr? Nur solange man schläft, hat man Ruhe. Ich habe mir mal überlegt, daß man mit einem solchen Zimmer den Leuten das Rauchen abgewöhnen könnte. Jetzt rauche ich Zigarren, aber ich inhaliere sie nicht.«

»Eine Art homöopathische Gaskammer also.«

Uli erschrak über das Wort ›Gaskammer‹ – und erinnerte sich erst in diesem Augenblick an ihre Geschichte mit der Zigarre, die sie bei ihrer Mutter hatte rauchen müssen. Er begann zu stottern, aber sie fuhr fort:

»Keine schlechte Idee. Damit könntest du reich werden.«

»Etwas werden... Ich bin mir nicht sicher, ob ich noch etwas werden will.«

»Aber natürlich. Solange man lebt, lebt man. Ich finde, jeder sollte leben, als wäre er unsterblich. Sonst kann man sich besser gleich aufhängen.«

»Da ist was dran.«

Als er weiterhin schwieg, sagte Stella:

»Ich glaube, du wolltest etwas von Parkuhren erzählen.«

»Parkuhren?«

»Ja, über die Rohre, die schon dastanden.«

»Ach, natürlich.« Ein bißchen beschämt schlug Uli die Augen nieder. »Ich saß da und das Rohr stand vier, fünf Meter von mir entfernt. Ich hatte die Zigarette fertig geraucht und wollte die Kippe wegknipsen: so...« – er hob die Hand und setzte die Spitze des Mittelfingers auf den Daumen, während die anderen drei Finger abstanden (die Hand einer Buddhastatue) – »und in dem Moment, als ich sie fortknipste, genau im selben Moment, nicht früher und nicht später, wußte ich ganz sicher, daß ich in die enge Röhre treffen würde.«

»Und?«

»Was meinst du? Ich zielte nicht, ich schätzte meine Kräfte nicht, und doch flog die Kippe in einem phantastischen Bogen genau hinein. Ich glaube, ich habe mich noch nie im Leben so allmächtig gefühlt wie in diesem Augenblick. So muß sich ein Zauberer fühlen. Prospero. Das Komische dabei ist, daß ich es gar nicht wollte, ich war mir nur ganz sicher.« Er lachte und hob kurz die Schultern. »Warum erzähle ich das eigentlich?«

»Es ist dir eingefallen, weil Baptiste dich genau anguckt. Ist das alles nicht nur Zufall?«

Uli betrachtete die Puppe in dem weiten Kittel mit den viel zu großen Knöpfen, zuckte wieder die Achseln und schüttelte den Kopf.

»Möglich. Obwohl ...« Er nahm einen Schluck und fragte: »Verstehst du dich selber, Stella?«

Sie öffnete den Mund, um zu antworten, aber in dem Augenblick erklang aus dem anderen Zimmer der Ruf: »Mama!« Sie schloß den Mund, bat mit einer Handbewegung um Entschuldigung und verschwand.

Uli lehnte sich zurück, die Hand auf sein Buch gelegt, und lauschte der Musik. Die Klänge ließen einen *Raum* vor ihm entstehen, eine geheimnisvolle Halle, die nirgendwo anders existierte als nur in diesen Tönen. Eine Ode von Blow an Purcell. Das war auch wieder so etwas. Was hatte er nicht alles versäumt! Seit er Signale davon auffing, schien sein Leben immer leerer zu werden; doch zugleich füllte es sich mit etwas, dem er keinen Namen zu geben wußte und das er nicht beschreiben konnte. Er nieste wieder, rieb eine Weile seine Augen und merkte, daß er schwer Atem holte. Der passende Augenblick, sich zu erkälten, übermorgen war Premiere; aber er kannte sich – er wußte aus Erfahrung, daß er sich nur erkältete, wenn er noch in einem anderen Sinne in der Kälte stand.

Stella steckte den Kopf zur Tür herein.

»Tut mir leid, Willem, du sollst eine Geschichte erzählen.«

Aus dem in Schulterhöhe an der Wand befestigten Bett, an dem eine Leiter aus blankem Holz lehnte, schaute Arthur, dessen Kopf mit einer Sammlung von Affen, Bären, Hunden und anderem Getier umrahmt war, ihn an und sagte:

»Bist du aber alt.«

»Warte nur«, sagte Uli und legte den Arm auf die Decke, die warm von dem kleinen Körper war, »deine Zeit kommt auch noch. Aber vorher möchtest du eine Geschichte hören, was? Wovon soll sie denn handeln?«

»Von einem Jungen.«

»In Ordnung. Und wie heißt der Junge?«

»Eh ...«

»Arthur?«

»Nein.«

»Wie dann?«

»Pim.«

»Das ist auch ein hübscher Name. Gut, also Pim. Und was macht der Pim?«

»Spazierengehen.«

»Das meine ich auch, ja. Aber dabei muß natürlich was passieren, sonst ist es keine Geschichte. Was soll passieren?«

»Er trifft jemand.«

»Da haben wir's schon. Wen?«

»Eine Katze.«

»Dachte ich mir's doch. Wie heißt die Katze?«

»Mien.«

»Verflixt, das stimmt. Pim und Mien. Jetzt wird's spannend. Sie gehen in ...?«

»Einen Gespensterwald.«

»Da haben wir die Bescherung. Zum Glück hat Pim die Mien dabei.«

»Mien hat keine Angst.«

»Und Pim?«

»Der auch nicht. Sie schießen alle Gespenster tot.«

»Aber die sind doch schon tot?«

»... peng, peng, piff, paff, puff! Alle tot! Peng, peng!«

»Bitte sehr. Au ja, das war aber knapp. Und dann?«

»Und dann«, sagte Stella und stellte sich auf die unterste

Sprosse der Leiter, »dann ging Pim ins Bett und träumte schön, denn jetzt konnte ihm nichts mehr passieren.« Sie deckte ihn gut zu und sagte: »Gib Onkel Willem einen Gute-Nacht-Kuß.«

Aber das ging Arthur doch zu weit. Uli drehte sich um und sah in diesem Augenblick die Katze, die zwischen dem Spielzeug auf dem Boden saß und ihn anstarrte. Aus ihren goldenen Augen sprach der mitleidlose Blick eines außerirdischen Wesens, das Spielen nicht kannte, außer als Vorübung zum Mord. Uli verließ das Kämmerchen und wußte, daß er nicht mehr lange bleiben konnte; der Grund für sein Niesen war nicht eine Erkältung, sondern das Mistvieh, das natürlich Mien hieß. Er schenkte sich ein und schaute ins Textbuch von *Unwetter,* das aufgeschlagen auf dem Boden vor der Couch lag und mit Anmerkungen und roten und grünen Unterstreichungen übersät war. Als er sich setzte, vermied er es, mit den Händen die Bank zu berühren, obwohl er wußte, daß es schon zu spät war.

»Er schläft«, sagte Stella und schloß leise die Tür.

Uli nickte. Nach kurzem Zögern sagte er:

»Du hast mich eben wieder Willem genannt... Für die Menschen, die mich gut kennen, heiße ich Uli.«

Sie blieb stehen, ging auf ihn zu und gab ihm einen Kuß auf die Stirn, wobei er seine Hand kurz auf ihre Hüfte legte. Danach drehte sie die Platte um (»Jetzt hörst du Purcell selber«), nahm ihre frühere Haltung auf der Couch ein und sah ihn eine Weile schweigend an.

»Was bist du doch für ein Schwindler, Uli. Arthur sagte noch, daß du ihm das nächste Mal, wenn er bei mir ist, wieder eine Geschichte erzählen sollst. Aber du hast ihm gar keine Geschichte erzählt. Er hat sie sich von A bis Z selber ausgedacht.«

»Aber das weiß er nicht«, lachte Uli. »Ich habe seine Kreativität angeregt – so sagt man doch heutzutage?«

»Ja, ja. Ich glaube, du kannst dir gar keine Geschichte ausdenken.«

»Nein?«

»Dann tu es doch. Erzähl mir mal eine Geschichte.«

»Und wenn du dabei ebenfalls einschläfst?«

»Das macht auch nichts.«

Uli holte die Blechschachtel mit den Zigarren hervor, zündete sich eine an und blies den Rauch vor sich hin. Sollte er ihr jetzt von La Charlotte und dem Ring erzählen? Der Augenblick war da – aber zugleich war er vorbei: überholt durch Arthurs Existenz.

»Es war einmal...«, begann er, ohne zu wissen, was er erzählen sollte, »vor langer Zeit... in einem sehr fernen Land... ein Wohnboot. Darauf lebte eine junge Frau mit ihrem kleinen Sohn. Nun können Wohnboote nicht richtig fahren. Sie haben keinen Motor und sind durch vielerlei Leitungen, Elektrizität, Wasser und Telefon, am Kai festgebunden. Sie schaukeln nur auf dem Wasser; man kann sie höchstens abschleppen, aber das ist eine ziemlich umständliche Sache. Eines Tages erschien auf dem Wohnboot ein alter Zauberer.«

»Prospero«, sagte Stella.

»Nein, der nicht.«

»Wer dann?«

»Ich habe vergessen, wie er hieß.«

»Merlin?«

»Ja, der war es, glaube ich. Es würde zu weit führen, zu erklären, wie es dazu gekommen war, aber eines Tages war er da und dachte: – Ja, so kann das nicht weitergehen; das Kind hat natürlich auch einen Vater, und es wohnt abwechselnd bei seinem Vater – denn die Mutter ist wegen ihrer Arbeit als Puppenmacherin oft nicht zu Hause –, und so wohnt das Kind eigentlich nirgends. Was ist zu tun? Merlin sann über eine Lösung nach – aber trotz seines hohen Alters unterschätzte er noch immer seine Zauberkräfte, denn während er nachdachte, begann seine Macht schon zu wirken. Der Motor, den es nicht gab, sprang an und kurz darauf legte das Boot vom Kai ab. Die Leitungen rissen, der Laufsteg fiel ins Wasser, und ohne daß jemand am nicht vorhandenen Steuer stand, fuhr das Boot über die Grachten zum Nordseekanal und stach bei Ijmuiden in die offene See. Der Zauberer war selbst überrascht. Nach einer mehrwöchigen, angenehmen Fahrt in Richtung Süden, auf der das Meer sich langsam von Grau in Blau verwandelte, gelangten sie zu einer sonnigen Insel im Mittelmeer. Ja, weiter geschah eigentlich nichts. Dort lebten sie noch lange und glücklich, der Zauberer, die Mutter und ihr Kind. Merlin wurde immer jünger, das Kind nie älter – und wenn sie nicht gestorben sind, dann leben sie noch heute.«

Ulis Brust hob und senkte sich asthmatisch keuchend, seine Augenlider juckten und wurden von Minute zu Minute dicker, aber er wußte, daß er alles nur noch schlimmer machen würde, wenn er sie rieb. Er legte die Zigarre fort und blickte zu Stella, die mit geschlossenen Augen auf den Fingernägeln kaute. Auch die Contratenöre schmolzen in immer melancholischeren Melodien dahin. Uli holte pfeifend Atem und in der selben Art, in der Pierre de Vries zu Beginn des Jahrhunderts Shakespeare-Verse gesprochen hatte, rezitierte er:

»Mein Plan, er ging auf eure Gunst.
Zum Zaubern fehlt mir jetzt die Kunst.«

Als sie ihn anschaute, sah er, daß ihre Augen feucht waren – im selben Augenblick füllten sich auch die seinen. Er nieste und kratzte sich am Hals.

»Was hast du denn?« fragte sie erschrocken. »Du siehst auf einmal aus wie ein Chinese.«

»Ich bin allergisch gegen Katzen. Draußen ist es gleich wieder vorbei. Wie spät ist es?«

»Gegen halb elf. Warum hast du deine schöne Uhr nicht um?«

Was war in Uli gefahren? Warum erzählte er ihr nicht einfach die Wahrheit statt der Lügengeschichte, daß er sie im WC liegengelassen habe? Hat er im Grunde unsere Aufmerksamkeit doch nicht verdient? (Auch wenn es so wäre, jetzt ist es zu spät für diese Einsicht.) Leider war Stella gutgläubiger als Berta.

»Im Kosmos? Wer kann das getan haben?«

»Man kann doch heutzutage niemandem mehr vertrauen.«

Während er sich hinreißen ließ, das auszusprechen (und es galt nun hauptsächlich ihm selbst), ging er in Gedanken sogar noch weiter: plötzlich sah er vor sich das Gesicht eines Bühnenarbeiters, der es natürlich getan haben mußte.

»Hast du eine Ahnung, wer es gewesen sein könnte?«

»Nein«, sagte er glücklicherweise. Er trank sein Glas aus und stand auf. »Es tut mir leid, ich muß wirklich gehen.«

Stella half ihm in den Mantel und sagte, sie fände es nett, daß er gekommen sei. Das nächste Mal müsse er sie nur rechtzeitig anrufen, dann könne sie vorher lüften und staubsaugen.

»Das nützt nichts.«

Sie drückte ihm einen Kuß auf die Wange und schaute plötzlich aufmerksam auf seine Schläfen. »Komm mal her ins Licht«, sagte sie und zog ihn unter die Lampe. Er fühlte ihre Finger in seinen Haaren und dann einen kurzen Ruck. »Schau, was ich gefunden habe!« Triumphierend zeigte sie ihm ein Haar: ein einziges schwarzes Haar. »Es kommt alles wieder zurück!«

Uli lächelte.

»Oder vielleicht hast du gerade das letzte herausgezogen.«

»Was bist du doch für ein Pessimist.« Sie lachte nun ebenfalls und rieb Daumen und Zeigefinger aneinander, bis das Haar verschwunden war. »Bis morgen Abend, Uli. Nochmals herzlichen Dank für deinen Besuch.« Und während sie die Tür öffnete: »Warte, du vergißt dein Buch.«

6. Rätsel

Er sog die frische Luft tief in seine Lungen ein und spürte sofort eine Erleichterung. Der Wind hatte sich gelegt; über der verlassenen Gegend hing kalter Nieselregen, der so dünn fiel, daß er in der Luft zu stehen schien. Niemand war zu sehen, auch in der buntbemalten Bude war es dunkel. In der Ferne rauschte die Stadt. Während er über das öde Gelände ging, ohne sich umzudrehen, hörte er plötzlich ein unheimliches Geräusch, das er sich nicht erklären konnte. Erst als es sich wiederholte, wußte er, was es war: ein Löwe; gleich darauf erscholl das Trompeten eines Elefanten. Dann wurde es wieder still. Er atmete tief durch und lauschte seinen Schritten auf dem lockeren Kies und im Unkraut. Seit langem war er nicht mehr so bei sich selbst gewesen. Es tauchten keine fest umrissenen Gedanken in ihm auf, es war nur das Bewußtsein, zu sein, zu existieren, das ihn mit Wohlbehagen erfüllte, so daß es ihm am liebsten gewesen wäre, das Feld, über das er ging, wäre noch viel größer – bis hinter den Horizont: eine endlose Domäne der Nacht, die mit Wracks und Abfällen übersät war. Wie unglaublich lange war er nun schon bei sich: Uli bei Uli – in all den Jahren. Er wischte sich übers Gesicht, es war klitschnaß. Morgen um diese Zeit würde die Generalprobe schon fast gelaufen sein.

Wenige Minuten später ging er wieder zwischen Häusern auf Pflaster und Asphalt. Er überquerte den Platz mit der düsteren, mit Brettern zugenagelten Synagoge, den aus dem Boden auftauchenden Schnellstraßen, den Betonbauten und dem kahlen Grundstück mit den Resten abgerissener Häuser, auf dem das neue Musiktheater entstehen sollte (das alles war möglich geworden durch den Massenmord an den Bewohnern des Judenviertels), und ging zum Rembrandtplein. Er hätte schon früher die Straßenbahn zum Hauptbahnhof nehmen und von dort mit der Metro zur Bushaltestelle fahren können, aber er wollte erst seine Allergie loswerden, und in einem Anflug von Schwärmerei machte er eine Art Pilgerfahrt zu der Stätte, wo er mit Stella gegessen hatte. Es war elf Uhr, der letzte Bus fuhr kurz vor zwölf, er würde ihn mühelos erreichen. Auf der Brücke über die Amstel schaute er auf das leicht gewellte Wasser. Da es so still in den Straßen war, erschien ihm auch das schwarze Wasser einsamer als sonst. Er glaubte nicht an seinen Tod. Tot konnten nur andere Menschen sein, für die Toten waren sogar die Lebenden nicht lebendig. Er fühlte, wie sich sein Gesicht zu einem Lächeln verzog, aber das kam möglicherweise vom Wein.

In der schmuddeligen Seitenstraße kostete es ihn auch diesmal Mühe, das Haus zu lokalisieren. Erst als er das Schreibwarengeschäft wiedererkannte, sah er, daß an der Stelle des Restaurants Osiris ein Automatenbüffet eröffnet worden war. Es war stark frequentiert und sehr laut, aus einem Lautsprecher dröhnte ein stumpfsinniger Karnevalsschlager im Dreivierteltakt. Die Kroketten, Frikadellen und Nasi-Bällchen lagen wie Junggesellen in Wohnblöcken übereinander. Er steckte einen Gulden in den Schlitz und zog etwas Unappetitliches heraus; im selben Augenblick öffnete sich die Rückseite des Automaten, so daß er kurz in die Augen eines schlampigen jungen Mannes blickte, der die Boxen wieder auffüllte. Hinten an der Theke, an der Stelle, wo das Krokodil gestanden hatte, stieg der Dunst von Pommes-frites-Fett auf.

»So, Opa!«

»Auch noch unterwegs?«

»Langt deine Rente noch dafür?«

Mit gefährlicher Vertraulichkeit berührte eine große Hand seine Wange. Drei Kerle hatten es auf ihn abgesehen, aus Langeweile natürlich. Alle drei aßen aus Plastikschälchen Würmer, die in einem Klacks Eiter schwammen. Uli sah sich um, aber wer die Szene beobachtete, grinste oder wandte ausdruckslos die Augen ab.

»Gerade noch«, antwortete er.

Durch ein ruhiges Lächeln versuchte er die Bedrohung abzuwenden, was ihm anscheinend gelang. Die Hand zog sich zurück, und die drei setzten ihr Abendessen fort, blieben aber weiterhin vor ihm stehen. Als er versuchte hinauszugehen, tat einer der drei einen Schritt zur Seite und schnitt ihm den Weg ab: ein ausgemergelter, ältlicher Kerl mit einer Mütze (die von einem roten Wollbommel gekrönt war) und einem großen Schnurrbart, der bis zu den Koteletten reichte; er trug einen rotkarierten Blouson und eine Brille, deren einer Bügel an der Seite mit schmutzigem Leukoplast geflickt war. Die beiden anderen waren ein Mann von etwa fünfunddreißig Jahren in einem grellblauen Jogginganzug, langem, welligem Haar und einem hinterhältig gekrümmten Rücken, und ein hellblonder, viel zu dicker Junge, dessen Schultern unmittelbar unter den Ohrläppchen begannen und eine Breite von fast einem Meter erreichten; trotz des kalten Wetters trug er nur ein weißes T-Shirt ohne Ärmel, das zwei weiße dicke, über und über mit Tätowierungen bedeckte Arme freiließ. Dieser Typ hatte vorhin die Hand auf Ulis Gesicht gelegt.

»Ich muß weiter«, sagte Uli.

»Nein, Alter«, sagte der Mann im Trainingsanzug, »du mußt überhaupt nicht weiter. Wir haben es hier viel zu gemütlich zusammen.«

Obwohl Uli Künstler war, fühlte er jetzt die Reaktion eines Spießbürgers in sich aufsteigen, das heißt, den Wunsch, »Polizei!« zu rufen. Aber er tat es nicht – und als unser alter Mann bald darauf mit den Dreien über den Platz ging, wurde ihm zu seiner ungläubigen Überraschung klar, daß er eigentlich entführt wurde. Der Bodybuilder, der sich vor lauter verhaltener Kraft in den Schultern wiegte, blieb dicht an seiner Seite, wodurch es Uli vorkam, als schrumpfte sein eigener Körper zusammen zu einem Fädchen, das manchmal aus einem Ärmel hängt. Er wußte sich durch sein Alter geschützt, wußte aber zugleich, daß er sich am Ende des zwanzigsten Jahrhunderts nicht allzu fest darauf verlassen durfte. (Er hatte sie noch erlebt, jene wenigen Jahrzehnte westeuropäischer Geschichte, in denen die Straßen frei von Räubern und Mördern waren, zumindest in Friedenszeiten – aber die waren vorbei.)

Sehr bald stellte sich übrigens heraus, daß er in etwas hineingeraten war, das mehr einem geschäftlichen Unternehmen glich. Der Kerl mit dem Schnurrbart, Daan genannt und offensichtlich der Anführer, stellte fest, daß Opa doch sicher gern einen ›Gelben‹ verdienen mochte. Ja, sagte Uli, das schon, aber leider habe er heute abend keine Zeit, er müsse den letzten Bus kriegen, denn morgen werde es früh wieder Tag. Aber Daan meinte, das ginge schon in Ordnung mit dem Bus. In der kleinen Anlage am Fuß der Statue blieb er stehen, zog eine Handvoll Banknoten aus der Brusttasche seines Blousons und hielt Uli einen Fünfundzwanzig-Gulden-Schein hin.

»Wirklich nicht«, sagte Uli und schüttelte den Kopf.

Der blonde Kraftprotz spreizte die Beine und verschränkte langsam die Arme, während auf seinem Gesicht ein tückisches Lächeln erschien. Ulis Herz begann zu jagen, stockte einige Sekunden lang und klopfte dann spürbar weiter. Außer ihnen war niemand in der Anlage: ein Ausholen des gewaltigen Armes, und die Premiere von *Unwetter* mußte für geraume Zeit verschoben werden. Was nun? An der Ecke des Platzes war früher eine Polizeiwache, aber die war seit zwanzig oder dreißig Jahren nicht mehr besetzt. Uli nahm die Banknote an, und Daan sagte:

»Brav so. Bloß keine Angst. Ist nur, weil unser fester Opa heute krank ist.«

Mit dem Geld in der Hand schaute Uli von einem zum anderen.

»Was soll ich tun?«

»Komm mit«, sagte der Mann in Blau, »wir gehn ein Pils zischen.«

Er zog Uli am Ärmel mit zu einer Bar auf der gegenüberliegenden Seite. Bis vor etwa fünfzehn Jahren war dort ein berühmtes Restaurant gewesen, in dem die Großen der Kleinkunstbühnen verkehrten; auch Uli hatte dort oft gegessen, einmal noch nach dem Krieg. Die Marmorwände und die Gemälde des legendären Eigentümers waren unverändert geblieben, aber das Lokal war jetzt zur Kneipe verkommen. Sie setzten sich an einen Tisch, die beiden anderen waren zum Glück nicht mitgegangen.

»Wie spät ist es?« fragte Uli.

»Erst zehn nach elf.«

»Ich weiß nicht, was du vorhast, aber in zehn Minuten muß ich unbedingt fort. Ich wohne außerhalb der Stadt.«

»Du hast sie wohl nicht alle. Ist ja nur ein Spaß. Ich heiße Koos.«

Er rief nach dem Ober und bestellte Bier – in dem Augenblick kam der Kraftprotz durch die Drehtür und ging, ohne sie anzusehen, an ihnen vorbei. Seine Arme waren naß, die Farben der Tätowierungen waren dunkler, als wären sie lackiert.

»Das ist Jopie«, sagte Koos. »Ein irrer Typ. Dritter Dan.«

Uli wurde wieder unruhig. Zum Glück machte das Publikum einen vertrauenerweckenden Eindruck: nicht allzu jung, offensichtlich überwiegend Geschäftsleute vom vielversprechenden Typ, mit netten Ehefrauen oder Freundinnen; die meisten standen mit einem Glas in der Hand an der Theke. Auch Jopie bestellte etwas; er wippte noch immer von einem Bein aufs andere wie ein Tanker, der nicht gleich zum Stillstand kommen kann.

»Prost!« sagte Koos mit erhobenem Glas.

Da erschien Daan. Suchend schaute er sich um und fragte höflich, ob er sich dazusetzen dürfe. Koos gestattete es ihm. Uli legte sein Buch auf die andere Seite und verstand nichts mehr. Hier wurde ein Stück aufgeführt, in dem er offenbar auch eine Rolle zu spielen hatte. Jopie lehnte jetzt mit einem Ellbogen an der Theke und guckte wie zufällig in ihre Richtung. Daan setzte die Mütze ab und zog aus der Innentasche seiner Jacke drei Streichholzschachteln. Sie waren mit marmoriertem Papier beklebt, das Uli an alte Schulhefte mit hartem Einband erinnerte; vielleicht dienten sie zum Aufbewahren von Heftklammern oder Gummiringen. Daan legte sie umgekehrt auf den Tisch, holte eine Kugel aus der Tasche, legte auch diese auf den Tisch und stülpte eine Schachtel darüber.

»Dann wollen wir mal«, sagte er leise, aber mit einem lachenden Gesicht, das für die anderen bestimmt war und nicht zu seinem Ton paßte.

Er hob die Schachtel nochmals auf und zeigte, daß die Kugel noch immer darunter lag, schob die Schachteln dann rasch durcheinander, aber so, daß Uli leicht verfolgen konnte, wo sich die Kugel befand. Als Daan ihn fragend ansah, legte er den Finger auf die Schachtel. »O.K.«, sagte Daan und holte einen Fünfundzwanziger hervor. Uli begriff, daß man von ihm dasselbe erwartete; nachdem auch er seine Banknote auf den Tisch gelegt hatte, wurden die Schachteln wieder in Bewegung gesetzt. Es war nicht schwer – aber als er wieder auf die richtige Schachtel tippte und den Gewinn zugeschoben bekam, rief Koos etwas zu laut, so daß alle ihn hören konnten:

»Nimm sie! Die gehören dir. Pack sie ein, Opa!«

Man wurde auf sie aufmerksam, und beim dritten Spiel – das Uli verlor – kamen einige Leute an ihren Tisch. Für Daan war dies ein Signal, das Tempo zu steigern. Immer rascher, komplizierter, kaum noch zu verfolgen, wirbelten die Schachteln über die Tischplatte, immer schneller wechselte ein Spiel das andere ab. Unwillkürlich empfand Uli Bewunderung für Daans Fingerfertigkeit; er hatte den Eindruck, daß es kaum etwas ausmachte, was er sagte: wenn er sicher zu wissen glaubte, wo die Kugel lag, war sie nicht dort; riet er nur einfach drauflos, so lag sie da. Er gewann, verlor, aber er gewann häufiger als er verlor, was Koos zu immer neuen Ermutigungen verlockte. Ihr Tisch war jetzt von Zuschauern umgeben, die Uli Tips gaben; Jopie gehörte zu den wenigen, die noch an der Theke standen. Als Uli sechs Banknoten kassiert hatte, schob Koos seinen Stuhl nach hinten und sagte:

»Aufhören, Opa. Gewinn einpacken und abhauen.«

Da war natürlich ein Befehl. Uli steckte das Geld in die Tasche, nahm sein Buch und stand auf.

»Na denn, danke schön«, sagte Daan bitter.

Sofort setzte sich ein gutgelaunter, halbergrauter Herr im Blazer auf Ulis Platz, nahm eine Hundert-Gulden-Note aus der Brieftasche, legte sie auf den Tisch und schlug mit der flachen Hand drauf. Sein Freund versuchte, ihn fortzuziehen, weil er selbst zuerst drankommen wollte. Mit der Fröhlichkeit von älteren Männern, die zum Vergnügen ausgehen, aber doch nicht nur zu ihrem Vergnügen, beschimpften sie sich gegenseitig, wobei sie sich mit ›Pater‹ und ›Notar‹ ansprachen. Als das Spiel mit dem Notar begann, zog Koos Uli am Arm zur Theke, so daß er nun zwischen ihm und Jopie stand.

»Ich muß jetzt wirklich gehen.« Uli sagte es leise, denn er begriff, daß er jetzt wieder unter verschärfter Aufsicht stand.

»Zuerst rechnen wir ab. Wir beide, meine ich.« Aber als Uli

in die Tasche griff, sagte Koos murmelnd, mit einem Blick auf den Barkeeper: »Aber nicht hier.«

Der Barkeeper drückte Gläser auf die Bürste im Spülbecken und versuchte den Eindruck zu erwecken, als sei er geistig zurückgeblieben. Koos machte keine Anstalten zu gehen. Es wurde noch ein Glas Bier vor Uli hingestellt.

»Ich muß nach Lelystadt, Mann. Was mache ich, wenn der letzte Bus fort ist?«

»Ein Taxi nehmen.«

»Du weißt doch, das kostet hundert Gulden.«

»Geld spielt keine Rolle.«

Aus den Augenwinkeln sah Uli auf Jopies Arm. Das Ding lag auf der Theke wie ein Schlauch, auf dem eine Invasion von Monstern aus einer anderen Welt hereinspazierte: grüne Panther mit aufgesperrten Mäulern und Reißzähnen, blaue Fledermäuse im Sturzflug, weibliche Vampire, tobsüchtige Papageien, feuerspeiende Drachen, und dazwischen wimmelte allerlei unbestimmbares Fabelgetier bis zu seiner Hand und dem billigen, unechten Goldring an seinem kleinen Finger. Vom Spieltisch, der vor lauter Menschen nicht zu sehen war, schallten Gelächter und lautes Rufen herüber. Halb zwölf vorbei, Uli konnte den Bus gerade noch mit einem Taxi erreichen, aber dann mußte er sofort weg. Plötzlich stieg ihm das Blut ins Gesicht. Er mußte es drauf ankommen lassen und so laut schreien, wie er nur konnte: daß man ihn entführt und seiner Freiheit beraubt hatte, daß er mißbraucht wurde, unter Drohungen zum Komplizen bei einer Betrügerei gezwungen wurde. Bestenfalls würde man versuchen, ihn zu beruhigen, ihm lachend einen Schnaps anbieten (aber wo denke er hin, in ihrer Gesellschaft, an einem so gemütlichen Abend!), und wenn es ernst würde, bekäme er schnell noch einen Schlag in die Magengrube.

»Ich muß aufs Klo«, sagte er.

Koos sah ihn an und verzog den Mund zu einem schiefen Lächeln.

»Ich muß auch verdammt nötig pissen.«

Während sein Bewacher vor einem Becken den Reißverschluß herunterzog, schloß Uli sich in einem Klosett ein.

Obwohl er keinen Drang verspürt hatte, mußte er angesichts des Klobeckens nun doch. Er legte das Buch auf den Boden, ließ die Hose herunter und setzte sich zum Wasserlassen hin (so konnte er sich besser entspannen, damit es nicht nachtröpfelte) und begriff, daß er nun wirklich gefangen war. Koos redete ununterbrochen, aber Uli hörte nicht zu. Hier war die Möglichkeit, dem Gesindel zu entkommen, wer weiß, wo sie ihn sonst noch reinziehen würden. Koos konnte natürlich Jopie holen, um die Tür aufzubrechen (der würde sie einfach aufziehen und dabei kaum merken, daß sie abgeschlossen war), aber das würde Krach machen, und so wichtig war Uli ihnen nicht. Er nahm die Fünfundzwanziger-Noten einschließlich seines Honorars heraus, schob sie durch den Spalt unter der Tür durch und sagte:

»Hier ist dein Geld. Ich hab's satt.«

Die Stimme schwieg. Kurz darauf verschwanden die Banknoten. Schritte. Eine Tür schlug zu.

Uli seufzte tief. Er stand auf, brachte seine Kleider in Ordnung und setzte sich wieder auf die Brille – was ihm ein befremdliches Gefühl verschaffte: mit angezogener Hose die gähnende Kloake unter seinem Hintern zu spüren. Zur Sicherheit wartete er noch ein paar Minuten. Den Bus konnte er jetzt vergessen, er mußte Lucas und Max anrufen und sie um eine Schlafstelle bitten; sie hatten ihm das schon mehrmals angeboten. Daß es zu spät war, die Nachbarn anzurufen, irritierte ihn, obwohl er gleichzeitig das Gefühl hatte, Bertas Besorgtheit sei der verdiente Lohn für ihr ... ja, für was eigentlich?

Dixieland-Musik; alle Tische waren besetzt. Niemand wartete auf ihn, als er vorsichtig um die Ecke des L-förmigen Raumes schaute, ob Jopie noch an der Theke stand. Er sah ihn nicht, wurde aber selber sofort vom Barmann bemerkt, der seine Serviette fortlegte und auf ihn zukam.

»Kommen Sie nur.«

Ohne weitere Erklärung führte er Uli durch eine Hintertür und zeigte ihm, wie er durch die Küche des angrenzenden Hotels zu einem Hintereingang gelangte. Im hellen Neonlicht, zwischen glänzenden Herden mit Töpfen und Pfannen, folgte Uli dem Fluchtweg; zwei Türken, die schweigend saubermachten, beachteten ihn nicht.

Der Nieselregen hatte aufgehört. Durch einen langen Gang mit nassen Lattenwänden zu beiden Seiten gelangte er zu einem kleinen Tor, das auf die Straße führte. Es war noch immer viel Verkehr. Die Uhr auf dem Turm eines Bankgebäudes zeigte zwölf Uhr an. Als ihm eine Frau mit einem Langhaardackel an der Leine entgegenkam, bückte er sich und streichelte das Tier. Der Hund verdrehte die Augen und fletschte die Zähne.

»Passen Sie auf, er kann falsch sein.«

»Mir tut er nichts«, sagte Uli. Das wußte er. In jedem Dackel waren alle Dackel enthalten, also auch Sebastiaan, und der würde verhindern, daß er gebissen wurde.

Jetzt mußte er anrufen. Er sah sich nach einer Telefonzelle um und entdeckte an der Wand eines Transformatorenhäuschens ein Plakat vom Autorentheater:

Leo Siderius
Unwetter
Premiere am Freitag, dem 12. November 1982
Kosmos-Theater

Er ließ die Augen eine Weile darauf ruhen.

Pierre de Vries – Willem Bouwmeester

Es war wirklich wahr. Dort stand es. Übermorgen war es so weit; morgen war Generalprobe. Jetzt mußte er dafür sorgen, daß er ein Dach über dem Kopf fand, damit er seiner Aufgabe überhaupt gewachsen war. Hoffentlich war Berta so vernünftig, nicht die Polizei anzurufen; doch so leicht war sie nicht zu erschrecken. Da mußte er schon Schlimmeres aushecken.

7. *Anblick*

Plötzlich spürte er, daß er nicht allein das Plakat anschaute. Links von ihm standen Koos und Daan und lasen mit, rechts türmte sich Jopies unförmige Gestalt auf.

»Unwetter«, nickte Daan. »Kann man wohl sagen. Ein Sauwetter heute.«

»Das muß aber ein großer Haufen gewesen sein«, sagte Koos.

»Sei nicht so gemein, Opa hat uns einfach verloren. Er läuft überall herum und sucht uns, das siehst du doch. Also los, komm wieder mit.«

Eine große Gelassenheit breitete sich in Uli aus: es mußte wohl so sein.

Willig ließ er sich abermals abführen, diesmal in eine große weiße Bar mit Spiegeln und Palmen (offensichtlich eine umgebaute Garage), bevölkert von modebewußten jungen Leuten, die ihre Kleidung der Einrichtung angepaßt hatten. Er bekam wieder ein Glas Bier und das Ritual wiederholte sich: wie zufällig kamen Jopie und Daan herein. Wie bei Frau Michaël fühlte sich Uli in seinem Konfektionsanzug völlig fehl am Platze, und jetzt auch noch wegen seines Alters; Koos in seinem Jogginganzug paßte gerade noch hierher, auch Jopie ging einigermaßen, aber Daan in seiner Arbeiterjacke wirkte hier unmöglich. Alle sahen sich immer wieder nach ihnen um und schauten zur Tür, aber als Koos wieder »Nimm sie!« und »Pack sie ein, Opa!« rief, machte niemand Anstalten, an ihren Tisch zu kommen. Nur ein paar nichtssagende Blicke glitten unbeteiligt über sie hinweg, sonst blieben alle so gleichgültig, wie sie aussahen. Die Schachteln wirbelten wieder durcheinander und schließlich wandte sich Koos völlig ratlos direkt ans Publikum:

»Schon wieder zweihundert Gulden gewonnen!« Er schaute in die Runde, hob den rechten Arm und wies mit dem Zeigefinger nach unten auf Ulis Scheitel.

Niemand reagierte darauf. In diesem Augenblick verlor Jopie die Geduld. Mit einer plötzlichen Bewegung fegte er sein Bierglas von der Theke, so daß es drei Meter weiter an einem vernickelten Tischbein in Stücke ging, und rief:

»Ein Sauladen ist das hier! Himmelherrgott, die Pest sollt ihr kriegen, der Schlag soll euch treffen! So ein beschissenes Pack!« Er lief zur Tür. »Auf, los«, sagte er im Vorbeigehen, »abhauen«.

Auch das störte die Gäste nicht in ihrer Gleichgültigkeit (vielleicht hätte sie nicht einmal der Ausbruch des Dritten Weltkriegs erschüttert); mit leeren Augen schauten sie den Abziehenden nach.

Jetzt hatte Uli doch eine Kostprobe ihrer Gewalttätigkeit bekommen. Es nieselte wieder, und während sie durch die Straßen gingen, setzte Jopie seine Betrachtungen fort: daß er am liebsten den ganzen Scheißladen kurz und klein geschlagen und ein paar von den Rotzkerlen an die Wand geklatscht hätte. Diese ekligen Fratzen! Die Fresse sollte man ihnen polieren, den Arschlöchern, ihnen die Knochen zerschlagen, auf die dreckigen Margarineköpfe hauen – das sollte man, verdammt noch mal! Koos lief grinsend weiter, während er ab und zu die Arme zum Himmel hob. Den Gewinn hatten sie noch nicht zurückverlangt, es war inzwischen selbstverständlich, daß Uli zu ihnen gehörte.

Es war stiller geworden in der Stadt und die Gestalten auf den Straßen zwielichtiger. Überall stolzierten die Huren auf und ab, standen in Gruppen an den Ecken herum und rauchten Zigaretten, die Dicken bei den Dicken, die Ausgezehrten bei den Ausgezehrten. Hier und da tauchten schmächtige Strichjungen wie Gespenster unter den Torbögen auf.

»Es wimmelt hier von Arschfickern«, sagte Koos.

In zwei dichten Kolonnen zogen langsam Autos vorbei, hinter jedem Steuer ein einsamer Mann. Hin und wieder bog einer in eine Gracht ein und wartete, bis jemand tief herabgebeugt und mit musterndem Blick die Wagentür öffnete. Uli mußte an den Bus denken, der jetzt – weit weg – ohne ihn durch den dunklen Polder fuhr. Der Gedanke versöhnte ihn auf einmal mit der Tatsache, daß er noch mitten in der Nacht durch die Innenstadt streunte. Was hatte er schon zu verlieren? Die Generalprobe war erst am Abend, und morgen konnte er ausschlafen. Andere Männer seines Alters lagen schon seit Stunden auf dem Ohr, irgendwo in einem Altersheim in einem Außenbezirk, aber er war noch in ein großes Abenteuer verstrickt – und übermorgen spielte er die Hauptrolle in einer Uraufführung. Überall in der Stadt hingen Plakate mit seinem Namen. Nein, so schnell ließ sich ein Bouwmeester nicht unterkriegen! Dazu mußten noch ganz andere Dinge geschehen.

»Wo gehn wir hin?« fragte er herausfordernd.

Es schien, daß seine neu gewonnene Lebenslust sein Ansehen in der Gruppe sofort erhöhte. Als keiner antwortete, zeigte Uli auf eine Kneipe an der anderen Straßenseite. Hinter einem schmalen Fenster unter der Aufschrift MIGNON tanzte auf der Fensterbank eine Krankenschwester mit schlangenartigen Bewegungen zum Rhythmus einer unhörbaren Musik. Allerdings entging es Uli zunächst, daß es eine recht altmodisch gekleidete Krankenschwester war, ihr schwarzes Gewand reichte fast bis auf die Schnürschuhe und hatte lange Ärmel. Darüber trug sie eine lange weiße Schürze mit einem kleinen Stehkragen, die in der Taille eng anlag, und auf dem Kopf eine gestärkte, weiße Haube, die an den Kopfputz einer Sphinx erinnerte.

Als sie die Straße überquerten, mußten sie in der Mitte kurz vor einem Polizeiwagen anhalten, der langsam vorbeifuhr, und den Uli jetzt hätte rufen können, aber nicht rief.

Es war proppenvoll in dem kleinen Raum, so daß es nicht auffiel, als sie zusammen eintraten. Die Musik war laut und von der Art, wie sie Tag und Nacht auf den Piratensendern zu hören war; und doch übertönte sie kaum das laute Geschrei. Uli ergriff abermals die Initiative. Er bahnte sich einen Weg nach hinten, wo es noch enger war, und forderte Daan unterwegs auf, doch mal seine Künste vorzuführen. Auf halbem Weg versperrte ihm eine ältere Frau mit hochgestecktem, schwarzgefärbtem Haar den Weg; in ihrer Hand blitzte eine Schere, und ehe er sich's versah, hatte sie ihm die Krawatte knapp unter dem Knoten abgeschnitten. Triumphierend, unter dem Jubel aller Umstehenden, hielt sie die beiden Enden hoch. Uli mußte wohl oder übel mitlachen, als sie in die Höhe gehoben wurde (von Händen, die ihr zwischen die Beine griffen) und die Krawatte mit einer Reißzwecke an einem Deckenbalken befestigte. Wie Stalaktiten in einer Tropfsteinhöhle hingen dort Hunderte von Krawatten, so grau und verstaubt wie die ausländischen Banknoten, mit denen ein Teil der Wand beklebt war.

Am Ende der Theke bestellte Uli zwei Whisky, und Daan ging ans Werk. Das Interesse war überwältigend. Nach ein paar Minuten wurde das Gedränge so groß, daß die Vordersten dann und wann über die tanzenden Schachteln geschubst wurden, was einen großen Kerl veranlaßte, sich umzudrehen und zu fragen, ob er irgend jemandem die Rübe abschlagen solle. Koos sah keine Möglichkeit näherzukommen, und ausgelassen übernahm Uli seine Rolle, indem er selber rief, daß er schon hundert, nun schon hundertfünfzig Gulden gewonnen habe:

»Steck sie ein, 's ist Winter! Die sind für Opa!«

Und dann kam der Augenblick, wo ihn der Mann, der sich nicht ungestraft stoßen lassen wollte, einfach vom Hocker zog. Uli konnte gerade noch sein Buch packen, und schon wurde er fachgerecht zwischen die Körper der zweiten Reihe gequetscht, wo er nun neben der Krankenschwester stand. Um ihren linken Oberarm trug sie eine weiße Binde.

»Hübscher Gewinn, was, Schatz«, sagte sie mit einer tiefen, etwas rauchigen Stimme, wobei sie eine Hand auf seine Schulter legte und zwei Reihen großer Zähne entblößte.

»Und ob.«

Sie war um die Dreißig und viel zu stark geschminkt; das Make-up unter ihren Augen bröckelte, die Haube reichte bis zum Haaransatz. Es war Uli unangenehm, daß er die Wärme ihrer Hand durch seine Kleider hindurch auf der Haut spürte, er wurde eng an sie gedrückt, an ihren vollen Busen (sie war größer als er), und während Daan nun zu ernsthaften Geschäften überging, sprang etwas weiter plötzlich ein hagerer Mann mit der Hakennase eines Fanatikers auf die Theke und schrie so laut er konnte, der Papst sei ein Betrüger und das Christentum nichts anderes als ›Staatsokkultismus‹:

»Gott ist völlig zu Recht gekreuzigt worden für das, was er angerichtet hat. Das war ganz einfach ein Akt der Gerechtigkeit! Es gibt nur einen, der das genau begriffen hat: Judas! Hoch lebe Judas!«

»Darauf heben wir noch einen!« rief jemand.

Danach zog ihn offenbar ein anderer herunter: genauso plötzlich, wie er aufgetaucht war, taumelte er unter die Gäste zurück. Inzwischen – Uli konnte es kaum verfolgen – war auch bei Daan etwas schiefgegangen. Die Schachteln flogen durch die Luft, es fielen Schläge. Daan knallte hart vornüber auf die Theke, griff nach seinem Glas und zerschlug es an der Kante. Das war das Signal für einen heftigen Tumult. Frauen kreischten, ein Barhocker wurde über die Köpfe erhoben, und plötzlich war auch Jopie da. Seine weißen, buntverzierten Arme arbeiteten sich wie eine Maschine zu Daan vor, um ihn zu befreien, während er sich gleichzeitig umsah und rief:

»Wo ist der Alte? Der hat die Kohle!«

»Mein Gott, die meinen mich«, sagte Uli, der in der Brandung der Leiber hin und her gestoßen wurde.

Die einzige, die ihn hörte, war die Krankenschwester. Ihre verschwitzte Hand packte die seine.

»Komm mit, ich werde dich pflegen.«

Bevor Jopie oder Koos ihn erreichen konnten, zog sie ihn die kleine Treppe hinunter zu den engen Toiletten und dann durch eine niedrige Tür, auf der »Kein Zutritt« stand. Sie schob den Riegel vor, nahm ihn an der Hand und führte ihn wie ein Kind.

In der plötzlichen Stille folgte er ihr durch einen langen Keller voller ausrangierter Möbel und Kisten mit leeren Flaschen. Als sie am anderen Ende ein paar wackelige Stufen hinaufgingen, hörten sie Hämmern und Fußtritte an der Tür hinter ihnen. Durch eine Luke stiegen sie in einen süßlich (nach Kakao?) riechenden Schuppen, in dem große, mit Segeltuch abgedeckte Stapel lagerten. Mit raschen Schritten liefen sie quer durch den Raum; jeweils das Licht ein- und ausschaltend, ging sie ihm voran durch einen Gang mit matten Fensterscheiben in eisernen Rahmen, bis sie durch eine Stahltür auf einen kleinen, gepflasterten Innenhof gelangten, wo ein in seine Einzelteile zerlegtes Motorrad lag. Uli atmete tief die frische

Luft ein, fand sich aber gleich darauf wieder in einem Haus und stolperte ihr nach, indem er sich an ihrer Hand festhielt und sich durch allerlei undefinierbaren Plunder vortastete.

»Wenn sie uns finden, sind sie schlau«, sagte sie und ließ ein gicksendes Kichern hören. »Wie heißt du, Chéri?«

»Uli«, sagte Uli, bevor er »Willem« hatte sagen können.

»Ich bin Schwester Ariane«.

»Wo um Himmels willen sind wir hier? Wo bringst du mich hin?«

Sie fing an zu singen:

»I need a lover that loves
Such a dangerous place to be ...«

Er lief wie im Traum über das weiße Linoleum eines Fitnesscenters oder einer Sporthalle, links und rechts standen die Foltergeräte, die einen aussehen lassen konnten wie Jopie – und plötzlich durch ein kleines, mit Möbeln vollgestopftes Wohnzimmer, in dem ein dicker Mann und eine dicke Frau breitbeinig auf einer Couch mit Quasten saßen und einen Nachtfilm im deutschen Fernsehprogramm anschauten (zwei bildschöne junge Menschen, die sich, halb verdeckt von einem Laken, liebten: »Nicht doch, Günther!«) – die Heizung war so weit aufgedreht, daß der Mann im Unterhemd dasaß und die Frau im BH. Ariane grüßte, doch es kam keine Reaktion. Uli fragte sich, ob das jemals ein Ende nehmen würde: jetzt stieg er wieder eine steile Treppe mit einem verschlissenen Läufer hinauf, passierte einen Treppenabsatz, auf dem ein umgedrehtes Rennrad stand, erklomm eine zweite Treppe ohne Läufer und dann noch eine dritte. Erschöpft wartete er, bis sie die Tür mit einem Schlüssel geöffnet hatte.

Das Zimmer, in das sie ihn einließ, war in grelles, fast blendendes weißes Licht getaucht wie ein Fotostudio. Die Einrichtung bestand aus einer Doppelmatratze mit zerwühltem Bettzeug, einem Kleiderschrank, dessen Türen offenstanden, einem großen Wandspiegel und einem Tisch, auf dem die Reste einer Mahlzeit standen. An der Wand hing eine schwarzgerahmte Zeichnung einer jungen Frau aus der ersten Hälfte des vorigen Jahrhunderts, wie aus ihrer Kleidung und Frisur zu erkennen war, daneben ein Plattenspieler mit Platten, nirgends ein Buch oder eine Zeitung. Das Zimmer war voll Musik, aber wie auf einem Jahrmarkt mischten sich alle möglichen Klänge durcheinander: aus einem Hinterzimmer drang das Dröhnen von Bässen, als ginge ein schwerleibiger Mann eine endlose Treppe hinauf; es vermischte sich mit dem gewaltigen Klang einer heroisch-tragischen Symphonie, die in der unteren Wohnung aus den Lautsprechern kam, während der obere Nachbar durch falsches Blasen auf einem Saxophon die Kakophonie noch verstärkte.

Als sei seine Retterin am Ende ihrer Kräfte, zog sie sich die Haube vom Kopf, unter der ein schon ziemlich kahlgewordener Schädel sichtbar wurde, was sie auf schockierende Weise veränderte; sie hob den Rock bis zur Taille hoch und ließ sich hintenüber auf die Matratze fallen.

»He, he!«

Sie kreuzte die Arme unter dem Kopf und zog, während sie ihn spöttisch anschaute, ein Bein hoch und ließ das Knie langsam seitwärts sinken.

Uli erstarrte. Sie trug keinen Slip. Wo ihre behaarten Schenkel zusammentrafen, war nicht das zu sehen, was er erwartete, aber auch nicht das, was im andern Fall hätte da sein müssen (denn es gibt ja nur das eine oder andere, Mann oder Frau, Tag oder Nacht, links oder rechts, Kaffee oder Tee). Er erblickte etwas Schreckliches, etwas, das nicht von dieser Welt war und am ehesten noch einer Krabbe glich.

Entsetzt faltete er die Hände.

»Was ist denn mit dir passiert?«

»Dreimal darfst du raten. Ich habe eine Geschlechtsumwandlung machen lassen«, sagte sie – oder nun nicht mehr sie, aber auch nicht er: ein Übergang, eine Schattierung dazwischen, l'heure bleue...

In Uli zerbrach etwas. Noch immer im Mantel und mit gefalteten Händen sank er in die Knie und betrachtete mit feuchten Augen das, was sich ihm dort im mitleidlosen Licht darbot: das Zeichen, genau an der Stelle, wo die Ärzte das Fleisch mit dem Messer noch ein bißchen modelliert hatten, wo sie noch ein bißchen versucht hatten, etwas daraus zu machen, was nicht dies und nicht jenes war, sondern nur das Bild einer Krabbe, die seitwärts über den nassen Sand zur Flutlinie kriecht.

»Casablanca«, sagte sie, – wie ein Kriegsveteran ›Stalingrad‹ oder ›Verdun‹ sagen würde.

Die harte, geflochtene Kokosmatte stach durch Ulis Hose in die Haut an den Knien, aber er hatte das Gefühl, daß er diesen Schmerz ertragen mußte. Ihm war, als hätte nur noch dies in seinem Leben gefehlt, als müsse man achtzig Jahre alt werden, um zu sehen, was er nun sah: dies hier, *etwas ganz anderes,* ein drittes Ding, das nicht von der Natur vorgesehen und überaus geheim war.

Unser braver Uli! Er hätte in diesem Augenblick über sich selbst hinauswachsen müssen; die Augen auf diesen Punkt der Welt, diesen metaphysischen Nabel gerichtet, hier im grellen Licht, mit einem großartigen Gedankenflug (übrigens mußte er auch mit einer versteckten Kamera rechnen, die hinter dem großen Spiegel die ganze Szene aufnahm und von einem anrüchigen Kameramann mit Backenbart und einer zu langen Zigarre im Mund bedient wurde, der zum zigsten Mal seine Arbeit verrichtete: Schwester Ariane und der Greis – zur Vorführung vor einem verklemmten Gesindel aus allen Rängen und Ständen bestimmt, wo möglicherweise auch jemand saß, der ihn kannte oder im Fernsehen erkannte), aber nichts dergleichen geschah. Und geschah irgendwie doch, war eigentlich schon geschehen, außerhalb aller Gedanken und Worte – auch wenn es natürlich widersinnig ist, so etwas von jemandem in einer Geschichte zu behaupten.

»Du brauchst wirklich kein Mitleid mit mir zu haben«, sagte Ariane (ehemals ›Arie‹?), »es war der schönste Augenblick meines Lebens. Endlich das Scheißding los zu sein.« Sie schaute ihn an und spitzte die Lippen zu einem Kuß. »Komm zu mir, Uli.«

Der Name aus ihrem Mund steigerte seine Verwirrung noch mehr als der angedeutete Kuß. Stöhnend und etwas schwankend erhob er sich; es dauerte einige Sekunden, bis er seine Knie wieder ganz gestreckt hatte. Er zog den Mantel aus und legte sich neben sie. Sie schlang einen Arm um seine Schultern wie bei einem Kind und sagte:

»Als ich aus der Narkose zu mir kam, hörte ich als erstes die Stimme des Muezzins aus den Lautsprechern auf den Minaretten, die zum Gebet rief. Nicht übel, was?«

Uli schaute zur Decke und lauschte der Kakophonie. Ihm war zumute, als mündete sein ganzes Leben in das Mysterium, in dem er sich jetzt befand. Ein süßes Gefühl durchströmte ihn, oder eher noch ein Geruch, von Blut vielleicht, der aber nicht im Zimmer hing und den nur er selber roch, weil er ihn aus dieser oder jener Ecke seines Lebens anwehte.

»Wie gemütlich wir es hier zusammen haben!« Mit dem Arm unter seinem Nacken drückte sie Uli ein paarmal an sich, so daß er fühlte, daß irgend etwas mit ihrem Busen nicht stimmte. »Was hast du früher gearbeitet, Uli?«

»Ich war beim Theater. Ich bin es übrigens noch immer. Ich habe das Gefühl, daß ich gerade erst anfange.« Er wandte ihr sein Gesicht zu und sah sogar ohne Lesebrille ihre groben Poren sich durch die Schminke abzeichnen. Der Anblick flößte ihm keinen Ekel ein, aber auch nicht das Gegenteil: es fügte sich in die völlige Unbegreiflichkeit des Ganzen. »Und du? Wie verdienst du dir deine Brötchen?«

»Gar nicht. Ich bin arbeitslos, ich lebe von der Sozialhilfe.«

»Und davor?«

»Da habe ich an der Universität gearbeitet, als Dozent für Arabisch.« Sie hob den Hintern und zog ihren Rock etwas herunter. »Da staunst du, was? Ja, ich war ein sehr gelehrter Mann. Erzähl mal, was machst du beim Theater?«

Auf einmal klärte sich etwas in Ulis Kopf, wie bei jemandem, der, ohne es zu merken, eingedöst ist. Er setzte sich auf.

»Ich muß fort.«

»So plötzlich? Das ist aber nicht nett. Komm, wir legen eine Platte auf, ich habe auch noch was zu trinken.«

Uli stand auf und nahm seinen Mantel.

»Ich habe morgen abend Generalprobe – nein, schon heute abend. Ich muß wirklich nach Hause.« Er zog die zusammengeknüllten Banknoten aus der Tasche, zählte vier davon ab und reichte den Rest Schwester Ariane, die ungerührt liegenblieb. »Hier, das ist für dich, kauf dir eine Karte für die Premiere. Am Freitag im Kosmos.«

Sie lachte und nahm das Geld mit einer trägen, aber koketten Geste.

»Eine teure Karte.«

»Das Geld ist von den Ganoven, den Rest brauche ich für ein Taxi. Ohne dich hätte ich gar nichts mehr gehabt.«

»Was ist das für ein Stück?«

»Sieh es dir an. Ein bißchen kompliziert, aber es wird dir vielleicht gefallen. Es hat etwas mit dem *Sturm* von Shakespeare zu tun.«

Sie hob die Hand mit dem Geld:

»Before you can say, ›come‹, and ›go‹,
And breathe twice, and cry, ›so, so‹,
Each one, tripping on his toe,
Will be there with mop and mow.
Do you love me, master? no?«

Als Uli sie verblüfft ansah (die eigene, nun folgende Textstelle auf den Lippen), sagte sie:

»Gib mir einen Kuß, Chéri.«

Uli ließ sich auf die Knie nieder, diesmal auf der Matratze, und drückte vorsichtig seine Lippen auf die ihren oder die seinen, aber wie dem auch war, bei diesem letzten Kuß legten sich ihre Arme in einer plötzlichen Aufwallung von Leidenschaft (oder was so aussah) um seinen Hals, und ihre Zunge glitt in seinen Mund. Banknoten wirbelten durch die Luft, Uli kippte um und versuchte, den Mund zu öffnen, um nach Luft zu schnappen; da schob ihn Schwester Ariane auch schon entschieden und kräftig von sich fort, als sei er es gewesen, der zum Angriff übergegangen war.

»Und jetzt hau endlich ab«, sagte sie, als er wieder auf den Beinen stand. Ohne ihn noch einmal anzusehen, machte sie mit den Fingern Bewegungen wie kleine Kinder, wenn sie zum Abschied winken.

Uli nickte. Er verließ das Zimmer mit dem Gedanken, daß ihn draußen vor der Tür Jopie, Daan und Koos erwarteten. Er suchte nach dem Lichtschalter; als er ihn nicht finden konnte, tastete er sich die Treppen hinunter.

Noch immer stand ihm ihre Geste vor Augen. Aus vergangenen Zeiten fiel ihm ein, daß seine Mutter – die mit Berta schwanger war – manchmal »Winke, winke« gesagt hatte, wobei sie sein Handgelenk packte und es hin und her schüttelte, so daß seine Hand willenlos mitfächelte. Es mußte ein dreiviertel Jahrhundert her sein ... und dann kam es ihm vor, als ob er mit jeder Stufe zu neuen Erinnerungen hinabstieg, oder zu Bruchstücken davon – wie ein Archäologe, der plötzlich Scherben aus dem Boden ragen sieht –, zu etwas, das einige Wochen oder Monate später geschehen sein mußte ...

... irgendwo in einem Theater mit seinem Vater und seiner Mutter? Kleider. Ein Kleiderständer? Eine Garderobe? Er, zwischen den Kleidern versteckt – an allen Seiten weiche, harte, farbige Stoffe

... Verwirrung. Was geschieht da? Überall Leute

... seinen Hund (ein Stofftier), den sandfarbenen Dackel mit den Schlappohren, ohne den er nicht schlafen kann, eng an sich gedrückt. Oh, der Hund, der ewige Hund, Freund, Sicherheit

»... Arzt! Einen Arzt!«

... alles umgeben von Nacht, Gewändern – irgendwo losgelöst schwebend, in einer Kugel, auch als die Welt schon untergegangen ist

... die Hand, die ihr die Augen zudrückt. Nein, das ist später

... sie schreit

... sein Vater, noch geschminkt, aber schon mit dem Bowler auf dem Kopf, außer sich, festgehalten von riesigen Akrobaten in engen Trikots und mit Kaiser Wilhelm-Schnurrbärten. »Berta!« Dort läuft eine Katze

...eine Mauer mit abblätternder Farbe, wie die Schuppen eines Fisches: die ganze Zeit über hat es sie gegeben, hat er sie mit sich getragen, die Mauer, sein Leben lang, überall hin

...Hoppe hoppe, Reiter, wenn er fällt, dann schreit er

...der Vater schreit, die Mutter keucht, schreit. Da ist sie. Er sieht ihr Gesicht nicht, sie liegt, die Beine zu ihm zugekehrt, auf einem Kanapee, die Knie (zwischen denen auch er geboren wurde) gespreizt. Alles klitschnaß, jemand hat gekleckert.

...auch Blut, auf dem Smyrnateppich, auf dem Boden. Wie schrecklich hat der Storch sie gebissen

mit beiden Händen versucht sie etwas zurückzuhalten, das aus ihr kommt, ein großes Ding, das zwischen ihren Beinen eine viel zu weite Öffnung aufreißt

...und das gleich darauf wie ein Korken herausschießen wird: wie der Korken aus seiner Luftpistole – ein Bild, das sich später (als er kurz vor dem Ersten Weltkrieg mit Berta und Tante Gertrud in Berlin ist, um die Großeltern und den Onkel kennenzulernen) zu seiner Bestürzung wiederholt, als er im Zirkus Sarrasani mit einem Donnerschlag einen Mann aus einer Kanone fliegen sieht, quer durch den riesigen Raum in das Netz an der anderen Seite

...hoppla, ein Salto – Musik, Applaus

...ein Baby! Vom Storch hineingesteckt! Ein Mädchen in einem Tigerfell (die Seiltänzerin?), die Hände von Blut überströmt, faßt den Kopf des Babys, das sich wie eine Schraube aus der Mutter dreht

...er schaut zu, schlägt die Zähne in den Hund, während seine Hose warm und naß wird, aber niemand achtet auf ihn

... was sagt der Mann in dem Frack (der Zauberer?), der plötzlich auftaucht, und, eine Hand an der Klinke, die andere am Türpfosten, sich ins Zimmer vorbeugt? Daß der Doktor krank ist? Nicht kommen kann

... der Vater flucht, reißt sich los, wird wieder von den Akrobaten festgepackt. All das Blut jetzt, nicht zu stillen: ein Brunnen

... das Baby beginnt zu weinen, dann wird die Mutter still

... der schlanke Jongleur in einem Kostüm im Weiß von einem alten Auge legt sein Ohr auf die Brust, die zur Ruhe gekommen ist. Zwischen den Requisiten versteckt, sieht ein kleiner Junge durch glänzendes schwarzes Haar die weiße Kopfhaut des Scheitels schimmern, gerade wie ein Sonnenstrahl

... war es so?

... jemand hat ihr die Augen geschlossen. Der Bauchredner? Hat auch er Tränen vergossen?

Fünfter Akt

1. *Vorbereitung*

»Was ist mit deiner Krawatte passiert?«

Er war gerade aufgewacht. Angekleidet lag er auf dem Bett und schaute Berta mit großen Augen an. Er tastete nach seinem Hals.

»Die hast du sicher abgeschnitten, als ich schlief.«

Sie zuckte mit den Achseln, stellte Tee und Zwieback neben ihn und fragte nicht weiter.

»Wenn du dich nur heute abend wohl fühlst.«

Sein Körper war wie ein Stück Holz. Regungslos lag er auf dem Rücken und wußte nicht, wie er den Arm ausstrecken sollte; sonst tat er es, ohne es zu wollen, aber nun, da er es wollte, ging es nicht. Erst als er den Tee roch, klappte es schließlich doch; zur Sicherheit setzte er sich sofort auf die Bettkante. Sein Körper war so steif und ungehorsam, als gehörte er jemand anders. Nach ein paar Minuten ging es ihm besser. Er ließ ein Bad einlaufen und zog sich aus. Vorsichtig ließ er sich ins warme Wasser gleiten und fühlte sich gleich entspannt. Es war viel geschehen in den vergangenen Tagen. Über dem Wasser waren seine Zehen viel größer als unter Wasser. Während er das Bein hob und sinken ließ, begann er leise zu singen:

»Nur nicht
Aus Liebe weinen . . .«

Beim Mittagessen aß er kaum etwas, und im Laufe des Nachmittags nahm seine Unruhe zu. Er ging durchs Haus, stand vorm Fenster, warf hin und wieder einen Blick ins Textbuch, sah sich die Sendung des Schulfernsehens an (soweit er im Schneetreiben des alten Schwarzweißbildes etwas unterscheiden konnte) und versuchte, nicht an den vergangenen Abend zu denken. Außerdem hatte er ständig das Gefühl, etwas vergessen zu haben. Berta sagte, er solle ein wenig hinausgehen, und obwohl sie es ihm riet, tat er es. Sie fragte, ob er den ›Kollegen Joost‹ mitnehmen wolle (sie hing schon wieder an der Sherryflasche): das würde ihn ein bißchen aufmuntern, er sei den ganzen Tag noch nicht aus dem Korb gekommen.

»Mach das lieber selber.«

»Wenn er nur nicht krank wird. Seine Nase ist ganz trokken«.

»Ja, dann muß die Vorstellung abgesetzt werden.«

Draußen war es kalt. Er ging ins Zentrum und trank eine Tasse Kaffee auf dem Platz, den man, nicht ohne Sinn für das Groteske, die Agora genannt hatte. Fast körperlich spürte er in der Ferne, hinter dem Horizont, Amsterdam liegen. Er hatte keine Ruhe. Ihm war, als sei er nicht in seinem Körper, sondern sitze zehn Zentimeter daneben; eine halbe Stunde später befand er sich schon wieder auf dem Heimweg. Müde nahm er das Textbuch wieder auf den Schoß (obwohl er es auswendig kannte), und schaute mit offenem Mund die zweiundzwanzigste Folge eines Fernsehkurses über Programmieren an. In der folgenden Reportage über ein modernes Büro standen überall Bildschirme, außer im Zimmer des Direktors.

Als er endlich mit Berta und Joost im Bus saß und durch die vorbeihuschende Ebene fuhr, schien sich am Horizont eine schwere Schneewolke aufzutürmen: zwischen dem in Dämmerlicht getauchten Land und dem dunkellila Himmel hing ein heller Lichtstreifen, als würde der Himmel wie eine Käseglocke vom Horizont abgehoben: ein blendender Spalt, aus dem jeden Augenblick etwas Unbegreifliches zum Vorschein kommen konnte. Während er, mit der Aktentasche aus Pappmache auf dem Schoß, aus dem Fenster sah, wußte er plötzlich, was er bei Schwester Ariane vergessen hatte: Michaëls Buch über die Perspektive.

Es war jetzt sechs Uhr. Im Kosmos herrschte eine Betriebsamkeit, die anders war als bei den früheren Proben; das ganze Gebäude war davon erfüllt. Die Kasse war geschlossen, aber in der Garderobe war Gerda am Werk, und der rote Läufer im Gang wurde von einem Ausländer mit einem Staubsauger bearbeitet; aus einem Lieferwagen schleppten zwei Männer einen großen Fernsehapparat ins Haus. Erst als Uli ihn sah, erinnerte er sich wieder an das Interview; es war seinem Gedächtnis entfallen, als ob es nie stattgefunden hätte. Auch im Saal und auf der Bühne wurde gearbeitet. Die Sitze waren noch leer, strahlten aber zum erstenmal Erwartung aus, als gäbe es irgendeine Verbindung zwischen ihnen und den Menschen, die alsbald auf ihnen sitzen würden, sich jetzt aber noch irgendwo in der Stadt aufhielten.

»Toi, toi, toi«, sagte der Bühnenmeister, als sie an ihm vorbeigingen.

Obwohl es noch früh war, hatte er erwartet, hinter der Bühne Aufregung und Geschäftigkeit anzutreffen, aber es herrschte eine verdrossene Stimmung, als sei es die hundertste Vorstellung. In der Kantine spielten Paul und der Inspizient Karten mit einem Techniker und dem Mann, der den Fotografen spielte; am anderen Tisch spielten Trix und Mimi eine Partie Tricktrack. Mit den Füßen auf dem Schminktisch, den Stuhl auf zwei Beinen hintenübergekippt, las Etienne in seiner Garderobe einen allzu dicken amerikanischen Roman, dem man schon am Umschlag ansah, daß es sich um ein auf der Schreibmaschine heruntergehämmertes Machwerk jener Sorte handelte, das auf internationalen Flughäfen, in den Foyers teurer Hotels und auf Kreta spielte – auch wenn es für Uli nicht als solches erkennbar war, denn er las fast nie ein Buch. Zusammen mit Joost, der seine Schwäche noch immer nicht überwunden hatte, verschwand Berta zu ihrem Fausto; er selbst setzte sich – zu müde, den Mantel auszuziehen – vor den Spiegel in seinem Zimmer. Mit den Händen im Schoß sah er sich an, ohne etwas zu sehen.

Was machte er hier? Er gehörte nicht hierher. Er sollte zu Hause sitzen, wieder still im Stuhl vor dem Fenster die Bewegungen der Sträucher im Vorgarten betrachten. Auf einmal erschien ihm nichts begehrenswerter als dies: im Stuhl zu sitzen und ein alter Mann zu sein, der nie einen Brief von einer Schauspieltruppe bekommen hatte, sondern in ausgetretenen Pantoffeln durchs Haus schlurfte, zwischen einer immer schemenhafter werdenden Vergangenheit und einer immer schemenhafteren Zukunft, und für den die Möbel, die Mahlzeiten, die Toilette und das Nickerchen auf dem Sofa unverrückbare Fixpunkte waren. Wie ein altes Rennpferd vor einer zu hohen Hürde sah er der bevorstehenden Generalprobe entgegen; und morgen stand die Premiere bevor, dann eine Reihe von Vorstellungen, auch in anderen Städten, mit all dem Katzenjammer auf den nächtlichen Heimfahrten im Bus... wofür das alles? Vielleicht hätte es einen Sinn, wenn es keinen Tod gäbe, aber wenn man doch sterben mußte, wozu war es dann gut?

Als er vor langer Zeit wegen der Gallensteinoperation im Krankenhaus war, im Mehrbettzimmer natürlich, lag neben ihm ein ausgemergelter Mann in seinem Alter, der an Magenkrebs im letzten Stadium litt. Bis zu dem Tag, an dem die weißen Wandschirme um sein Bett gestellt wurden, hinter denen er starb (in Anwesenheit einer ungeduldig wartenden Tochter und deren Mann, der ununterbrochen herumlief, mit anderen Patienten schwatzte und auf seine Uhr schaute), las er in einem Buch. Warum? Was hatte er davon, sich kurz vor Torschluß noch den Kopf vollzustopfen? Als er mit dem Bett und allem Drumherum weggerollt worden war und auch die Schirme verschwunden waren, lag das Buch noch auf seinem Nachttisch – wie ein Gegenstand, der irgendwie unantastbar geworden war, heilig, furchterregend: Hölderlin, Hyperion (Uli wußte das längst nicht mehr – weder Autor noch Titel hatten ihm etwas gesagt –, aber er hatte es gesehen, so daß es noch irgendwo in seinen Gehirnzellen gespeichert sein mußte), Eremit in Griechenland...

Auf dem Gang war Gelächter zu hören, und allmählich sah er sich im Spiegel auftauchen. Sein Mantel stand offen, in der Brusttasche seines Jacketts steckte etwas Weißes, wie ein Einstecktuch. Er zog es heraus: es war der Papierfetzen aus dem Telefonbuch mit Stellas Nummer und Adresse, den der Stoff hochgedrückt hatte. Er sah ihn noch einmal an und rollte ihn dann zwischen den Fingern zu einem Kügelchen. In einer plötzlichen Anwandlung steckte er es in den Mund und schluckte es hinunter.

Als hätte ihm das neue Kraft gegeben, streckte er den Rükken und rieb sich mit beiden Händen die Augen. Danach dauerte es eine Weile, bis er seine Umgebung wieder deutlich vor sich sah. Als die Dinge wieder an ihrem Platz standen, entdeckte er wiederum etwas Weißes. An den Spiegel gelehnt stand ein Briefumschlag. In schönen kalligraphischen Buchstaben stand darauf:

Über Willem Bouwmeester
(Kurzer Traktat zum besseren Verständnis)

Mit hochgezogenen Brauen nahm er den Brief heraus und las:

Auf der einen Seite geht die Natur in Gestalt von Tieren, Pflanzen und Mineralien in den Menschen ein, auf der anderen Seite kommt Unrat heraus. Das Beste wird bei der Verdauung zurückbehalten, wonach es in den Stoffwechsel übergeht und so den menschlichen Körper erhält. So ist es mutatis mutandis auch beim Künstler. Auf der einen Seite geht die Welt in ihn ein und wird auf dem Wege eines Verdauungsprozesses von Eindrücken und einer Geistumwandlung in ein Kunstwerk umgesetzt, aber auf der anderen Seite bleibt er mit einem Schiß sitzen. Das ist alles, was für ihn selbst übrigbleibt. Auf eine Formel gebracht:

Künstler minus Kunstwerk = Schiß

Kein Wunder, daß man einen gewissen Abstand zu ihm wahrt.

Dies betrifft den kreativen Künstler wie mich. Nun zu dem, was den reproduzierenden Künstler wie ihn betrifft.

Alles, was geschehen wird, hat er bereits im Kopf. Der Komödiant hat seine Rolle auswendig gelernt, jede Bewegung, die er machen soll, ist festgelegt; er weiß, was die anderen sagen und tun werden, er kennt den gesamten Ablauf. Aber es gibt zwei Betroffene, die noch nichts wissen und ihre Unwissenheit miteinander teilen: den Zuschauer und die dargestellte Figur. Für den Zuschauer ist die Figur ebenso frei wie er selbst; ihre Zukunft ist offen, alles ist möglich, nichts zwangsläufig (nur der Tod, jedenfalls für den Zuschauer; die Figur ist nie geboren worden). Doch wen hört und sieht der

Zuschauer, wenn er die Figur hört und sieht? Eben diesen Komödianten – den ganz und gar Unfreien, den Untertan des Schicksals, den Knecht der unabwendbaren Vorherbestimmung. Of all persons ist es gerade dieser unbedeutende Famulus, dieses allwissende Individuum, das die menschliche Freiheit demonstrieren und die naive Person verkörpern muß, und nur er allein kann das Unmögliche vollbringen. Läßt sich daraus nicht etwas über die tragische Beschaffenheit der Freiheit lernen? Jeder beliebige Schmierenkomödiant, der den Ödipus spielt, ist lehrreicher als Ödipus.

Ich spreche also von Masken. (Es ist nicht ganz ungefährlich, von Masken zu sprechen, darum sollte dies besser unter uns bleiben.) Nur in der Maskerade gibt es offenbar Freiheit, Menschlichkeit, Kultur.

Und jetzt zu unserem ergebenen Architectus. Er spielt die Rolle eines Mannes, der eine Rolle spielt: er bekommt eine zweite Maske über seine Maske gestülpt – doch diese zweite Maske, die über die menschliche Maske der Freiheit gestülpt wird, ist die Zauberer-Maske der Unfreiheit! Zwischen ihm und Prospero muß die Figur entstehen wie der Blitz zwischen einer Gewitterwolke und der Erde: zugleich frei und unfrei, Kunst und Mensch.

Ich kann den Ausgang dieses Experiments kaum erwarten, morgen wissen wir mehr. (Zu meiner Entschuldigung sei gesagt, daß Schmerz auch Erleichterung bringen kann, wie ein heftig mit dem Fingernagel in die Haut gedrücktes Kreuz über einem Insektenstich.)

Wünschen wir ihm eine gute Reise!

L. S.

Uli starrte auf den Brief. Was war das für ein sonderbares Schreiben? War es überhaupt für ihn bestimmt? Er wurde als ›er‹ bezeichnet, ›über‹ Willem Bouwmeester stand auf dem Umschlag. Vielleicht war es an Vogel gerichtet, und jemand hatte es versehentlich hierher gelegt. Ihn überkam das unbehagliche Gefühl, daß sich hinter seinem Rücken etwas zusammenbraute, etwas Unheilvolles, aber vermutlich war der Brief einfach nur Ausdruck der allgemeinen Verschrobenheit von

Siderius. Uli legte den Brief hinten in sein Textbuch und zog den Mantel aus. Als er ihn an den Garderobenständer hängte, ließ er die Finger leicht über Prosperos Mantel gleiten.

In diesem Augenblick tauchte ein anderer Autor in der Türöffnung auf und sah ihn mit einem wüsten Lachen an: Molly, er hatte den einen Arm um Olgas, den anderen um Stellas Schulter geschlungen.

»Krasnaja pedschalste kak smert wroschinje!« rief er und warf seine Beine abwechselnd in die Luft.

Sein Auftreten hatte zur Folge (ob aus Berechnung oder nicht), daß die Niedergeschlagenheit rasch in eine fröhliche Stimmung umschlug, die bald auch auf die Kantine übergriff. Die Spiele verschwanden, und eine halbe Stunde später wurden an allen Tischen in bester Laune die belegten Brötchen von den Platten verspeist, die Michaël hatte kommen lassen. Er kündigte an, daß man nach der Vorstellung im Foyer die Fernsehsendung ansehen könne; dort werde auch ein kaltes Büffet bereitstehen. Eigentlich sei es für morgen bestellt, aber dann müsse man eben noch eines kommen lassen. Bier und Wein wurden mit Maßen getrunken; jeder wußte genau, wieviel er vertragen konnte. Über die Vorstellung sprach niemand außer Vogel, der sich hin und wieder vorbeugte und eine Anweisung gab.

»In der letzten Szene, Willem, wenn du Etienne ermordet hast, laß dir vor allem Zeit. Es soll lieber etwas zu lange dauern als zu kurz.« Auf seinem T-Shirt prangte diesmal die Zahl 8.

»Geht in Ordnung.«

Seit Uli etwas gegessen hatte, ging es ihm wieder besser. Er saß an einem Tisch mit Stella, Aronds, dem Inspizienten und Molly, der sich eine Pfeife angezündet hatte und niemandem Gelegenheit gab, Lampenfieber zu bekommen. Während alle lachten, beugte sich Uli zu Stella und fragte:

»Wie geht es Pim seit voriger Woche?«

»Pim?«

»Ja, deinem Sohn.«

»Oh, du meinst Arthur.« Prüfend schaute sie ihn an. »Seit voriger Woche? Wie meinst du das?«

»Seit ich ihm die schöne Geschichte erzählt habe.«

»Aber Uli«, sagte sie, ohne die Augen von ihm abzuwenden, »das war gestern. Gestern abend.«

Er zog die Augenbrauen zusammen.

»Ja, natürlich«, murmelte er. »Es ist seitdem so viel passiert...« Aber er glaubte ihr nicht. Unsinn, es war vorige Woche gewesen. Um ihrer Frage zuvorzukommen, was denn alles in der Zwischenzeit geschehen war, wechselte er das Thema. »Was ich dich noch fragen wollte – aber du brauchst natürlich nicht zu antworten... wer ist Arthurs Vater? Kenne ich ihn?«

»Hat dir das niemand erzählt?« Erstaunt sah sie ihn an; aber durch ihr Staunen schimmerte noch immer ihre Besorgnis über seine Bemerkung von vorhin.

»Ich wußte nicht einmal, daß du ein Kind hast.«

»Wie ist das nur möglich in diesem Klatschnest. Wer hätte das gedacht? Lucas«, antwortete sie.

Mit offenem Mund starrte er sie an. Lucas? Der Freund von Max? Er blickte zu dem Tisch hinüber, an dem sie saßen. Lucas und Olga spielten mit gegeneinandergepreßten Knien ein Kinderspiel, bei dem sie singend die flachen Hände gegeneinander schlugen, abwechselnd geradeaus, über Kreuz und auf die Knie:

»Ich stand vor einem Puppenhaus,
Da guckten hübsche Puppen raus.
Ich frag: Was tun die Puppen hier?
Die Puppen trinken Puppenbier...«

Da sie dabei immer wieder Fehler machten, sanken sie sich kreischend vor Lachen in die Arme, während Max ihnen zärtlich lächelnd zuschaute, als sei er ihre Mutter.

»Meinst du das im Ernst?« fragte Uli.

»Manchmal ändert sich eben alles«, sagte Stella. Er schwieg. Nicht zu glauben. Mit der befeuchteten Spitze seines Mittelfingers tupfte er die Krümel vom Teller und steckte sie in den Mund. Er versuchte, sich die Kombination vorzustellen, sie beide im Bett, Lucas schon in Gedanken an Max. Hatte etwa Siderius hier die Inspiration für sein Stück gefunden? Es war alles viel zu kompliziert. Es hatte übrigens etwas mit der Zeit zu tun. Irgend etwas stimmte nicht mehr mit der Zeit, aber das wußte Stella natürlich nicht. Dazu war sie zu jung, obwohl sie schon so viel erlebt hatte. Man hatte etwas mit der Zeit gemacht, an ihr herumgemurkst, damit sie immer schneller lief oder auch langsamer, so daß alles drunter und drüber ging und niemand sich mehr auskannte. Er selbst hatte einmal einen kaputten Wecker zerlegt und zusammengesetzt, wonach das Ding wieder tickte, obwohl ein Zahnrädchen übriggeblieben war; aber nach einer Stunde zeigten die Zeiger zwei Stunden mehr an. Ein Rädchen fehlte. Es war irgendwohin gerollt, heraus aus dieser Welt, und rollte nun in einer anderen Welt, vielleicht irgendwo in der Zukunft, oder vor fünftausend Jahren bei den Ägyptern, wo es, hundert Meter hoch, in der Sonne blinkte und über die Wüste auf die funkelnagelneuen Pyramiden zurollte.

»Uli!«

Stella stieß ihn an, und er schaute auf.

»Ja«, sagte er.

Die meisten waren schon aufgestanden. Plötzlich war eine Spannung in der Luft. Vogel rief, daß die Probenkritik unmittelbar nach der Vorstellung stattfinden solle. Das sei spätestens um zehn Uhr, man habe also bis zur Fernsehsendung noch anderthalb Stunden zur Verfügung; morgen nachmittag hätten im Prinzip alle frei, falls nicht noch kleine Korrekturen vorgenommen werden müßten. Da er kein Unheil heraufbeschwören wolle, indem er ihnen Glück wünsche, (obwohl jeder wußte, daß nur nach einer schlechten Generalprobe eine gute Premiere folgte), hob er beide Daumen und sagte:

»Hals- und Beinbruch!«

Uli war anscheinend kurz eingenickt. Mit einem dumpfen Gefühl im Kopf ging er in seine Garderobe, zog die Tür hinter sich zu und blieb unentschlossen stehen. Er mußte jetzt das Kostüm von Pierre de Vries anziehen, aber er rührte sich nicht und wartete auf etwas, ohne zu wissen, worauf, und ohne an etwas zu denken. Es klopfte. (Seither waren ein paar Minuten vergangen, aber das war ihm nicht bewußt.) Vogel kam herein und hinter ihm Berta.

»Also dann wollen wir mal«, sagte der Regisseur in einem sorglosen Ton, der nicht zum Blick seiner Augen paßte. »Sind Sie bereit?« Offenbar war er selbst erstaunt, daß er plötzlich wieder ›Sie‹ sagte, und fügte hinzu: »Wie fühlst du dich?«

»Gut«, sagte Uli und zog seine Jacke aus.

Berta, die Joost auf dem Arm hielt, schaute ihn prüfend an.

»Du hast heute nacht zu wenig geschlafen, du solltest den Kopf unter den Wasserhahn halten.«

Nun erschien auch die Garderobiere und kurz darauf der Maskenbildner mit seinem Köfferchen. Die Erstarrung war gewichen, und Uli genoß es, wie sich alle um ihn bemühten. So mußte es früher bei Pierre de Vries und Louis Bouwmeester gewesen sein: immer waren sie der Mittelpunkt von allem. Während er sich umzog, versuchte Vogel, ihn mit den üblichen Gags der Fernsehregisseure aufzuheitern: in einem Thriller dürfe nie jemand das Zimmer verlassen, ohne sich an der Tür noch einmal umzudrehen und etwas zu sagen, meist etwas Verhängnisvolles. Vogel ging zur Tür, legte die Hand auf die Klinke und sagte mit unheilverkündender Miene:

»Is that the reason why you visited Gräfin Knödelblitz last night?«

Worauf der Angesprochene, sobald er allein war, sofort jemanden anrief und ihm der kalte Schweiß auf die Stirn trat. Wenn die Verbindung am anderen Ende der Leitung unterbrochen wurde, was fast immer passierte, so daß man plötzlich das Tuut-tuut-tuut hörte, warf der Betroffene garantiert einen verdutzten Blick auf den Telefonhörer, was in Wirklichkeit wohl niemand je tat.

Unterdessen sah Uli, wie im Spiegel Pierre de Vries entstand: der Schauspieler, der im täglichen Leben sich selbst spielte, nie zu spielen aufhörte – stets etwas zu flott und zu elegant in seinem weißen Anzug. Die Tür stand offen, und vom Gang schaute hin und wieder jemand zu ihm herein.

»Verdammt noch mal«, sagte Vogel und zeigte auf Prosperos Mantel, »was hat der Kittel hier zu suchen? Der müßte längst auf der Bühne hängen.« Er ging zur Tür und brüllte: »Joop!«

Er kam nicht zurück. Uli fiel der Brief von Siderius ein, aber den konnte er ihm auch nach der Vorstellung zeigen. Mircea, der Maskenbildner, der vom Reden nicht viel hielt, zeigte einladend auf den Stuhl neben seinem geöffneten Köfferchen, in dem Dutzende von Instrumenten, Creme- und Farbtöpfchen in sinnvoller Anordnung lagen. Mit seinen schweren, halbgeschlossenen Augenlidern sah er wirklich wie der Primas eines Zigeunerorchesters aus. Er zog die Perücke mit dem allzu schwarz gefärbten Haar über Ulis Kopf; und während Uli mit einem Schwämmchen die erste feuchte, sofort trocknende Cremeschicht aufs Gesicht geschmiert bekam, mußte er an all die Zigeuner denken, die sich einst bei Kerzenlicht mit ihrer Geige zu der einen oder anderen seiner Freundinnen hinabgebeugt hatten, um die Dame im tiefsten Schmelz der Töne dahinsinken zu lassen (und ihr dabei ins Dekolleté zu schauen), während er selbst mit einem weltmännischen Lächeln eine Banknote aus der Brieftasche zog, sie der Länge nach faltete, und achtlos in den weiten, bestickten Ärmel des Virtuosen gleiten ließ. Als er den Maskenbildner im Spiegel ansah, wie er Hunderte Male Friseure im Spiegel angesehen hatte, begann er wieder zu lächeln. Ein Walzer von Johann Strauß fiel ihm ein (»Ha, seht, es blinkt, es winkt, es klingt«), und er begann leise zu summen.

»Ich weiß nicht, was mit dir los ist«, sagte Berta, »aber Joost ist auch nicht in Ordnung. Sein Bauch fühlte sich ganz hart an, und er will wieder nicht fressen.« Sie hatte den Hund noch immer auf dem Arm und gab ihm einen Kuß auf den Kopf.

»Mit mir ist alles in Ordnung.«

»Ja, ja.«

Murrend – wie konnte Vogel nur denken, daß er etwas vergessen hätte – kam der Inspizient herein, um den Zaubermantel zu holen, ein wenig später erschien Henk Aronds. Schweigend, als sei es eine Überraschung, nahm er Ulis Hand von der Lehne und steckte einen Ring mit einem großen lila Stein an seinen Finger.

»Der gehört auch noch zu Ihnen.«

Uli hob die Hand vor die Augen und sah den Ring an.

»Kurz nach oben gucken«, sagte Mircea, während er mit dem Schwämmchen an den Augenlidern hantierte.

»Paßt er?« fragte Aronds.

Uli schaute zur Decke hoch und prüfte mit der anderen Hand nach.

»Wie angegossen. Du vergißt aber auch nichts.«

Als er durch die Eisentür ging, hörte er ungewohnte Geräusche, wie wenn man die letzte Düne erklommen hat und plötzlich die Meeresbrandung hört. Er ging um den schwarzen Bühnenhintergrund herum und dann an den Aufbauten entlang nach vorn. Lucas, der gebückt vor dem Loch im Vorhang stand, machte ihm Platz.

»Das kann ja heiter werden«, sagte er.

Es war der einzige Augenblick des Abends, an dem die Rollen vertauscht waren. Uli hängte seinen Spazierstock über den Arm. Es dauerte eine Weile, bis er das Loch in den Falten gefunden hatte. Er nahm den Hut ab und schaute mit seinem gesunden Auge durch die Öffnung.

Unter dem dunkelblauen Baldachin mit den Himmelsgestirnen im Saal und auf den Balkonen wimmelte es von jungen Leuten; es schien, als wollte jeder lauthals demjenigen etwas zubrüllen, der am weitesten von ihm entfernt saß. Ein Junge kletterte an einer gußeisernen Säule zum Balkon hinauf, Papierflieger segelten feierlich durch den Raum oder stürzten, wenn sie falsch konstruiert waren, mit hilflosem Trudeln zwischen die Sesselreihen; in den Seitengängen unter dem ersten Balkon gaben junge Lehrer und Lehrerinnen hier und da zu verstehen, daß es ihrer Meinung nach etwas ruhiger zugehen könnte, aber dabei blieb es auch. Auf den Einzelsesseln vorn in der Proszeniumsloge saß Molly und unterhielt sich mit dem Direktor; hinter ihnen sah man einige Autoren, Uli erkannte Eduard und Flip 't Mannetje. Siderius war nicht da. Die Loge auf der anderen Seite war Vogel vorbehalten, aber jetzt saß nur Trudy dort. Erschrocken sah Uli, wie aus dem Mund eines hübschen blonden Mädchens in der ersten Reihe, (das offenbar sein Auge im Vorhang entdeckt hatte), ein schnell größer werdender rosa Ballon herauskam; er ließ den Vorhang los und drehte sich um, um nicht sehen zu müssen, wie der Ballon den ganzen Saal ausfüllte – und dann mit einem donnernden Knall zerplatzte.

Weil er sich zu schnell umgedreht hatte, geriet er kurz ins Wanken, aber schon faßte ihn eine Hand am Ellenbogen. Wem sie gehörte, nahm er nicht wahr. Man ließ ihn nicht mehr allein, so wenig wie früher den großen Louis. Gleich ging es los, und aus dem Theaterhimmel würden nun alle auf ihn herabsehen: Louis, Frits, Louis jr., Tilly, Lily, Wiesje und all die anderen, die unter den Bronzeflügeln von Frederik Rosenveldt versammelt waren. Vielleicht hatte man den Kindern in der Schule erzählt, aus welcher Familie er stammte – falls es die Lehrer überhaupt wußten, sie waren ja fast selber noch Kinder.

Überall auf dem Gletscher wurden hastig die Requisiten in Ordnung gebracht. Wie eine exotische Blume stand Prosperos Mantel auf dem höchsten Punkt: es war wirklich undenkbar, ihn zu vergessen. Daneben lagen sein Stab und das Buch aus Styropor. Mit dem muffigen Geruch des Vorhangs in der Nase ging Uli in die Kulissen, wo er stehenblieb und den Feuerwehrmann anschaute, der auf einem Stuhl saß und ein Comic-Heft las. Uli hatte völlig vergessen, daß die Feuerwehr immer anwesend war, da die Theater mindestens einmal pro Jahrhundert in Flammen aufgingen.

»Guten Abend«, sagte er.

Der Feuerwehrmann hob den Kopf. »Gleichfalls guten Abend.«

Da er nicht weitersprach und Uli ebenfalls nicht wußte, was er sagen sollte, ging er ziellos weiter bis zur Mauer mit den straff gespannten Seilen und schaute nach oben: im Schnürboden hingen die Prospekte von anderen Stücken. Auch die Bühnenarbeiter hatten jetzt weiße Overalls an, damit sie bei den kleinen Umbauten auf offener Bühne nicht allzusehr auffielen.

Michaël stellte Uli einen Stuhl hin und fragte ihn, ob er nervös sei.

»Wenn du wissen willst, ob ich Lampenfieber habe – keine Spur. Es ist für mich nicht das erste Mal.« Er setzte sich und zeigte mit dem Elfenbeinstock zum Aufbau, wo Paul und Max in dem kalten Licht standen und sich unterhielten; Arthurs Vater tigerte auf und ab und murmelte dabei den Text vor sich hin. »Wie schäbig alles aussieht in dem verdammten Licht.«

»Das ist das Theater«, nickte Michaël.

»Wie spät ist es?«

»Halb neun. Es kann jeden Augenblick anfangen.«

Stella kam in Vogels Begleitung durch die Eisentür. Nein, sie sah nicht schäbig aus, auch nicht in diesem Licht. Mit der geschnürten Taille, den Händen im Muff, auf dem Kopf den Federhut, ganz in Weiß, war sie die Personifizierung des Lichtes – aber des Sonnenlichtes, das an einem heißen Sommermittag über den Kornfeldern liegt, die reglos dastehen in duftender Windstille, und nur das Summen der Insekten zeigt an, daß die Zeit vergeht. Ein Junge schaut sich plötzlich mit großen Augen um und verewigt den Augenblick. Die riesige Welt. Aber es war ein Abend im November, die Sonne war untergegangen, und Uli hatte das Gefühl, daß all das unendlich fern von ihm war, auch wenn er es in der Gestalt von Stella vor Augen hatte. Plötzlich war er so gerührt, daß er die Augen von ihr abwenden mußte.

»Achtung, meine Damen und Herren. Wir fangen an. Auf Ihre Plätze.«

Mit dem Rücken zum Vorhang und mit ausgestreckten Armen sah sich der Bühnenmeister um. Der Tumult im Saal schien in diesem Augenblick noch gewaltiger zu werden, und das wurde Vogel nun offenbar doch zuviel. Er sagte etwas zum Bühnenmeister, der mit beiden Händen den Vorhang so öffnete (wie den Eingang zu einem Schutzkeller), daß Vogel hindurchschlüpfen konnte, ohne daß die Bühne für das Publikum sichtbar wurde. Sofort wurde es still im Zuschauerraum. Was er sagte, konnte Uli kaum verstehen. Er fing etwas auf wie ›Rücksicht auf die Darsteller‹, daß es sich noch nicht um eine richtige Vorstellung handele, sondern um eine Generalprobe, und daß die Entspannung für den einen für den anderen eine Anspannung sei. Uli hob den Kopf. Hörte er richtig? Durch Anspannung Entspannung! Er lachte auf – es klang wie das Meckern einer Ziege –, so daß Berta, die Etienne die letzten Anweisungen für Joost gab, sich mit einem Ruck zu ihm umwandte.

Als Vogel durch den aufgehaltenen Spalt zurückkehrte, brachen im Saal aus heller Begeisterung darüber, daß das Publikum leiser sein sollte, donnernder Applaus und Getrampel los. Einige riefen »Zugabe!« oder »Hut!«

»Sofort anfangen«, sagte Vogel. »Die werden wir schon kleinkriegen. Alle auf ihre Plätze. Ich gehe in den Saal.«

Uli, Stella, Max, Lucas, Paul und Herr Caccini nahmen ihre Plätze ein, während sich die anderen in die Kulissen zurückzogen. Nachdenklich stützte sich Uli auf seinen Stock und schaute auf die Seile, die in einem eindrucksvollen Bogen durch die Ringe zur Decke liefen (und die Richtung anzeigten, in der der Vorhang gezogen wurde). Der Lärm hinter dem Vorhang nahm zu, schien aber weniger heftig als vorher. Noch vor ein paar Stunden hatte Uli der Vorstellung entgegengesehen wie einer unüberwindlichen Hürde, aber jetzt, da es so weit war, fühlte er sich leicht, fast leer und vollkommen ruhig, als wartete er an einer Haltestelle auf die Pferdebahn. Er kannte seinen Text von vorn bis hinten und von hinten bis vorn: die Zeit verstrich, und alles würde wie von selber gehen.

Als es schlagartig dunkel wurde, schloß er die Augen und nahm seine Pose ein: die linke Hand auf dem Herzen, in der rechten den erhobenen Spazierstock, als wollte ein Mönch mit dem Kruzifix den Teufel verjagen – um es dramatisch überhöht zu sagen.

2. Die Generalprobe (1)

Der Gong schlug dreimal, im Zuschauerraum verlöschte langsam das Licht, und mit dem Rauschen des Vorhangs öffnete sich jener ganz andere Raum, aus dem der Geruch warmer Kinderleiber zur Bühne hinaufstieg. Einen Augenblick lang befanden sich alle gemeinsam im selben Dämmerlicht einander gegenüber; als die Scheinwerfer aufleuchteten und die Gesichter im Saal verschwanden (außer dem Gesicht von Vogel im Widerschein des Lämpchens über seinem Textbuch), wurde es still. Uli erstarrte zum lebenden Bild – nach einem vergilbten Bühnenfoto aus dem Jahre 1904 – und fühlte zugleich, wie er und seine Kollegen mit dem Publikum zu einem reglosen Ganzen verschmolzen, das einen Meter über dem Boden schwebte. Er hatte die Augen auf das grün erleuchtete Wort AUSGANG hinten im Saal gerichtet und spürte, wie auch sein eigener Körper dazu beitrug durch eine Bewegungslosigkeit, die dennoch lebendig war. Die Vorstellung hätte eigentlich aus nichts anderem bestehen dürfen als aus lebenden Bildern, die sich ganz langsam, kaum merklich veränderten, stundenlang, ohne Text. Die Zeit stand still: nicht nur im Gebäude – überall in Amsterdam und im ganzen Universum. Es war Herrn Caccini, dem Musiker, überlassen, wie lange die Verzauberung anhalten würde; als er endlich einen Ton anschlug (ein Tropfen Zeit, der in die Ewigkeit fiel) und leise zu spielen anfing, ging ein Seufzer durch den Saal, der zögernd in einen kleinen Szenenapplaus überging. Uli spürte überall die Entspannung und empfand eine Spur von Enttäuschung darüber, daß es nicht immer so bleiben konnte. Der Abend konnte fast nicht mehr mißlingen.

Die Vorstellung lief an, und es schien, als ginge alles von selbst – als ob sie dort auf der Bühne den Text nicht brauchten, um eine Vorstellung zu geben, und der Text nicht die Schauspieler; als wäre es die Vorstellung selbst, die sich für ihr

Zustandekommen sowohl der Schauspieler als auch des Textes bediente. Eingebettet in dieses Gefühl, kam Uli sich frei vor wie ein Segler – wie früher, lange vor dem Krieg, als er in einer gemieteten Jolle gesegelt war: mit allem verbunden, Ruder und Taue fest in der Hand, seinen jungen Körper rücklings über Bord hängend, die Augen auf den Wimpel, die Segel und das ringsum glitzernde Wasser gerichtet, bei killendem Vorsegel unter dem umschlagenden Baum wegtauchend, völlig dem Augenblick hingegeben, und ohne einen Gedanken daran, was der nächste bringen werde, während er den vorherigen schon vergessen hatte. Der ständig sich ändernde Augenblick (doch *worin* änderte er sich? wie konnte er sich ändern?), in dem er Pierre de Vries Gastfreiheit, also Zutritt zu seinem Körper und zur Welt gewährte, und sich dabei trotz höchster Aufmerksamkeit doch in einer Art Halbschlaf befand. Alles verschmolz miteinander. Die rücksichtslose Art, mit der er, der Schauspieler und Jubilar, Stella behandelte, die unbedeutende kleine Schauspielerin, seine liebe Stella, die von ihrer Mutter gezwungen wurde, Zigarren zu rauchen, und sein Flirt mit ihrem Verlobten, dem bildhübsch geschminkten Max, einer Tunte ersten Ranges – wozu er aus dem Stegreif noch neue Dinge erfand, indem er zum Beispiel den neuen Ring zerstreut an seinem Finger hin und her schob, während er sagte:

»Laß einen Schluck für mich.«

Die Szene vollzog sich wie in einem Raum mit Spiegelwänden, in denen alles, was innen passierte, auch draußen zu sehen war, ohne Rücksicht auf das, was sich tatsächlich draußen ereignete. Durch den vollbesetzten Saal bekam die Probe einen völlig anderen Charakter als die vorangegangenen. Das war für Uli keineswegs neu – er hatte oft daran denken müssen, als seine Frau gestorben war. Zahllose Male – an ihrem Bett im Krankenhaus, auf dem Heimweg, zu Hause – hatte er sich vorgestellt, wie es sein würde, wenn sie einmal tot wäre; aber als es sie nicht mehr gab, als alle Dinge sich um ihr Dasein vermindert hatten, war alles anders. Er hätte sich gar nichts vorzustellen brauchen, denn nicht die Lebende war nun tot, sondern die

Tote. Damit hatte er nicht gerechnet (man bekommt das Messer immer in den Rücken), und es zwang ihn zu wochenlanger, krampfhafter Trauer um einen Menschen, den er haßte.

Langsam verlöschte das Licht über dem lebenden Bild, mit dem die Szene endete. In der nächsten hatte Uli keinen Auftritt. Im Dunkeln schlich er auf seinen Kreppsohlen über die schiefe Ebene in die Kulissen. Dort fühlte er Hände auf seinen Schultern, ein Stuhl wurde ihm untergeschoben; und im selben Augenblick merkte er, wie erschöpft er war.

»Es läuft ausgezeichnet«, flüsterte Michaël.

Uli nickte. Mit einem Papiertaschentuch tupfte ihm Mircea vorsichtig den Schweiß von Stirn und Gesicht. Am liebsten hätte er sich hingelegt, in einem Bett lang ausgestreckt, er hatte das Gefühl, als könnte er hundert Jahre ununterbrochen schlafen. Neben ihm saß Fräulein Wijdenes mit dem Textbuch auf dem Schoß. Über dem Aufbau und links und rechts vom Bühnenraum bewegten sich hastige Schatten.

Das Licht erstrahlte wieder über dem Eisberg, und von der Seite sah er das romantische Standbild der beiden Geliebten: Max emporblickend, mit hängenden Armen und nach vorn gekehrten Handflächen, Stella, mit der roten Rose auf der Brust, halb auf dem Boden sitzend, halb an seine Beine gelehnt, eine bleiche Hand zu seiner Schulter hochgereckt. Da Uli plötzlich an ein Grabmal denken mußte, wandte er die Augen ab und schaute in den Zuschauerraum, von dem er gerade noch die Autorenloge und die Ecksitze der ersten Reihen erkennen konnte. Während Molly mit weit aufgerissenen Augen und Mund auf das Ende des lebenden Bildes wartete, schaute der Direktor auf die Uhr. Unter ihnen die wehrlosen Gesichter von ein paar Kindern, die wie Ferdinand und Miranda soeben die Liebe entdeckten und aussahen wie Engel. Und was er nicht sah (was aber von anderen gesehen wurde), war: er selbst auf dem Stuhl in den Kulissen, zwischen dem Licht der Illusion und dem Dunkel der Wirklichkeit: ein Zwischenwesen in einem Zwischenreich – nicht mehr ganz Pierre de Vries und noch nicht ganz wieder Uli Bouwmeester; die Bretter dort im Licht nicht aus Holz, sondern aus Bedeutung, Bretter, auf denen Max und Stella jetzt nicht nur nicht ihre eigenen Worte sprachen, sondern auf denen sich ihre ganze Körperlichkeit bis in die letzten Moleküle verändert hatte: ihr Fleisch hatte sich in Traum und Illusion verwandelt.

Die Schüler waren noch immer brav. Im Dunkeln versuchten die jungen, mit Zahlen und Klassenarbeiten vollgestopften Gehirne, das Dargestellte dem einzufügen, was sie bisher über das Leben und die Literatur gelernt hatten, und beides war für sie noch in aller Unschuld ein und dasselbe; dennoch warteten sie auf etwas, das ihre Aufmerksamkeit ablenken konnte (sich so mitreißen zu lassen, war letzten Endes eigentlich blöd). Die Gelegenheit dazu bot sich in der nächsten Episode, in der das Verhältnis zwischen Pierre und Etienne dargestellt wurde, und hieß Joost.

Als das Licht über dem lebenden Bild anging, standen beide weit voneinander entfernt, womit ihr Verhältnis zueinander angedeutet wurde. Joost lag zu Etiennes Füßen und hatte den Kopf auf die Vorderbeine gelegt – gleichfalls regungslos und wie verewigt, so daß die Schüler möglicherweise glaubten, er sei ein Stofftier. Bisher hatte er bei den Proben immer dagestanden und frech in die Runde geschaut, was jedes Mal eine schöne, natürliche Störung der künstlerischen Darstellung bedeutet hatte. Als Bewegung in das Bild kam (und Molly in seiner Loge mit beiden Armen eine breite, verzückte Geste machte, wie ein hingerissener Dirigent bei der Wiederkehr des Hauptthemas), blieb Joost still liegen. Etienne, der damit rechnete, daß der Hund ihm folgen würde, zerrte ihn an der Leine etwa einen halben Meter hinter sich her, so daß er umfiel, sich wieder aufrappelte, mit allen vier Pfoten gegen den Boden stemmte und sich in dieser Haltung weiterschleifen ließ, bis das Halsband ihm die Ohren über die Augen klappte. Dann legte er sich wieder hin.

In dem Augenblick brach der Tumult los.

»He, aufhören, du Dreckskerl!«

»Tierschinder!«

Etienne machte eine Geste zu den Kulissen hin und sah mit zusammengekniffenen Augen zu Vogel. Dieser hatte soeben das Gesicht in beiden Händen vergraben, stand nun aber auf und rief:

»O.K.! Der Hund muß raus. Hund weg!«

Er rief es mit solcher Entschlossenheit, als wollte er, daß der Befehl unverzüglich bis zum Bijlmerbezirk durchdrang, damit auch der Kunstbanause in seinem Betonbau ihn nicht widerrufen konnte. Etienne warf wieder einen Blick in die Kulissen, aus denen kurz darauf Berta hervortrat.

Erst das Tier, das den Dienst verweigerte, dann Vogels Eingreifen aus seiner Loge, und nun das Auftauchen einer Oma im geblümten Kleid (mit großen blauen Blumen): die Aufregung erreichte ihren Höhepunkt. Unter dem losbrechenden Applaus hob Berta Joost vorsichtig auf, um ihn fortzutragen; ihrem Gesicht war die Enttäuschung abzulesen, daß die ganze Mühe plötzlich umsonst gewesen war. Aber vielleicht war es die Ovation, die über sie hereinbrach, vielleicht rief es etwas aus jener Zeit in ihr wach, als sie selbst noch auf den Brettern gestanden hatte – und das geschah hier mit Sicherheit zum letzten Mal –, jedenfalls wandte sich Shirley Carola unversehens dem Publikum zu und verneigte sich. Nicht einmal, sondern zweimal, dreimal, viermal – bis Vogel seine Fassung wiedergewonnen hatte und schrie:

»Würden Sie bitte sofort verschwinden, und zwar auf der Stelle!«

Berta schaute in den Saal, legte suchend die Hand über die Augen und fragte:

»Wie bitte?«

Das Publikum versank nun endgültig in schallendem Gelächter. Nur ein einziger Junge mit großen Augen saß kerzengrade da und war starr vor Schrecken über das, was sich hier abspielte, während sich die Mädchen überall kreischend in die Arme fielen, grölende Jungen standen gruppenweise auf und begannen, rhythmisch zu klatschen. Molly, der sich vor Lachen weit aus der Loge beugte, wurde vom Direktor am Kragen zurückgezogen und landete in Eduards Schoß, bekam einen Stoß und schrie außer sich vor Begeisterung in den Saal:

»Twerskaja gospodin towarisch plaschriwrozawlenja!«

Berta stand noch immer mit dem weißen Pudel in den Armen da, wer weiß, vielleicht hatte sie vor, als Zugabe ein Tänzchen zu machen.

»Vorhang!« brüllte Vogel.

Der Bühnenmeister schaute um die Ecke und verschwand. Gleich darauf fiel der Vorhang und im Zuschauerraum gingen die Lichter an.

Und Uli? Wo ist Uli? In der Verwirrung und im blanken Entsetzen auf der Bühne hatte zunächst niemand Zeit, sich um ihn zu kümmern: zuerst mußte Etienne beruhigt werden. Wütend warf er den weißen Hut auf den Boden (wenn auch jedermann sah, daß die Geste ihm nicht aus der Seele kam, sondern aus einem Theaterstück oder Film stammte) und rief, er höre jetzt auf, er gehe nach Hause, jetzt gleich, für immer, in die Ardeche, die anderen könnten seinetwegen tot umfallen. Der Inspizient hob den Hut auf und begann ihn sauber zu pusten. Michaël ersuchte unterdessen Berta, er schlug einen scharfen Ton an, sich sofort in die entfernteste Ecke des Kosmos zurückzuziehen und sich nicht mehr blicken zu lassen. Sie fragte, was nun aus der Titelstory in *Privaat* werden solle, als sie jedoch Michaëls gebietenden Zeigefinger am Ende seines ausgestreckten Arms sah, schmiegte sie ihre Wange an die von Joost, hob kurz die Achseln in Richtung von Herrn Caccini und ging.

Genau zur richtigen Zeit, denn gleich darauf erschien Vogel mit wutverzerrtem Gesicht, er hatte seinen Hut in der Hand, so daß die meisten zum erstenmal sahen, daß sich auf seinem Kopf eine genau abgezirkelte, tonsurartige Glatze zu bilden begann. Jetzt wurde es offenbar ernst. Rasend vor Wut rief er, das Weib sei ja noch schlimmer als das Biest – wo sie denn sei? Und wo Etienne hin wolle?

Der war schon fast an der Eisentür.

»Ich höre auf.«

»Sag mal, bist du etwa verrückt geworden? Hiergeblieben, verdammt noch mal. Das ist eine Generalprobe! Was fällt dir ein? Das Ministerium wartet doch nur darauf daß die Aufführung morgen nicht stattfindet.« Und zu Michaël: »Sag dem Arend, er soll dem Pack da unten beibringen, daß wir gleich weitermachen, aber noch einen Piepser, und alle fliegen raus auf die Straße. Da können sie nach Herzenslust die Mauern mit

Filzstiften beschmieren. Er soll von seiner Loge aus zu ihnen sprechen. Das ist das letzte Mal, daß ich eine Generalprobe vor den Bälgern halte, das nächste Mal laden wir ein Altersheim ein, dann können wir wenigstens in Ruhe arbeiten.« Während Michaël fortging, um den Auftrag auszuführen, setzte Vogel den Hut auf und schaute sich um. »Wo ist Willem?«

Es war Olga, die ihn entdeckte: hinten, zwischen den zusammengeschobenen Requisiten aus einem anderen Stück (Sonnenschirmen, weiß gestrichenem, von Seeluft verwittertem Geländer), ohne daß er wußte, wie er dort hingekommen war. Er sah ein wenig grau aus, in seinen Augen stand der blanke Schrecken. Vogel zog einen Liegestuhl heraus und stellte ihn auf, ohne zuerst ein Känguruh mit verstauchten Pfoten daraus zu machen. Vorsichtig ließ Uli sich hineinsinken, als sei das dunkelblaue Leinen glühendheiß von der Sonne.

Vogel hockte sich vor ihm nieder und sagte, daß die lustigen Dinge, die man sich später erzählte, nie lustig seien, wenn sie gerade passierten, das komme erst später. Nun ja, das brauche er einem Willem Bouwmeester nicht zu sagen, er sei ja heute nicht zum ersten Mal dabei. Am besten sei es wohl, gleich darüber zu lachen. Die Art, wie er daraufhin lachte, war nicht seine überzeugendste Darbietung als Regisseur, und auch Uli brachte nicht viel mehr fertig, als den Mund leicht zu verziehen.

»Erinnerst du dich noch«, sagte er, »daß wir zu Siderius gegangen sind, weil ich in seinem Stück etwas entdeckt hatte, das man verbessern könnte?«

»Um Himmels willen, hör auf damit!«

»Die Suppe hat er uns kräftig versalzen.«

»Hör auf! Es ist meine Schuld, ich hätte mich nie darauf einlassen dürfen. Zum Glück haben wir es grade noch rechtzeitig hingebogen, stell dir vor, das wäre morgen passiert.«

»Ich habe übrigens noch einen Brief von ihm bekommen.«

»Einen Brief?« wiederholte Vogel. »Du? Von Siderius? Wann denn das?«

»Er lag vorhin in meiner Garderobe. Ich werde ihn dir zeigen. Ein ziemlich seltsamer Brief.«

»Das bezweifle ich nicht. Möchtest du etwas trinken? Ein Gläschen Cognac?« Als Vogel den Kopf hob, war Olga schon fort, um es zu holen. Der Regisseur stand auf und sah ihn durchdringend an. »Wir lassen uns nicht unterkriegen, nicht wahr?«

»Unkraut vergeht nicht.«

Er sah Uli noch immer an.

»Gut so. Ich muß noch schnell ...«

Mit schlaffer Hand machte Uli eine Geste des Verstehens. Im Zuschauerraum hinter dem Vorhang war es still geworden, Uli hörte die Stimme des Direktors, ohne etwas zu verstehen. Es würde ihm sicher gelingen, die Ruhe wieder herzustellen: vielleicht sprach er über die Zurückgekehrte Blume. Er sah Michaël wieder vor sich, wie er Berta von der Bühne verbannt hatte (obwohl sie vorige Woche noch als Gast an seinem Tisch gesessen hatte) und wie sie mit Joost durch die Eisentür hinausgegangen war. Er riß die Augen auf und verzog sein Gesicht wie jemand, der kurz eingenickt ist.

»Fühlst du dich wohl?« fragte Olga, als sie ihm den Cognac gab.

Das Glas war kleiner als das beim Direktor. An ihrem Gesicht versuchte er abzulesen, wie es Berta in der Kantine erging, denn zweifellos saß sie dort, aber fragen wollte er nicht. Er nahm einen Schluck, der ihm brennend durch die Kehle rann.

»Jedenfalls schon viel besser.«

Doch zugleich hatte er das Gefühl, als ob es ihn eigentlich nichts mehr anging – weder die Generalprobe noch morgen die Premiere, geschweige denn die Vorstellungen, die danach stattfinden sollten. Nicht, daß er davor Angst hatte, wie neulich, er spürte nur, daß alles ganz anders verlaufen würde. Auf welche Weise – der Bühnenmeister stand wieder mit ausgebreiteten Armen vor dem Vorhang –, das war ihm selber rätselhaft.

Mit Olgas Hilfe (oder war es Stella?) erhob er sich aus dem Stuhl und machte einen Schritt – vorsichtig wie jemand, der prüft, ob das Eis noch trägt, der aber nicht viel Vertrauen hegt.

3. Die Generalprobe (II)

»Jedoch was tust du nun? Wenn gleich der Vorhang
Fällt – was tust du dann, Etienne?«

Die beiden Männer, im Kampf auf Leben und Tod an der Flutlinie. Es ging gut. Im Zuschauerraum wurde es nicht wieder so still wie vor der Unterbrechung der Vorstellung, Unruhe und Flüstern blieben wie ein Echo hängen, aber das störte Uli nicht.

»Prosperos Insel, Pierre, das ist die Bühne
Das Publikum im Saal dort ist das Meer.«

Sobald Pierre de Vries im Licht stand, war Ulis Müdigkeit verflogen, obwohl sie natürlich irgendwo geblieben sein mußte, denn er hatte inzwischen nicht geschlafen, es sei denn (wer weiß), daß das Spielen einer Rolle wirklich eine Art Schlafen und Träumen ist. Vor langer, langer Zeit – 1943 in Berlin, während eines Soupers bei Kranzler, das damals noch Unter den Linden war – hatte ihm sein Onkel Julius, während er einen Mozart-Becher löffelte, einmal erzählt, wie er als Sanitäter im ersten Weltkrieg erlebt hatte, daß Soldaten, die beim Mann-gegen-Mann-Kampf im Laufgraben von Bajonetten zerfetzt worden waren, noch minutenlang weitergekämpft hatten, ehe sie an den Verwundungen starben, durch die sie auf der Stelle hätten tot sein müssen; und umgekehrt kam es vor, daß jemand im Trommelfeuer sah, wie seine Uniform und ein Stück Haut von einem Granatensplitter abgerissen wurden, und beim Anblick der blutenden Wunde tot umfiel, obwohl er nur eine leichte Fleischverletzung hatte. Manchmal lebte der Soldat auf Kosten des Menschen, manchmal starb der Mensch für den Soldaten, es war alles sehr, sehr verwickelt. Ja, der Krieg ist ein großer Lehrmeister, sagte der Onkel und hob sein

Glas mit Spätburgunder, aber das wisse nur der deutsche Mensch – und Künstler wüßten zu ihrem Glück überhaupt nichts davon, denn die seien vom Kriegsdienst befreit und dürften Operetten singen, während andere starben. »Zum Wohl, holländischer Neffe! Auf die holde Kunst und den Endsieg!« Und übrigens: »Scheiße...«

Man braucht nicht zu wissen, was man ist, um es zu sein – vielleicht ist es sogar besser, wenn man es nicht weiß, zurück also zu Uli (denn wo kämen wir sonst hin?), der als Pierre als Prospero mit Miranda die Szene probte, in der der Zauberer seiner Tochter ihre Identität enthüllt. Stellas Stimme wie ein weißer Kieselstein auf dem Grunde eines Bachs. Uli spielte besser, als er wußte: all die Fäden, die sich während der Proben zu einem komplizierten Muster verwoben hatten – Berta strickte manchmal mit vier, fünf Wollknäueln gleichzeitig, die zu ihren Füßen lagen; die verschiedenfarbigen Fäden liefen zum Strickzeug in ihren Händen und wurden dort auf gesonderten Nadeln abwechselnd verarbeitet. Im romantischen Stil von Pierre de Vries brachte er Prosperos Liebe zu seiner Tochter zum Ausdruck, zugleich aber auch Pierres Abneigung gegen Stella, die Verlobte des jungen Mannes, in den er verliebt war. Der Widerstreit der Gefühle galt freilich nur für diese erste Probe, denn bei der Premiere des *Sturm* mußte das alles eingearbeitet sein, was die Zuschauer allerdings nicht zu sehen bekamen, denn die Abschiedsvorstellung in Siderius' Stück begann erst in dem Augenblick, in dem das *Unwetter* endete.

Während Uli spielte, hatte er das Gefühl, als nähme er Abschied von Stella. Ihr Körper, ihr Gesicht, ihre Augen waren ganz nah und doch zugleich so fern. Nicht nur, weil sie Worte zu ihm sagte, die nicht sie zu ihm sagte, sondern eine andere Frau zu einem anderen Mann, sondern auch, weil sie wußte, daß sie genau wie er jetzt beobachtet wurde: das Beobachtetwerden umgab sie und hüllte sie ein wie Schwefelsäure das Blei in einer Batterie; nicht sie schauten einander an, sondern das Beobachtetwerden schaute das Beobachtetwerden an, wodurch sie das Anschauen in eine wechselseitige Blindheit der Maske verwandelte, die das Wesen der Theaterkunst ist – und vielleicht nicht nur der Theaterkunst.

Sie half ihm aus dem imaginären Zaubermantel, der wirkliche war noch nicht fertig, aber doch schon vorhanden, prächtig ausgeleuchtet auf dem höchsten Punkt des Eisbergs: ein Gegenstand der Zukunft. Der noch nicht existierende und dennoch existierende Mantel glitt auf den Boden.

»Da lieg nun, meine Kunst!«

Und Paul kurz darauf:

»Du bist nun wieder
ein normaler Mensch.«

Ja, Prospero vielleicht, aber nicht Pierre de Vries und schon gar nicht Uli. Die Zeit verstrich, und die Vorstellung zog durch die Zeit dahin wie ein Ozeandampfer durch einen Kanal im Polder, zwischen Gras und Korn, verschwindend und wieder auftauchend hinter Fabriken, Silos, Wohnhäusern, bald von der Sonne beschienen, bald im Schatten von Wolken. Die lebenden Bilder, das erschöpfte Warten auf dem Stuhl hinter den Kulissen, dann wieder schlafwandelnd im Licht, manchmal zu Faustos Musik. Uli bewegte die Zehen in seinem Schuh, räusperte sich demonstrativ, da er nicht mit den Fingern schnippen konnte, und hielt die Hände tuntenhaft graziös in Taillenhöhe. Um Stella für sich zu gewinnen, überredete Lucas Etienne zu der Intrige; und um Pierre für sich zurückzugewinnen, beschwatzte Etienne Max von einer Szene zur andern, aus Liebe zu Stella Pierre zu erpressen, während unterdessen die Proben zum *Sturm* weitergingen, als spielte sich im *Unwetter* alles in der klassischen Einheit von Zeit, Ort und Handlung ab – aber es waren vierundzwanzig Stunden in einer Welt, in der die Sonne nie auf- oder unterging, in der fensterlosen Grotte des Theaters, wodurch sich die Welt in einen kubistischen Ort ohne Perspektive verwandelte, so daß sich auch die Handlung für alles Mögliche und Unmögliche öffnete.

Es war jetzt halb zehn. Der Inszenierung entsprechend begab sich Uli langsam auf die Spitze des Aufbaus, wo Paul ihm für die Probe des Maskenspiels in den Mantel half, ihm die

Mütze aufsetzte und ihm Stab und Buch reichte. Die Metamorphose des alten Mannes geschah langsam und in einer Stille, die auf den Zuschauerraum übergriff. Mit Mühe bewahrte Uli das Gleichgewicht, und als Ariel – der angehende Erpresser – mit seinen durchsichtigen Flügeln herantrippelte, verbreitete sich im Saal ein Kichern, das durchaus einkalkuliert war. Die magische Beschwörung der drei Geister, die aus pädagogischen Gründen für Ferdinand und Miranda inszeniert worden war, wurde zwar artig angehört, blieb aber eine Anhäufung von Wörtern, die für die Jugend nur durch die Musik erträglich wurde; Pauls literarhistorischen Vortrag für Trix (über die Identität von Iris, die Ariel war) verstand niemand, und als der Regisseur zu hören bekam, er solle in seiner eigenen Freizeit theoretisieren, wurde hier und da geklatscht.

Uli, der den Applaus nicht begriff, brachte in seiner Verwirrung das Goethe-Zitat wieder in viel zu gutem Deutsch. Etwas später, als Ferdinand fragte, ob es Geister seien, hatte er zum erstenmal einen Hänger.

»Geister ...«, zischte Fräulein Wijdenes.

»Geister, die mein Wissen
Aus ihren Schranken rief, um vorzustellen,
Was mir gefällt.«

Uli wußte seit langem nicht mehr, was er sagte. Alles, was er während der Proben mit Gefühl, Einsicht und Übung an Nuancen aufgebaut hatte, war Äußerlichkeit geworden, Technik, Professionalität. Er selber war fast entbehrlich geworden, alles, was ihm blieb, waren Leere und Erschöpfung.

Lebendes Bild! Schon seit einiger Zeit stand Benjamin im Blickpunkt seiner Altersgenossen, und nun ließ er (Uli schloß kurz die Augen) das Magnesium explodieren, was wieder Beifall auslöste, der Fotograf machte seine Aufnahme, und in der weißen Wolke, die wie ein altmodischer Spuk vor der Bühnenöffnung hing, stand Prospero mit einem Ruck auf. Der drohende Anschlag auf sein Leben! Mit vor Wut verzerrtem Gesicht stieß er den Stab auf den Boden.

»Schon gut! brecht auf! nichts mehr!«

Langsam verschwanden die drei Geister, während Paul mit dem Textbuch des *Sturm* in den Händen rief:

»Wir hören seltsam hohlen, wirren Lärm.«

Miranda sagte, daß sie bis zu diesem Tag ihren Vater noch nie von so heftigem Zorn bewegt gesehen habe. Prospero beruhigte sie, Pierre de Vries stellte sich in Positur für seine berühmte Rede, und Uli holte tief Atem für die pathetische Passage, die nun folgte:

»Das Fest ist jetzt zu Ende; unsere Spieler,
Wie ich Euch sagte, waren Geister und
Sind aufgelöst in Luft, in dünne Luft.
Wie dieses Scheines lockrer Bau, so werden
Die wolkenhohen Türme, die Paläste,
Die hehren Tempel, selbst der große Ball,
Ja, was daran nur teil hat, untergehn;
Und, wie dies leere Schaugepräng erblaßt,
Spurlos verschwinden. Wir sind aus solchem Stoff
Wie der zu Träumen, und dies kleine Leben
Umfaßt ein Schlaf

Uli versteinerte im lebenden Bild, mit dem die Szene endete. Aber im langsamen Dahinschwinden des Lichtes hörte er plötzlich oben im Schnürboden ein hartes, metallisches Klikken, gleich darauf ein pfeifendes Geräusch, dem ein harter Aufschlag hinter seinem Rücken folgte. Mit stockendem Atem wollte er sich umdrehen, als er aber sah, daß alle gebannt zuschauten (Mollys Gesicht war auf einmal wie aus Gips), unterließ er die Bewegung. Hinter ihm war etwas, das alle sahen, nur sie auf der Bühne nicht.

Als die Lampen erloschen waren, kam kein Applaus wie nach den anderen Szenen. Er drehte sich um. Im Schimmer, der von dem weißen Aufbau ausging, erkannte er das Bild mit den höllischen Folterszenen aus dem letzten Akt des *Spielver-*

derbers. Vor dem Hintergrundprospekt schaukelte das meterhohe Ungetüm langsam hin und her.

Uli fühlte, daß er am Ende seiner Kräfte war. Mit klopfendem Herzen ließ er sich hinter den Kulissen aus dem Mantel helfen.

»Das ist ein Durcheinander heute abend«, sagte die Garderobiere. »Wie man sieht, bleibt alles Menschenwerk.«

Er ging zu seinem Stuhl, setzte sich und ließ die Arme schlaff herabhängen.

»Da ist sicher was gerissen«, sagte Fräulein Wijdenes und blätterte um.

Überall wurde flüsternd beratschlagt. Das Ding saß felsenfest; der Bühnenmeister sagte, man müsse den Vorhang herunterlassen und das Licht anmachen, um das Bild an den Seilen hochziehen zu können. Doch Vogel, der diesmal noch schneller auf den Plan trat als voriges Mal, sagte, er denke nicht daran.

»Wir dürfen die Vorstellung nicht nochmal unterbrechen. Hängenlassen und weitermachen! Es scheint ihnen übrigens gut zu gefallen, diesen Eseln. Los, los – Aktion! Ich bin heilfroh, wenn wir es hinter uns haben.« Nach einem Blick auf Uli war er wieder verschwunden.

Obwohl die Danteschen Bilder zu einem anderen Stück gehörten, sorgten sie dafür, daß die andächtige Stille wiederkehrte, mit der der Abend begonnen hatte. (Und vielleicht kam Vogel dabei eine Idee: eine Aufführung von Noël Coward in elisabethanischen Kostümen, oder der Zigeunerbaron mit Fotos von den Konzentrationslagern im Hintergrund.) Die Vorstellung näherte sich ihrem Ende, aber Uli kam es vor, als habe er sein ganzes Leben hier verbracht und werde für immer hier in diesem düsteren, zwielichtigen Raum bleiben. Er merkte kaum, daß Mircea sein Gesicht abtupfte und an einigen Stellen nachschminkte und dabei eine Hand unter Ulis Kinn legte, um seinen Kopf zu stützen. Hin und wieder schloß Uli für Sekunden die Augen und wandte den Blick dann wieder der vorletzten Szene zu, die er nicht eigentlich wahrnahm, sondern mehr spürte wie einen warmen Seitenwind, einen Schirokko, der vom Saal zur Bühne heraufwehte.

Als das Schlußbild mit einem Blackout endete, mußte ihn der Bühnenmeister aus seiner Versunkenheit zurückrufen.

»Ganz kurz noch, Herr Bouwmeester. Dann haben wir's geschafft.«

Letzte Szene. Zeit: Der Abend der Abschiedsvorstellung.
Ort: Die Garderoben im Stadttheater von Amsterdam am Leidscheplein.

Der Bühnenhintergrund war hochgezogen und gab den Blick frei auf die Brandmauer mit der gußeisernen Tür, die zur Bühne führte, auf der alles für den *Sturm* vorbereitet war. (Im Jahr 1904 war der Vorhang noch geschlossen, doch die ersten Besucher in langen Kleidern und Frack – mit Orden natürlich – nahmen allmählich ihre Plätze ein.) Daß der Prospekt mit den Schreckensbildern nicht dorthin gehörte, wo er hing, wurde nur von den Besuchern im Saal bemerkt, die häufiger ins Autorentheater gingen.

Da Spiegel unvermeidlicherweise manchmal etwas zeigen, was nicht gesehen werden soll (die Gestalten in den Kulissen, das Spiegelbild des Publikums), sind sie auf der Bühne verpönt, die Bühne soll, nach Shakespeare, selber ein Spiegel sein; also starrte Uli auf die matte Glasscheibe, ohne sich zu sehen, während Pierre Prosperos Perücke über seine gefärbten Haare zog. Er wußte natürlich, daß Lucas sich nebenan summend schminkte und daß Max in Stellas Zimmer andeutete, ihre Geldsorgen würden nun bald der Vergangenheit angehören, da er auf Anraten Etiennes die Absicht habe, Pierre de Vries mit seiner Homosexualität zu erpressen, gerade jetzt, wo er auf der Höhe seines Ruhmes und an einem Wendepunkt seines Lebens wehrlos war – er wußte es und wußte es irgendwie doch nicht, als hörte er nicht, was einige Meter entfernt von ihm gesprochen wurde.

Er schaute auf die dünnen schwarzen Kratzer in der Silberfarbe des blinden Spiegels: kleine, bizarre Figuren, die ihn plötzlich mit Rührung erfüllten. Wenn er sie nicht entdeckt hätte, würde sie keiner je gesehen haben, ihre Existenz wäre völlig sinnlos gewesen. Einer hatte die Form eines Profils und glich der Karikatur eines lachenden Mannes mit Adlernase –

»Mein Herr, verzeihen Sie, daß ich . . . ich muß . . .
Da ist etwas, das Sie . . . ich . . .«
»Sprechen Sie,
Was kann auf einmal so belangvoll sein
In einem Augenblick wie diesem?«

Er hatte sie nicht kommen hören und auch nicht auf sein Stichwort geachtet *(»etwas, das Sie . . ich . . .«)*, doch seine Antwort erfolgte ganz natürlich, wie Pierre de Vries geantwortet hätte, und er gebrauchte das sonderbare, veraltete Wort »belangvoll«. Nachdem sie schluchzend erzählt hatte, welche Intrige gegen ihn geplant war, und flehend auf die Knie fiel, sah er sie einige Sekunden lang bestürzt an. Etwas Schreckliches ballte sich in ihm zusammen. Jemand wollte ihn allen Ernstes zugrunde richten! Zugrunde richten wollten sie ihn, wie sie es vor ein paar Jahren mit Oscar Wilde gemacht hatten. Mit einem Ruck stand er auf, sein Hocker fiel um, und Stella legte ihm weinend die Arme um die Beine.

»Haben Sie Mitleid! Nicht von Max war die Idee,
Sie stammt von Herrn Etienne.«

Was für ein Pack! Ratten, Schlangen waren das! Voller Abscheu riß er sich los, ihm schwindelte, es war, als ob die Worte zum erstenmal wirklich bis zu ihm durchdrangen.

»Geh in dein Zimmer, du! Sofort, verschwinde!«

Außer sich ging er zu Max, der nackt vor seinem Spiegel stand und sich erschrocken umwandte. Im ersten Moment wich Uli zurück: er wußte nicht, daß Max unbekleidet sein würde, das entblößte Geschlecht in einem Gekräusel blonder Haare provozierend offen dargeboten wie eine exotische, fleischfressende Pflanze, aber dann steigerte der Anblick des schönen Knaben nur noch seine Wut. Atemlos lauschte das Publikum, wie er Max in Grund und Boden verdammte, ohne daß ihm dieses Publikum noch im Bewußtsein war: das echte Publikum saß auf der anderen Seite der Wand, im vollen Saal des Stadttheaters Anno 1904.

Als er Max aus einem strahlenden jungen Gott in ein Häufchen menschliches Elend verwandelt hatte (der Bühnenmeister hatte schon zum drittenmal *»Anfangen!«* gerufen), ging er, immer noch schnaubend, in seine Garderobe zurück, wo er ein paarmal tief durchatmen mußte, um sich einigermaßen zu beruhigen. Gleich nach der Vorstellung würde er diesem niederträchtigen Lump den Laufpaß geben, und der Schlampe auch, und dann sollten sie sehen, ob sie noch irgendwo ein Engagement bekamen. Was fiel ihnen nur ein! Und dann auch noch versuchen, die Schuld Etienne in die Schuhe zu schieben! Die würden ihn kennenlernen! Mit einer schnellen Kniebeuge tauchte er in Prosperos Mantel – und im selben Augenblick ertönte aus der Ferne dreimal leise der Gong. Am Leidscheplein ging der Vorhang auf für die erste Szene des *Sturm:* Der Schiffbruch.

Zum gedämpften Toben und Donnern von Prosperos Unwetter (von Ariel, dem transzendierten Bühnenarbeiter, mit Hilfe von biegsamen Metallplatten und anderen altmodischen Theaterinstrumenten erzeugt, die gedreht und gerüttelt werden mußten), trat unversehens Etienne ins Zimmer: im Frack, ein Glas Champagner in der Hand, mit einem breiten, schon ziemlich beschwipsten Lächeln. Uli drehte sich um und schaute ihn an – und in diesem Augenblick – ein Blitz, der nachts das Land und die See bis zum Horizont erleuchtete – wurde ihm alles wie durch einen Zauberschlag klar: da war etwas zwischen Etienne und Max! Die beiden hatten etwas miteinander! Sie wollten ihm sein Geld abknöpfen und sich zusammen aus dem Staub machen! So war das also!

Und damit schlugen ihm die Wellen über dem Kopf zusammen. Vor seinen Augen wurde es dunkel, er sog die Lippen ein, und ohne es zu wollen oder zu wissen, griff er Etienne an, so daß das Glas in Scherben ging. Das war der Moment, in dem Max mit seinen durchsichtigen Flügeln die Rückwand erreicht hatte und die Eisentür öffnete: – sogleich wurde der antike Sturm, der im Stadttheater wütete, zum elektronischen Donnergrollen im Kosmos, die Tür blieb offen stehen. Mit dem ganzen Gewicht seines Mantels stürzte sich Uli auf Etienne und umklammerte mit beiden Händen seinen Hals.

Etienne versuchte, sich unter ihm aufzurichten, etwas zu sagen (vielleicht, daß nicht er sich das ausgedacht habe, sondern Lucas), doch es gelang ihm nicht. Als Lucas etwas später Stella zärtlich und tröstend in die Arme nahm (happy end: der größte Schurke triumphiert und wird belohnt, auch wenn er noch nicht weiß, daß der einzige Zeuge seiner Schurkerei aus dem Weg geräumt ist), hörten auch die Bewegungen unter dem Mantel auf.

Im ohrenbetäubenden Lärm des Unwetters, der aus den Lautsprechern kam, sahen die Zuschauer auf das regungslose Bild; auch das Gemälde mit den Folterszenen hing endlich still. Uli nahm sich Zeit. Jetzt mußte er langsam aufstehen, sich umdrehen und die Pose von Louis Bouwmeester einnehmen, aber er ließ sich Zeit. Als nichts geschah, war es Vogel, der sich – vermutlich ohne es zu wissen – langsam in seiner Loge aufrichtete und seine Augen starr auf den Mantel heftete.

»Aufstehen!« rief Fräulein Wijdenes in den Kulissen, aber außer ihr selbst hörte sie niemand.

Kurz darauf hörte man die Stimme des Bühnenmeisters, die ebenfalls vom Tonband kam, mit einem Echo wie von einem überirdischen Wesen:

»Schnell, Herr de Vries! 's ist Zeit! Die höchste Zeit!
Schnell, gehn Sie schon, mein Herr! 's ist höchste Zeit!«

Doch nichts geschah. Das Band war abgelaufen und der Lärm erstarb.

Gähnende Stille. Nach ein paar Sekunden begann jemand auf dem zweiten Balkon zu klatschen. Sofort brach der Applaus los, der zum Rauschen eines Wasserfalls schwoll. Der Vorhang fiel, sie klatschten noch wie toll.

4. Höchste Zeit

Während auf der anderen Seite des Vorhangs die Ovation unvermindert andauerte, kamen von allen Seiten Leute in weißen Overalls, Pullovern, Shakespeare-Kostümen und viktorianischer Kleidung auf die Bühne gelaufen. Sie legten vorsichtig ihre Hände auf Ulis Rücken, er wurde hochgehoben und umgedreht. Jedermann dachte (fürchtete? hoffte?) dasselbe: daß sie vielleicht beide tot waren. Etienne war noch zu sehr erschrocken, um sich zu rühren, und sagte nur:

»Ich dachte, daß er mich wirklich umbringen wollte.«

Der Bühnenmeister, der sein Ohr auf Ulis Brust gelegt hatte, richtete sich auf.

»Er lebt.«

»Sollen wir nicht einen Arzt rufen?« fragte Paul.

»Was ist denn jetzt wieder los!« rief Berta schon von weitem. Sie kletterte herauf und kniete sich neben Uli nieder. Sie legte die flachen Hände an seine Wange und schüttelte ihm den Kopf wie eine Uhr, die stehengeblieben ist. »Uli!« rief sie, und es klang gebieterisch.

Er schlug die Augen auf und sah sie an. Sein Blick irrte über die anderen, die um ihn standen, und kehrte zu ihr zurück.

»Ich will nach Hause«, sagte er leise.

»Stellst du dich nur an, oder soll ein Arzt kommen?«

Er schloß die Augenlider und schüttelte den Kopf.

In der Hoffnung, daß der Vorhang noch einmal hoch ginge, wurde unten weiter geklatscht. Auch der Direktor und die Autoren waren mittlerweile auf der Bühne erschienen.

»Alles in Ordnung«, sagte die Garderobiere beschwichtigend.

Der Direktor und Molly wechselten einen kurzen Blick. Es war nichts mehr in Ordnung. Es hatte zwar keinen Toten gegeben, aber morgen würde keine Premiere stattfinden; alles war umsonst gewesen, und das bedeutete vermutlich zugleich das Ende des Autorentheaters. Der Direktor begegnete dem Blick Vogels. Er hatte ebenfalls begriffen.

Etienne war aufgestanden und saugte an einer Schnittwunde an seiner Hand. Schockiert erklärte er, noch nie habe ihn jemand so angesehen wie Willem, als er ihn am Hals packte. Es habe fast so ausgesehen, als sei er wahnsinnig geworden. Er habe ihn mit voller Kraft gewürgt. Er, Etienne, sei nicht darauf vorbereitet gewesen, er habe geglaubt ersticken zu müssen, doch plötzlich sei Willems Griff erschlafft und er sei doppelt so schwer geworden, als sein Kopf auf seine, Etiennes, Schulter sank. Er habe Willems Namen geflüstert, ihm gesagt, er müsse für das Schlußbild aufstehen, doch er habe nicht reagiert. Da der Vorhang offen gewesen sei, sei er ebenfalls liegengeblieben, was hätte er sonst tun sollen? Er habe sich gefühlt wie ein Lebender in einem Massengrab, man lese das ja manchmal in Büchern über den Krieg.

Mircea zog Uli die beiden Perücken vom Kopf, der Elektriker und der Feuerwehrmann halfen ihm aus dem Mantel wie einem Baby, das man im Kinderwagen aufrichtet. Er mußte sich sofort in den Großvaterstuhl setzen. Der Applaus war verebbt, hinter dem Vorhang hing jetzt der fröhliche Lärm des hinausströmenden Publikums. Als auch diese Geräusche allmählich verhallten, versuchte Uli zu begreifen, was geschehen war, aber zugleich wehrte sich etwas in ihm dagegen, als sei das nun abgetan, beiseitegeschoben und für immer erledigt. Zum Glück war Berta da.

»Ich will nach Hause«, sagte er wieder.

Er stand auf und tastete mit zitternder Hand nach der geschnitzten Lehne unter dem weißen Schonbezug. Erschüttert blickten alle auf den wankenden Greis, in den er sich verwandelt hatte. Vielleicht, um den Bann zu brechen, ihm zu helfen, ihm den Arm zu geben, ging Stella auf ihn zu; doch als sie den Blick in seinen Augen sah, der nichts mehr mit ihr oder sonst jemandem zu schaffen hatte, blieb sie stehen.

»Ich bring dich heim«, sagte Vogel. »Du brauchst dich nicht umzuziehen, deine Sachen nehmen wir mit.«

»Ich bringe sie her«, sagte Olga.

»Dann hole ich jetzt das Auto.«

Hinter dem Vorhang war es still geworden. Olga rannte in ihrem Tüllkleid – Junos farbige Bänder flatterten hinter ihr her – in die Garderobe, Vogel verließ ebenfalls die Dekoration und forderte die Autoren und den Direktor mit einer Kopfbewegung auf, ihm zu folgen.

Uli schaute sich um. Fast unhörbar fragte er:

»Wo ist mein Stock?«

Der Inspizient verschwand kurz in den Kulissen und reichte Herrn Caccini den Stock, der gab ihn an Benjamin weiter, dieser an Lucas, bis er oben bei Uli angekommen war. Von Berta und Michaël gestützt, begann er Schritt für Schritt hinabzusteigen. Schweigend machte man ihm Platz. Molly, der nicht mitgegangen war zu der ersten provisorischen Beratung, war der einzige, der ein paar Worte hervorbrachte:

»Du hast großartig gespielt, Willem. Wirklich großartig.«

Da bekam auch er Ulis Blick zu spüren – einen Blick, den er nie vergessen sollte und mit dem er sich in der Zukunft irgendwie auseinandersetzen mußte, vielleicht in einem Theaterstück oder in einem Roman, denn er kam sich vor wie ein Insekt, ein widerwärtiges Ungeziefer, das er keineswegs war. Oder doch? Zugleich wurde sein eigener Blick ins Mikroskopische geschärft: außer ihm sah niemand die winzige, unheilverkündende Spur des silbrigen Speichels in Ulis Mundwinkel.

Außer Berta und Michaël blieben alle auf der Bühne, alle wollten möglichst bald wissen, wie es nun weitergehen sollte. Auf dem rundum laufenden Flur mit dem roten Läufer (Gerda, die Garderobenfrau, hatte schon ihren Mantel an, machte die Thekenklappe hinter sich zu und verabschiedete sich; sie wußte von nichts und schien auch nichts zu merken) sagte Berta plötzlich:

»O Gott, ich habe Joost ganz vergessen.«

Sie lief so schnell zurück, daß ihr dicker Bauch wackelte. Als sie ihre Hand nach der Tür *(Zutritt verboten)* ausstreckte, erschien Olga mit Ulis Tasche und seinen Kleidern. Unten in der Halle half Michaël ihm in den Mantel, Vogel rannte vorbei und rief, er komme gleich, er parke ganz in der Nähe. Uli sah Olga an, vielleicht wollte er etwas sagen, sich bei ihr bedanken, brachte aber kein Wort heraus, es war, als würde er nie mehr sprechen. Olga fing an zu weinen, wandte sich ab und lief auf den Gang zurück. Als ihr Berta wieder entgegenkam, gaben sie sich einen Kuß.

»Jetzt schau dir mal dieses Gespann an«, sagte Berta und schaute von dem benommenen Hund in ihren Armen zu Uli, der sich mit einem Ellbogen auf die Kassenschublade lehnte und leicht mit dem Kopf wackelte. Neben ihm hing das Plakat von *Unwetter.* »Was für ein Scheißabend! Und den morgen können wir wohl auch vergessen.«

»Machen Sie sich darüber nur keine Sorgen«, sagte Michaël. »Sie haben immerhin Ihren Applaus bekommen.«

Auf ihrem Gesicht zeigte sich ein kurzes Lächeln, als habe er ihr ein Kompliment gemacht; doch als sie wieder zu Uli sah (der jetzt den Eindruck erweckte, als wollte er etwas aus der Tasche ziehen, ohne recht zu wissen, was), erstarrte ihre Miene.

»Das ist alles eure Schuld. Ich habe vom ersten Tag an gewußt, daß es schiefgehen würde. Wie seid ihr nur darauf gekommen! Ihr habt euch mitreißen lassen durch ... was weiß ich ... durch euren Sinn für Humor, glaube ich.«

Mit quietschenden Reifen setzte Vogel seinen Wagen zurück und hielt mit einem Ruck vor dem Eingang. Als sie durch die Tür traten, klatschten ein paar Schüler Beifall, die, einen Fuß am Boden, auf ihren Rädern saßen und sich unterhielten.

Erst als das Auto im Polder vor Ulis Haustür hielt, erwachte er aus einem Zustand, der kein Schlaf gewesen war, sondern ein Aufenthalt in einem schwarzen, undurchdringlichen Schatten – als habe er unter einem angelegten Vogelflügel gehockt. Er saß neben Berta auf dem Rücksitz, sie halfen ihm aus dem Wagen. Es fiel ein wenig nasser Schnee, und er hob sein Gesicht: heiliges Wasser. Unter den Blicken der Nachbarn wurde er mit stützenden Händen unter den Ellbogen durch den kleinen Vorgarten geleitet, in der Diele war es plötzlich trocken. Während man ihm aus dem Mantel half, sagte Berta, er müsse sofort ins Bett, aber dazu hatte er keine Lust. Kacke. Nix ins Bett. Er schlurfte in das dunkle Zimmer – der Geruch seiner Sachen, der Stuhl, das rote, alt gewordene Leder seines

Koffergrammophons auf dem Beistelltisch – und setzte sich auf die Couch. Er bückte sich und legte seinen Stock auf den Fußboden (der Spazierstock, der sonst immer aufrecht stand, kam jetzt in voller Länge zur Ruhe: die elfenbeinerne Schlange mit dem Silberkopf konnte sich nun endlich einrollen und in den Schwanz beißen), dann zog er leise stöhnend die Beine hoch und streckte sich mit einem Seufzer aus. Das war geschafft. Er sah an seinen Beinen herunter auf die Tunika, das Himmelblau war im Licht der Straßenlaternen zu Indigo geworden, und dann sah er die beiden Männer an, die dort standen. Berta setzte Joost sanft in seinen Korb und legte die Decke so über ihn, daß nur sein Kopf herausschaute, dann knipste sie in einem schnellen Rundgang die Stehlampen an und sagte, sie werde jetzt einen Kaffee kochen. Einer der Männer wehrte ab, sie müßten gleich zurück nach Amsterdam, Frau Bouwmeester werde das sicher verstehen, also ... Uli fallen die Augen zu, er sieht einen Tisch. Den feuchten, stinkenden Holzblock eines Fischhändlers, mit einem Loch an der Seite, in das ein langes Messer die glitschigen Eingeweide schiebt; überall glänzende braune Schlieren. Doch was er anstarrt (vor sechzig Jahren? siebzig?), sind die Kerben, die den Rand des dicken Holzes in ein verfaultes Gebiß verwandelt haben: die Spuren der Messer vom Abhacken der Köpfe. Die scharfen Zähne beißen in die Luft, nein, reißen Stücke aus dem Raum des Fischgeschäftes, wie Fische Stücke aus einem anderen Fisch reißen und dabei mit einem fast senkrecht erhobenen Schwanz unbarmherzig an dem anderen Fisch zerren – der Tisch wird selbst zum Fisch ... Uli machte die Augen auf und sah die beiden Männer im Zimmer. Der eine hatte einen Hut auf. Sie hatten sich hingesetzt und flüsterten miteinander. Wie spät war es? Er hob das Handgelenk vor die Augen, aber er hatte seine Uhr nicht an. Sicher hatte er sie oben auf dem Nachttisch liegengelassen. Er setzte die Bewegung fort, streckte den Arm aus und zeigte auf den Fernsehapparat. Der Mann in der karierten Jacke stand auf und fragte, ob er fernsehen wolle – im selben Augenblick sprang auch der Mann mit dem Hut auf. Die Sendung von Polak! Du lieber Gott! Auch das noch! Die durfte auf gar keinen Fall gebracht werden, er mußte sofort das Studio anrufen! Da Berta gerade mit den Kaffeetassen hereinkam, fragte er, ob er mal schnell telefonieren dürfe. Sie hätten kein Telefon, aber die Nachbarn seien noch auf. Sie verließen das Zimmer und der andere Mann schaltete den Fernseher ein. Er fragte Uli, wie es ihm ginge, aber der hatte den Kopf zur Seite gewandt und schaute auf den Bildschirm, der noch eine Zeitlang grau und stumm blieb. Warum durfte die Sendung nicht gebracht werden? Endlich würde er einmal im Fernsehen auftreten, auf dieser Scheibe dort, auf der alle Großen des Landes und der Welt zu sehen waren – endlich sollte ganz Holland ihn sehen, und nun war es wieder nichts. Er erinnerte sich undeutlich, daß etwas Sonderbares geschehen war, vor nicht allzulanger Zeit: etwas war in ihn gefahren, hatte ihn überwältigt; aber ihm fehlte die Kraft und der Wille herauszufinden, was es war. Jedenfalls war alles vorbei, ihm war, als ob er langsam leerliefe, wie eine Badewanne mit schmutzigem, trübem Wasser. Ein leises Summen erfüllte den Raum, kurz darauf war der Lärm von heulenden Polizeisirenen und quietschenden Autoreifen zu hören. Im Schnee auf dem Bildschirm tauchten vier, fünf Autos auf, schlitterten in eine Gasse, rammten Kistenstapel, Dutzende von Polizeibeamten sprangen heraus und umzingelten eine verlassene Fabrik; drinnen sah man plötzlich einen sympathischen, aber unrasierten Mann, der auf Zehenspitzen mit einem Revolver in der einen Hand über ein brüchiges Geländer setzte und mit der anderen Hand einen kleinen Jungen festhielt. Zweifellos hatte er Gutes getan, aber das erlaubte das Gesetz nicht (jedenfalls nicht das Gesetz des Films), er würde sterben und der Kommissar würde sich am selben Abend betrinken. Der Kommissar näherte sich ihm jetzt aus einer unerwarteten Richtung, über das Dach, gleich würden sie Aug in Auge stehen, und als ob die Mutter des entführten Kindes die Gefahr spürte, sah sie von einem Brief auf und schaute zum Fenster hinaus auf ein grasendes weißes Pferd auf der Weide, vielleicht ein Geschenk des damals noch gutrasierten Mannes. Der Geruch von gemähtem Gras! All die Gerüche... Was riecht Uli jetzt? Den muffigen Keller unter der Maison pour Messieurs, wo die nackten, geschlechtslosen Gestalten in dem Moment, da sein Onkel das Licht anknipst, in der Haltung erstarren, die sie gerade eingenommen haben; mit unnatürlich verrenkten Armen sehen sie aneinander vorbei, eine Gestalt, die nur auf den Fersen steht, lehnt wie gefroren an einer Wand. Aber ihm kann man nichts weismachen, er weiß, daß sie ihr Treiben fortsetzen, sobald er fort ist – langsam tanzen sie zur Musik von Stille und Dunkelheit, sehr feierlich, mit steifen und doch eleganten Bewegungen. All die Welten. Er fühlt sich in Hallen voller Schatten davontreiben – und dann ist da eine Autofahrt durch den Polder nach Amsterdam, nach Westen, wo die Sonne soeben untergegangen ist – der Horizont schiebt sich nach oben, und Uli steigt plötzlich von einem Hochgebirge herab zu den endlosen Buchten eines rosafarbenen Meeres mit violetten Küsten und Inseln, die auf keiner Karte verzeichnet sind...

Nun, das konnten sie wohl vergessen. Der Pförtner hatte gesagt, im Studio seien nur noch eine Ansagerin und die Leute von der Tagesschau, und ohne Anweisung könnten die Techniker natürlich nichts unternehmen. Vor einer halben Stunde habe übrigens schon jemand aus Amsterdam angerufen, und seitdem versuche er, einen Verantwortlichen für das Programm zu erreichen, aber er sehe da schwarz. Der Mann mit dem Hut schaute den kleinen Jungen an, der jetzt weinend neben der Leiche seines Wohltäters saß, und sagte, es komme im zweiten Programm. Der Mann in der karierten Jacke bückte sich, und gleich darauf tauchte ein kleines Mädchen auf dem verschneiten Bildschirm auf, das es im Leben besser getroffen hatte: sie durfte in eine Substanz beißen, die ihr offenbar nicht den Appetit verdarb, wie die Mutter am Herd (die über die Schulter zurückschaute) mit glückseligem Lächeln verkündete; auch Lucas schaute mit ein paar zustimmenden Worten von seiner Zeitung auf. Die beiden Männer rührten in ihrem Kaffee, und während eine junge Frau auf einem Planetoiden barfüßig über den Strand schwebte, und ihre langen blonden Haare wogten langsam und wellten, als schwimme sie unter Wasser, hört Uli auf einmal seinen kleinen Sebastiaan schniefen (Berta kniete vor dem Korb nieder) und versucht, ihn in Kaninchenhöhlen und Maulwurfsgängen zu finden, in die er möglicherweise gekrochen ist. Aber statt des Hündchens sieht er seinen Spielkreisel, einen Tropfen aus blauem Holz, mit einem Stift an der Oberseite, um den er die Schlinge der Schnur legt und sie dann von der eisernen Spitze aus bis zur halben Höhe um den Kreisel windet, nicht zu straff und nicht zu locker, so daß eine schöne glatte Hülle aus Schnur entsteht, die an einer Stelle etwas gewölbt ist: dort, wo der Anfang der Schnur von der Oberkante zur Spitze verläuft. Langsam hebt er den Arm (die beiden Männer schauen ihm aus den Augenwinkeln zu), und mit einem harten Klicken springt der Kreisel auf das Pflaster, macht einen Sprung und dreht sich dann sekundenlang scheinbar unbewegt auf der Stelle – bis er zu taumeln beginnt, immer schneller und weiter, mit der oberen Kante die Steine berührt und in einem scharfen, irritierten Bogen davonrollt. Warum hat er sich nicht früher daran erinnert, an eine so wichtige Sache, er hatte doch Gelegenheit genug in all den Jahren, in denen er sich – alles zusammen genommen – gelangweilt hat. In Washington nahm Präsident Reagan beruhigt die Nachricht zur Kenntnis, daß die Politik des Kreml nach dem Tod des gestern verstorbenen Leonid Breschnew unverändert bleibe (dieselbe Politik, die er bis gestern verabscheut hatte und morgen wieder verabscheuen würde). All die Bewegungen. Auch das Spiel mit dem Reifen: wie er den Reifen mit dem Stock links und rechts leicht berührt und dadurch seinen Lauf völlig unter Kontrolle hat; doch an einem windstillen Sonntagnachmittag, als er plötzlich von der Sinnlosigkeit des Reifentreibens überwältigt wird, nimmt er den Stab und wirft ihn senkrecht in die Luft, hinauf in den grauen Himmel, wo er einen Moment in der Drehung stillsteht und dann auf dem Straßenpflaster zerbricht. Uli schaut einen Augenblick lang sprachlos die Bruchstücke an und bekommt einen Lachanfall, der erst aufhört, als seine Tante wütend das Fenster aufreißt: »Du bist wohl verrückt geworden, du Rotzbengel!«

»Herr Bouwmeester, wir sehen gleich einige Ausschnitte aus dem neuen Stück von Leo Siderius, *Unwetter,* das morgen abend beim Autorentheater in Amsterdam Premiere hat, im Kosmostheater, und in dem Sie die Hauptrolle spielen. Ein kompliziertes Stück.«

»Wenn Sie fragen, ob es etwas für Dummköpfe ist, dann sage ich nein. Und da weitaus der größte Teil der Menschheit aus Dummköpfen besteht, sind wohl kaum mehr als tausend Vorstellungen zu erwarten...«

Uli erkannte im Schneien Willem Bouwmeester, der in einen phantastischen Mantel gehüllt dasaß: er sprach, lachte selbstbewußt, schlug entspannt die Beine übereinander – und rutschte in dem Moment auf dem Bildschirm nach unten, und an der oberen Kante erschien ein zweiter Willem Bouwmeester, ein dritter, ein vierter, immer schneller, bis sie einen flackernden Wasserfall aus Willem Bouwmeesters bildeten. Aufstöhnend streckte Uli sich aus und wandte das Gesicht den gelben Kreisen der Tapete zu (Vogel saß vornübergelehnt und hatte wieder die Hände vors Gesicht geschlagen, während Michaël sich über den Apparat beugte und mit Bertas Hilfe an der Hinterseite einen Knopf suchte), während Ulis Gedärme Stellas Adresse und Telefonnummer verdauten.

... und da es sogar auf ihrer Insel zu schneien beginnt, schiffen sie sich wieder ein, die Wohnarche gleitet weiter nach Süden, und sie lassen Europa hinter sich zurück. Gerührt sieht er Arthur, nein, Pim an, der in seinem Zimmer brav auf dem Topf sitzt. Er hat, so klein er ist, zu viel gesehen; seine Augen sind angegriffen und sollen durch den Anblick schöner Dinge genesen: durch den Sternenhimmel mit dem Kreuz des Südens, tropische Sonnenaufgänge, die Gesichter mancher alter Menschen, durch Kunstwerke. Aber ringsum ist nichts zu sehen, was dem entspräche. Auch Afrika müssen sie schon passiert haben, und vor ihnen am Horizont ist eine hohe Wand aus hellgrauem Nebel aufgetaucht. Hin und wieder blitzen Lichtstrahlen auf, manchmal von Ost nach West, dann wieder von West nach Ost. Unruhig späht er über den verlassenen Ozean. Auch das Wasser verändert sich, es wird wärmer und undurchsichtiger, das Azurblau hat einen milchigen Glanz bekommen. Manchmal gerät das Meer in heftige Bewegung, er entdeckt, daß dem immer ein wildes Flackern in der südlichen Nebelbank vorausgeht. Der Motor, den es nicht gibt, ist abgestellt, und trotzdem nimmt ihre Geschwindigkeit zu. Die

Nebelwand wird immer höher. An ihrem oberen Rand zucken Blitze, am unteren Rand ist sie gespalten, und das Wasser gerät nun nahe am Schiff in Aufruhr, so daß alles – Bücher, Platten, Kleider, das Geschirr – von den Tischen und Bänken gleitet. Er nimmt Pim an die Hand und klettert mit ihm aufs Dach, wegen der Hitze war es unten ohnehin nicht mehr auszuhalten. Bald darauf beginnt weißes Pulver auf das Schiff und weite Teile des Meeres herabzurieseln: es sieht aus wie Asche, ist aber etwas anderes. Pim hat zum Glück keine Angst. Er hat den Pierrot an sich gedrückt und zeigt auf ein großes weißes Tier, das im heißen Wasser vorbeitreibt, doch Uli ist plötzlich von einer großen Trägheit befallen und wendet sich ab. Vielleicht war alles umsonst. Ist es möglich, daß er sich schrecklich geirrt hat, daß er die Verantwortung für das Kind überhaupt nicht tragen kann? Jetzt hat er es hierhergebracht und muß mit eigenen Augen sehen, daß es kein Zurück gibt. Fortwährend und in immer größeren Mengen fällt das feine Pulver herab, die mächtige Dampfwolke am Horizont wird immer höher und beginnt deutlich Gestalt anzunehmen. Es ist ein riesiger, nicht enden wollender Wasserfall, der lautlos von einem gewaltigen, weit entfernten Bollwerk des Himmels ins Meer herabrollt. Der ungeheure Vorhang dehnt sich über den ganzen südlichen Horizont aus. Verzweifelt sucht Uli die Meeresfläche ab, über der sich allmählich die Dämmerung ausbreitet. Aus den milchigen Tiefen des Ozeans steigt ein Leuchten auf, das an der Reling hochkriecht. Sie sind jetzt fast ganz unter dem weißen Aschenregen verschüttet. Die Oberkante des Wasserfalls ist unterdessen in unermeßlichen Höhen ihrem Blick entschwunden, trotzdem fahren sie mit ständig zunehmender Geschwindigkeit auf ihn zu. Dann und wann bilden sich für einen Augenblick weite, gähnende Spalten in der niederstürzenden Wand, in denen ein Chaos verschwommener, herumirrender Gestalten sichtbar wird, und heftige, aber lautlose Windstöße brechen aus ihnen hervor, die den Ozean aufwühlen. Das Schiff schlingert hin und her, Uli muß sich festhalten, um nicht hinuntergefegt zu werden. Es wird noch dunkler, nur aus dem glühenden Wasser steigt Licht auf, das vom weißen Vorhang zurückgeworfen wird. Er beginnt zu schluchzen. Große, leichenweiße, kreischende Vögel fliegen fortwährend hinter dem Schleier hervor. Ratlos bahnt er sich durch die fußhohe Pulverschicht einen Weg zu dem kleinen Jungen, fällt hin, hebt den Kopf. Pim! Pim! Wo bist du, mein Kind? Als er nichts hört, läßt er das Gesicht vornüber in die Asche sinken – und diesem Augenblick rast die Arche in die Umarmung des Katarakts, dessen Abgrund sich öffnet, um sie zu empfangen ...

5. Premiere

Auf der anderen Seite des Vorhangs halten die rauschenden Ovationen unvermindert an. Man ruft nach ihm. Reglos, todmüde starrt er auf die Seile, während er leise seine letzten Worte wiederholt, als wäre ihre Bedeutung erst jetzt zu ihm durchgedrungen:

»Kein Geist, der mein Gebot erkennt;
Verzweiflung ist mein Lebensend',
Wenn nicht Gebet mir Hilfe bringt,
Welches so zum Himmel dringt,
Daß es Gewalt der Gnade tut
Und macht jedweden Fehltritt gut.
Wo ihr *begnadigt wünscht zu sein,*
Laßt eure Nachsicht mich befrein.

»Vorhang auf!« ruft der Bühnenmeister.

Die Seile in den Kupferringen spannen sich und mit Quietschen und Rucken geht der Vorhang hoch, enthüllt das prunkvolle Gold und Rot des vollbesetzten Saales, der in elektrisches Licht getaucht ist. Alle haben sich erhoben und jubeln ihm zu.

»Bravo!«

»Magnifique!«

Er geht einen Schritt nach vorn und macht eine tiefe Verbeugung. Als er sich aufrichtet, streift sein Blick die strahlenden Gesichter: die schwerhörigen alten Leutchen in der ersten Reihe, feste Abonnenten, die er fast alle kennt; überall im Saal und in den Logen Orden, Juwelen, Uniformen; die hinteren Sitzreihen und die Galerien sind mit ausgelassenen jungen Leuten besetzt. Überall entdeckt er Kollegen und andere Bekannte aus der Künstlerwelt – alle sind da. Aus dem Orchestergraben schaut Mengelberg lächelnd empor und klopft mit dem Taktstock an den Rand des Pultes, sogar die Logenschließerinnen mit ihren weißen Häubchen stehen applaudierend in den Türen. Er verbeugt sich noch ein paarmal und macht einen Schritt nach hinten, worauf der Vorhang fällt. Mit entrückter Miene schaut er auf die beiden Stoffhälften, die sich beim Herabsinken übereinanderlegen; ehe sie zur Ruhe kommen, werden sie wieder hochgezogen.

Das ist es also: das Ende, die endgültige Exekution. Vielleicht hat alles in seinem Leben um dieses Beifalls willen begonnen, aber zugleich hat er das Verbeugen immer als peinlich empfunden, denn er ist ja dann nichts anderes als ein idiotisch herausgeputzter Kerl, dessen Aufgabe es ist, Lachsalven heraufzubeschwören wie im Karneval. Eine *Bühnenfigur* kann sich doch nicht bedanken! Am besten wäre es, wenn der Schauspieler sich vorher abschminken und umkleiden könnte, doch danach würde er keinen Applaus mehr erhalten. Als der Vorhang sich zum neunten oder zehnten Male hebt, zwingt er sich zu lächeln und überlegt, ob er jetzt die Arme zu den Kulissen ausstrecken soll: das verabredete Zeichen für die anderen Schauspieler, herauszukommen; aber er will alles für sich selbst behalten, vielleicht wird er eine Weile überhaupt keine Menschen mehr sehen. Er schaut zur Königsloge hinauf, aber dort sitzt nur eine einzelne Dame, vielleicht eine Hofdame, hinter ihr eine dunkle Gestalt, die er nicht erkennen kann. Er macht eine kleine Verneigung vor der Frau, die nicht aufgestanden ist, und mit einem offenen Fächer auf ihr mit Perlen besticktes Täschchen klopft, wobei sie ihn mit jener eisigen Miene betrachtet, die Angehörige gewisser Adelskreise für Artisten übrig haben.

Der Vorhang bleibt jetzt unten. Von allen Seiten rennen Arbeiter über die Bühne und tragen die Versatzstücke fort, der Hintergrundprospekt mit der grünen Baumgruppe geht hoch und gibt ein dunkelbraunes Hängestück mit gemalten Säulen aus der Aufführung des *König Lear* frei, in der er voriges Jahr Triumphe gefeiert hat. Unterdessen umringen ihn die Kollegen und gratulieren ihm. Paul Musch ergreift mit beiden Händen seine Hand.

»Sie haben gespielt wie ein Gott«, sagt er innig bewegt. »Sie wissen gar nicht, was Sie den Menschen gegeben haben. Es ist doch jammerschade, daß alles nun vorbei sein soll. Haben Sie noch nicht in Erwägung gezogen weiterzuspielen, Abschiedsvorstellung hin oder her? Sie können doch nicht zu Hause sitzen und den Tag damit verbringen, aus dem Fenster zu schauen!«

»Da wird sich wohl etwas finden. Kommt Zeit, kommt Rat.«

Lucas legt ihm ziemlich unverfroren die Hände auf die Schultern und küßt ihn auf beide Wangen, dann sieht er ihn mit einem sonderbaren Lächeln an, ohne etwas zu sagen.

Alle haben noch ihre Kostüme an; die grobgeschminkten Gesichter, die dazu bestimmt sind, aus der Ferne gesehen zu werden, bereiten ihm fast Schmerz in den Augen. Er hört kaum noch, was sie sagen – Alonso, Antonio, Gonzalo, Trinculo, Stefano und Caliban, die ungeheuerliche Mißgestalt, die ganz mit Blättern aus Papier beklebt ist. Stella ist nicht zu ihm gekommen, sie steht neben dem Feuerwehrmann in der Ecke und lehnt die Stirn an Lucas' Schulter. Sie hat sich rasch abgefunden, und sie hat recht. Max ist so vernünftig, ihm aus dem Weg zu gehen. Er wird sich noch wundern. Als der Bühnenmeister um Aufmerksamkeit bittet und die Darsteller sich in die Kulissen zurückziehen, beobachtet er den Schlingel mit den Gazeflügeln aus den Augenwinkeln. Er sieht ihn nicht an, obwohl er weiß, daß auf seinem Gesicht noch immer die Ratlosigkeit liegt, die ihn während der ganzen Vorstellung nicht verlassen hat, nicht ein einziges Mal hat er ihm in die Augen geschaut (auch nicht bei den letzten Worten seiner Ansprache *»Sei frei und leb du wohl«*), immer nur mitten auf die Stirn, so daß Max bei allen gemeinsamen Auftritten seinen Blick einzufangen versuchte wie eine Katze, die nach der Schnur greift, die ihr vorgehalten wird.

»Herr de Vries!«

Der Bühnenmeister, der selbst im Begriff ist zu verschwinden, zeigt auf den viktorianischen Lehnsessel, der jetzt mitten auf der Bühne steht. Er erkennt ihn sofort als den Sessel aus Herzls *Das neue Getto,* in dem er vor einem halben Jahr aufgetreten ist. Er ist von Dutzenden von Blumengestecken, großen Sträußen und sogar von Palmen umgeben und prangt dort wie ein Thron; mit ihren liebenswürdigsten Gesichtern haben sich die drei Geister dahinter aufgestellt, Olga in der Mitte. Als er sich setzt, noch immer in Prosperos Mantel, machen sie einen Knicks: offensichtlich gefällt ihnen ihre neue Rolle. Rechts, unmittelbar vor dem Vorhang, steht ein Rednerpult, hinter dem der Direktor des *Holländischen Theaters* Posten bezogen hat: ein affektierter Mensch mit seidigem blondem Haar in einem fast zu korrekt sitzenden Frack. Er blinzelt Pierre zu – sie haben die Premierenfeier zusammen geplant –, aber nun hat es den Anschein, als trage de Vries sein eigenes Gesicht wie eine Maske.

Als der Vorhang wieder aufgeht, gibt es erneut Applaus, der vom Concertgebouw-Orchester ein paarmal mit dem Signal aus zwei Tönen untermalt wird, das im Zirkus zu hören ist, wenn der Seiltänzer das Ende des Seils erreicht hat. Ein schwerer Mann mit ergrauendem Spitzbart kommt aus dem Saal und schreitet langsam die Stufen zum Proszenium hinauf, wo er stehen bleibt. Auf der linken Brust glitzert ein goldener Stern und quer über seinem gestärkten Hemd trägt er ein breites farbiges Band. Lächelnd und mit schrägliegendem Kopf sieht er Pierre de Vries an und beteiligt sich am Beifall mit einem kurzen symbolischen Klatschen, das auch in völliger Stille unhörbar wäre und vermittelt, daß es allmählich still werden soll. Als dies geschieht, sagt der Direktor:

»Geehrtes Publikum! Mein Name ist Blaupot ten Cate, und weiter sage ich nichts. Das Wort hat der Herr Bürgermeister von Amsterdam.«

Als Lachen und nochmals Applaus laut werden, tritt er einige Schritte zurück. Bevor der Bürgermeister das Rednerpult erreicht hat, tritt aus den Kulissen ein düster dreinschauender, schnurrbärtiger Mann, der aussieht wie der Botschafter Paraguays in Uruguay, legt mehrere Blatt Papier auf das Pult und schlurft zurück. Während der Direktor sich auf einen der drei Stühle setzt, klemmt sich der Bürgermeister einen Kneifer auf die Nase, schaut kurz auf die Papiere und streckt einen Arm zu Pierre de Vries aus.

»Grand maître!«

Die feierliche Geste, die tiefe Stimme und die Stille, die nach seinen Worten eintritt, sorgen sofort für erneuten Applaus. Als auch dieser (endgültig) verebbt, beginnt er seine Festrede, die in den Zeitungen am nächsten Tag als »entschieden geistreich« und »dezidiert sachkundig« gelobt wird (was der schnurrbärtige Beamte an seinem Schreibtisch mit melancholischer Zustimmung liest). Er kommt auf das eigentliche Ereignis des Abends zurück und erinnert daran, daß Pierre de Vries – »der letzte der Großen« – mit achtzehn Jahren in einem Stück von Shakespeare debütierte: als Voltimand im Hamlet. Das war im Jahre 1847, vor einem Menschenalter, – »dem meinen, um genau zu sein«, sagt er und blickt überrascht auf, offensichtlich vom Text abweichend, den er ebenso offensichtlich zum ersten Mal liest. Als er danach die Höhepunkte in der Laufbahn von de Vries schildert, alle großen Rollen des Weltrepertoires aufzählt, von Sophokles bis Gerhart Hauptmann, denkt Pierre an das Elend hinter dem großen Ruhm – an die zahllosen Schwänke und Rührstücke, in denen er gespielt hat, spielen mußte, an *Die zwei Waisen, Der Bucklige, Ben Leïl oder Der Sohn der Nacht,* an die schrecklichen Reisen, an die Vorstellungen auf zu kleinen Bühnen in gottverlassenen Nestern, *König Ödipus* im Bühnenbild von *Freund Fritz,* an die mörderischen Tourneen durch Indien. All das hatte er nötig, um zu überleben, doch darüber wurde jetzt mit vornehmer Zurückhaltung geschwiegen.

Der Bürgermeister nimmt seinen Kneifer ab und stellt fest, das niederländische Theater werde nach dem Abschied von Pierre de Vries nie mehr das sein, was es war. Es sei ihm deshalb eine Ehre und eine Freude mitzuteilen, daß es Ihrer Majestät der Königin gefallen habe, ihn zum Ritter des Ordens von Oranien-Nassau zu ernennen. Ohne die Augen von Pierre de Vries abzuwenden, steckt er während des losbrechenden Beifalls den Kneifer in die Innentasche und streckt die andere Hand zur Seite aus, genau in dem Augenblick, da die unfehlbare Maschinerie der Macht den Beamten aus den Kulissen treten läßt, der ihm die kleine blaue Schachtel zureicht.

Pierre hat nichts von alledem gewußt, obwohl er so etwas erwartet hat (er hatte auf die Ritterschaft des Niederländischen Löwen gehofft). Er steht auf und die Autorität ist ihm nun ganz nahe, im kurzgeschorenen Haar sieht er weiße Schuppen. Als der Bürgermeister ihm die Nadel angesteckt hat, schüttelt er ihm die Hand, Pierre will einen Blick auf das Emblem werfen, kann es aber zwischen den Zeichen und Symbolen auf dem Zaubermantel nicht finden. Plötzlich bricht ein Lachen aus seiner Brust, fast wie ein Aufstoßen, ein Lachen, das mit Freude nichts zu tun hat. Der alte Komödiant in ihm weiß es sofort in etwas anderes umzuwandeln, das aus einiger Entfernung gesehen Freude und Dankbarkeit ausdrückt, erkennt aber zugleich, daß der Bürgermeister das Täuschungsmanöver durchschaut hat.

Von den drei Geistern flankiert sitzt er kurz darauf wieder da und hört dem nächsten Redner zu, den Blaupot ten Cate angekündigt hat: Berlage, dem Architekten. In lockerem Ton, der schlecht zu seinem scharfen, argwöhnischen Blick paßt, sagt er, er werde sich kurz fassen, da sich wohl jeder allmählich nach einer Erfrischung sehne, vor allem der Gefeierte. Auf dessen Verdienste möchte er nicht ausführlicher eingehen, das sei zur Genüge durch den Bürgermeister und vor allem durch Pierre de Vries selbst in der heutigen Vorstellung geschehen. Außerdem wisse er als einfacher Baumeister und Knecht der Schwerkraft nichts Sinnvolles zu sagen über den ätherischen Höhenflug, den die Vertreter der dramatischen Literatur beherrschten. Wie dem auch sei, er führe das Wort im Namen der Effektenhandelsvereinigung. Daß die Herren ausgerechnet ihn ausgewählt hätten, habe möglicherweise damit zu tun, daß er die Börse am Damrak gebaut habe, die im vorigen Jahr eröffnet worden sei. Dieses Stadttheater, das seit genau zehn Jahren bestehe, sei übrigens auch ein schönes Gebäude, das wolle er nicht leugnen, wenn auch ganz anderer Art. Nun gut, er tue es gern für seinen bewunderten Freund Pierre de Vries, und auch er komme nicht mit leeren Händen. Er macht ein Zeichen in die Kulissen.

Sogleich erscheinen zwei Platzanweiser in Uniform mit einer Staffelei, die sie neben dem Gehuldigten aufstellen, wonach zwei andere ein großes Gemälde in einem goldenen Rahmen darauf setzen. Während des Beifalls betrachtet Pierre das Bild, als sehe er es zum ersten Mal, obwohl er monatelang dafür posiert hat. In dunklen Farben und in einem leichten, großzügigen Stil gemalt, der an Frans Hals erinnert, zeigt es ihn in einem klösterlichen Studierzimmer, wie er über einen Folianten gebeugt sitzt, von dem ein Leuchten wie von Schnee ausgeht und sein ekstatisches Gesicht erhellt.

Berlage hebt die Hand und wartet, bis es still geworden ist. Von einem Zettel liest er ab:

»Die Effektenhandelsvereinigung gibt sich die Ehre, das Gemälde dem Verband zur Errichtung und Erweiterung der Galerie niederländischer Schauspielkünstler zu überreichen, die im Stadttheater Großes geleistet haben.« Er streckt den Arm zum Porträt aus. »Pierre de Vries als Faust!« Dann sieht er sich suchend im Saal um und ruft: »Breitner! Wo stecken Sie? Steh auf!«

Hinten im Saal erhebt sich ein Mann halb von seinem Sitz, macht ein paar ungeschickte Verbeugungen nach links und rechts und setzt sich schnell wieder hin. Im höflichen Applaus für den Maler geht Berlage mit ausgebreiteten Armen auf Pierre de Vries zu, umarmt ihn und sagt:

»Adieu, Pierre. Viel Glück für dein zweites Leben.«

Als Berlage neben dem Bürgermeister Platz genommen hat, bittet Blaupot ten Cate die Hauptperson des Abends, zum Schluß das Wort zu ergreifen.

Pierre ist nach der Umarmung stehen geblieben, geht aber nicht zum Rednerpult. In den vergangenen Wochen hat er an einer etwa zwanzig Minuten langen Ansprache gearbeitet, zuerst hatte er die Absicht, die Verbesserung der sozialen Lage der Schauspieler zu fordern, da es ihm aber unfein erschien, über Geld zu reden, wurde es sein künstlerisches Testament: ein Plädoyer für einen natürlicheren Darstellungsstil. Er hat die Ansprache auswendig gelernt (was ihn wenig Mühe kostet: die Reihe der Wörter, die er in siebenundfünfzig Jahren seinem Gedächtnis eingeprägt hat, reicht von hier bis zum Mond) und könnte sie sozusagen aus dem Stegreif vortragen. Doch er will nicht mehr. Er kann nicht mehr.

»Ich bedanke mich«, sagt er, »bei Ihrer Majestät, bei Bürgermeister Van Leeuwen, Henk Berlage, Sjors Breitner und bei Ihnen allen.«

Er läßt den Kopf ein wenig nach hinten sinken und blickt zum riesigen Kronleuchter hinauf. Es wird noch stiller, Operngläser aus Perlmutt sind auf ihn gerichtet, und er weiß, daß er sich ein sehr langes Schweigen erlauben kann. Die leuchtenden Kristalle gleichen den Scherben einer Explosion, die plötzlich erstarrt sind. Alle Menschen vor und neben ihm in den Kulissen warten zum erstenmal in diesem Theater nicht auf die Worte eines Schriftstellers aus seinem Munde, sondern darauf, was er selbst zu sagen hat. Alles ist vorbei, kaputt, umsonst gewesen, Schiffbruch – nur diese groteske Darbietung ist noch da, so lange sie andauert. Die Lichter beginnen zu verschwimmen, und er schließt die Augen, so daß zwei Tränen eine glänzende Spur über sein Gesicht ziehen. Leises Rauschen geht durch den Saal. Er hat nichts mehr zu sagen – und ohne daß er es bemerkt, sagt er leise (aber mit geübter Kopfstimme, so daß man ihn auch auf der zweiten Galerie mühelos versteht) und ohne die pathetischen Gebärden von vorhin:

»Das Spiel ist aus . . .
Wir sind aus solchem Stoff
Wie der zu Träumen, und dies kleine Leben
Umfaßt ein Schlaf . . .«

Stille. Danach folgt nichts mehr. Den Kopf nach hinten geworfen, die Augen geschlossen, bleibt er stehen. Gerührt und ebenso reglos schweigt auch das Publikum – was für ein Abend, man erlebt einen historischen Augenblick, in den Köpfen formen sich bereits Worte, um den Daheimgebliebenen davon zu berichten. Doch jetzt erwächst mit großer Geschwindigkeit ein Problem; der erste, der es erfaßt, ist Blaupot ten Cate. Er streckt den Rücken und wirft einen unruhigen Blick auf Pierre. Kurz darauf wird die Stille durch herzzerreißendes Schluchzen hinter den Kulissen gebrochen; manch einer glaubt, die Stimme von Stella Middag zu erkennen, der jungen Darstellerin, die die Rolle der Miranda gespielt hat. Pierre de Vries steht noch immer wie sein eigenes Monument neben der Staffelei und macht keinerlei Anstalten, etwas an seiner Position zu ändern. In den Augen der drei Mädchen in

Feengewändern glimmt Angst auf, auch durchs Publikum zieht nun ein Anflug von Unruhe.

Dies ist für Willem Mengelberg das Signal einzugreifen. Die Mitglieder des Orchesters, die nicht sehen können, was sich auf der Bühne abspielt, schauen ihn fragend an, jetzt richtet er mit cäsarischer Entschlossenheit den Zeigefinger auf den Konzertmeister, zischt: »Mendelssohn«, macht einen Bogenstrich auf einer imaginären Violine, zischt: »e-moll«, singt: »Pampa-paa-pam« und senkt den Stock.

Schon die ersten Töne des Violinkonzertes haben eine ungeheure Wirkung. Die Musik und der Anblick der tragischen, reglosen Gestalt auf der Bühne vor den Säulen läßt allen die Augen übergehen, und als kurz darauf das Orchester einfällt (das durch die Art und Weise, wie der Maestro dirigiert, plötzlich die Partitur vor sich sieht), wird die Rührung wie mit einem Hammerschlag in das Publikum hineingeschlagen. Damen werden ohnmächtig, hier und dort erbebt eine ordengeschmückte Herrenbrust unter Schluchzen, es ist, als käme die ganze Welt ins Fließen. Pierre rührt sich noch immer nicht – da ergreift der Bühnenmeister die Initiative und läßt langsam, ganz langsam den Vorhang sinken.

Als die ganze Truppe aus den Kulissen kommt, um Pierre zu seinem grandiosen *coup de théâtre* zu gratulieren, schaut er sich um, als erwache er gerade aus dem Schlaf. Er hat nicht gemerkt, daß der Vorhang gefallen ist, erst jetzt hört er die Musik, die Mengelberg auf Zehenspitzen und mit einem Finger auf den Lippen leiser und leiser dahinsterben läßt – und kurz darauf die kühle Stimme des Theaterdirektors, der mitteilt, daß nur geladene Gäste mit einer *grünen* Karte zum Empfang im oberen Foyer Zutritt haben.

»Würdest du dich bitte etwas beeilen, Pierre«, ruft Blaupot ten Cate. »Und ihr genauso, los, macht schon. Wir können die Gäste nicht so lange warten lassen.«

Wortlos geht Pierre durch die Eisentür in seine Garderobe. Im Gang, der voller Menschen ist, zieht er den Schlüssel aus der Tasche und öffnet die Tür, schließt sie aber sofort wieder, als ein paar Statisten (Matrosen aus der ersten Szene) vorbeigehen, er wartet einen Augenblick, tritt dann rasch ein und schließt die Tür zu.

Die Leiche Etiennes hat sich in den wenigen Stunden schon verändert. Sie liegt noch in der selben Haltung, wie Pierre sie verlassen hat: von seinem, Pierres, Körper zu Boden gedrückt, im verschütteten Champagner, zwischen den Scherben des Glases, auf dem Rücken und halb unter dem Schminktisch mit den sonderbar verrenkten Armen einer Schaufensterpuppe; das Gesicht jedoch hat nun die Farbe eines Buches, das zu lange auf derselben Seite aufgeschlagen war. Zwischen den Lippen hängt violett die Zunge heraus, wie bei einem Chow-Chow. Pierre spürt, wie sich sein Mund mit Speichel füllt, er wendet sich ab und kann gerade noch das Waschbecken erreichen, ehe er sich erbricht. Er zieht die Perücke vom Kopf, wirft sich ein paarmal eine Handvoll Wasser ins Gesicht und setzt sich keuchend hin.

Was nun? Fliehen? Wie in einem Dreigroschenroman? Auch wenn es ihm gelänge, das Theater zu verlassen: wohin dann? Er kann nicht einmal mehr nach Hause, um sein Geld zu holen (ein paar Tausender zwischen den Seiten von *A Rebours*); in wenigen Minuten wird man die Garderobe aufbrechen oder ihn später in seiner Bibliothek verhaften. Aber was in Belgien oder Argentinien anfangen, wie in seinem Alter Geld verdienen? Er sieht sein Gesicht an, das von der zerlaufenen Schminke verschmiert ist, und sieht dann im Spiegel die Leiche – den Körper, den er fünfundzwanzig Jahre lang so oft geliebt hat. Er zieht den Mantel aus und wirft ihn mit abgewandtem Gesicht über den Toten, so daß nur die durchbrochenen seidenen Socken und die Lackschuhe mit den Silberspangen zu sehen sind, die sie vor einer Woche gemeinsam im Maison pour Messieurs gekauft haben. Er ekelt sich, empfindet aber keine Reue. Nun hat er den verdienten Lohn, der Schuft, der Nassauer. Er, Pierre, war selber auch in Max verliebt, er ist der letzte, der das nicht verstehen kann, aber wenn die Rollen vertauscht gewesen wären, hätte er Etienne nie auf so eine widerwärtige, kriminelle Weise verraten.

Es klopft.

»Pierre? Bist du schon fertig?« Ten Cate.

»Ich komme gleich.«

»Alles wartet auf dich.«

»Geh schon vor!«

Wie eine Flutwelle fühlt er die Zeit über sich hereinbrechen. Es muß sofort etwas geschehen. Er schaut auf das aufgeklappte Rasiermesser mit dem Schildpattgriff, das in seinem Schminkköfferchen liegt. Damit kann er sich die Pulsadern aufschneiden: nicht quer zu den Adern wie ein Amateur, sondern der Länge nach, mit ein paar kräftigen Schnitten vom Puls zur Ellbogenbeuge – wie er es schon so oft getan hat, wenn er mit derselben Bewegung eine Kapsel mit roter Wasserfarbe zerdrückt hat. Aber er will nicht sterben. Sterben kann er immer noch. Die Polizei rufen? Hier warten, bis sie etwas zu laut an der Tür klopfen? Dazu hat er zu lange gezögert. Doch je länger er die Sache hinzieht, desto größer wird das Grausen und der Skandal. Egal, dann soll er eben so groß wie möglich werden!

Er hat seinen Entschluß gefaßt, und das macht ihn auf einen Schlag wie leicht betrunken. Wieder stößt ein Lachen aus seiner Brust hervor. Alles ist, wie es ist, und so ist es nun einmal! Rasch kleidet er sich aus und beginnt sich abzuschminken. Das Erbrochene *(Parfait de foie gras, Faisan à la Périgueux, Gâteau mille-feuilles Pompadour:* mittags mit Etienne im Café Américain verzehrt) ist im Waschbecken stehen geblieben: er sieht sich um und sucht etwas, um damit im Abfluß zu stochern – aber was kümmert ihn das eigentlich? Er zieht den Frack an und schiebt den Amethystring auf seinen Finger. Schließlich betrachtet er sein Spiegelbild nochmals von der Seite, erst aus dem linken, dann aus dem rechten Augenwinkel, er rückt das Revers zurecht und streicht mit den Handflächen kurz über das schwarze, viel zu schwarze Haar über den Ohren. Er findet, daß er noch gut aussieht.

Während er an der Tür horcht, fällt sein Blick auf den Orden zwischen den aufgenähten Symbolen des Zaubermantels. Er nimmt ihn ab, wirft den alten Orden fort und steckt den neuen an seine Stelle. Unter seinen Schuhen knirschen Scherben. Mit einer raschen Bewegung tritt er auf den Gang und dreht den Schlüssel um.

Ein paar Meter weiter steht Blaupot ten Cate und wartet. Die anderen sind schon oben.

»Na endlich!«

Als sie um die Ecke biegen wollen, ruft ihnen eine Garderobiere nach. Sie hat die Hand auf die Klinke seines Zimmers gelegt.

»Sie haben Ihre Tür abgeschlossen. Ich muß ihre Sachen noch in das Kostümzimmer zurückbringen.«

»Später, später«, sagt Pierre mit einem charmanten Lächeln. »Da ist ein kleines Geheimnis drin.«

»Also, ich werde Ihnen ganz gewiß nichts stehlen, Herr de Vries«, sagt sie gekränkt, »und ich möchte auch gern heim.«

»Im Gegenteil, meine Dame, Sie kommen gleich mit ins Foyer und trinken ein Glas Champagner auf mein Wohl!«

»Ja, ja, die warten ausgerechnet auf mich.«

Beim Betreten des überfüllten, warmen Raumes wird er mit Applaus begrüßt. Es spielt eine Zigeunerkapelle, die in einer fremden, folkloristisch klingenden Tonart »Hoch soll er leben« anstimmt, einige singen leise mit. Blaupot ten Cate führt ihn auf der Schmalseite des Saales zu einem Tisch, auf dem sich Briefe und Telegramme stapeln. Sofort hat sich eine Schlange von Leuten gebildet, die ihm gratulieren wollen. In Begleitung ihrer gräßlichen Ehefrauen in Samt und Seide, die sie natürlich nur aus Berechnung geheiratet haben, ziehen die leeren, hochmütigen Visagen der Abgeordneten, Magistratsbeamten und Gemeinderatsmitglieder an ihm vorbei und schauen ihn an, als sei er ein unbedeutender Revuekünstler – er ist froh, als er endlich den Kollegen die Hand drücken kann: alles Hohlköpfe (von Berufs wegen), aber immerhin lebendige Menschen.

»The right Duke of Milan!« sagt ein hübscher Schauspieler von etwa fünfundzwanzig Jahren. »Ich verneige mich tief vor Ihnen. Ich komme soeben aus London, sogar dort hätte Ihre Darstellung Aufsehen erregt. Der Schüler steht beschämt vor dem Lehrer.«

»Danke, Eduard. Es wird nicht lange dauern, dann ist es umgekehrt.«

Eine junge Schauspielerin, fast noch ein Kind, küßt den violetten Amethyst an seinem Finger.

»Zu viel der Ehre«, lacht er. »Das tut man nur beim Heiligen Vater.«

»Für mich sind Sie der Heilige Vater des niederländischen Theaters.«

»Du bist ein Schatz, Charlotte.«

Einige haben Geschenke mitgebracht, Bücher oder kleine, wohlbedachte Gaben, die Blaupot ten Cate hinter ihm auf den Tisch legt. Kellner tragen Tabletts mit Champagnergläsern herum, und die Stimmung steigt im selben Maße, wie der Zigarrenrauch dichter wird und überall die Fächer in Gang setzt, die sich wie bunte Enten im Wasser aufrichten und mit den Flügeln schlagen. Das Geplauder und das Lachen, das Pierre immer wieder unterbricht, um sich überrascht dem nächsten Gratulanten zuzuwenden (immer wieder eine andere Scherbe aus seinem Leben), lassen ihm keine Zeit, über das Geschehene und noch Bevorstehende nachzudenken, hin und wieder taucht es kurz auf wie der Geschmack des bitteren Kerns einer süßen Frucht, doch es vergehen auch Minuten, in denen er es ganz und gar vergißt.

»Was für ein Gedränge, es ist schrecklich«, sagt ein eleganter, etwa fünfzigjähriger Mann mit schütterem Haar, als er ihm die Hand schüttelt. »Es war köstlich, Pierre.«

»Und das aus dem Munde eines Autors.«

Der Autor, er hat sein Gesicht leicht gepudert, zieht die rote Rose aus seinem Knopfloch und reicht sie ihm hin. Doch als Pierre nach ihr greift, hält er den Stiel fest und blickt auf Pierres Hand mit dem Ring.

»Kurios. Ich sehe, daß unsere Hände aus dem gleichen Stoff sind.« Er läßt die Rose los und sieht Pierre einige Augenblicke lang an. »Gehe ich fehl in der Annahme, daß auch Ihnen gewisse uranische Peripetien des Lebens nicht fremd sind?«

Pierre lächelt und hebt die Rose ein wenig höher.

»Eine *fleur du mal*?«

Der Autor macht eine kleine Verbeugung und sagt:

»Amusez-vous toujours.«

Als die Reihe der Wartenden nach einer halben Stunde kürzer wird, schaut er hin und wieder in den Saal, wo alle Welt miteinander spricht (doch natürlich schon lange nicht mehr über ihn). Vor dem Kamin redet Mengelberg mit eindringlichen Gebärden auf den Bürgermeister ein, sicher um einen Zuschuß für sein Orchester loszueisen; die Politiker blasen Rauchwolken vor sich hin, sitzen in großen Fauteuils beisammen und besprechen über ihre dicken Bäuche hinweg, wie man die Sozialdemokraten für alle Ewigkeit aus der Regierung ausschließen könnte. Ein Schriftsteller und Kritiker mit Adlernase und Stiernacken erhebt plötzlich die Stimme und sagt zu einem jungen Mann, der es gewagt hat, ihn anzusprechen:

»Schweigen Sie, mein Herr, und scheren Sie sich fort! Ihre Gesichtszüge mißfallen mir.«

Das Leben der Kunst geht wieder den gewohnten Gang, aber er hat nichts mehr damit zu schaffen. Zu den letzten, die sich um ihn bemühen, gehört eine stattliche alte Dame (seines Alters) in Schwarz. Er erschrickt. Mit großen Augen nimmt er ihren Kuß auf seine Wange entgegen.

»Ich fand das Stück langweilig«, sagt sie energisch, »kaum auszuhalten, aber du warst hervorragend. Die Krönung deines Schaffens.«

»Danke, Maman.«

»Wo spielst du morgen?«

»In Den Haag, im Königlichen Theater. Deo volente, zumindest.«

»Ich hätte dich lieber in einer amüsanten Komödie gesehen, aber nun ja. A propos, wo treibt sich bloß dein Sekretär herum? Ich habe ihn den ganzen Abend nicht gesehen.«

Pierre tut, als schaue er sich um.

»Kann sein, daß er nach Hause gegangen ist... Er hat sich nicht wohlgefühlt und schon vor der Vorstellung zu viel getrunken.«

»Dann muß sich mein Bébé aber schlimm aufgeführt haben. Was du hier alles auf die Beine gekriegt hast... So eine Soiree wäre doch die größte Wonne für ihn gewesen.« Sie schaut ihn an und nimmt seine Hand zwischen die ihren. »Es wird schwer für dich werden, Pierre. Wir sind im Alter des Abschiednehmens, es ist nun mal nicht anders. Du kannst immer auf mich rechnen. Witwen und Junggesellen haben es am schwersten. Komm bald wieder mal zum Tee vorbei.«

In dem Augenblick verstummt die Zigeunerkapelle, die Balkontüren werden aufgerissen und Blaupot ten Cate bittet um Ruhe. Als das Stimmengewirr verebbt, dringen vom Platz her Lärm und Straßenmusik herein.

»Pierre de Vries! Darf ich Sie bitten, sich dem Volk zu zeigen?«

Erstaunt geht Pierre auf ihn zu. In dem Moment, als er den Balkon betritt, bricht unten der Jubel los: Hunderte, nein, Tausende von Menschen winken ihm zu, die Männer mit Hüten und Mützen, die Frauen mit beiden Armen, während die Polizeikapelle – mitten auf dem Kopfsteinpflaster im Karree aufgestellt – einen Tusch bläst. Er taumelt kurz, ist überrascht und gerührt. Mit einer Hand hält er sich an der Balustrade aus Granit fest und winkt zurück, während über seinen Kopf hinweg der Rauch aus dem Foyer in die Abendluft quillt. Auch auf den Plattformen der Pferdebahnwagen winken Leute und singen »Hoch soll er leben«. Der Bürgermeister, der rasch begriffen hat, wo sein Platz ist (er will noch Minister werden), steht neben ihm und deutet mit einer Gebärde auf ihn, wie im Varieté das hübsche Mädchen im kurzen Rock nach dem Todessprung auf den Artisten zeigt.

Nach einer Weile sagt Blaupot ten Cate:

»Du mußt jetzt gehen, Pierre. Es wartet noch eine Überraschung auf dich.«

Er nickt, winkt noch einmal und geht hinein, wo ihm die Gäste den Weg freigeben. Die Balkontüren werden geschlossen, im Saal ist ein leises Raunen zu hören. Nachdem Pierre sich mit gedämpfter Stimme vom Bürgermeister und von einigen anderen Magistratsbeamten verabschiedet hat, verläßt er – wie ein Staatsoberhaupt in Begleitung einer kleinen Delegation – unter Applaus das Foyer.

Auf dem Gang bietet ihm der Theaterdirektor an, seinen Mantel und Hut aus der Garderobe zu holen, aber Pierre winkt ab.

»Lassen Sie sie mir morgen mit meinen anderen Sachen bringen.«

»Wollen Sie denn barhäuptig ... Es ist November, Herr de Vries.«

»Mir kann nichts mehr passieren.«

Sie gehen an der Bühne vorbei (auf die er einen kurzen Blick wirft, es ist alles schon abgebaut) zum Künstlereingang an der Schmalseite des Gebäudes. Auch durch diese Tür geht er zum letzten Mal.

Als er hinaustritt, blendet ihn ein von allen Seiten aufblitzendes Magnesiumlicht. Wieder wird er von einer großen Menschenmenge begrüßt, eine Studentengruppe mit brennenden Fackeln stimmt das *Io Vivat* an, unversehens ist er von Menschen umringt, die ihm ihre Programme hinhalten, damit er sein Autogramm darauf schreibt. Am Gehsteig warten drei offene Wagen; zwischen den vier Deichseln des vordersten stehen statt der Pferde etwa fünfzehn stämmige Kerle.

»Fensterputzer«, sagt Blaupot ten Cate strahlend.

Das zweite Fahrzeug ist randvoll mit den Blumen, die er bekommen hat, die Platzanweiser bringen gerade die Geschenke und die Post. Blaupot ten Cate macht dem Signieren ein Ende und stellt Pierre dem Polizeikommissar vor. Mit einer Hand am Säbelgriff und der anderen an der Mütze schlägt dieser die Hacken zusammen, das Gesicht ist vor lauter Bart und Schnurrbart kaum zu erkennen. An der Vorderseite des Theaters schallt noch immer die Musik über den Platz. Der Kutscher im langen Mantel hält mit Mühe die ausgespannten Pferde zurück, die sich im Lärm und Gedränge wiehernd aufbäumen und vor dem Blitzlichtfeuer erschrecken, das sich im glänzenden Lack der Equipagen spiegelt.

Pierre dreht sich um und verabschiedet sich vom Theaterdirektor, dabei fällt sein Blick auf das Plakat neben der Tür:

›Der Sturm‹ von W. Shakespeare
Abschiedsvorstellung von Herrn PIERRE DE VRIES
als PROSPERO
im Stadttheater zu Amsterdam
am Leidscheplein
Samstag, den 12. November 1904

Plötzlich entsteht Unruhe. In dem Augenblick, als der Hilfskutscher den Wagenschlag öffnet und Pierre seinen Fuß auf das Trittbrett setzt, beginnt auf der anderen Straßenseite – vor dem Café Américain, wo sich ebenfalls Menschen an den Fenstern drängen – eine andere Art Tumult: Geschrei, vielleicht eine Rauferei, jemand rennt auf einmal wie von Sinnen davon, quer über den Platz, ein Polizist läuft ihm nach, bleibt aber an der

Ecke stehen und gibt einen Schuß schräg in die Luft ab: Pierre sieht den Feuerstrahl aus dem Lauf kommen und glaubt die Kugel über den Dächern in südöstlicher Richtung verschwinden zu sehen.

Der Kommissar scheint nicht sonderlich beeindruckt.

»Es ist wieder so weit«, nickt er. »Den kriegen wir schon noch.« Er hebt den Säbel und steigt in das dritte Fahrzeug, einen Landauer, wo er Blaupot ten Cate gegenüber Platz nimmt.

Als der Zug sich in Bewegung setzt, ist der Zwischenfall bereits wieder vergessen. Vorneweg die Studenten mit ihren qualmenden Fackeln, danach der Kutscher, der die Pferde am Zügel führt, dann, von den Fensterputzern gezogen, Pierres Kutsche, der Hilfskutscher sitzt in Livree mit verschränkten Armen auf dem Bock, hinter dem Landauer schließt sich die jauchzende Menge an. Vor dem Säulengang des Theaters wird kurz angehalten. Die Polizeikapelle stellt sich an die Spitze des Zuges, Pierre winkt seinen Gästen auf dem Balkon zu – und dann geht es mit dröhnender Marschmusik zur Innenstadt.

Tränen schießen ihm die Augen. Die Menschenmenge, die Musik, jedes für sich könnte ihn zum Weinen bringen, aber nun kommt alles zugleich und gilt ihm allein: also war es doch wert, gelebt und gearbeitet zu haben. Daß es außerdem noch etwas gibt, das in diesem Moment nicht mehr lebt, hat er aus seinen Gedanken verbannt. Der Abend, die Musik, der flakkernde Fackelschein vor den Giebeln, Menschen in Nachtgewändern, die Fenster aufreißen und winken, das beständig wachsende Jubeln und Singen hinter ihm, er selber hier in dem Wagen, allein und in tiefe Stille gehüllt, die rote Rose im Knopfloch, neben ihm die hohen, funkelnden Räder, vor sich die gekrümmten Rücken der Männer, die mit Mühe das Tempo halten, obwohl ihnen Jungen mit Mützen und Kavaliere mit Zylindern helfen, die Blumen, die ins Fahrzeug geworfen werden, all die Blicke der Bewunderung, vielleicht sogar der Liebe, die ihm von allen Seiten entgegengebracht werden auch von Leuten, die ihn vermutlich nie haben spielen sehen, aber aus dem Jubel der anderen schließen, daß er, der da in der Kutsche vorbeifährt, jemand ist, der bewundert, ja geliebt werden muß, und also tun sie es, so wie sie alles tun, was andere ihnen vormachen, denn so hat Gott die Welt gewollt – Pierre jedenfalls läßt sich darein versinken wie ein todmüdes Kind in den Schlaf.

Vor seinem Haus kommt der Triumphzug zum Stehen. Während die Musikanten mit dem Rücken zur schmalen Gracht Aufstellung nehmen und eine langsame, etwas melancholische Melodie spielen, wohl aus irgendeiner italienischen Oper, steigt er aus. Auch auf der anderen Seite des Kanals strömen die Leute zusammen. Er öffnet die Haustür, die Fensterputzer tragen die Blumen und Geschenke hinein. Unterdessen spannt der Kutscher die Pferde ein. Auf den Stufen vor dem Haus nimmt Pierre von seinen Begleitern Abschied.

Mit leichtem Unbehagen sieht ihn Blaupot ten Cate an.

»Bist du jetzt ganz allein hier, Pierre, oder ist Etienne zu Hause?«

Pierre nickt.

»Mach dir keine Sorgen. Ich komme gut allein zurecht.« Mit dem Gehabe eines Hausbesitzers kommt in diesem Augenblick ein Dackel aus dem Haus spaziert, watschelt die Stufen hinunter und produziert eine ausgedehnte Pfütze.

»Na, also dann bis morgen in Den Haag. Dort ist wieder ein Fest. Das hier war nur der Anfang, es folgen noch vierundsechzig Vorstellungen. Ich wünsche dir eine angenehme Nachtruhe, und hoffentlich bist du mit dem heutigen Tag zufrieden.«

Er geht zum Fahrzeug zurück, der Kommissar schlägt nochmals die Hacken zusammen. Aber als er sich umdrehen will, sagt Pierre:

»Einen Augenblick.« Er nimmt den Schlüssel aus der Tasche. »Das ist der Schlüssel meiner Garderobe im Stadttheater.«

Der Kommissar wirft einen Blick darauf und schaut dann Pierre an.

»Aha«, sagt er. Dann begreift er plötzlich, daß der Schlüssel für ihn bestimmt ist und nimmt ihn entgegen. »Ein Andenken. Sehr aufmerksam von Ihnen.«

»Nein,« sagt Pierre. »Sie bekommen ihn zur Ausübung

Ihrer Pflichten.« Der Kommissar blickt wieder auf den Schlüssel in seiner Hand und danach auf Pierre, wobei sich etwas in seinen Augen verändert. Er salutiert nochmals und begibt sich in den Landauer zu Blaupot ten Cate.

Die Kapelle spielt »Schlafe, mein Prinzchen, schlaf ein«, die Studenten und Fensterputzer (die ja meist Sänger sind) singen aus voller Brust mit. Auf der Schwelle winkt Pierre noch einmal dem Publikum zu, das zum letzten Mal Hurra ruft, und sieht dann nach seinem Hund.

»Sebastiaan!«

Der Dackel springt die Stufen herauf, Pierre schließt die Tür, es wird still.

Der Flur steht bis zur Küche voller Blumen. Pierre geht ins Vorderzimmer, wo er ohne Licht zu machen stehenbleibt und zum Fenster hinaus schaut. Hufgetrappel, die abfahrenden Kutschen. Mit den Instrumenten unter dem Arm verschwinden nun auch die Polizisten, die Studenten werfen die Fackeln ins Wasser und singen auf dem Weg zu ihrem Klub das *Gaudeamus igitur,* die Fensterputzer schlagen die entgegengesetzte Richtung ein. Auf der gegenüberliegenden Seite unterhalten sich die Leute noch eine Weile, zerstreuen sich dann aber bald; nacheinander verlöschen die Lichter hinter den Fenstern. Als es leer und still geworden ist an der Gracht, geht er, gefolgt von Sebastiaan, die Treppe hinauf in sein Studierzimmer. Noch nie hat es im Haus so herrlich geduftet.

Er nimmt ein Streichholz und zündet die Lampe an. Um ihn herum die Fülle seiner Besitztümer. Mit einem Seufzer setzt er sich in den Lehnstuhl vor dem Schreibtisch und betrachtet die schwarzgerahmte Portrait-Zeichnung seiner Mutter aus ihrer Jugendzeit. Auf dem Boden steht, an die dunkle Täfelung gelehnt, das römische Relief eines Knaben im Profil, der so alt war wie er zu der Zeit, als seine Mutter portraitiert wurde. Darüber das Pastellbild eines Engels.

Am besten wäre es, wenn er jetzt sofort mit dem Packen anfange, doch statt dessen zieht er seinen seidenen Morgenmantel an, schenkt sich ein Glas Portwein ein und zündet eine Zigarre an. Er geht zum Bücherschrank und läßt die Augen über die kostbaren Rücken wandern. Das Gas in der Lampe zischt. Er zieht eine schöne bibliophile Ausgabe von Villiers de l'Isle-Adams *Contes cruels* heraus, stellt sie aber sofort wieder zurück. Als er sich mit den *Paradis artificiels* von Baudelaire auf das Sofa niederläßt, schaut der Hund von seinem Markknochen auf und fängt an, leise durch die Nase zu fiepen.

»Ja, was soll nun aus dir werden?« fragt er.

Er hebt das Buch auf und schnippt mit den Fingern. Sofort springt Sebastiaan auf seinen Schoß und schmiegt sich an ihn; er gähnt mit einem hohen, zufriedenen Ton hinten in der Kehle und hat die Zunge eingerollt wie ein Fragezeichen.

Epilog

Gleich am nächsten Tag ging Berta mit Joost zum Tierarzt. Der Arzt selber war an dem Tag nicht da, und die beiden Studenten, die ihn vertraten, stellten fest, daß sich das arme Tier überfressen habe, sein Magen müsse leergepumpt werden. Berta konnte sich nicht erinnern, daß Joost zuviel gefressen hatte, eher zu wenig, aber wenn die Mediziner es sagten, mußte es wohl so sein. Als sie den Hund ein paar Stunden später abholte, war er immer noch nicht ganz aus der Narkose erwacht. Im Laufe des Abends begann er plötzlich immer langsamer und schwerer und mit weit zur Seite gezogenen Lefzen zu atmen, die Pfoten und der Kopf wurden kälter und kälter. Als sie ihn auf ihrem Schoß umdrehte, stand sein Herz still. Am nächsten Morgen ging sie in aller Frühe zum Tierarzt, um ihn zur Verantwortung zu ziehen, und verlangte eine Obduktion. Danach sah alles ganz anders aus. Die Milz des Tieres war gerissen, schon seit Tagen oder wochenlang mußte der Hund innerlich geblutet haben; die letzten Stunden hatte er nur noch im Schockzustand verbracht. Ob er möglicherweise einmal heftig gegen eine Tür angerannt sei oder ihm jemand einen Tritt versetzt habe? Und was sie bezüglich der sterblichen Überreste beschlossen habe?

Sie erwog, ihn im Garten zu begraben – aber was sollte sie eigentlich noch im Polder, ganz allein? Auf einmal war sie sich ihrer Sache ganz sicher: sie ging nach Amsterdam zurück. Joost sollte eingeäschert werden.

Als sie die Asche nach zwei Wochen immer noch nicht bekommen hatte, rief sie an. Oh, man bat tausendmal um Entschuldigung. Im Krematorium habe es gebrannt, alles habe sich verzögert. Zwei Tage später wurde ihr eine braune Urne ins Haus gebracht. Der Kitt war noch nicht ganz getrocknet, sie riß den Deckel auf und streute den Inhalt auf einer Zeitung aus. Es war gar keine Asche. Weinend betrachtete sie das

Häufchen aus grauen, verkohlten und gelblichen Brocken: Knochenreste, Wirbelstücke, Grus. Dazwischen drei Nägel. War dies nun Joost oder hatten sie einfach die Reste irgendwelcher Katzen und Hunde vom Rost zusammengekehrt?

Durch die Vermittlung von Michaël fand sie einige Monate später in Amsterdam-West ein kleines Zimmer mit Küche in einer Gegend, in der fast ausschließlich Ausländer und Hausbesetzer wohnten. Den Umzug hatte sie dadurch bezahlt, daß sie fast alles verkauft hatte, das Koffergrammophon hatte am meisten eingebracht. Sie stand spät auf und war jeden Nachmittag im Tivoli, saß hinten am runden Tisch inmitten von jungen Schauspielern und Schauspielerinnen, die nicht nur vom ehemaligen Autorentheater kamen, sondern auch von der neuen Truppe im Kosmos, dem Omega-Theater. Herr Caccini war nach Italien zurückgekehrt, es kamen jedoch andere Herren, die sich gern mit Bertas Anekdoten aus ihrem Liebesleben unterhalten ließen. Meist blieb sie bis zum bitteren Ende (»Meine Damen und Herren, höchste Zeit!«) und saß dann noch bis tief in die Nacht im Künstlerklub auf dem Leidseplein, wo Vogel sie eingeführt hatte. Wenn sie am Stadttheater vorbeikam, warf sie einen Blick auf den vom Flutlicht angestrahlten Koloß aus rotem und gelbem Backstein (aber nie fielen ihr dabei die beiden leeren Sockel links und rechts am Vordergiebel auf).

Oft wurde es schon hell, wenn sie, mit einer Zigarette zwischen den Lippen, zu Hause in ihr allmählich verdreckendes Zimmer trat. Beschwipst küßte sie die Urne auf dem Resopal-Kaminsims und warf die Perücke auf einen Stuhl, und wenn sie halb ausgezogen ins ungemachte Bett kroch, summte sie manchmal:

»Nur nicht
Aus Liebe weinen . . .«

Ja, so stehen die Dinge. Wovon man nicht sprechen kann, davon muß man singen.

Anmerkung

Hoogste tijd wurde im September 1982 begonnen und zwischen dem Sommer 1983 und dem Sommer 1985 geschrieben.
Zu Ehren eines Autors, der vor vierzig Jahren an der Wiege von Harry Mulischs Werk stand, enthalten die letzten Seiten des Kapitels ›Höchste Zeit‹ mehrere Zitate aus *The Narrative of Arthur Gordon Pym* (1838) von Edgar Allan Poe.

Inhalt

Fünfter Akt